ENTFLAMMBARE MAGIE

DIE GEHEIMNISSE VON MYRTLEWOOD 3

IRIS BEAGLEHOLE

PROLOG

Während Rosemary und Athena in dieser Nacht friedlich in ihren Betten schliefen, stand eine Frau auf einem Hügel im Licht des abnehmenden Mondes und blickte auf Myrtlewood nieder.

Ihre Augen leuchteten vor Freude über die Neuigkeit – so eine gute Neuigkeit. Ihre Kontakte waren endlich erfolgreich gewesen. Ein Mädchen hatte das Reich der Fae betreten, und zwar nicht irgendein Mädchen, sondern das, nach dem sie all die Jahre gesucht hatte.

»Genau hier vor meiner Nase«, sagte sie zu sich selbst und kicherte vor Vergnügen.

Endlich war ein Weg in Sicht, eine Möglichkeit, das Reich zu betreten. Damit war der Schlüssel zu ihren jahrelangen Intrigen zum Greifen nah.

»Die Macht wird unser sein«, sagte sie zu ihrem Begleiter, der im Schatten der Bäume zurückblieb.

Die Frau hob die Arme. Ihre dunkle Kapuze glitt leicht zurück und gab den Blick auf ihr helles Haar frei, das im Mondlicht perlmuttartig schimmerte, während sie die uralten Worte sang, die seit Jahrhunderten nicht mehr gehört wurden.

Unten auf den Feldern von Myrtlewood war alles still.

Dann, wie aus dem Nichts, fegte ein Windstoß über die Rückseite der alten Twigg-Farm.

Die Scheune, die dort hundert Jahre lang gestanden hatte, ging plötzlich in Flammen auf.

Agatha Twigg schaute entsetzt aus dem Hinterfenster, als das orangefarbene Feuer das Gebäude verschlang, bevor es sich in ein unheimliches Rosa verwandelte.

»Oh je, Marla!«, rief Agatha ihrer Nichte zu. »Ruf die Behörden an. Etwas Großes ist im Anmarsch!«

1

———

Es war ein bezaubernder Spätfrühlingstag. Athena lag neben Elise auf dem Rasen hinter Thorn Manor. Gemeinsam blickten sie in den Himmel.

Auf der anderen Seite des Rasens liefen die Findelkinder herum. Athena konnte Harrys rote Haare sehen, als er sich hinter einen Magnolienbaum duckte und die dunkelhaarige Mei, die hellhaarige Elowen und die winzigen rotblonden Zwillinge jagte, denen Athena die Namen Clio und Thea gegeben hatte. Es war ein friedliches Gefühl, ihnen aus der Ferne beim Spielen zuzusehen, obwohl es noch friedlicher war, die weißen Wolkenbüschel zu betrachten, die über den klaren blauen Himmel zogen.

»Du hast Glück, an einem Ort wie diesem zu leben«, sagte Elise. »Es ist wunderschön hier.«

»Es wäre noch schöner, wenn ich alleine rausgehen und etwas unternehmen dürfte«, sagte Athena. »Wenn ich nicht gerade in der Schule bin, sitze ich hier fest. Es sei denn, Mama hat Lust, mit mir Gassi zu gehen wie mit einem kleinen Hund.«

»Ich sage es nur ungern, aber es könnte einen guten Grund dafür geben«, sagte Elise. »Deine Mama hat es ziemlich mitgenommen, als du verschwunden warst. Wir haben uns auch Sorgen um dich gemacht.«

»Ich weiß«, sagte Athena. »Es tut mir leid. Es war dumm. Ich hätte ihm nie vertrauen dürfen.«

»Du musst dich nicht ständig entschuldigen«, sagte Elise. »Ich meine, solange du deine Lektion gelernt hast.« Sie drehte ein Gänseblümchen zwischen ihren Fingerspitzen und warf es dann in Athenas Richtung.

»Hey!« Athena boxte ihre Freundin scherzhaft in die Schulter. Sie kicherten ein paar Momente lang. »Danke, dass du vorbeigekommen bist. Es wird noch lange dauern, bis Mama mich tatsächlich rauslässt, um die Häuser anderer Leute zu besuchen.«

»Sie wird sich schon noch früh genug entspannen«, sagte Elise. »Ich meine, du bist sechzehn. Du bist ja kein Baby mehr, sondern fast schon offiziell erwachsen.«

»Das sage ich ihr auch immer wieder«, sagte Athena. »Aber hört sie zu? Nein. Sie ist *so* stur.«

»Genau wie jemand anderes, den ich kenne«, sagte Elise und griff nach einem kleinen Grasbüschel. Sie riss es aus dem Boden und warf es nach ihrer Freundin.

Athena blies das Gras mit einem Luftstoß weg.

»Du wirkst anders, seit du durch das Tor gegangen bist«, sagte Elise.

»Ich *bin* anders. Zunächst einmal konnte ich meine Magie vorher nicht wirklich nutzen. Nicht richtig. Etwas an jenem Ort hat das alles irgendwie ausgelöst ... den Stein sozusagen ins Rollen gebracht.«

»Aber das ist nicht alles«, sagte Elise. »Du hast es auch gespürt, oder? Dieses Gefühl ... als ich hindurchging. Es war, als würde ich *nach Hause* gehen.«

Athena drehte sich zu ihrer Freundin um und warf ihr einen wissenden Blick zu. »Ich habe mich nie besser gefühlt«, gab sie zu. »Aber das kann ich meiner Mutter unmöglich sagen. Mein Vater würde es vielleicht verstehen, obwohl ich mir bei ihm nie sicher sein kann. Außerdem kann ich mit ihm nicht wirklich über solche Dinge reden. Das ist zu persönlich.«

»Das kann ich nur zu gut nachvollziehen«, sagte Elise. »Aber er versteht es wahrscheinlich auf seine Art und Weise. Es ist sein Zuhause, sein einziges wahres Zuhause. Er ist ein Fae. Wir sind zumindest zum Teil Menschen. Wir sollten hier genauso hingehören wie dort.«

»Warum fühlt es sich dann nicht so an?«, fragte Athena. »Warum fühlt sich dieser Ort so ...«

»... so schwer und leblos an?«, schlug Elise vor.

»Genau«, sagte Athena. »Ich meine, ich weiß, dass es überall um mich herum Leben gibt, aber im Vergleich zum anderen Reich fühlt sich alles so langweilig an. Es ist, als würde ich hier in Schwarz-Weiß leben, farbenblind, und plötzlich ist alles in Farbe. Weißt du, wie in diesem alten Film ‚Der Zauberer von Oz‘.«

»Genau so fühlt es sich an«, sagte Elise. »Meine Mama hat das nie erlebt. Aber meine Großmutter ist dort aufgewachsen und versteht es. Die Türen standen immer offen. Und die Leute konnten einfach durchwandern. Manchmal kamen sie zum Abendessen vorbei und gingen am Ende des Abends wieder.«

»Ich wünschte, das wäre immer noch so«, sagte Athena. »Aber das war, ich weiß nicht, vielleicht vor hundert Jahren oder so.«

»Ja, meine Oma ist wirklich alt«, antwortete Elise. »Najaden leben sehr lange.«

»Das ist gut zu wissen«, sagte Athena und lächelte ihre Freundin an. «Hoffentlich wirst du auch lange leben. Manchmal habe ich das Gefühl, dass du die Einzige bist, die mich versteht. Mit Mama kann ich über nichts davon reden.«

Athena streckte Elise ihre Hand entgegen.

Ihre Finger berührten sich und entfachten ein Funkeln um sie herum. Es erinnerte sie ein wenig an den Moment, den sie mit Finnigan geteilt hatte.

Trotz der üblichen Schwere in ihrem Herzen, wenn sie an ihn dachte, hellten die Funkeln, die sie ausstrahlten, alles wieder auf.

Athena brauchte keine Energie mehr an ihn zu verschwenden. Sie würde nie wieder einen so dummen Fehler machen.

2

Der Umschlag lag auf dem Küchentisch. Er war mit der Morgenpost gekommen, aber Rosemary hatte ihn noch nicht geöffnet. Sie wusste genau, von wem er war. Niemand sonst würde solch ein aufwendiges gold- und lilafarbenes Brokatpapier verwenden.

»Was glaubst du, steht drin?«, fragte Athena.

Sie standen beide vor dem Tisch, während Serpentine um ihre Beine streifte, als würde ihr das Haus gehören. Thorn Manor war ungewöhnlich still. Nesta und Dain hatten die Findelkinder in den Park mitgenommen. Das Fehlen von Hintergrundgeräuschen ließ den Umschlag nur noch bedrohlicher erscheinen.

»Ich will nicht darüber nachdenken«, sagte Rosemary. »Ich weiß, dass er von unseren Cousins ist.«

»Ich mache ihn auf«, sagte Athena und nahm den Umschlag.

Rosemarys Herz pochte in ihrer Brust. Sie hatte Angst, dass Athena etwas sehen würde, das nicht für ihre Augen bestimmt war. »Nein. Gib ihn mir.« Sie nahm den Umschlag und setzte sich mit ihrer Tasse Tee an den Tisch. Sie hatte Elamina um den Gefallen gebeten, weil sie verzweifelt gewesen war, und es war nicht die Schuld des Teenagers. Sie wollte nicht, dass Athena das Gefühl hatte, sie sei eine Art Objekt, über das man verhandeln konnte. »Okay, los geht's.«

Sie öffnete die steife, teure Kante des Umschlags und holte ein ebenso teuer aussehendes Stück Papier heraus, komplett mit einer goldenen Monographie von Bracewell-Thorn in der Ecke.

»Was steht da drin?«, fragte Athena.

»Es ist eine Einladung zum Abendessen. Nicht ganz das, was ich erwartet hatte.«

»Dachtest du, sie würden dich um dein erstgeborenes Kind bitten?«, scherzte Athena.

Rosemary warf ihr einen ernsten Blick zu. »Ich stehe in ihrer Schuld, weil sie mir geholfen haben, ins Reich der Fae zu gelangen. Ich habe dir doch erzählt ...«

»Na und? Das war doch nur ein kleiner Gefallen. Sie haben dir ein paar Zauberzutaten gegeben. Was ist schon dabei?«

»Ich fürchte, sie werden eine große Sache daraus machen. Und mach keine Witze über erstgeborene Kinder. Weißt du, Elamina scheint dich ziemlich zu mögen. Es würde mich nicht überraschen, wenn sie versuchen würde, dich zu stehlen.«

»Ich bin kein Gegenstand, den man stehlen kann, Mama.«

Rosemary musterte ihre Tochter misstrauisch. Elamina konnte trügerisch und charmant sein, wenn sie etwas wollte. Sie hoffte, dass Athena nicht so naiv war, diese Tatsache zu ignorieren.

»Genau, aber meine Cousins könnten dich als eine Art Haustier betrachten«, sagte Rosemary. »Weißt du, sie gehen davon aus, dass die meisten anderen Menschen unter ihnen stehen. Besonders ich.«

»Also werden wir sie nicht besuchen gehen«, sagte Athena.

»Ich glaube, wir müssen«, antwortete Rosemary.

»Vielleicht ist ein Abendessen die richtige Art, uns zu revanchieren«, schlug Athena etwas optimistisch vor.

»Das bezweifle ich sehr. Aber ich muss herausfinden, was sie wirklich wollen. Und das ist der beste Weg, das zu tun. Ich kann sie direkt fragen.«

»Wann ist das Abendessen?«, fragte Athena. »Und müssen wir uns besonders schick anziehen?«

»Heute Abend. Und zieh an, was du willst«, sagte Rosemary. »Eine braune Papiertüte wäre in Ordnung. Dann hätten sie wenigstens etwas anderes, worüber sie sich lustig machen und uns verhöhnen können, anstatt nur über meine bloße Existenz.«

»Was ist, wenn wir splitternackt auftauchen?«, sagte Athena.

»Klingt ein bisschen eklig.«

»Ja. Ich weiß auch nicht. Ich wollte nur etwas Gesprächsstoff liefern. Ist es nicht unhöflich, dass sie uns so kurzfristig zum Abendessen eingeladen haben?« Athena schaute auf die Einladung, die Rosemary endlich losgelassen hatte. »Was, wenn wir heute Abend schon etwas vorgehabt hätten?«

»Genau«, sagte Rosemary. »Sie halten nicht viel von uns. Unsere Pläne sind ihnen egal.«

»Eine seltsame Einstellung«, sagte Athena. »Es ist schon irgendwie unhöflich, oder?«

Rosemary seufzte. »Sie betrachten uns quasi nicht als echte Menschen.«

»Aber ist es nicht trotzdem etwas seltsam?«, fragte Athena. »Sollten sie nicht eigentlich großen Wert auf Anstand legen?«

Rosemary zuckte mit den Schultern. »Vielleicht denken sie, dass sie uns mit der Einladung ehren.«

»Na gut. Wir werden sie besuchen. Ich wollte schon immer mal ihr Haus sehen. Du hast gesagt, es wäre ein riesiges Anwesen.«

»Ich war noch nie eingeladen«, sagte Rosemary. »Aber so hat Oma es immer beschrieben. Ich frage mich, was die alte Schachtel dazu sagen würde.« Sie ging nach oben, gefolgt von Athena, und erwartete halb, die kleine Tür zum Turm nicht zu sehen. Sie war ein wenig überrascht, dass die Tür vom Treppenabsatz aus sichtbar war, und noch mehr schockiert, als sie dort ankam und sah, dass eine Notiz daran befestigt war.

»Noch mehr Post«, sagte Athena. »Wir sind heute sehr beliebt.«

»Ich wusste nicht, dass Geister schreiben können«, sagte Rosemary.

»Das ist definitiv Omas Handschrift.« Sie öffnete den Brief, um ihn laut vorzulesen.

MEINE LIEBSTEN NACHKOMMEN. Ich bin so erleichtert, dass Athena zurück ist und dass es euch beiden gut geht. Ich nehme dies als mein Stichwort, um euch zu verlassen.

»OH«, sagte Athena. »Sie ist mir so ans Herz gewachsen.«

»Wie ein herrlicher Pilz«, sagte Rosemary, obwohl sie bei dem Gedanken, dass Oma nicht mehr da sein würde, einen Schmerz in ihrem Herzen verspürte. Sie las weiter.

DIES IST KEIN ENDGÜLTIGER ABSCHIED. Es ist lediglich ein Abschied mit Wiedersehen. Es gibt Dinge im Reich der Geister, die mich rufen und meine volle Konzentration und dringende Aufmerksamkeit erfordern.

Ich entschuldige mich dafür, dass ich mich nicht persönlich verabschieden kann. Ich wollte euch nicht wecken oder stören.

Außerdem habe ich das Gefühl, dass es euch langsam auf den ‚Geist' geht, einen verrückten alten Geist im Nacken zu haben.

Passt auf euch auf, meine Lieben. Ich fürchte, ihr werdet mich von dort, wo ich hingehe, nicht herbeirufen können, aber ich werde eines Tages zurückkehren.

Bis dahin lebt wohl und seid gesegnet.

ROSEMARY SPÜRTE, wie Traurigkeit in ihr aufstieg. »Es ist, als müsste ich mich noch einmal von ihr verabschieden.«

Ohne Vorwarnung legte Athena ihren Arm um die Schulter ihrer Mutter und tätschelte sie leicht. »Ist schon gut, Mama. Sie wird zurückkommen. Und wenn sie das tut, kannst du ihr ordentlich die Meinung geigen.«

Rosemary lächelte.

»Ich schätze, wir sollten uns überlegen, was wir heute Abend anziehen«, sagte Athena.

»Das stimmt.« Rosemary seufzte und erinnerte sich an das Abendessen, das sie vorübergehend vergessen hatte können. »Familie«, sagte sie. »Selbst wenn sie nicht bei dir leben, haben sie die erstaunliche Fähigkeit, dich in den Wahnsinn zu treiben!«

AM ABEND STANDEN sie vor einem riesigen, bedrohlich wirkenden schwarzen Herrenhaus aus Stein, das den Bracewell-Thorns gehörte.

»Unheil verkündend ist das richtige Wort, um es zu beschreiben«, sagte Athena.

Rosemary klingelte an der Tür und eine Art schicker Butler öffnete. Er war groß, trug eine schwarz-silberne Weste und hatte einen versteinerten Gesichtsausdruck. Sie wurden in eine aufwendig geschmückte Garderobe geführt, der Butler nahm ihre Mäntel entgegen und führte sie dann in einen noch aufwändigeren Wartebereich.

»Sieht aus wie in einem Palast«, sagte Athena. »Und wenn man bedenkt, dass diese Familienmitglieder wussten, dass wir in Armut leben, und uns nicht ein einziges Mal Hilfe angeboten haben.«

»Das ist mir alles ein bisschen zu pompös«, sagte Rosemary bitter.

Der Butler verschwand in einem anderen Raum und kehrte einen Moment später zurück. »Die Bracewell-Thorns sind nun bereit, Sie zu empfangen.« Er verbeugte sich leicht und bedeutete ihnen, einen langen, mit flackernden Laternen beleuchteten Steinflur zu betreten.

»Du musst zugeben, dass dieser Teil cool ist«, sagte Athena.

Der Flur mündete in einen großen Raum mit hoher Decke. Rosemary sah einen langen Esstisch, der Platz für über ein Dutzend Personen bot, komplett mit schimmernden Kerzen in Kristallständern, deren Flackern die an der Decke hängenden Kronleuchter glitzern ließen. Der ganze Raum roch nach Maiglöckchen, Elaminas Lieblingsparfüm, aber glücklicherweise war es nicht zu aufdringlich.

Rosemarys zwei Cousins standen am anderen Ende des Raumes. Elamina trat vor. Ihr langes weißblondes Haar war wie für einen Ball frisiert und sie trug ein graues und malvenfarbenes Abendkleid, das perfekt geschnitten war, um ihre zierliche Figur zu betonen.

Derse trug wie immer einen Anzug und warf ihnen seinen üblichen unnahbaren Blick zu.

»Rosemary ... Athena, wie schön, dass ihr uns mit eurer Anwesenheit beehrt.«

Rosemary warf Athena einen verwirrten Blick zu. In all den Jahren, in denen sie ihre Cousine kannte, war Elamina noch nie so freundlich oder gewillt gewesen, Rosemarys Anwesenheit zu begrüßen. Sie wirkte fast herzlich in ihrem Auftreten.

Es muss auf jeden Fall gespielt sein, dachte Rosemary und wünschte sich, Athena würde ihre Gedanken lesen, damit sie sich unterhalten könnten. Seit sie aus dem Reich der Fae zurückgekehrt war, hatte Athena, nachdem sie gelernt hatte, wie sie die Stimmen in ihrem Kopf kontrollieren konnte, diese ganz bewusst ausgeschaltet und gesagt, dass sie keine zusätzlichen Kopfschmerzen brauche.

Das war gelegentlich frustrierend, aber auch eine willkommene Erleichterung. Im Grunde zog es Rosemary vor, sich keine Sorgen darüber machen zu müssen, dass ein neugieriger Teenager in ihren Verstand eindrang. Das bedeutete immerhin, dass es weniger gab, worüber Athena sich lustig machen konnte.

Elamina trat mit einem echten Lächeln im Gesicht oder zumindest einem echten Funkeln in den Augen vor und gab sowohl Rosemary als auch Athena die Hand in einer Art halbem Händedruck. Dann gab sie ihnen nacheinander Luftküsse auf beide Wangen.

»Wie schön, dass ihr uns besucht«, sagte Derse, wobei seine Stimme hölzern, fast roboterhaft klang. Rosemary war überrascht, dass er mehr als ein Wort auf einmal sprach. Was auch immer diese Farce war, er war offensichtlich eingeweiht, konnte aber auf Teufel komm raus seine Rolle spielen.

Elamina drehte sich mit einem leicht wilden Blick in den Augen zu ihm um, und ihr Lächeln geriet ein wenig ins Stocken. Sie wandte sich

Rosemary wieder zu und musterte ihr eher legeres Outfit. »Du siehst ... gut aus. Es ist so erfrischend, wenn Frauen mittleren Alters das Bedürfnis aufgeben, sich anzuziehen, um andere zu beeindrucken.«

Das klingt schon eher nach ihr. Die passiv-aggressiven Tendenzen ihrer Cousine waren seltsamerweise tröstlicher als das schrecklich aufgesetzte Lächeln, das auf ihrem Gesicht klebte. Athena sah nur überrascht und vage amüsiert aus. Rosemary machte sich nicht einmal die Mühe, das zweideutige Kompliment zu erwidern.

»Bitte setzt euch.« Elamina deutete auf den Tisch.

Rosemary bemerkte kleine Tischkarten mit ihren Namen darauf. Athenas Platz war direkt neben dem Kopfende des Tisches, wo Elamina sich setzte.

Rosemary zog es vor, die zugewiesenen Rollen zu ignorieren, nahm Athenas Platz ein und tauschte die Platzkarten aus.

Athena warf ihr einen schelmischen Blick zu.

Einen Moment lang herrschte Stille, dann schüttelte Elamina kichernd den Kopf, was so untypisch für sie war, dass es Rosemary schockierte.

»Vielen Dank, dass ihr so kurzfristig zu uns gekommen bist.« Elamina schaute auf ihre zierliche silberne Uhr. »Und nur eine halbe Stunde zu spät. Ich habe mich sehr gefreut zu hören, dass Athena glücklich und wohlauf zurückgekehrt ist.« Ihre Stimme klang fast wie Musik.

»Ähm«, begann Rosemary, unsicher, was sie sagen sollte. Ihre Cousine schien einen inneren Kampf zwischen ihrem normalen, bissigen Selbst und der Rolle der falschen, glücklichen Kinderfernsehmoderatorin auszuführen.

»Oh, schaut mal«, sagte Elamina verärgert, als zwei junge Bedienstete mit Tabletts auf sie zukamen. »Die Vorspeisen kommen, bevor ich euch überhaupt etwas zu trinken angeboten habe.« Sie winkte sie weg.

Rosemary spürte, wie ihr Magen knurrte. Sie hatte vor der ziemlich langen Fahrt in das schicke Viertel nichts gegessen. Ihr schrecklicher Orientierungssinn hatte sie auf eine Irrfahrt geschickt, bevor Athena darauf bestanden hatte, ihr Handy zur Navigation zu benutzen.

»Also, was möchtet ihr trinken?«, fragte Elamina. »Sherry? Wein? Was trinkt so jemand wie ihr?«

Athena unterdrückte ein Kichern. Rosemary presste ihre Lippen zu einem schmalen Strich zusammen, um nicht zu lachen. Es war schon komisch, wie sehr ihre versnobten Cousins sich bemühten, sie zufrieden zu stellen, obwohl sie offensichtlich keine Ahnung hatten, wie man sich als normale Menschen verhielt.

»Rotwein ist in Ordnung«, sagte Rosemary.

»Habt ihr Limonade?«, fragte Athena.

»Natürlich.« Elamina lächelte Athena an und klatschte dann in die Hände. Diener traten vor und sie gab die Anweisungen für die Getränke weiter. Augenblicke später kehrten sie mit den Getränken zurück.

»Entschuldigt die Frage«, sagte Rosemary, die das Gefühl hatte, dass sie angesichts der komischen Situation zumindest versuchen sollte, höflich zu sein. »Aber gab es einen bestimmten Grund für die Einladung?«

»Oh, du redest wohl nicht gerne um den heißen Brei herum, oder?« Elamina klimperte mit den Wimpern, als versuche sie charmant sein. »Ich wollte euch nur sehen – meine armen, lieben Cousinen – nach allem, was ihr durchgemacht habt. Und wir wollten feiern, dass Athena wieder da ist, gesund und munter. Ist das nicht ein Grund zum Feiern, Derse?«

Derse nickte nur.

»Danke«, sagte Athena. »Es ist schön, wieder hier zu sein.« Sie nahm einen Schluck von ihrer Limonade und verzog das Gesicht, als wäre sie viel zu sauer.

Rosemary tat es ihr gleich und nahm einen Schluck von ihrem eigenen Wein, der, wie sie sich selbst eingestehen musste, köstlich und wahrscheinlich unglaublich teuer war.

»Jetzt können wir die Vorspeisen servieren.« Elamina klatschte in die Hände und die Diener kehrten mit silbernen Tabletts zurück.

»Also nur eine Feier?«, fragte Rosemary. »Toll. Das ist ... Das ist schön.«

»Ja. Und wie war es?«, fragte Elamina. Als würde sie nach einem Urlaub fragen.

Rosemary sah sie ausdruckslos an. »Wie war was?«, fragte sie mit leiser Stimme.

»Das Reich der Fae natürlich«, sagte Elamina mit einem kleinen Lachen.

»Es war ...« Athena verstummte und starrte ausdruckslos auf die Kerzen.

»Ich verstehe, es ist kompliziert«, sagte Elamina. »Es tut mir so leid, dass ich gefragt habe. Ich habe so wundersame Dinge darüber gehört. Ich wollte nicht neugierig sein. Aber wenn du jemals darüber reden möchtest, lass es mich wissen. Ich habe gehört, dass es einem wirklich zu Herzen gehen kann ... Ein Ort wie dieser.«

Rosemary hob die Augenbrauen, als ihre Cousine weiterplapperte.

»Ich kannte einmal jemanden mit Fae-Erbe«, sagte Elamina. »Er war im Fae-Reich aufgewachsen, aber irgendwie durchgeschlüpft.«

»Oh ...«, begann Athena, aber Rosemary warf ihr einen warnenden Blick zu. Dies war nicht der richtige Zeitpunkt, um über Dains Abstammung zu sprechen. Tatsächlich war es an der Zeit, so viele Informationen wie möglich zurückzuhalten.

»Das ist interessant«, sagte Athena. »Ich frage mich, wie er das geschafft hat. Das ist angeblich ziemlich schwierig.«

»In der Tat. Ich möchte unbedingt wissen, wie ihr das geschafft habt«, sagte Elamina und blickte zwischen den beiden hin und her.

»Es war wirklich ein Glücksfall.« Rosemary versuchte, ihren Gesichtsausdruck neutral zu halten, obwohl sie sich nur mit Mühe davon abhalten konnte, ihre Cousine misstrauisch anzusehen. *Was hat sie vor?*

»Glück«, wiederholte Elamina und klang dabei unbeeindruckt.

»Ja, Glück und ein Schuss Sahne«, sagte Athena.

Rosemary warf ihr einen weiteren warnenden Blick zu. *Zu viele Information*, versuchte sie laut zu denken, in der Hoffnung, dass Athena ihre psychischen Barrieren zu Ehren des Anlasses vorübergehend fallen gelassen hatte.

»Nun, ich weiß nicht, wie wir es geschafft haben«, sagte Athena. »Vielleicht ... neigen solche Barrieren dazu, zu schwinden und zu wachsen, nicht wahr?«

»In der Tat«, sagte Elamina. »Ich habe gehört, dass es früher eine eher offene Sache war. Es war recht einfach, hin und her zu wechseln. Wenn man prinzipiell magisch veranlagt war. Es ist so schade, dass die alten Bräuche in Vergessenheit geraten sind. Die Dinge haben sich geändert und nicht immer zum Besseren. Ich habe gehört, dass es dort viel mächtige Magie gibt.«

Oh, so ist das also, dachte Rosemary laut. *Darum geht es hier. Sie hofft, dass du ein paar magische Geheimnisse der Fae erlernt hast, die sie in die Finger bekommen kann.*

»Ich muss zugeben, dass ich es als wildes kleines Kind an ein oder zwei Tagundnachtgleichen geschafft habe, durch die Barriere zu schlüpfen«, sagte Elamina. »Schade, dass ich keine Ahnung vom wahren Potenzial der Magie hatte, die sie barg.«

»Ich kann mir nicht vorstellen, warum du das tun willst«, sagte Rosemary. »Sie sind wirklich nicht besonders gastfreundlich dort, trotz ihrer Besessenheit von Manieren.«

»Oh?«, sagte Elamina. »Erzähl mir mehr.«

Rosemary biss sich auf die Zunge, um nicht noch mehr zu verraten. Sie hatte bereits viel zu viele Informationen preisgegeben.

»Ist es das, worum es hier geht?«, fragte Athena, etwas forscher, als es Rosemary lieb war. »Versuchst du, dorthin zurückzukehren? Versuchst du, durch den Schleier zu gelangen?«

Elamina lachte leise. »Oh, mein liebes Mädchen. Ich fürchte, das war nur eine vorübergehende Laune ... eine Phase in der Kindheit. Ich habe mich mit meinen Ambitionen viel, viel größeren Dingen zugewandt. Mehr werde ich nicht dazu verraten.«

Das ist es also, hallte Athenas Stimme in Rosemarys Kopf wider. *Sie versucht, in das Reich der Fae zu gelangen, und sie versucht, Informationen aus uns herauszubekommen.*

Ich wusste, dass es so etwas in der Art sein muss, antwortete Rosemary. *Und wir werden ihr nicht helfen. Es ist viel zu gefährlich.*

Rosemary fand, dass die Vorspeisen in Sachen Geschmacksprofil zu komplex und nicht besonders angenehm waren, während der Hauptgang fade war.

Athena schien es ganz gut zu schmecken. Abgesehen von der einen oder anderen Frage von Elamina über das Reich der Fae oder die Magie der Familie aßen sie größtenteils schweigend. Derse sagte in seiner typischen Art kaum ein Wort.

»Nun, Athena, du wirst immer mächtiger, nicht wahr?«, sagte Elamina. Sie winkte mit der Hand, als sie ihre Diener aufforderte, die Mahlzeiten abzuräumen. »Erzähl mir doch mal von deiner Magie, meine liebe Cousine. Wie funktioniert sie bei dir?«

»Ich bin noch dabei, es herauszufinden«, entgegnete Athena.

Rosemary wollte fragen, warum Elamina so neugierig auf Athena war und nicht auf sie. Sie wollte das Thema der Herkunft des Vaters ihrer Tochter nicht ansprechen, da dies zu viel von ihrer Hand in einem Spiel verraten hätte, das sie nicht spielen konnte.

»Würdest du nicht gerne mit ein paar *echten* Magieexperten trainieren?«, fragte sie Athena.

»Oh«, begann Athena. »Ich weiß nicht.« Sie hielt einen Moment inne.

«Tatsächlich hat Athena in letzter Zeit große Fortschritte gemacht«, sagte Rosemary. »Wir lernen beide schnell, unsere Magie ohne *eure* Hilfe zu meistern.«

Sie hatte nicht beabsichtigt, es so bitter klingen zu lassen.

Elaminas Lächeln wich nicht von ihrem Gesicht. »Ich weiß!«, sagte sie und klatschte leicht in die Hände. »Wie wäre es, wenn du regelmäßig zu uns kommst, meine süße kleine Cousine?«

Bei diesem Kosewort zuckte Athena zusammen. Offensichtlich war Elamina es nicht gewohnt, Zeit mit Teenagern zu verbringen.

»Äh ... schon okay«, sagte Athena.

»Wie gesagt, wir kommen mit unserer magischen Ausbildung bestens zurecht«, sagte Rosemary.

»Ach komm schon, ich habe keine eigenen Kinder«, sagte Elamina.

Wahrscheinlich, weil du nicht riskieren wolltest, deine Figur zu verlieren, dachte Rosemary in ihrem Kopf, während sie sich fragte, ob Athena noch zuhörte, und tatsächlich griff der Teenager nach ihrem Mund, als wollte sie ein Kichern unterdrücken.

Sie will dich als Haustier behalten, fuhr Rosemary fort, als eine flauschige rosa Nachspeise vor ihnen platziert wurde.

»Ich kann dein Zögern verstehen«, sagte Elamina. »Schließlich haben wir uns nie besonders nahe gestanden, nicht wahr? Ich muss zugeben, dass ich immer eifersüchtig war, dass du und Oma euch so gut verstanden habt.« Sie warf Rosemary einen bedeutungsvollen Blick zu.

Rosemary war von dieser Offenbarung überrascht. Es war nicht typisch für Elamina, ihre Deckung fallen zu lassen.

»Ich weiß, ich bin nicht die freundlichste und beliebteste Person hier«, sagte Elamina.

Das kannst du laut sagen, sagte Athenas Stimme in Rosemarys Kopf.

»Ich kann nichts für meine Art«, sagte Elamina. »Aber ich würde es gerne wiedergutmachen.«

»Ich dachte, du hättest uns hierher gebracht, weil ich dir etwas schuldig bin«, sagte Rosemary. »Nachdem du mir mit diesem Zauber geholfen hast.«

»Ach, Unsinn«, sagte Elamina. »Was ist schon ein Gefallen unter Verwandten? Außerdem hat es dir geholfen, deine Tochter zurückzubekommen ... meine liebe Cousine.«

»Ich weiß nicht, was du hier für einen Handel anstrebst«, sagte Rosemary. »Athena ist keine Art Bauernfigur. Sie ist ein Mensch, kein Spielzeug. Du hast mir geholfen, als ich Hilfe brauchte, und wie du in deinem Brief deutlich gemacht hast, bin ich dir etwas schuldig, aber ich schulde dir nicht sie.« Sie deutete auf Athena.

Elamina verzog das Gesicht. »Na gut«, sagte sie kühl und legte ihre winzige Dessertgabel hin. »Du hast deine Feindseligkeit mehr als deutlich gemacht, Rosemary.« Ihre Stimme hatte einen Unterton, der Rosemary nervös werden ließ.

»Ich will dich nicht weiter belästigen«, sagte Elamina. »Du sollst nur wissen, dass ich guten Willens bin. Ich versuche, wiedergutzumachen, dass ich nicht die beste Cousine oder die beste ... Person war. Und ich habe in dieser Hinsicht wohl noch viel zu tun. Aber ich versuche es, und das ist alles, was ich tun kann.«

Rosemary nickte und schämte sich ein wenig. »Okay. Danke. Glaube ich.« Sie nahm den letzten Bissen von ihrem übermäßig süßen Dessert.

»Es ist schon spät. Ich denke, wir sollten besser gehen«, sagte Athena. »Es ist immerhin eine Schulnacht.«

Elamina schnaubte leicht. »Ich lasse Charles eure Mäntel holen.« Sie schnippte mit den Fingern und rief einen weiteren Diener herbei.

Auf dem Weg zurück zum Auto warf Athena Rosemary einen sehr besorgten Blick zu. »Was sollte das alles?«, fragte sie.

»Keine Ahnung«, sagte Rosemary. »Vielleicht verliert unsere liebste Lieblingscousine endlich den Verstand.«

3

thena saß im Unterricht und fühlte sich wie so oft in letzter Zeit unkonzentriert. Sie hatte in der Nacht zuvor nicht schlafen können und war sich sicher, dass sie seltsame Geräusche aus dem Wald gehört hatte, obwohl es durchaus auch sein konnte, dass ihr Verstand ihr im Halbschlaf einen Streich gespielt hatte.

Herr Spruce faselte etwas von Automantie, was anscheinend die Kunst war, etwas auf magische Weise zum Funktionieren zu bringen.

Anstatt sich auf das eigentliche Thema zu konzentrieren, war Athena meilenweit weg. Sie schloss die Augen, nur ein wenig, und konnte es sich fast vorstellen.

Das Reich der Fae …

Diese violetten Bäume und perlmuttfarbenen Kopfsteinpflasterwege.

… dieses Gefühl, wie ein Fisch, der wieder ins Wasser geworfen wird, wieder daheim.

Sie hatte nach Hause zurückkehren wollen, um der Gräfin zu entkommen. Und natürlich, weil sich nach Finnigans Verrat alle, die sie kannte und die ihr etwas bedeuteten, im Reich der Erde befanden. Aber die Rückkehr schien ihren Körper zu belasten.

Alles fühlte sich so schwer an.

»Versuch wenigstens, aufmerksam zu sein«, flüsterte Elise neben ihr.

Athena öffnete wieder die Augen und sah sich im Klassenzimmer um. Herr Spruce hatte nicht bemerkt, dass sie im Unterricht geträumt und fast geschlafen hatte, aber Beryl hatte es mit Sicherheit bemerkt und lächelte Athena selbstgefällig an.

Beryl hatte damit geprahlt, dass Athena nur ihretwegen aus dem Reich der Fae zurückgekehrt sei. Das fiese Mädchen hatte es genossen ... Wie unkonzentriert Athena gewesen war ... Wie schlecht sie in letzter Zeit in der Schule abgeschnitten hatte. Aber es war schwer, sich auf Dinge zu konzentrieren, die im Vergleich zu der anderen Welt, in der sie Zeit verbracht hatte, so grau und leblos wirkten.

Auf die meisten anderen in ihrem kleinen Kreis neuer Freunde, die sie gerettet hatten, hatte das Reich der Fae den gegenteiligen Effekt gehabt. Es hatte sich beunruhigend, verwirrend und unangenehm angefühlt. Sie waren erleichtert gewesen, in die vertraute, solide Realität zurückzukehren.

Aber Elise konnte es nachvollziehen.

Athena vermutete, dass es daran lag, dass sie mütterlicherseits eine Nymphe und damit ein Wesen aus dem Reich der Fae war. Elise spürte die Verbindung und die herrliche Freude, dort zu sein, das Gefühl, endlich dazuzugehören und sich wohlzufühlen.

Herr Spruce räusperte sich. »Jetzt zu etwas Praktischem!«

Er kramte in dem Haufen seltsamer Geräte hinter seinem Schreibtisch und holte eine Schachtel mit einigen alten Messinginstrumenten heraus. Er reichte sie in der Klasse herum.

»Sind das irgendwelche magischen Apparate?«, fragte Felix.

Beryl lachte. »Das sind ganz offensichtlich nur ganz normale Taschenlampen.«

»Taschenlampen?«, fragte Deron. »Das sieht für mich nicht wie eine Taschenlampe aus. Wir haben zu Hause jede Menge Plastiktaschenlampen.«

Beryl warf ihm einen angewiderten Blick zu.

»Das sind in der Tat Dynamotaschenlampen«, sagte Herr Spruce. »Und wir verwenden sie seit vielen Jahrzehnten für diesen Unterricht.

Sie mögen zwar veraltet sein, aber ich kann dir versichern, dass sie einwandfrei funktionieren. Der Punkt ist, dass man für Automantie seinen Verstand benutzen muss, und zwar nicht um die kinetische Energie um das Gerät herum zu beeinflussen, damit es sich bewegt, sondern um sich mit dem Gerät selbst zu verbinden. Die Idee ist, das Gerät dazu zu bringen, sich in seiner natürlichen Essenz selbst einzuschalten und sich somit selbst zu bewegen. Ich zeige es euch mal."

Er setzte sich an seinen Schreibtisch und legte eine der Messing-Aufziehlampen vor sich ab. Dann legte er die Hände auf die Schläfen und schaute mit schielenden Augen auf das Gerät.

Felix lachte über das Gesicht, das Herr Spruce machte, und Elise stieß ihn mit dem Ellbogen. Es war eindeutig immer noch ihre Aufgabe, alle bei der Stange zu halten. Athena lächelte ihr unterstützend zu.

Herr Spruce summte ein wenig, und der Griff des Dynamos begann sich zu drehen, zunächst nur leicht, dann etwas schneller. Und noch schneller, bis ein Licht aus der Vorderseite der Taschenlampe zu leuchten begann.

»Da habt ihr's!«, sagte Herr Spruce stolz und ließ die Hände sinken, als sich der Griff nicht mehr bewegte. »Jetzt werdet ihr üben. Und denkt nicht einmal daran, kinetische Energie zu nutzen, um die Griffe zu bewegen. Sie wurden speziell verzaubert, sodass sie nur mit Automantie funktionieren.«

Die Klasse begann zu üben. Athena war nicht interessiert genug, um sich auf die Aufgabe einzulassen. Sie sah sich nach Beryl um, die frustriert mit zusammengekniffenen Augen auf das Gerät starrte. Athena hätte gelacht, wenn sich nicht eine einzige der Taschenlampen im Klassenzimmer bewegt hätten.

Felix sah aus, als hätte er aufgegeben und schoss mit Deron, der seinen Dynamo ebenfalls aufgegeben hatte, Magie in Form von winzigen Papierfliegern hin und her.

»Ach, es hat keinen Sinn«, sagte Beryl und verzog das Gesicht. »Warum sich mit Automantie herumschlagen, wenn kinetische Energie völlig ausreicht?«

Herr Spruce lachte schallend. »Miss Flarguan, Sie wissen doch sicher, dass Automantie weit mehr ist, als nur eine Taschenlampe zum Leuchten zu bringen. Es ist eine ganze magische Spezialität. Wir fangen klein an, weil es schwierig ist, sie zu meistern.«

Athena versuchte, sich ein Grinsen über das offensichtliche Unbehagen ihrer Erzfeindin zu verkneifen, aber Beryl hatte recht, es hatte nur wenig Sinn, es zu versuchen. Sie verschränkte die Arme und lehnte sich in ihrem Stuhl zurück. Wenn es keiner der anderen Schüler schaffte, das Ding zum Laufen zu bringen, hatte sie wenig Chancen, erfolgreich zu sein.

»Du versuchst es nicht einmal?«, fragte Herr Spruce.

»Ähm«, sagte Athena. »Ich habe heute Probleme, mich zu konzentrieren.«

»Nur zu«, sagte Herr Spruce. »Ich weiß aus zuverlässiger Quelle, dass die Familie Thorn Experten für Automantie sind.«

»Das mag vor langer Zeit einmal der Fall gewesen sein«, sagte Athena und dachte daran, wie ihr magisches Herrenhaus die Dinge gerne automatisch erledigte, als wäre es ein Lebewesen. »Leider wissen meine Mutter und ich noch nicht genau, was wir so genau mit unserer Magie tun.«

»Aber, aber, diese Spezialität ist komplex. Die meisten Menschen brauchen viele Jahre des Studiums, um auch nur die Grundlagen zu erlernen. Habt ihr das gehört?«, sagte Herr Spruce und kratzte sich am langen, weißen, krausen Bart, während er sich an die Klasse wandte. «Von euch wird heute nicht erwartet, dass ihr Berge versetzt. Ich wäre schon sehr erfreut, wenn einer von euch auch nur einen Zentimeter Bewegung aus dem Apparat vor euch herausbekommt. Ich gehe davon aus, dass ihr einige Wochen brauchen werdet, um ihn überhaupt zum Laufen zu bringen.«

Beryl hatte einen Ausdruck leidenschaftlicher Entschlossenheit im Gesicht, als sie weiter auf den Dynamo starrte, in der Hoffnung, sich beweisen zu können.

Athena seufzte und starrte auf die Taschenlampe vor sich, aber es dauerte nicht lange, bis ihre Augenlider wieder zu sinken begannen und eine Art Abbild des violetten Lichts, das nachts durch das Reich der Fae schien, und das Gefühl der Verbundenheit zum Vorschein kam.

Jedes Mal, wenn sie an diesen Ort zurückdachte, war dies mit dem Stich des Verrats verbunden.

Finnigan.

Sie hatte ihm vertraut. Und doch hatte er sie nur seiner Herrin, der Gräfin von West-Eloria, ausgeliefert. Bei der Erinnerung erfasste sie Wut, gefolgt von Traurigkeit. Aber das Schlimmste war, dass sie immer noch Gefühle für ihn hatte.

Sie konnte ihren eigenen Gefühlen nicht entkommen. Es hatte etwas gegeben, das sich gut angefühlt hatte, wenn sie mit Finnigan zusammen gewesen war, und das gesamte Reich der Fae, weshalb sie in der Schule immer in Elises Nähe war. Elise verstand es.

Ähnlich war es mit den jungen Findelkindern, die vorübergehend im Thorn Manor untergebracht waren. Ihre Anwesenheit erinnerte sie ein wenig an diesen überirdischen Ort. Sie, die so lange dort gelebt hatten, strahlten etwas von dessen Wesen aus. Das war vielleicht auch der Grund, warum es ihr nichts ausmachte, so viel Zeit mit ihrem Vater, einem Fae, zu verbringen, obwohl sie ihm sein Verhalten ihr gegenüber, als sie noch ein Kind gewesen war, nicht ganz verziehen hatte.

Dain war ein Fae und sie war zum Teil Fae. Und so sehr sie sich auch von all dem fernhalten wollte und noch immer unter dem Schmerz des Verrats litt, genoss sie es auch so sehr, dass es ihr einfach nicht gelang. Im Reich der Fae funktionierten die Dinge für sie. Ihre Magie kam ihr leicht vor. Ihr Geist war klar. Selbst die kurze Zeit dort hatte ihr geholfen, ihre Kräfte nachhaltig zu verfeinern, weit mehr als monatelanges Üben im Reich der Erde zuvor. Es war, als wäre sie für diesen Ort geschaffen. Sie passte dorthin. Es funktionierte.

Sie blickte wieder auf das Messingobjekt vor sich hinunter, immer noch halb in einem unruhigen Tagtraum. Es war, als könnte sie durch die Metallschichten hindurchsehen. Es war für einen bestimmten Zweck geschaffen worden. Es gehörte dazu ... Genau wie Athena sich dazugehörig fühlte, wenn sie im Reich der Fae zu Hause war.

Irgendetwas an der Dynamomaschine erinnerte Athena seltsamerweise an das Haus, in dem sie lebte. Thorn Manor hatte dieses intensive Gespür, als wäre es ein eigenständiges Lebewesen.

Plötzlich konnte sie es sehen – spüren – als wäre es eine ureigene Wahrheit. Alles trug einen solchen Funken in sich. Und wenn es aktiviert wurde, vollbrachte es so viel mehr als erwartet.

Sie konzentrierte sich ganz auf das Gerät vor ihr. In Gedanken konnte sie durch die Messingschichten, die Zahnräder und die Schrauben hindurch in das Herz des Objekts blicken: seine Essenz. Athena spürte, wie der innere Funke aufleuchtete wie ein Feuer, das zum Leben entfacht wird.

Der Griff des Dynamos zuckte.

Ja!

Da war ein summendes Geräusch. Alle Augen richteten sich auf Athenas Schreibtisch, auf die Vorrichtung, die sich nun von selbst bewegte. Sie begann sich zu drehen, immer schneller, außer Kontrolle, so sehr, dass die Taschenlampe auf dem Tisch herumwirbelte und den ganzen Raum erhellte.

Herr Spruce stand auf und brach in lauten Applaus aus. »Oh brava! Brava!«, rief er aus. »So etwas habe ich noch nie gesehen! Das war einfach großartig für einen ersten Versuch!"

Athena verspürte einen Anflug von Stolz. Sie bemerkte, dass Beryl sie von der anderen Seite des Klassenzimmers aus böse anstarrte, aber sie konnte nicht anders, als zu lächeln. Obwohl sie sich nicht einmal besonders angestrengt hatte, hatte sie es zumindest geschafft, in diesem Halbjahr eine Sache richtig zu machen.

4

———

Rosemary beobachtete vom Küchenfenster aus, wie Athena und Dain draußen auf dem Rasen herumliefen und die Kinder beschäftigten. Die kleine Clio und Thea hatten endlich angefangen zu reden, obwohl sie sich an nichts aus ihrer Vergangenheit erinnerten, nicht einmal an die Namen, die sie getragen hatten, bevor Athena ihnen neue gegeben hatte. Sie kicherten, während sie herumliefen, geführt von dem lebhaften Harry und der schüchternen Elowen. Mei war auch dabei, nur hatte sie im Gegensatz zu den anderen Findelkindern eine bekannte Familie. Die anderen blieben ein Rätsel.

»Es sind so friedliche Kinder, nicht wahr?«, sagte Detective Neve, die am Nachbartisch saß und an einer Tasse frisch gebrühten Tees nippte.

»Vielleicht ist das Teil der Magie des Fae-Reichs«, sagte Rosemary. »Es stimmt schon. Sie weinen oder streiten so gut wie nie. Sie sind überhaupt nicht so schwierig wie Athena, als sie noch klein war.«

»Da hast du wahrscheinlich recht«, sagte Neve. »Sie sind ätherisch, als hätte dieser Ort auf sie abgefärbt. Zumindest ist es recht einfach, sich um sie zu kümmern.«

Rosemary stimmte bereitwillig zu. Die Kinder hatten überhaupt keine Probleme gemacht. Sie musste nur dafür sorgen, dass sie gefüttert und gebadet wurden, und Dain war großartig darin, sie zu unterhalten. Zwei Wochen waren bereits seit ihrer Rückkehr aus dem Reich der Fae vergangen, aber dies war kein dauerhaftes Zuhause für sie, und die Ungewissheit begann Rosemary zu beunruhigen.

»Wie geht es Athena?«, fragte Neve.

Rosemary strahlte. »Hervorragend, zumindest heute. Sie kam nach Hause und schwärmte von Autofantie oder so etwas. Anscheinend lief es heute in der Schule gut.«

Sie sahen zu, wie Athena Harry im Kreis herumwirbelte, während die anderen Kinder vor Freude quietschten. Die Kinder waren so süß und voller Staunen.

»Was denkst du, wird mit ihnen geschehen?«, fragte Rosemary.

»Wie du weißt, haben wir versucht, die Familien ausfindig zu machen«, sagte Neve. »Aber die magischen Behörden sind mit Notfällen beschäftigt.«

Rosemary hob fragend die Augenbrauen.

»Ich sollte es dir wahrscheinlich nicht sagen«, sagte Neve. »Polizeiliche Angelegenheiten, aber was die Suche nach den Familien betrifft, zu denen diese Kinder gehörten, sind unsere besten Hinweise alte historische Fälle.« Sie holte eine Aktenmappe aus ihrer Tasche und öffnete sie auf dem Tisch. »Eigentlich dürfte ich dir das nicht zeigen, da es sich um eine polizeiliche Ermittlung handelt. Aber unter den gegebenen Umständen ...«

Rosemary eilte aufgeregt zum Tisch, um sich die Dokumente anzusehen.

»Wir haben die Lebensmittel!«, sagte Marjie und eilte in einem bunten Blumenkleid in die Küche. Nesta folgte ihr dichtauf und trug ihren üblichen leuchtend roten Umhang über schlichter schwarzer Kleidung. Ihr dunkles Haar war wie so oft zu einem hohen Dutt hochgesteckt.

Rosemary lächelte. Nesta war in den letzten Wochen eine gute Freundin geworden, während sie und Neve bei der Betreuung der Findelkinder geholfen hatten. Rosemary war es gewohnt, ihre sanfte, musikalische Stimme mit dem leichten walisischen Akzent zu hören.

Das Haus war in letzter voller Freunde gewesen, etwas, von dem Rosemary sicher gewesen war, dass sie es schnell leid werden würde, aber es war eigentlich ganz nett.

»Mach dir keine Sorgen«, sagte Nesta, die sich dem Tisch näherte und dabei wie so oft intuitiv Rosemaries Gedanken zu lesen schien. »Wir werden nicht ewig hier bleiben. Wir wollen nur bei den Kindern helfen, bis ... oh, ist das die Akte, Liebes?«

Neve lächelte ihrer Freundin zu. »Ja, sag Perkins nur nicht, dass ich sie euch gezeigt habe, sonst flippt er aus. Du weißt ja, wie er ist.«

»Es ist wirklich kein Problem, euch alle um mich herum zu haben«, sagte Rosemary. «In diesem großen alten Haus kann ich immer noch meinen eigenen Bereich haben, wenn ich möchte, ich muss nur in einen der vielen leeren Räume gehen. Außerdem, wie würden wir sonst mit all den Kindern zurechtkommen?«

»Du musst nicht die Verantwortlichkeit für sie übernehmen«, sagte Neve.

»Wie ich schon sagte«, antwortete Rosemary, »ich möchte nicht riskieren, dass sie in eine Pflegefamilie kommen, falls es ihnen dort nicht gut ergeht. Außerdem gibt es Athena eine gute Chance zu lernen, mehr Verantwortung zu übernehmen.«

Rosemary beobachtete durch das Fenster, wie ihre Tochter die kleine blonde Elowen hoch in die Luft warf.

»Das ist zumindest die Idee dahinter«, sagte Rosemary seufzend. Sie ging zur Hintertür und rief Athena zu: »Pass auf, dass du sie nicht verletzt!«

»Ist das die kleine Elowen?«, fragte Marjie und kniff die Augen zusammen. »Sie liebt es, herumgeworfen zu werden. Sie findet es zum Totlachen, wenn Herb sie kopfüber hält!«

»Sie ist ein süßes Kind«, sagte Rosemary. »Sie kannte kaum ihren eigenen Namen. Ich glaube, sie ist etwa vier Jahre alt.«

»Aufgrund der alten Zeitungsberichte glauben wir, dass es sich um die kleine Elowen Dawson handelt, die vor vierzig Jahren verschwunden ist«, sagte Neve.

»In vierzig Jahren kann viel passieren«, sagte Nesta. «Wo ist ihre Familie jetzt?«

»Laut dem letzten Bericht, den wir haben, haben sie die Stadt verlassen. Sie sind nach Burkenswood gezogen, wahrscheinlich um die anderen Kinder zu schützen.«

»Ich kann es ihnen nicht verübeln«, sagte Rosemary. »Wer würde schon an einem Ort bleiben wollen, der einen ständig an das vermisste Baby erinnert?«

»Hast du schon mit der Familie gesprochen?«, fragte Marjie.

»Noch nicht. Ich habe eine Schwester ausfindig gemacht. Die Eltern sind verstorben.«

»Es ist seltsam, nicht wahr?«, sagte Rosemary. »Familienmitglieder aufzuspüren und herauszufinden, ob sie ihre vermissten Geschwister oder Cousins adoptieren wollen, die vor Jahrzehnten verschwunden sind, aber noch kleine Kinder sind.«

»Es ist sicherlich keine normale Polizeiarbeit«, sagte Neve. »Und wir können das normale Jugendamt nicht einschalten, weil ...«

»Man das nicht erklären kann?«, sagte Rosemary.

»Genau«, sagte Neve. »Wir haben noch nie eine magische Kinderfürsorge gebraucht. Gelegentlich sind Kinder verschwunden oder zurückgekehrt, aber das kommt ziemlich selten vor, besonders dass sie aus dem Reich der Fae zurückkommen. Das Problem ist, dass hier so viel Zeit vergangen ist, aber die Kinder noch so jung sind. Und was die Sache noch schlimmer macht, ist, dass die Familien sich in der Regel an nichts erinnern.«

»Oh. Das stimmt«, sagte Rosemary. »Warum sind sie dann weggezogen?«

»Diese spezifische magische Amnesie scheint eine Weile zu brauchen, um einzusetzen«, sagte Neve.

»Wir müssen aufpassen, dass wir nicht auch alle vergessen, was uns passiert ist«, murmelte Rosemary verbittert über ihr Gedächtnis und darüber, wie es manipuliert worden war. »Ich frage mich, ob es eine Art Zauber gibt, der die Erinnerungsmagie aufhalten könnte.« Sie schaute aus dem Fenster zu Dain, der mit Harry und den Zwillingen herumlief.

Sie wollte nicht, dass sich noch mehr Fae in ihren Verstand einmischten.

»Ich kann versuchen, dir dabei zu helfen«, sagte Marjie. »Meine Tante Morwenna war eine Expertin, wenn es um das Gedächtnis ging. Sie hatte einige spirituelle Bücher ...«

»Erinnere mich nicht daran«, sagte Rosemary. »Dain war nicht der Einzige, der mein Gedächtnis durcheinander gebracht hat, erinnerst du dich? Meine eigene Großmutter hat einen Zauber ausgesprochen, um die Familienmagie zu binden, sodass ich völlig vergessen habe, dass sie jemals existiert hat.«

»Ja, ja«, sagte Marjie. »Du weißt, dass sie ihre Gründe dafür hatte.«

Nesta ging klugerweise davon aus, dass dies ein guter Zeitpunkt war, um das Thema zu wechseln. »Also wirst du sie besuchen?«, fragte sie Neve und deutete auf die Akten. «Elowens Familie, meine ich. Es sieht so aus, als hättest du sie ausfindig gemacht. Du musst sie doch informieren.«

»Ich hatte vor, morgen dorthin zu fahren«, sagte Neve. »Um die Schwester zu besuchen.« Sie wandte sich an Rosemary. »Vielleicht könntest du mitkommen und mir helfen, das mit dem Reich der Fae und dem Gedächtnisverlust zu erklären, da du es besser verstehst als die meisten anderen.«

»Glaubst du nicht, dass das zu weit gehen würde?«, fragte Rosemary. «Ich bin keine Polizistin oder so. Es könnte seltsam sein.«

»Ich könnte dich als eine Art externe Beraterin hinzuziehen«, sagte Neve. »Wir würden dich nach Stundensatz bezahlen, genau wie andere Auftragnehmer.«

»Weißt du, ich hätte nie erwartet, dass ich mal professionelle Beraterin für magischen Gedächtnisverlust und Fae werde«, sagte Rosemary. »Aber Perkins wird es hassen, also kannst du auf mich zählen.«

Neve lächelte sie an. In diesem Moment rannte ein kleines dunkelhaariges Mädchen in die Küche und schlang ihre Arme um Neve und dann um Nesta.

»Mamis!«, sagte sie.

»Mei, wir hatten dieses Gespräch schon einmal«, sagte Neve. »Ich bin deine Cousine, erinnerst du dich?«

Das kleine Mädchen kicherte. »Ich weiß, Connie«, sagte sie und benutzte dabei einen Spitznamen aus ihrer Kindheit, der Neves Vornamen Constantine abkürzte. »Aber du bist jetzt groß genug, um Mama zu sein. Wie bist du überhaupt so groß geworden?«

»Es ist viel Zeit vergangen, erinnerst du dich?«, sagte Nesta. »Du warst im Reich der Fae, und dort hat sich die Zeit anders verhalten.«

»Aber wo ist Mami? Meine richtige Mami?«

Die beiden Frauen warfen sich einen unangenehmen Blick zu. »Deine Mami ist jetzt viel älter«, sagte Neve sanft. »Sie ist nicht wie du ins Reich der Fae gegangen. Du bist sehr klein geblieben, und der Rest von uns ist größer und älter geworden.«

»Sie muss riesig sein!«, sagte Mei.

»Nicht ganz so riesig«, sagte Neve.

»Wann kann ich sie sehen?« Meis Lächeln verblasste.

»Ich habe tatsächlich dafür gesorgt, dass sie dieses Wochenende einfliegt«, sagte Neve. »Sie wird bei uns zu Hause wohnen. Erinnerst du dich an das Haus, das wir gestern besucht haben?«

»Warum nicht hier?«, fragte Mei. »Kann sie nicht hier bei mir und meinen Freunden bleiben?«

»Mei, wir dachten, du möchtest vielleicht auch zu uns kommen und bei uns bleiben«, sagte Nesta.

Mei schmollte. »Aber ich möchte bei meinen Freunden bleiben.«

»Wir wollen Rosemary nicht zu lange belästigen«, sagte Neve.

Mei sah Rosemary erwartungsvoll an.

»Alles ändert sich, Liebling«, sagte sie. »Es liegt an Neve und Nesta, zu entscheiden, wann sie bereit sind, weiterzuziehen. Ihr macht wirklich keine Umstände.« Rosemary sah Neve an. »Lasst euch Zeit. Wir haben viel Platz. Und selbst wenn wir keinen mehr haben, wird das Haus uns sicher noch mehr zaubern.« Sie tätschelte liebevoll das Holz des Hauses. »Braves Haus.«

»Nun«, sagte Neve und sah leicht besorgt aus. Sie kniete sich hin und nahm Meis Hände. »Wir werden sehen, wo deine Mama bleiben möchte. Du musst bedenken, dass sich seit deinem Verschwinden viele Dinge geändert haben.«

»Ich weiß!«, sagte Mei aufgeregt. »Athena hat mir erstaunliche Dinge gezeigt.«

»Erstaunliche Dinge?«, fragte Rosemary.

»Ja! Sie hat so eine kleine Box, die wie ein Rechteck aussieht, und die leuchtet. Und man kann *alles* damit machen. Man kann sogar mit Leuten sprechen, die nicht da sind, aber nicht wie bei einem Telefon, sondern wie ... mit ihren Gesichtern. Und es hat alle Informationen der Welt! Es ist magisch.«

»Ich verstehe«, sagte Rosemary lächelnd.

»Athena nennt es ihr Telefon«, sagte Mei. »Aber Telefone haben Kabel und sind viel größer. Das habe ich ihr auch gesagt!«

Nesta und Rosemary grinsten einander an.

»Das wird eine interessante Eingewöhnungsphase«, sagte Neve mit leichter Besorgnis in der Stimme.

5

———

Athena starrte auf die Holztäfelung an der Decke. Sie hatte wieder Schlafstörungen. Wenn sie im Bett lag, konnte sie nur an das Reich der Fae denken und daran, wie gut es sich angefühlt hatte, dort zu sein.

Sie sah sich in ihrem Zimmer um. Alles an diesem Ort fühlte sich zu schwer und hart und dicht an. Es war in vielerlei Hinsicht ihr Zuhause, nur nicht auf die Weise, die ihr Herz zum Singen brachte.

Der Wind rüttelte an den Fenstern und flüsterte durch die Bäume draußen, während sie so dalag.

Sicher, alle, die sie kannte und liebte, waren im Reich der Erde, aber hier zu sein, fühlte sich einfach falsch an. An ihren tiefsten Punkten wünschte sie sich fast, sie könnte trotz seines Verrats mit Finnigan sprechen. Zumindest würde er sie vielleicht verstehen. Was sie wirklich vermisste, war der Finnigan, den sie zu kennen geglaubt hatte, nicht der, der sie der Fae-Gräfin ausgeliefert hatte, aber dieser Junge existierte nicht.

Sie war nicht bereit, mit ihrer Mutter über ihre Gefühle oder etwas so Persönliches zu sprechen. Das Letzte, was Athena brauchte, war, dass Rosemary wieder überfürsorglich und besitzergreifend wurde.

Trotzdem konnte sie nicht weiter im Kreis herumlaufen. Sie musste etwas tun.

Es gab keine andere Möglichkeit.

Athena stieg aus dem Bett, zog ihre Hausschuhe und ihren warmen Morgenmantel an. Sie öffnete die Tür zu ihrem Balkon.

Für einen Moment glaubte sie, flüsternde Stimmen zu hören, aber als der Wind sich legte, war alles still. Athena fühlte sich so allein.

Natürlich konnte sie Finnigan nicht rufen, und sie hätte ihn nicht sehen wollen, selbst wenn er nach ihr suchen würde. Schlimmer noch, sie vermutete, dass er sich nicht mehr die Mühe machen würde, jetzt, wo er von ihr bekommen hatte, was er wollte, nachdem er sie als Druckmittel gegen die Gräfin benutzt hatte.

Sie mochte immer noch Gefühle für ihn hegen, aber sie war nicht völlig dumm. Und die meisten dieser Gefühle waren im Moment ohnehin nur verschiedene Formen von Wut. Sie verdrängte ihn aus ihren Gedanken.

Es gab schließlich Wichtigeres als Jungs.

Der Wind frischte wieder auf, als Athena lautlos auf den Rasen hinunterging. Sie war dankbar, dass das Haus nicht beschlossen hatte, ihren eigenen persönlichen Ausgang zu entfernen, obwohl Rosemary deswegen getobt und sich darüber beschwert hatte, als sie bemerkt hatte, dass der Balkon und die Treppe erschienen waren. Obwohl die Theatralik ihrer Mutter wahrscheinlich *eher* damit zu tun hatte, dass Athena in das Reich der Fae geflohen war, als mit den magischen Renovierungsarbeiten im Speziellen.

Sie ging in Richtung des Waldes, zu dem Finnigan sie geführt hatte. Sie konnte nicht anders, als sich zwischen den Bäumen nach ihm umzusehen, obwohl sie halb darauf aus war, ihn mit ihrer Magie zu vernichten, wenn sie ihn zu Gesicht bekäme.

Wenn es nur einen Weg gäbe, wie sie ohne ihn in das Reich der Fae zurückkehren könnte, und sei es nur vorübergehend. Es war fast so, als würde dieser Ort sie rufen und sie nach Hause locken, aber sie wusste, dass sie bleiben musste.

Vielleicht kann ich versuchen, den Schleier zu durchdringen, nur ein kleines bisschen. Das würde ausreichen, um mich für eine Weile bei Verstand und zufrieden zu halten.

Sie versuchte sich daran zu erinnern, was Finnigan getan hatte, und erinnerte sich vage daran, dass es Lichter in der Luft gegeben hatte. Sie hatten eine Art Torbogen gebildet. Aber sie wusste nicht, wie sie das bewerkstelligen sollte. Es war alles ein bisschen hoffnungslos.

Ein Windstoß fegte durch die Bäume; es klang fast wie ein geflüsterter Gesang, aber Athena wusste es besser, als sich von ihrer Fantasie mitreißen zu lassen.

Ich bin eine mächtige Hexe ... und eine mächtige Fae. Ich kann das. Ich brauche ihn und sein Drama nicht. Ich habe alle Macht, die ich brauche, hier.

Sie hob den Zeigefinger, um zu versuchen, eine Tür durch den Schleier von diesem Reich ins nächste zu schneiden.

Wenn Finnigan seine Fae- und Menschenmagie einsetzen kann, um durch beide Seiten des Schleiers zu gelangen, dann kann ich das sicher auch.

Athena konzentrierte sich auf das Reich der Fae, dieses schöne Gefühl, das Gefühl, frei und entspannt, zufrieden und wirklich lebendig zu sein. Es war das Gefühl, in ihrem Herzen zu Hause zu sein. Bilder des violetten Lichts, das durch die Bäume drang, schwammen durch ihren Kopf.

Ein winziges Licht brach aus der Spitze ihres Fingers hervor. Sie bewegte es nach oben und über sich hinweg und spürte eine Dichte in der üblichen Nachtluft. Es war fast so, als würde sie ihre Hand durch Gelee bewegen, während sie den Schleier durchtrennte.

Ein Energiestoß schoss durch sie hindurch und warf sie in Gras.

Athena rappelte sich auf und versuchte zu sehen, was sie erschaffen hatte. Die Luft flimmerte vor ihr. Sie streckte die Hände aus und spürte, wie eine warme, flüssige Empfindung durch sie hindurchfloss.

Wunderschöne Lichtmuster verwebten sich in der Luft, während rote, blaue und violette Blitze aus dem Reich der Fae durch sie hindurchflogen.

Athena seufzte und sonnte sich in der Energie.

Es war dasselbe schöne Gefühl, obwohl es nur flüchtig war.

Das ist es, erkannte sie. *Das ist das Gefühl von Heimat. Wenn ich es nur in eine Flasche füllen und überallhin mitnehmen könnte.*

Nach einigen Augenblicken war das Gefühl verschwunden und der Schleier hatte sich wieder zusammengefügt. Trotz der Versuchung wagte Athena es nicht, eine weitere Öffnung zu schneiden, um hindurchzuschlüpfen, für den Fall, dass sie nicht mehr zurückkehren könnte.

Sie schlich die Treppe hinauf und legte sich wieder ins Bett, in der Hoffnung, dass das Gefühl der Zufriedenheit noch ein wenig anhalten würde.

6

Rosemary und Neve stiegen in einem bescheidenen Viertel von Burkenswood aus dem Auto. Die Morgenluft war noch immer voll von hartnäckigem Nebel. Rosemary verspürte eine leichte Nervosität bei dem Gedanken, Neve bei der Polizeiarbeit zu helfen, was die Gefahr mit sich brachte, dass sie wieder zu schwafeln begann.

»Ich habe vergessen, wie früh mich die Kinder heutzutage wecken«, sagte Rosemary. »Mir war gar nicht klar, dass es noch Morgen ist.«

Neve lächelte sie an. »Bist du bereit?«, fragte sie. »Das könnte interessant werden.«

Rosemary nickte. Sie hatte ihr Haar mit einem Band zusammengebunden, ein bisschen wie der Pferdeschwanz, den die Polizistin trug. Sie hatte sich recht konservativ gekleidet, ein schlichtes marineblaues Hemd und eine schwarze Hose, damit sie nicht ihre übliche Ausstrahlung verströmte, die Athena oft als Oma-Kleinkind-Yoga-Kleidung bezeichnete.

Neve klopfte an die Tür. Nach einem Moment öffnete eine blasse Frau mit grauen Haaren und einem müden Gesichtsausdruck. In der einen Hand hielt sie ein Stück Toast.

»Tamsyn Dawson?« fragte Neve.

»Worum geht es?«, fragte die Frau. »Ich komme zu spät zur Arbeit.«

»Entschuldigen Sie die Störung. Sollen wir zu einem besseren Zeitpunkt wiederkommen?«, sagte Rosemary.

»Nein. Sagen Sie es mir einfach.« Tamsyn klang ungeduldig. »Verkaufen Sie etwas, denn wenn ja, können Sie mich mal …«

Detective Neve zeigte ihr ihre Dienstmarke und stellte sich vor.

Tamsyns Gesichtsausdruck wurde noch ernster. »Was ist passiert?«

»Das ist eine lange Geschichte«, sagte die Polizistin.

»Ich schätze, Sie kommen besser mit rein«, sagte Tamsyn. Sie folgten ihr in die offene Wohnküche des Hauses. Es roch muffig. Rosemary bemerkte, dass das Linoleum vergilbt war und das Furnier der Küchenschränke altersbedingt Risse aufwies.

»Sie erinnern sich vielleicht nicht daran«, sagte Neve, als sie sich an den Küchentisch setzten. »Aber vor vierzig Jahren ist ein kleines Mädchen verschwunden, das mit Ihnen verwandt war.«

Die Frau schüttelte ungläubig den Kopf. »Geht es hier um einen alten Mordfall?«, fragte sie mit einem entsetzten Gesichtsausdruck.

»Nicht ganz«, sagte Rosemary. »Sie lebt noch.«

»Sie wollen mir sagen, dass ich eine lang vermisste Verwandte habe, die entführt wurde?«

»So etwas in der Art«, sagte Rosemary.

Neve warf ihr einen Blick zu und Rosemary beschloss, die Polizistin den Großteil des Gesprächs führen zu lassen.

»Sehen sie mal«, sagte Neve. »Um ganz ehrlich zu sein, es war Magie im Spiel.«

Tamsyn schüttelte schockiert den Kopf. »Nein, nein. Wir sind weggezogen … um all dem zu entkommen.«

»Warum genau sind Sie aus Myrtlewood weggezogen? Erinnern Sie sich noch?«, fragte Detective Neve.

»Es ist etwas passiert«, sagte Tamsyn mit trübem Blick. »Ich weiß nicht, was es war. Vielleicht haben meine Eltern es mir nie erzählt. Aber es ist etwas Schlimmes passiert und wir mussten wegziehen. Wir durften nicht mehr über Magie sprechen. Oh, ihr Götter, ich habe es vermisst. Ich habe es so sehr vermisst.«

»Möchten Sie wissen, was passiert ist?«, fragte Rosemary vorsichtig, unfähig, sich völlig vom Reden abzuhalten.

»Es ist schon lange her«, sagte Tamsyn. »Meine Eltern sind jetzt tot. Ich nehme an, dass ich ... ihren Anweisungen nicht mehr folgen muss.« Sie schüttelte sich. »Okay, sicher. Schießen Sie los. Was ist passiert?«

»Das kleine Mädchen, das vermisst wurde, war Ihre Schwester«, sagte Detective Neve.

Der Frau fiel die Kinnlade herunter. Sie schüttelte ungläubig den Kopf.

»Sie wurde von den Fae in ihr Reich entführt«, fuhr die Kommissarin fort. »Deshalb erinnern Sie sich nicht. Sie verfügen über eine mächtige Magie, die Menschen die Dinge vergessen lässt, die sie belasten könnten.«

Rosemary nickte, erleichtert über die Tatsache, dass die Kommissarin eine so klare Art der Kommunikation hatte.

»Das ist nicht möglich«, sagte Tamsyn und verschränkte die Arme. »Ich hatte keine Schwester. *Daran* würde ich mich erinnern.«

»Wir verstehen, dass dies ein Schock ist«, sagte Neve.

Die Haltung der Frau versteifte sich. »Na hören Sie mal, ich weiß nicht, wer Sie sind und was für ein Spiel Sie spielen. Aber an so etwas würde ich mich erinnern.«

»Bitte«, sagte Rosemary.

»Nein. Verschwinden Sie von hier!«

»Möchten Sie vielleicht mehr über sie erfahren?«, fragte Detective Neve.

»Ganz bestimmt *nicht*«, sagte Tamsyn. »Das kann unmöglich wahr sein. Gehen Sie jetzt, bevor ich Sie bei den *echten* Behörden melde.«

Rosemary und Neve warfen sich einen besorgten Blick zu. Die Kommissarin zuckte mit den Schultern und stand vom Tisch auf. Rosemary schloss sich ihr an. Die Frau war eindeutig gestresst und es würde nicht helfen, mit ihr zu diskutieren. Sie verließen das Haus und machten sich auf den Weg zurück zum Auto der Kommissarin.

»Das war schrecklich«, sagte Rosemary.

»Es hätte noch viel schlimmer kommen können. Glaub mir«, sagte Neve. »Zumindest sind wir an der Tür vorbei gekommen. Und zumindest wusste sie von der Magie, auch wenn sie uns jetzt bei den ‚echten‘ Behörden verpfeifen wird.«

»Das ist eine ganze Menge zu verdauen«, sagte Rosemary. »Nicht wahr? Es ist schrecklich, wenn das eigene Gedächtnis manipuliert worden ist. Als würde dein gesamter Sinn für die Realität in Frage gestellt. Ich weiß, wie das ist.«

Neve seufzte. »Damit hätten wir anfangen sollen. Du hättest über deine Erfahrung sprechen und sie behutsam darauf vorbereiten können. Ich war zu abrupt.«

»Nein«, beruhigte Rosemary sie. »Du warst großartig. So klar und ruhig. Ich vermute, es gibt keine perfekte Art, mit einer solchen Situation umzugehen. Und selbst wenn sie uns irgendwann glaubt, was dann? Wir können nicht einfach ein kleines Mädchen vor der Türschwelle einer Frau absetzen, die sich nicht an sie erinnert.«

»Dieser Fall ist viel schwieriger, als ich dachte«, sagte Neve. «Weißt du, normalerweise sind alle überglücklich und erleichtert, wenn die Polizei entführte Kinder zurückbringt. Es ist ein großer Erfolg, aber das hier ...«

»Ich frage mich, ob ich etwas tun kann, um zu helfen«, sagte Rosemary. »Eine Art Zauber.«

»Danke. Das ist der andere Grund, warum ich dich mitnehmen wollte. Ich dachte, es könnte dich inspirieren, etwas zu tun.«

»Na gut«, sagte Rosemary. »Ich bin ein absoluter Zauberneuling, das weißt du. Und was die Polizeiarbeit angeht? Nun, ich hätte wahrscheinlich gar nichts sagen sollen, aber ich kann nicht anders. Mein Mund arbeitet einfach von selbst.«

Neve lachte. »Du warst gar nicht so schlecht. Und magisch gesehen bist du mächtiger, als du denkst. Du hast bereits das Unmögliche geschafft. Zweimal. Du hast die Blutstein-Gesellschaft zerschlagen, was ich nie für möglich gehalten hätte. Und du hast es bis ins Reich der Fae geschafft. Ich denke, du wirst auch etwas so Einfaches wie Erinnerungsmagie hinbekommen.«

»Ich fürchte, daran ist nichts einfach«, sagte Rosemary. »Und du lässt mich viel beeindruckender klingen, als ich bin. Aber sicher. Ich werde sehen, was ich tun kann.«

7

Rosemarys Glieder fühlten sich schwer und müde an, als sie und Neve wieder nach Thorn Manor zurückkehrten. Sie fanden Athena, Nesta, Dain und die Findelkinder alle am Esstisch sitzend vor. Offensichtlich war es Zeit für den morgendlichen Snack.

Athena schenkte den Erwachsenen Tee und den Kindern Milch ein. Thea und Clio begannen sofort, fröhlich ihre Getränke zu schlürfen, während Harry Blasen in sein Getränk blubberte, bevor er zurechtgewiesen wurde und sie anstrahlte.

Athena bot Nesta Milch an.

»Ich fürchte, wir dürfen im Haus nur fettarme Milch verwenden«, sagte Athena und sah Dain an. »Es ist nicht sicher für ihn, wenn er mit Sahne in Kontakt kommt.«

Nesta lächelte. »Ich weiß, Liebes. Mach dir keine Sorgen. Mir ist es egal, welche Art von Milch es ist.«

Athena bediente Nesta und wandte sich dann Rosemary zu. »Habt ihr etwas Interessantes herausgefunden?«

»Ich fürchte, ich darf über meine ernsten Polizeiaufgaben nicht sprechen«, sagte Rosemary und ließ sich enttäuscht in einen Stuhl sinken. »Als vertrauenswürdige und professionelle Beraterin ...«

»Jetzt mach mal halblang«, sagte Athena.

»Nun, wir können immerhin verraten, dass es kein besonders erfolgreiches Unterfangen war«, sagte Neve grimmig.

»Überraschend«, sagte Athena ironisch. »Wenn jemand vor meiner Tür stünde und versuchen würde, ein Kind loszuwerden, an das sich niemand erinnert und das seit Jahrzehnten nicht mehr gesehen wurde, wäre ich überglücklich!«

Die Kinder lachten und klatschten, ohne den Sarkasmus in Athenas Stimme zu verstehen. Rosemary warf ihr einen warnenden Blick zu.

»Nun ja. Sie sind entzückend«, sagte Athena. »Aber es ist schon eine seltsame Situation, das musst du zugeben.«

»Solltest du nicht schon längst in der Schule sein?«, fragte Rosemary.

»Heute ist Lehrerfortbildung. Außerdem bin ich sicher, dass ich hier viel mehr über die Verantwortung des Lebens lerne, allein weil ich mich um all diese Kinder kümmern muss.«

»Da bin ich mir sicher«, sagte Dain. »Es macht schon viel aus, dass du den ganzen Tag mit ihnen spielst und Tee trinkst.«

»Das gilt nur für dich.« Athena verschränkte die Arme. »Irgendjemand muss hier ja Verantwortung übernehmen.«

Dain nippte an seinem schwarzen Tee, hob die Augenbrauen und lächelte seine Tochter an. »Wenn man alles so bedenkt, bist du ziemlich gut geraten, muss ich sagen.«

»Was meinst du damit?« fragte Rosemary streng. »Du hast mir nicht gerade viel dabei geholfen.«

Dain verzog das Gesicht und Athena lachte.

»Wenn man bedenkt, dass ich euch beide als Eltern habe«, sagte Athena.

Rosemary seufzte. »Mutter zu sein, ist der undankbarste Job!«

Es klopfte an der Tür.

»Herein!«, rief Rosemary.

Aber Marjie hatte sich bereits selbst ins Haus gelassen. »Ich bin zurück und habe Kuchen mitgebracht!«

Die Kinder jubelten. Marjie trug zwei Kisten ins Esszimmer und stellte sie auf den Tisch. Athena öffnete die ihr am nächsten stehende und enthüllte ein halbes Dutzend verschiedener kleiner Kuchen mit Sahnehaube.

Sahne!

»Äh, Marjie«, sagte Athena mit einem besorgten Unterton in der Stimme.

Rosemary starrte auf die Kuchen, wobei sich ihr die Nackenhaare aufstellten.

»Ja, Liebes«, sagte Marjie.

»Da... auf den Kuchen ... ist Sahne ...« stotterte Athena.

»Oh!«

Alle erwachsenen Augen im Raum richteten sich auf Dain.

Seine auf den Kuchen gerichteten Augen schienen zu glühen, als wären sie mit Goldstaub bedeckt.

»Das ist nicht gut«, sagte Athena und deckte die Kuchen schnell ab. »Mama. Du musst ihn zurückhalten.«

Rosemary ging hastig zu Dains Seite des Tisches und packte ihn an den Armen, als er gerade begann, sich von ihr weg in Richtung der Kuchen zu bewegen.

»Dain. Nein! Du hast ein Problem. Aber du musst dich im Zaum halten.«

Einen Moment lang verharrte Dain in unnatürlicher Stille.

»Es tut mir so leid«, sagte Marjie. »Ich hätte daran denken sollen, nachzusehen. Ich habe der neuen Verkäuferin im Laden, Lamorna, gesagt, sie soll mir keine der Sahnetorten für euch geben, aber sie hat es offensichtlich vergessen.«

»Schafft sie hier raus!«, rief Rosemary.

Athena nahm die Schachtel und rannte in Richtung Küche.

Während Dain sich aus ihrem Griff befreite, hörte Rosemary, wie die Tür zum hinteren Garten zuschlug. Er riss die andere Tortenschachtel auf und stellte fest, dass keine Sahne zu sehen war. Dann machte er einen großen Satz über die Esszimmerstühle hinweg zur Tür.

»Bleib sofort stehen!«, rief Rosemary. Sie sah hilflos zu, wie Dain auf der Jagd nach den Sahnetorten verschwand, und unterdrückte den

Drang, Magie einzusetzen. Sie wollte nicht riskieren, dass die Kinder dabei verletzt wurden.

»Oh, verdammt noch mal!«, rief Marjie.

Rosemary rannte ihm hinterher. »Dain, ich warne dich«, sagte sie.

Seine Hand lag auf der Türklinke, die Athena auf ihrer Flucht magisch verschlossen haben musste.

Rosemary konnte sehen, wie ihre Tochter schnell auf die Bäume zuging, die Kiste noch immer in ihrer Hand, aber Dain konnte viel schneller sein. Mit seiner völlig entfesselten Feengeschwindigkeit, die er hin und wieder einsetzte, wenn er die Kinder jagte, wusste sie, dass es nur einen Moment dauern würde, bis Dain sie eingeholt hatte.

Dains Hand lag immer noch an der verschlossenen Tür und versuchte, sie zu öffnen.

»Erinnerst du dich, was letztes Mal passiert ist?«, sagte Rosemary, aber der logische Teil seines Verstandes hatte das Gebäude offensichtlich verlassen. »Noch eine Chance.« Sie hielt ihre Hände vor sich, und hinter ihren Handflächen schimmerte ein Licht. »Ich meine es ernst.«

Dain knurrte, wobei es eher wie ein Schnurren klang. Er riss den Griff von der Tür, als wäre er nichts weiter als eine Zuckerstange, und stieß die Tür weit auf.

»Das war's«, sagte Rosemary.

Sie rief ihre Magie herbei.

Ein goldener Lichtball entsprang ihren Händen, flog durch den Raum und traf Dain in den Rücken. Er kippte vornüber und blieb bewusstlos liegen.

»Das hat ja lange genug gedauert«, sagte Athena, als sie zum Haus zurückkehrte.

»Ich musste ihn wenigstens warnen«, sagte Rosemary.

»Warum? Du weißt doch, dass er nicht richtig denken kann, wenn er in Sichtweite eines schnellen Schusses ist.«

»Wir müssen etwas dagegen unternehmen«, sagte Rosemary.

»Ja, das hast du schon letztes Mal gesagt«, sagte Athena, als sie durch das Haus zurückgingen. »Und was hast du bisher dagegen unternommen?«

»Ich habe ein bisschen recherchiert«, sagte Rosemary abwehrend. »Ich habe den Zauberspruch aus dem alten Buch ausprobiert, das Burk mir gegeben hat, aber Dain ist davon nur schlecht geworden, weißt du noch?«

»Na ja, wenigstens können wir Sahne zum Tee haben, jetzt, wo Papa bewusstlos ist.« Athena klang angespannt, als sie Dain ‚Papa‘ nannte. Es war ungewohnt für sie, ihn so liebevoll zu benennen, und Rosemary hoffte, dass es etwas Gutes bedeutete.

Die Kinder, die das Ganze mitgehört hatten, jubelten und klatschten. Sie waren große Fans von Marjies Sahnetorten, obwohl sie sie kaum jemals essen durften, außer bei seltenen Ausflügen in die Stadt. Bei diesen Gelegenheiten musste Dain zu seinem eigenen Schutz und zum Schutz aller anderen im Auto eingesperrt bleiben.

Rosemary wusste, dass Sahne auf die Feen eine schlimmere Wirkung hatte als die meisten bewusstseinsverändernden Substanzen, die Menschen bekannt waren. Sie verloren jegliches Gefühl für Integrität oder Anstand und wurden über alle Maßen großzügig. Glücklicherweise schien dies nicht auf Athena zuzutreffen, die diese Teile der genetischen Lotterie wohl übersprungen hatte und lediglich eine große Vorliebe für Milchprodukte hatte.

Abgesehen von ihren Gefahren hatte sich Sahne als äußerst nützlich erwiesen. Unter ihrem Einfluss hatte die Feengräfin sie ohne mit der Wimper zu zucken in die Welt der Menschen zurückgeschickt, obwohl sie sie noch kurz zuvor mit Gewalt verfolgt hatte. Athena hatte ihren Tee geschickt mit Sahne versetzt, die sie ins Feenreich geschmuggelt hatte.

Zu verstehen, welche Macht Sahne hatte, hatte Rosemary geholfen, ein paar Dinge zu verstehen, wie zum Beispiel Dains irrationales Verhalten, sein Glücksspiel und die Art und Weise, wie ihre Brieftasche immer in seiner Gegenwart verschwunden war – damals, als sie noch zusammen waren.

Die Erklärung bedeutete nicht, dass sie ihm vergeben hatte. Es war schwer, von so etwas loszukommen. Obwohl sie aufgrund der amnesischen Eigenschaften der Feenmagie oft vergaß, dass sie in der Vergangenheit wütend auf Dain gewesen war, hatte es seinen Tribut gefordert, immer wieder von der ersten Liebe betrogen zu werden.

Es hatte die Sache fast noch schlimmer gemacht, dass sie nicht angemessen wütend auf ihn gewesen war oder es verarbeitet hatte.

Athena, die gegen die Gedächtnismagie der Fae immun war, war furchtbar wütend und verärgert auf ihren Vater gewesen, aber in letzter Zeit schien sie sich etwas mehr für ihn zu erwärmen, als es Rosemary lieb war.

Obwohl sie nicht glücklich darüber war, dass Athena zuvor so wütend auf Dain war, musste Rosemary nun damit zurechtkommen, dass sich beide von Zeit zu Zeit gegen sie verbündeten, auch wenn es nur auf spielerische Weise geschah.

Zurück im Haus nahm sich Rosemary ein Stück Schokoladentorte und einen Schluck Tee, den Marjie extra mit einer großzügigen Portion ihrer Spezialmischung versetzt hatte.

»Bist du mit einem Heilmittel für ihn weitergekommen, Liebes?«, fragte Marjie.

»Das frage ich sie auch ständig«, sagte Athena.

»Ich glaube, ich muss mir einen ganz neuen Zauberspruch ausdenken«, sagte Rosemary. »Ich werde mich nach meinem Besuch bei Liam an die Arbeit machen. Nicht, dass ich wüsste, was ich tue.«

»Warum besuchst du denn auf einmal Liam plötzlich?«, fragte Athena. »Sag bloß, da läuft was zwischen euch beiden.«

»Ach, wirklich?«, sagte Nesta. »Liam aus der Buchhandlung? Er ist ziemlich attraktiv.«

Rosemary spürte, wie ihre Wangen rot wurden. »Es ist nichts dergleichen. Ich habe ihm nur versprochen, ihm bei etwas zu helfen.«

»Aber sie will nicht sagen, worum es geht«, sagte Athena.

»Es steht mir nicht frei, darüber zu sprechen.«

Marjie warf ihr einen neugierigen Blick zu.

»Ach, na ja”, fuhr Athena fort. ”Wenn du dich mit Liam triffst, ist die Gefahr zumindest geringer, dass du wieder mit Papa zusammenkommst. Wir wissen ja, dass das von Anfang an keine gute Idee war.«

»Ich lasse mich auf niemanden ein, vielen Dank!«, sagte Rosemary. »Wir alle wissen, dass das nur zu einer Katastrophe führt.«

»Oh, es wäre schön, dich mit einem netten Mann ... oder einer netten Frau zu sehen«, sagte Marjie. Sie lächelte Nesta an. »Für uns macht das keinen Unterschied.«

Nesta lächelte sie verlegen an. »Ich weiß. Du musst es nicht extra betonen.«

»Warum gibst du uns nicht die Zaubersprüche, die du letztes Mal bei Dain versucht hast?«, sagte Marjie. »Athena und ich können schon mal mit einigen Variationen anfangen, während du weg bist.«

»Wirklich, ihr müsst euch keine Umstände machen«, sagte Rosemary. »Ihr habt schon so viel getan.«

»Unsinn«, sagte Marjie.

»Was ist los?«, sagte Athena. »Hast du Angst, dass ich den Zauberspruch vor dir herausbekomme und dir beweise, dass ich besser in Magie bin?«

»Das ist meine geringste Sorge«, sagte Rosemary. »Ich wäre nicht überrascht, wenn jeder besser zaubern könnte als ich.«

Athena seufzte. »Da ist wieder dein Hochstapler-Syndrom, das alles noch schlimmer macht.« Sie lächelte ihre Mutter mitfühlend an. »Mach dir keine Sorgen, überlass uns die Sache. Wir werden den Zauberspruch im Handumdrehen geknackt haben. Aber irgendwann musst du uns sagen, was mit Liam los ist.«

8

———

Rosemary fuhr die ruhige Landstraße entlang zu der Adresse, die Liam ihr gegeben hatte. Er hatte darum gebeten, ihn bei sich zu Hause zu treffen und nicht in der Buchhandlung, um seine Privatsphäre zu wahren.

Liams Cottage war ein kleines weißes Haus mit hellblauer Zierleiste, ein süßes kleines Haus, das aus der Ferne hübsch anzusehen war. Doch als Rosemary näher kam, wurden der abblätternde Putz und die rissige Tünche deutlicher. Es könnte definitiv etwas Pflege und einen frischen Anstrich vertragen.

Sie stieg aus dem Auto und ging zur Eingangstür, doch gerade als sie sich ihr näherte, hörte sie hinter sich das Knacken eines brechenden Zweigs.

Sie drehte sich um und sah eine große Gestalt mit Kapuze, die schwarze Roben und eine graue Maske trug und einen riesigen Metallspeer bei sich hatte.

»Nicht schon wieder!«, sagte Rosemary. Die Gestalt sagte kein Wort, sondern rannte in einem alarmierenden Tempo auf sie zu, hob den Speer, bereit zuzuschlagen.

Rosemary war völlig unvorbereitet. Sie sprang zur Seite und entging dem Angriff nur knapp.

Das muss diese verfluchte Blutstein-Gesellschaft sein!

Die Gestalt drehte sich wieder zu ihr um.

Zeige keine Angst, ermahnte sich Rosemary. *Du bist eine mächtige Hexe. Zeige ihnen, wer der Boss ist.* »Zeige dich, du Feigling!«, sagte sie mit gespielter Tapferkeit.

Der Angreifer lachte mit einem tiefen, kehligen Kichern. »Rosemary Thorn«, sagte eine raue Stimme. »Bereite dich darauf vor, dem Tod zu begegnen!«

»Was für ein Klischee. Fällt dir wirklich nichts Originelleres ein?«

Die Gestalt lachte erneut. »Du bist nichts weiter als eine schwache Sterbliche. Du wirst uns nicht im Weg stehen. Wir werden siegreich zurückkehren!«

»Ja, ja.« Rosemarys Geduld neigte sich dem Ende zu, was ihr half, etwas von ihrer aufgestauten Wut in einen Feuerball von der Größe einer kleinen Melone zu kanalisieren. Sie hielt ihn in beiden Händen und starrte ihren Feind an.

Die vermummte Gestalt zögerte. »Du ... Mir wurde gesagt, du wüsstest nichts von deiner Kraft. Es wäre ein Leichtes, dich auszuschalten.«

»Dann wurdest du wohl in die Irre geführt oder jemand hat sich verhört«, sagte Rosemary mit einem frustrierten Seufzer. »So oder so, ich war noch nie ein Fan von langwierigen Kämpfen, nicht in Filmen und schon gar nicht im echten Leben. Verschwinde von hier, bevor ich dich in eine andere Dimension schieße.«

Rosemary hatte keine Ahnung, wie das gehen sollte, aber sie biss sich auf die Zunge, um nicht anzufangen, zu schwafeln. Dies war wohl kaum der richtige Zeitpunkt dafür.

»Betrachte dies als Warnung!« Die Gestalt hob den Speer, als wollte sie ihn werfen, aber Rosemary war schneller. Sie warf den Feuerball auf die Waffe zu und riss sie dem Angreifer aus der Hand.

Die Gestalt schrie auf und stürmte auf sie zu, aber diesmal Rosemary war besser vorbereitet. Sie nutzte die Kraft und Beweglichkeit, die bei ihr nur wie ein magisch induzierter Überlebensmechanismus zu funktionieren schienen, und versetzte dem Angreifer einen schnellen, harten Tritt gegen den Kopf, in der Hoffnung, seine Identität zu enthüllen.

Die Kapuze blieb jedoch auf dem Kopf, als der Angreifer sich zurückzog und sich die Wange hielt.

Rosemary erhaschte einen Blick auf ein Emblem unter dem Umhang. Es war das bekannte Schild mit dem Wappen der Blutstein-Gesellschaft. Sie seufzte. »Hör zu, ich habe eure Leute satt. Lasst mich in Ruhe. Ich habe noch anderes zu tun.«

»Wir sind Hunderte und wir sammeln unsere Macht!«, kreischte die Gestalt. »Wir werden zurückkehren!«

Ein Knistern ertönte hinter Rosemary.

Sie spürte, wie die Angst in ihr aufstieg, als sie sich umdrehte, bereit für weitere Angreifer. Stattdessen blickte sie auf eine massive Feuerwand.

»Was zum ...?« Rosemary drehte sich wieder um und sah, dass der mysteriöse Angreifer verschwunden war.

Die roten und orangefarbenen Flammen stiegen schnell in einem hypnotisierenden Muster auf.

Rosemary wollte ihnen zusehen, aber ihr Instinkt ließ sie zurücktreten und nach anderen Gefahren Ausschau halten.

Ihre Bauchmuskeln verspannten sich, als sich das Feuer gefährlich nahe an Liams Haus ausbreitete.

»So habe ich mir meinen Morgen nicht vorgestellt«, murmelte Rosemary vor sich hin.

»Rosemary!«, rief Liam und kam aus seinem Haus. »Was ist los? Was hast du getan?«

»Nichts!«, antwortete Rosemary. »Ich wurde gerade angegriffen ... Und jetzt, nun ja, ich schätze, der Angreifer hat irgendwie ein Feuer entfacht.«

Liam sah sie entsetzt an.

»Ich war es nicht!«, verteidigte sich Rosemary.

»Ist ja gut. Aber kannst du nicht irgendetwas tun?«

»Nicht ohne viel Wasser«, antwortete Rosemary. »Ich weiß nicht, wie man Feuer auf magische Weise löscht.«

»Im Teich ist Wasser«, sagte Liam. »Kannst du nicht …«

»Jetzt, wo du es erwähnst, glaube ich, dass ich damit helfen kann.«

Rosemary konzentrierte sich auf das Wasser aus dem Teich, nicht weit von der Rückseite des Hauses entfernt. Sicherlich war es nicht viel anders, als die Pflanzen zu gießen, die sie erst vor ein paar Wochen in ihrem Wohnzimmer gepflegt hatte.

Sie schloss die Augen und stellte sich vor, wie das Wasser mit der Kraft der Luft aufgesogen herausspritzte, und sich über dem Feuer ergoss.

»Es funktioniert!«, sagte Liam.

Rosemary schaute nach und sah, dass tatsächlich Wasser aus dem Teich sprudelte und über die Flammen spritzte, bis sie erloschen waren.

»Gott sei Dank«, sagte Rosemary. »Entschuldige, Liam. Dein Haus wäre fast angesengt worden.«

»Ich dachte, du meintest, es wäre nicht deine Schuld gewesen.«

»Das war es auch nicht. Es tut mir nur leid, dass es passiert ist. Und obwohl ich das Feuer nicht entfacht habe, weiß dieser Angreifer genau, wer ich bin und wo er mich finden kann. Vielleicht solltest du also noch einmal darüber nachdenken, ob du dich hier treffen willst.«

»Wer war es denn?«, fragte Liam.

»Ich bin mir nicht ganz sicher.« Rosemary beschrieb die mysteriöse Gestalt. »Ich wette, dass es etwas mit diesem dummen Geheimbund zu tun hat, der es auf uns abgesehen zu haben scheint. Ich bin mir sicher, dass ich ihr Emblem gesehen habe.«

»Die Blutsteine?«, fragte Liam.

Rosemary nickte. »Ich dachte, sie hätten aufgegeben, aber anscheinend nicht.«

Liams Lippen formten eine dünne Linie. »Sherry hat mir erzählt, dass sie Gerüchte gehört hat, dass sie ein Comeback planen oder es zumindest versuchen.«

»Das hat uns gerade noch gefehlt. Na ja, ich schätze, wenn wir sie einmal besiegt haben, schaffen wir es auch wieder.«

»Das Problem ist, dass es nach dem Tod ihrer Anführerin zu einem Machtkampf kommen wird. Sie könnten verzweifelt sein.« Nachdenklich rieb er sich das Kinn. »Jetzt, wo ich darüber nachdenke, sind neulich ein paar verdächtige Gestalten in den Buchladen gekommen. Sie waren nicht von hier, aber sie suchten nach Texten über alte Vampirlegenden. Einer von ihnen hat mir eine seltsam spezifische Frage zu parallelen Dimensionen gestellt.«

Rosemary runzelte die Stirn. »Glaubst du, sie versuchen, Geneviève zurückzubringen? Ich verstehe nicht, wozu sie die kleine Göre brauchen.«

Liam zuckte mit den Schultern. »Ihre Anführerin mag wie ein unschuldiges Kind ausgesehen haben, aber ihr Ruf war berüchtigt. Man glaubt, dass sie jahrhundertelang überall, wo sie hinkam, Chaos und Zerstörung angerichtet hat, darunter mehrere Kriege und zwei Beinahe-Apokalypsen, und das war, bevor sie als Anführerin einer magischen Sekte untergetaucht ist.«

»Das verdirbt mir gerade die Stimmung. Ich sollte wohl eher nicht zu dir kommen, wenn ich dich damit nur in Gefahr bringe.«

»Rosemary, wenn sie wussten, wie sie zu mir nach Hause kommen, bin ich doch auch nirgendwo anders in Sicherheit, oder?«

Rosemary zuckte mit den Schultern. »Na gut.«

»Komm rein.«

Sie folgte Liam ins Haus. Das Cottage war schlicht, mit blassen cremefarbenen Wänden und vielen Bücherregalen. Rosemary bemerkte, dass viele von Liams Büchern alt und in Leder gebunden waren, obwohl sie auch eine große Sammlung von Fantasy-Romanen entdeckte. Sie war überrascht von den eher zierlichen Aquarellbildern von Blumen, die die Wände schmückten. Die Einrichtung war gemütlich, aber nicht protzig. Alte Sofas und Sessel waren mit gehäkelten Decken bedeckt, während ein großer flauschiger Teppich auf dem Boden lag. Das Wohnzimmer war gemütlich, besonders als Liam das Feuer anzündete, um die Kälte aus der Luft zu vertreiben.

Rosemary seufzte und wärmte ihre Hände am Kamin. »Ich ziehe dein Feuer dem draußen vor. Es hat mir eine Gänsehaut bereitet.«

»Es war ungewöhnlich. Ich frage mich, ob es etwas mit dem Feuer auf der Twigg-Farm vor ein paar Wochen zu tun hat.«

»Davon habe ich gar nichts gehört«, sagte Rosemary. »Was in einer so kleinen Stadt seltsam ist.«

»In der Tat seltsam. Heute Morgen war es so warm. Und jetzt ist es plötzlich eiskalt.«

»Nun ja, es sind schon seltsamere Dinge passiert«, sagte Rosemary. »Wobei kann ich dir deiner Meinung nach helfen?«

»Wir haben darüber gesprochen«, sagte Liam leicht abwehrend.

»Ja ... ich weiß im Allgemeinen, was du von mir erwartest. Ich weiß nur nicht, wie ich es anfangen soll.«

»Schau, Rosemary, als ich das letzte Mal in Wolfsgestalt war, hast du mich mit deiner Magie angegriffen und das hat den Wolf verschwinden lassen und mich vorübergehend befreit. Der nächste Vollmond ist in etwas mehr als einer Woche.«

»Willst du damit sagen, dass ich warten soll, bis du dich in einen Wolf verwandelst, und dich dann jeden Monat mit Magie angreifen soll?«, fragte Rosemary unbeeindruckt.

»Wenn es nötig ist, vielleicht«, sagte Liam. »Aber ich hoffe, dass es eine Möglichkeit gibt, wie du das Sonnenschein-Zeug, das deinen Händen entsprungen ist, in Flaschen abfüllen kannst.«

»Sonnenschein?« Rosemary fragte sich, ob das, was Liam bemerkt hatte, tatsächlich eine Art Kombination aus elementarem Feuer und Luft sein könnte – die beiden Elemente, die ihr am natürlichsten waren.

»So hat es sich zumindest angefühlt«, sagte Liam. »Ich weiß, es klingt seltsam, aber vielleicht wirkt die Sonne dem Mond entgegen.«

»Aber du bist auch tagsüber bei Vollmond ein Werwolf«, erinnerte ihn Rosemary.

»Ja, natürlich. Es klingt albern und ... ich weiß nicht. Es ist nur meine Vermutung. Der Mond ist voll, wenn die Sonne ihm gegenübersteht, weißt du. Sonne und Mond haben eine Art Polarität.«

»Das klingt schön und poetisch«, sagte Rosemary, auch wenn sie sich insgeheim wünschte, Liam würde zur Sache kommen.

»Ich bin mir nicht sicher, was die tatsächliche wissenschaftliche oder magische Wahrheit ist. Ich greife hier nach Strohhalmen«, gab Liam zu. »Hast du noch andere Theorien?«

»Leider nicht«, sagte Rosemary. »Wir können uns vorerst auf deine stützen. Es muss doch viele Bücher über Werwölfe geben? Du arbeitest in einer magischen Buchhandlung. Weißt du da nicht was?«

»Es gibt viele Bücher darüber, wie schrecklich wir sind«, sagte Liam. »Die nützlichsten Dinge, die ich gefunden habe, sind Schutzzauber – die Art von Dingen, die ich oft benutze, um sicherzustellen, dass ich niemanden anstecke. Aber bis neulich hatte ich noch nie von so etwas gehört, wie du es getan hast. Soweit ich weiß, ist das noch nie passiert.«

»Also, das ist doch lächerlich.« Rosemary stemmte die Hände in die Hüften. »Ich weiß nicht, was ich getan habe. Es war reiner Zufall. Wir tappen völlig im Dunkeln.«

»Könntest du versuchen, es in Flaschen abzufüllen?«, fragte Liam. »Du weißt schon, deine Energie in eine Art Gefäß gießen, sodass ich es, wenn ich es brauche, einfach öffnen kann.«

»Warum zerschmetterst du sie nicht auf dem Boden, um einen dramatischen Effekt zu erzielen?«, schlug Rosemary vor. »Oder, ich weiß, in der Badewanne. Vielleicht möchtest du eine magische Badebombe?«

»Du nimmst das nicht ernst.«

»Verzeih mir, wenn ich ein wenig überdreht bin. Ich wurde gerade angegriffen und musste mich mit magischer Brandstiftung auseinandersetzen, und jetzt erzählst du mir, dass wir keine Anhaltspunkte dafür haben, wie wir die Magie, an die du so hohe Erwartungen stellst, bewusst einsetzen können.«

»Du willst mir also nicht helfen?«

»Ich kann es natürlich versuchen«, sagte Rosemary. »Aber selbst wenn es mir gelingt, etwas Energie in Flaschen abzufüllen, wissen wir nicht, ob es funktioniert, bis es bereits zu spät ist.«

»Das stimmt«, sagte Liam.

»Du musst dich vorsichtshalber im Keller anketten.«

»Wenn ich angekettet bin, wie soll ich dann ein magisches Bad nehmen?«, fragte Liam amüsiert.

»Liam, ich fürchte, es gibt einige Dinge, bei denen ich dir nicht helfen kann.« Rosemary lachte. »Ich ziehe die Grenze beim Baden.«

»Ich schätze, ich werde damit zurechtkommen müssen«, sagte Liam mit einem ironischen Lächeln. Dann wurde sein Gesichtsausdruck ernster, seine Augen stürmisch. »Danke, dass du versuchst, mir zu helfen. Dieser *Zustand* plagt mich seit Jahren und ich habe endlich Hoffnung, dass ich ein normales Leben führen kann, ohne ständig Angst haben zu müssen, Menschen zu verletzen oder von der magischen Gemeinschaft geächtet zu werden. Ich frage mich sogar, ob es eine Art Heilung geben kann.«

»Du meinst, ob ich dich mit genug Magie belegen kann, um zu verhindern, dass du dich jemals wieder verwandelst?«, fragte Rosemary.

»Ich bin mir nicht sicher, ob genug Magie die Lösung ist«, sagte Liam. »Oder ob es viel eher darum geht, die richtige Art zu finden, die genau auf die richtige Weise gewoben ist.«

»Ja, ich verstehe«, sagte Rosemary. »Ich wünschte, ich könnte andere Leute um Hilfe bitten, da ich keine Ahnung habe, was ich tue, und ich dir nicht wehtun möchte. Ich habe dich im Laden nur mit Magie beschossen, weil ich von einem riesigen Wolfsmonster angegriffen wurde. Ich möchte nicht dasselbe tun, wenn du hier als Mensch stehst, geschweige denn als Freund.«

»Ich habe unsere Freundschaft vermisst«, sagte Liam mit leiser Stimme und gesenktem Blick.

»Ich auch«, sagte Rosemary. »Du hast angefangen, dich seltsam zu verhalten.«

»Es tut mir leid. Ich bin nur ... ein bisschen eifersüchtig geworden, nachdem du mich abgewiesen hast. Du hängst viel mit diesem Vampir rum. Das macht mir Angst.«

»Wow«, sagte Rosemary. »Das ist wohl gar nicht diskriminierend?«

»Sie sind nicht natürlich, Rosemary.«

»Genauso wenig wie ein Werwolf?«

»Das ist etwas ganz anderes«, sagte Liam.

»Ist es das? Ich meine, ihr seid beide mit einer Art magischem Äquivalent eines Virus oder so etwas infiziert worden.«

»So kann man es auch sagen«, sagte Liam. »Aber Vampire sind gerissen und es gibt sie schon sehr lange. Sie sind sehr strategisch.«

Rosemary dachte an den sehr gutaussehenden Vampir, den sie sich angelacht hatte. Burk hatte alles getan, um ihr zu helfen, als Athena verschwunden war. Er schien vertrauenswürdig zu sein, aber war das nur sein Vampir-Charmes, der sie anlockte?

»Sie sammeln oft eine Menge Ressourcen an«, fuhr Liam fort. »Und sie haben ein anderes Moralverständnis. Ich meine, sie ernähren sich von Blut.«

»Von blutverzaubertem Essen.« Rosemary verzog das Gesicht. »Und anscheinend viel Schweineblut.«

»Trotzdem«, sagte Liam, »Ich habe das Gefühl, dass sie es genießen, das zu sein, was sie sind. Wohingegen ich meinen Wolf nicht zu meinem Vorteil nutzen kann. Er ist nur ein Fluch, er hat nichts Gutes an sich. Ich würde alles tun, um wieder ein richtiger Mensch zu sein.«

Rosemary lächelte traurig. »Du meinst also, dass wir es üben können, wenn du nicht in deiner Wolfsgestalt bist?«, fragte sie. »Du willst, dass ich magische Energie auf dich schieße? Ich nehme an, du könntest mir Feedback geben, ob es irgendeine Wirkung auf das Wolfssein hat. Falls du genug davon spürst, um so etwas sagen zu können.«

»Ich denke schon«, sagte Liam. «Wenn man mit dem Virus infiziert ist, ist es, als würde eine Art Wolf in einem leben. Das ist einer der Gründe, warum ich so eifersüchtig war. Der Wolf kann mich manchmal aggressiv machen, auch wenn es nicht Vollmond ist. Ich gebe mein Bestes, um ihn zu unterdrücken, aber er ist schwer zu kontrollieren.«

»Du spürst ihn also die ganze Zeit?« fragte Rosemary.

»Ja.«

»Dann werde ich üben, dich mit Magie zu beschießen, und wir werden sehen, wie es läuft.«

Liam schluckte.

»Hast du etwa doch Angst?« fragte Rosemary ihn mit leicht neckender Stimme.

»Angst wovor? Davor, dass die mächtigste Hexe der Stadt mich mit magischen Lasern beschießt?« fragte Liam. »Warum sollte ich davor nur Angst haben?«

»Das sind keine Laser«, sagte Rosemary. »Ich bin ein großer Ball Sonnenschein, weißt du noch?«

Liam lachte. »Das bist du, Rosemary. Das bist du.«

9

Trotz der angenehmen Stunde, die sie mit Liam verbracht hatte, fühlte sich Rosemary schwer und ausgelaugt, als sie nach Hause kam. Ihre Stimmung wurde nicht besser, als sie sah, dass die Küche wie ein Schlachtfeld aussah.

»Was ist denn hier passiert?«, fragte sie.

Athena streckte ihren Kopf hinter der Theke hervor und sah erschöpft aus. »Wir haben versucht, einen Trank zu brauen, aber er explodiert immer wieder. Dieses magische Zeug ist viel zu instabil.«

»Wem sagst du das?«, sagte Rosemary. »Wo ist Marjie?«

»Sie ist ins Bad gegangen, um sich etwas frisch zu machen, während ich mich ein wenig auf den Boden gesetzt habe.«

»Oh je«, sagte Rosemary, ging auf ihre Tochter zu und umarmte sie tröstend. »Die Situation mit Dain wird sich in nächster Zeit wohl nicht verbessern, oder?«

Athena schüttelte den Kopf, als Rosemary sie zu den Fensterplätzen führte, damit sie sich richtig ausruhen konnte.

»Magie ist kompliziert, wenn es um Fae geht«, murmelte Athena.

»Ich hatte gehofft, wir könnten sein kleines Problem lösen«, sagte Rosemary. »Ich nehme an, er muss einfach an seiner Selbstbeherrschung arbeiten, was schwierig ist, wenn Fae nicht einmal in die Nähe eines bestimmten fettreichen Milchprodukts sein dürfen. Ist es nicht seltsam, dass Butter nicht die gleiche Wirkung hat?«

Athena zuckte mit den Schultern. »Butter enthält Fett, aber einige der anderen Stoffe wurden entfernt. Vielleicht liegt es an der Verarbeitung oder vielleicht braucht es einfach alle Bestandteile von Sahne, um diesen Effekt zu erzielen.«

»Wie bist du nur so schlau geworden?«, fragte Rosemary. »Moment mal, wo sind die Kinder?«

»Keine Sorge, meine Liebe«, sagte Marjie. »Nesta hat sie nach hinten gebracht. Sie kann so gut mit Kindern umgehen. Neve hat mir erzählt, sie wollte schon immer eigene Kinder.«

»Sie kann gerne welche von unseren nehmen«, sagte Rosemary leichthin. »Wir haben hier genug, und ich mache mir ein bisschen Sorgen, dass es beim nächsten Jahreszeitenfest nur um Fruchtbarkeit geht. Da Magie wirklich existiert, brauchen wir zu diesem Zeitpunkt kaum noch mehr Kinder!«

Sie betrachtete Athena.

»Ekelhaft, Mama. Sieh mich nicht so an. Ich werde keine Kinder bekommen, und du musst dir keine Sorgen über Unfälle machen, da ich nie eine Beziehung haben werde, niemals!«

Marjie schüttelte den Kopf und sagte tadelnd: »Warum gehst du nicht und machst dich sauber?«, sagte sie zu Athena, die sich grummelnd schüttelte und ins Badezimmer stapfte.

»Was sollte das denn?«, fragte Rosemary.

»Der Stich des Verrats«, sagte Marjie. »Es dauert lange, bis man über seine erste Verliebtheit hinwegkommt.«

»Athena will mir nicht erzählen, was genau vorgefallen ist«, sagte Rosemary. »Nur, dass Finnigan sie an eine Faegräfin verkauft hat. Ich nehme an, sie wollten sie und Dain als politische Druckmittel benutzen. Er war im selben Schloss eingesperrt.«

»Und da kannst du nicht verstehen, warum sie so verbittert ist, was Beziehungen angeht?«, fragte Marjie.

»Natürlich kann ich das«, sagte Rosemary. »Es ist nur ... sie verschließt sich einer ganzen Welt menschlicher Erfahrungen. Es nervt mich, wie sehr sie mich gerade an mich selbst erinnert.«

Marjie warf Rosemary einen wissenden Blick zu. »Und was wirst du aus dieser Erkenntnis mitnehmen?«

»Ach Marjie, du weißt doch, dass ich bei Männern einfach kein Glück habe.«

»Bei einem Mann mit einer ganz bestimmten Milchproduktsucht, der nicht einmal ein Mensch ist.«

»Das ist ein bisschen hart.«

»Ich will dich nicht beleidigen. Es ist nur die Wahrheit. Wenn du mit jemand anderem als Dain zusammen wärst, wäre es vielleicht nicht so eine Katastrophe.«

Rosemary seufzte. »Ich habe Athena mit meinen Entscheidungen so oft enttäuscht. Das werde ich nicht noch einmal tun.«

»Und doch stehen wir hier«, sagte Marjie. »Hör zu, sieh es mal so. Wenn du einer guten Freundin in deiner jetzigen Situation einen Rat geben würdest, was würdest du ihr sagen?« Und damit stand die ältere Frau auf, schüttelte ihre Schürze ab und begann, die Küche aufzuräumen, während Rosemary über die scharfsinnige Frage staunte.

Sie stand auf, um Marjie zu helfen, als Athena zurückkam und sich ebenfalls an der Reinigung beteiligte. »Okay, erzähl mir, was ihr bisher versucht habt, und ich werde sehen, ob ich herausfinden kann, was schiefläuft«, sagte Rosemary.

»Nun«, sagte Athena, »die erste Phase des Zauberspruchs beinhaltet ein frisches Ei, Quarzkristalle und viel Salbei sowie Salz.«

»Meersalz, um genau zu sein«, fügte Marjie hinzu.

»Ja, das weiß ich«, sagte Rosemary. »Ich habe es selbst ausprobiert, weißt du noch? Dain wurde davon furchtbar krank. Die Küche ist aber nicht explodiert.«

»Wir haben versucht, die Zutaten auszutauschen«, sagte Marjie. »Es scheint, als würde jede Variation des Zauberspruchs nur totales Chaos verursachen ... es macht ihn instabil.«

Rosemary las den Zauberspruch noch einmal durch und hielt sich dabei an das Blatt Papier, auf das sie ihn kopiert hatte, um das Buch vor

Unordnung zu bewahren. »Es ist ein so alter Zauberspruch und er sollte ursprünglich Fae von Sahne abhalten, aber das war, bevor sich die Faemagie geändert hat, um sie vor Vampiren zu schützen, und bevor die Schleierbarrieren errichtet wurden. Wenn ich nur verstehen könnte, wie er funktionieren sollte. Dann könnte ich ihn vielleicht verbessern.«

»Ich fürchte, ich bin leider keine Expertin«, sagte Marjie.

»Ich könnte versuchen, einen der Lehrer aus der Schule zu fragen«, schlug Athena vor.

»Das ist keine schlechte Idee«, sagte Rosemary. »Sie haben bestimmt viel mehr Erfahrung mit dieser Art von Magie, auch wenn sie nicht auf Fae spezialisiert sind.«

»Es ist fast wie ein Heilzauber«, sagte Marjie und schaute sich den Text noch einmal an. »Wenn ich es mir recht überlege …«

»Was?«, fragte Rosemary.

»Ich komme mir dumm vor, dass ich das nicht schon früher erwähnt habe«, sagte Marjie. »Mir ist nie in den Sinn gekommen, dass wir vielleicht Ashwyn in der örtlichen Apotheke hätten konsultieren sollen.«

»Was meinst du?«, fragte Athena.

»Ach, du weißt schon, die Apotheke gegenüber der Buchhandlung«, sagte Marjie. »Die stellen alle möglichen Heilmittel her. Na ja, vielleicht nicht alle möglichen, sonst hätten wir einfach ein fertiges für unseren kleinen Faezauber bekommen. Aber sie sind auf die Behandlung aller Arten von magischen und auch einigen alltäglichen Beschwerden spezialisiert.«

»Das ist mehr als nur eine normale magische Krankheit«, sagte Rosemary. »Glaubst du wirklich, dass sie uns helfen können?«

»Einen Versuch ist es wert«, sagte Marjie. »Schließlich sind sie Experten auf ihrem Gebiet. Sie werden zwar nicht in der Lage sein, Vampirismus zu heilen oder verhindern, dass jemand ein schrecklicher Werwolf wird, aber bei so etwas wie das hier, wo es in erster Linie um eine Sucht geht, könnten sie vielleicht etwas tun oder dir zumindest erklären, wie dieser Zauber funktionieren soll.«

Rosemary verzog das Gesicht bei Marjies Werwolf-Kommentar. Es schien eine eklatante Diskriminierung zu sein und sie fürchtete um

Liam, falls sein Geheimnis jemals herauskommen sollte. *Wenn die freundlichste Frau der Stadt Werwölfe so schrecklich findet, möchte ich mir gar nicht vorstellen, wie alle anderen reagieren würden ...*

»Glaubst du, es ist sicher, deiner Freundin in der Apotheke zu erzählen, was Papa ist?«, fragte Athena Marjie. »Ich weiß nicht einmal, ob Fae sich in dieser Welt aufhalten dürfen. Mama möchte, dass ich vor den Vampiren geheim halte, was ich bin.«

»Da hast du recht«, sagte Rosemary. »Wir müssen auf Nummer sicher gehen. Aber die Polizei weiß, was Dain ist. Ich bin mir ziemlich sicher, dass wir es bei den örtlichen magischen Äquivalenten von Ärzten ebenfalls erwähnen können.«

»Die sehen hier alles Mögliche«, sagte Marjie. »Und ich verbürge mich für Ashwyn und ihre reizende Schwester. Sie sind in Ordnung.«

»Na gut, dann lass uns gehen«, sagte Athena.

»Ich kann euch einander vorstellen«, sagte Marjie.

»Wir müssen nur sichergehen, dass Nesta einverstanden ist, sich noch ein bisschen länger um die Kinder zu kümmern«, sagte Rosemary.

»Ich bin sicher, dass sie das schafft«, sagte Marjie. »Ich habe gerade eben nachgesehen und sie hat sie für ihren Mittagsschlaf hingelegt. Naja, die meisten von ihnen. Mei hat leise in der Ecke des Kinderzimmers gelesen.«

Rosemary lächelte. »Es überrascht mich immer noch, wie das Haus wusste, dass es Kinderzimmer für uns herrichten sollte, noch bevor wir nach Hause kamen.«

»Okay, Mama«, sagte Athena. »Lass uns gehen. Bevor Papa aufwacht.«

10

Rosemary und Athena folgten Marjie in die Apotheke und waren überrascht, ein bekanntes Gesicht zu sehen.

Die Frau hinter dem Tresen hatte langes, blondes, gewelltes Haar. Es dauerte einen Moment, bis Rosemary sich daran erinnerte, dass es jene Frau war, die vor ein paar Wochen das Ostara-Ritual durchgeführt hatte.

Rosemary sah sich im Laden um und entdeckte Dutzende von Regalen, die ordentlich mit verschiedenen Flaschen bestückt waren, alle mit sauberen weißen und grünen Etiketten.

Athena war bereits von den verschiedenen Verkaufsartikeln abgelenkt und hatte sich aufgemacht, diese zu begutachten. In der Mitte des kleinen Ladens stand ein großes Blumenarrangement aus frisch gepflückten Wildblumen und Kräutern.

Die Art und Weise, wie alles angeordnet war, verlieh dem Laden eine gewisse Geräumigkeit und Leichtigkeit. Der gesamte Raum strahlte eine friedliche Atmosphäre aus, was zweifellos zum Teil auf die ruhige Präsenz der Frau zurückzuführen war, die ihn führte.

»Wie kann ich Ihnen heute behilflich sein?«, fragte die Frau lächelnd.

»Ashwyn! Wie schön, dich zu sehen«, sagte Marjie und stellte Rosemary und Athena vor. »Wir haben uns gefragt, ob wir dich um Hilfe bei einem kleinen Problem bitten können, das wir haben und das ziemlich ... komplex ist.«

»Natürlich, Marjie«, sagte Ashwyn. »Du weißt, wie sehr ich kleine komplexe Probleme liebe.«

»Leider nicht ganz so klein«, sagte Rosemary. »Nichts ist je einfach, wenn es um die Fae geht.«

»Mal sehen, wie wir helfen können.« Ashwyn betrachtete sie mit einem wissenden Lächeln. »Bitte nehmt Platz.«

Sie winkte mit den Armen und vier kleine Hocker erschienen um den Tisch herum.

»Ich verstehe ... Möchtet ihr etwas Tee?«

»Wir haben gerade Tee getrunken«, sagte Rosemary.

»Seit wann hat dich das jemals aufgehalten?«, fragte Athena.

»Ich meine nur, dass du dir keine Umstände machen musst«, sagte Rosemary.

»Das ist überhaupt kein Problem«, sagte Ashwyn. »Ich habe gerade eine Kräutermischung vor sich hin brodeln. Es ist meine neue beruhigende Mischung.«

»Das klingt wunderbar«, sagte Rosemary.

Ashwyn verschwand in einem Hinterzimmer und Marjie lächelte. »Sie hat immer irgendeine Art von Tee im Angebot, den sie den Leuten, die den Laden zu jeder Zeit betreten, anbieten kann. Das ist einer der Vorteile, wenn man hierherkommt.«

»Wenn ich das gewusst hätte, wäre ich öfter vorbeigekommen«, sagte Rosemary. »Weißt du, meine Nerven können immer etwas Beruhigung gebrauchen.«

»Das stimmt, Mama. Du solltest auf jeden Fall Stammkundin werden.«

Ashwyn kam mit Tee zurück. Ihr folgte eine andere Frau von ähnlicher Größe mit langen braunen gewellten Haaren. »Das ist meine Schwester Una«, sagte Ashwyn.

Unas Haut hatte etwas Leuchtendes. Rosemary fand, dass sie ein wenig wie Athena aussah. Die junge Frau näherte sich und setzte sich mit an den Tisch. Sie lächelte die braunhaarige Frau an und Ashwyn lächelte mit einem Anflug von Anerkennung in den Augen zurück.

»Was ist denn das Problem?«, fragte sie.

»Es ist mein Vater«, sagte Athena. »Er hatte schon immer ein Problem. Er kann nicht anders.«

»Sahnesucht?«, fragte Una.

Athena schnappte überrascht nach Luft.

»Woher weißt du das?«, fragte Rosemary verblüfft. Sie blickte von einer Schwester zur anderen und spürte, wie ihre Paranoia zunahm. Wer waren diese Frauen wirklich? Sie schienen so nett und aufrichtig zu sein, aber konnte das eine List sein?

»Ich habe vielleicht etwas Erfahrung auf diesem Gebiet«, antwortete Una. »Ich bin sowohl Mensch als auch Fae, genau wie du.« Sie sah Athena an, die überrascht die Hand vor den Mund schlug.

»Tatsächlich? Ich dachte mir schon, dass du etwas Bekanntes in dir trägst«, sagte Athena.

»Ja«, sagte Ashwyn. »Unsere Mutter war eine begabte Heilerin, aber wir haben verschiedene Väter.«

»Ich habe meinen Vater nicht gekannt«, fügte Una hinzu. »Aber Mutter hat manchmal von ihm erzählt. Sie sagte, es sei eine Sommerromanze gewesen. Aber zurück zu eurem Problem. Was ist los?«

»Dain war schon immer unberechenbar«, sagte Rosemary. »Er flippt aus, spielt und verschenkt dann alles, was wir besitzen.«

»Das passiert, wenn er Sahne bekommt?«, fragte Una.

»Moment mal«, sagte Rosemary. »Wenn du deinen Vater gar nicht wirklich gekannt hast, woher weißt du dann davon?«

»Ich habe vielleicht an etwas ganz Ähnlichem gelitten«, sagte Una. »Wie ich bereits sagte, war Mutter eine begabte Heilerin und konnte mir helfen.«

»Aber wenn du so bist wie ich«, sagte Athena, »warum habe ich dann kein Problem damit?«

Una zuckte mit den Schultern. »Es könnte genetisch bedingt sein.«

Ashwyn runzelte die Stirn. »Es würde mich nicht überraschen, wenn die Kraft deiner legendären magischen Gene etwas damit zu tun hätte, da du aus der Familie Thorn stammst.«

»Woher weißt du das?«, fragte Rosemary und zog die Augenbrauen hoch.

Ashwyn lachte. »Marjie hat dich gerade vorgestellt. Außerdem ist es eine Kleinstadt. Jeder kannte Galdie. Es würde mich wundern, wenn es hier jemanden gäbe, der dich nicht schon kennt.«

Una sah Rosemary und Athena neugierig an.

»Aber deine Mutter hat es geschafft, dir zu helfen«, sagte Rosemary aufgeregt. »Also hast du ein Heilmittel für uns?«

»Nicht wirklich«, sagte Una. »Das, was unsere Mutter für mich zusammengebraut hat, war ein Trank und ein Zauberspruch. Aber es hat meine menschliche Seite gestärkt. Wenn dein Vater ein vollwertiger Fae ist, wirkt das nicht.«

Rosemary ließ enttäuscht die Luft aus ihren Schultern.

»Das heißt nicht, dass wir nicht helfen können«, sagte Ashwyn. »Wir können euch vielleicht ein paar Tipps geben.«

»Bitte, wenn ihr irgendwie helfen könnt«, sagte Rosemary. »Ich hatte Dain bisher einfach für einen völlig verantwortungslosen Menschen gehalten, und jetzt muss ich mich an die Erkenntnis gewöhnen, dass er tatsächlich ein Faeprinz mit einer unglücklichen Vorliebe für Sahnetorten ist. Es wäre wirklich hilfreich, wenn er nicht jedes Mal, wenn er ein Sahnetörtchen sieht, total durchdrehen und den Verstand verlieren würde ...«

Athena räusperte sich und Rosemary hörte auf zu schwafeln. »Wir haben an etwas gearbeitet«, erklärte Athena. »Es stammt aus einem alten Buch über die Fae.«

Rosemary holte das winzige, in grünes Leinen gebundene Buch heraus, das Burk ihr gegeben hatte.

»Woher habt ihr dieses Buch?«, fragte Una, während sie die Seiten durchblätterte. »So etwas habe ich noch nie gesehen.«

»Das weiß ich nicht«, sagte Rosemary. »Aber es ist ziemlich selten. Ich bin mir nicht sicher, ob es noch andere Exemplare gibt. Es ist wohl ziemlich veraltet.«

»Das ist es«, sagte Una. »Aber es gibt einige Dinge darin, die ich vielleicht ganz nützlich finden könnte, wenn du es mir leihst.«

»Ich weiß nicht ...«, sagte Rosemary.

»Oh, vielleicht könntest du einfach ab und zu vorbeikommen und darin lesen?«, sagte Marjie. »Ich bin sicher, Rosemary hätte nichts dagegen.«

»Nein, das wäre in Ordnung«, sagte Rosemary lächelnd. »Ich habe es selbst von einem Freund geliehen und glaube nicht, dass ich das Buch einer anderen Person ausleihen kann.«

»Das verstehe ich vollkommen«, sagte Una mit einem warmen Lächeln. »Mich hat nur gerade die Neugier gepackt. Es ist so selten, dass man richtige Informationen über die Fae findet, die nicht nur aus leeren Spekulationen oder Fantasie bestehen.«

»Wie dieser Unsinn, dass sie nicht lügen können«, sagte Athena bitter.

»Wem sagst du das?«, sagte Rosemary. Sie erzählte Una einige Details und sprach über ihre jüngsten Erfahrungen.

Die beiden Schwestern waren sehr überrascht, als sie die kurze Geschichte von Rosemarys Ausflug ins Reich der Fae hörten.

»Ich hätte es für unmöglich gehalten«, sagte Una.

»Ich erinnere mich, dass du bei diesem Ritual dabei warst«, fügte Ashwyn hinzu. »Ich erinnere mich an die Kristalle auf dem Boden und an die Gesänge. Und dann wird alles etwas nebulös.«

»Schon komisch, wie die Fae das anstellen, oder?« sagte Rosemary. »Wenn ich es mir recht überlege, ist das eine weitere Sache, bei der ich eure Hilfe gebrauchen könnte. Habt ihr irgendwelche Wundermittel oder Heilmittel, die sowohl vor der erinnerungsverändernden Magie schützen als auch sie entfernen können?«

»Darüber müssen wir mal nachdenken«, sagte Una. »Aber bevor wir das tun... Das ist der Zauberspruch, oder?« Sie hatte die Seite mit dem Lesezeichen aufgeschlagen.

Rosemary nickte.

»Ich verstehe. Also versucht er, auf der Seite der Fae zu wirken«, fuhr Una fort. »Es ist möglich, dass wir, wenn wir das, was wir über diesen Zauberspruch wissen, mit dem aus dem Zauberbuch meiner Mutter kombinieren, vielleicht etwas finden, das funktioniert.«

»Das klingt vielversprechend«, sagte Athena.

»Leider hängt alles von etwas ab, das völlig außerhalb unserer Kontrolle liegt«, sagte Una.

»Was ist das?«, fragte Rosemary.

»Liebe«, antwortete Una.

Athena verzog angewidert das Gesicht.

»Was meint ihr damit?«, fragte Rosemary.

»Es muss auf beiden Seiten Liebe geben«, erklärte Ashwyn. »So steht es jedenfalls im Zauberspruch unserer Mutter. Es muss etwas geben, das er mehr liebt. Um die Macht über die Sucht zu haben. Und er muss von Menschen gewirkt werden, die ihn lieben.«

»Klingt knifflig«, sagte Rosemary. »Es gibt nicht viele Menschen, zu denen Dain eine tiefe emotionale Bindung aufgebaut hat.«

»Zu dir hat er eine aufgebaut, Mama«, sagte Athena.

»Das ist schon lange her«, erwiderte Rosemary. »Und obwohl er sehr charmant ist, bin ich nicht in der Lage, ... das zu tun. Du bist seine Tochter, du bist wahrscheinlich besser geeignet.«

»Vielleicht«, sagte Athena. »Er fängt an, mir ans Herz zu wachsen ... Obwohl ich nicht so weit gehen würde, zu sagen, dass ich ihn lieb habe.«

»Wir können uns später um die Einzelheiten kümmern, ihr Lieben«, sagte Marjie. »Es ist nur wichtig, dass wir den Ball ins Rollen bringen. Ich gehe besser zurück in den Laden, aber ich schaue später bei euch zu Hause vorbei.«

»Ich denke, wir gehen auch besser«, sagte Rosemary. »Danke für eure Hilfe.«

»Wir haben noch nichts erreicht«, sagte Una.

»Selbst ein bisschen mehr Information ist schon etwas«, erwiderte Rosemary. »Abgesehen von dem Zauberspruch in diesem Buch, tappen wir völlig im Dunkeln. Wenn ihr möchtet, könnt ihr gerne in den nächsten ein oder zwei Tagen vorbeikommen. Ich werde die meiste Zeit zu Hause sein, ein Auge auf die Findelkinder haben und dafür sorgen, dass Athena keinen Ärger macht.«

Athena warf ihrer Mutter einen genervten Blick zu, wandte sich dann aber mit einem Lächeln an Una. »Du könntest auf eine Tasse Tee vorbeikommen.«

»Das klingt wunderbar«, sagte Una.

11

Athena verließ die Apotheke mit einem anhaltenden Wärmegefühl. Sie hatte sich mit Elise etwas später in Marjies Laden zum Kuchenessen verabredet, also verabschiedete sie sich von ihrer Mutter, anstatt nach Thorn Manor zurückzukehren, und schlenderte durch den runden Park im Zentrum von Mytlewood. In diesem Park, der manchmal auch als Stadtplatz bezeichnet wurde, fanden die Dorfrituale statt. Er war von Straßen umgeben, die ein Quadrat bildeten, gesäumt von Geschäften und anderen Unternehmen, die zum Park hin gewandt waren und Athena ein Gefühl der Sicherheit gaben. Niemand würde sie hier angreifen, nicht am helllichten Tag. Dennoch hatte sie beim Durchqueren der blühenden Weißdornbäume das Gefühl, von jemandem mit böswilligen Absichten beobachtet zu werden.

Sie sah sich um, aber alles schien in Ordnung zu sein.

Geh jetzt nicht mit mir durch, schalt sie ihre Fantasie. *Ich bin vollkommen sicher.*

Sie lenkte ihre Aufmerksamkeit bewusst auf das warme Gefühl, das sie in der Apotheke verspürt hatte, auf das Gefühl des Wiedererkennens, als sie Una getroffen hatte, und auf das Kribbeln, das sich bis in ihre Fingerspitzen ausbreitete.

Sie hatte nur selten jemanden getroffen, der eine ähnliche Herkunft wie sie hatte, und fragte sich, ob es etwas mit ihrer Genetik zu tun hatte, das diese Reaktion auslöste.

Finnigan war die einzige andere Person, die sie kannte, die sowohl von Fae als auch von Menschen abstammte, und er war die letzte Person, den sie sehen wollte.

Diese besondere Reaktion auf Una war anders. Es war fast so, als wären sie irgendwie miteinander verbunden – verbunden wie eine Familie, obwohl sie sich noch nie zuvor begegnet waren.

Athena hatte so etwas sicherlich nicht empfunden, als sie eine der Kreaturen im Reich der Fae getroffen hatte. Sie versuchte, die Gedanken an dieses Reich aus ihrem Kopf zu verbannen, zusammen mit den Schuldgefühlen, die durch ihre nächtlichen Aktivitäten entstanden waren.

Sie wusste, dass sie sich mit Una anfreunden und mehr Zeit mit ihr verbringen musste. Ihre Gegenwart hatte nicht nur die unangenehmen, schweren Gefühle von der physischen Ebene vertrieben, sondern auch dafür gesorgt, dass Athena sich leicht, sicher und zufrieden gefühlt hatte.

Es war ein bisschen wie die Gefühle, die sie nachts hatte, wenn sie sich ihren Weg in das Reich der Fae bahnte.

Hör auf damit, schalt sie sich. *Konzentriere dich auf die Gegenwart. Es hat keinen Sinn, sich nach einer anderen Welt zu sehnen.*

Als sie sich dem Teeladen näherte, entdeckte sie Elises blaues Haar.

Athena lächelte, als sie die Tür öffnete. »Du bist früh dran.«

Elise strahlte sie an. »Du aber auch! Das muss Schicksal sein.«

»Vielleicht ist es ein Zeichen dafür, dass wir noch mehr Kuchen brauchen.«

»Klingt genau richtig«, sagte Elise mit einem Nicken.

Sie umarmten sich und gingen zur Theke.

Marjies neue Helferin Lamorna begrüßte sie mit einem breiten Lächeln. Marjie hatte erzählte, dass sie gerade erst aus St. Austell nach

Myrtlewood gezogen war und aus einer magischen Familie stammte. Heute trug sie einen übergroßen Strickpullover. Ihre blonden Haare hatte sie zu kleinen Zöpfen hochgesteckt, was Athena irgendwie cool fand, so wie in den alten 90ern – obwohl sie wusste, dass Rosemary entsetzt wäre, die 90er als altmodisch zu bezeichnen.

»Das Durcheinander vorhin tut mir so leid«, sagte Lamorna. »Ich habe die Sache mit der Sahne total vergessen.«

»Schon okay«, sagte Athena und hoffte, nicht zu uncool zu klingen. »Halb so wild.«

Lamorna nickte und deutete dann auf den Schrank. »Was darf es sein?«

»Oooh«, sagte Elise. »Ich hätte wirklich gerne Schokolade, aber ich vertrage tierische Produkte nicht gut. Ich bin mir ziemlich sicher, dass die hier nicht milchfrei ist. Ich frage mich, ob ich ein bisschen Sahne vertrage ...«

Athena schüttelte den Kopf. »Nicht, wenn dir davon schlecht wird.«

»Weißt du was?«, sagte Lamorna mit einem Augenzwinkern. »Wir haben einen frischen dreischichtigen Schokoladenkuchen, der hinten abkühlt, und den ich mit Kokosöl statt Butter gemacht habe. Weißt du, ich vertrage es auch nicht besonders. Wie wäre es, wenn ich etwas mit Cashewcreme mitbringe?«

»Perfekt!«, sagte Elise.

Athena grinste und bestellte den Shortcake und eine große Kanne ihres Lieblings-Erdbeer-Sahne-Tees.

Sie setzten sich an einen Tisch am Fenster, um auf ihr Festmahl zu warten.

»Sie ist so cool!«, sagte Elise.

Athena nickte. »Sie hat etwas Ungewöhnliches an sich. Ich frage mich, ob sie auch zum Teil ein Fae ist.«

Elise rieb sich nachdenklich das Kinn. »Vielleicht. Aber viele Menschen vertragen keine Milchprodukte.«

»Apropos halb Fae«, sagte Athena. »Hast du schon mal Una aus der Apotheke getroffen? Sie ist toll.«

»Ich kenne sie flüchtig«, sagte Elise stirnrunzelnd. »Sie ist eine Freundin von Mama.«

»Magst du sie nicht?«

»Oh nein, das ist es nicht. Sie scheint nett zu sein.«

»Was ist es dann?«, fragte Athena.

»Nichts«, sagte Elise. »Ich glaube, ich habe einfach nur Hunger und brauche gerade eine außergewöhnliche Menge Kuchen!«

Es dauerte nicht lange, bis ihr Kuchen und Tee serviert wurden. Athena aß und trank und dachte still über die Verbindung nach, die sie zu Una verspürte. Es gab nur eine Person, die eine Ahnung davon haben könnte und sich in ihrer Nähe aufhielt.

Sie nahm sich vor, mit ihrem Vater zu sprechen, wenn er von seinem kleinen magisch herbeigeführten Nickerchen aufgewacht war.

12

An diesem Abend öffnete Rosemary die Tür und sah eine vertraute Frau vor sich stehen, deren ergrauendes rotblondes Haar aussah, als müsste es gebürstet werden. Sie hielt eine große Auflaufform in der Hand.

»Sherry?«

»Hallo«, sagte Sherry. »Ich bin nur vorbeigekommen, um euch etwas von meinem berühmten Rindfleisch-Guinness-Eintopf zu bringen. Es tut mir so leid.«

»Ich verstehe«, sagte Rosemary, die sich etwas unwohl in der Situation fühlte. »Du hast jemanden verloren. Ich würde dasselbe tun, wenn ich müsste ... um Athena zurückzubekommen."

Es war nicht gelogen. Rosemary verstand es. Aber sie traute Sherry nicht ganz, obwohl sie es wollte. Es war zu grenzüberschreitend gewesen. Die Frau, die eigentlich eine Freundin hätte sein sollen, hatte ein unbezahlbares und magisches Erbstück aus Rosemarys Badezimmer gestohlen, nur damit sie genug Macht hatte, um ins Reich der Fae zu reisen und zu versuchen, ihre Freundin aus Kindertagen, Mei, zu retten.

»Darf ich sie sehen?«, fragte Sherry.

»Sherry!«, rief eine Stimme, und die kleine Mei rannte zur

Eingangstür und umarmte Sherry. »Wie bist du nur so groß geworden?«, fragte sie.

»Das habe ich dir doch schon mal gesagt, Mei«, sagte Sherry. »Du warst lange Zeit weg.«

»So lange war es gar nicht«, beharrte Mei.

»Es mag dir nicht lang vorgekommen sein, wo du warst«, sagte Athena, die Mei gefolgt war. »Aber die Zeit vergeht hier anders.«

Mei kicherte und strahlte Athena an, sichtlich beeindruckt von dem Teenager.

»Möchtest du vielleicht mit uns zu Abend essen, Sherry?«, fragte Rosemary.

»Ich möchte euch nicht zur Last fallen«, sagte Sherry. »Ich dachte nur, ich bringe euch etwas zu essen, da ihr so beschäftigt seid, euch um all die Kinder zu kümmern.«

»Unsinn«, sagte Rosemary. »Komm schon, bleib ein wenig. So hast du die Gelegenheit, dich mit Mei auszutauschen. Ich bin sicher, dass ihr euch nach all den Jahren viel zu erzählen habt.«

Sherry lächelte und setzte sich zu ihnen an den Esstisch, wo es nicht nur den Eintopf, sondern auch gebratenes Gemüse und Hähnchenkeulen gab, die Athena bereits zubereitet hatte.

Rosemary lächelte ihre Tochter an. »Du wirst immer besser im Kochen. Das schmeckt wirklich gut.«

»Ich nehme an, ich bekomme im Moment viel Übung«, sagte Athena und warf dem kleinen Harry einen warnenden Blick über den Tisch zu. Er hatte versucht, Elowen eine Hähnchenkeule vom Teller zu stibitzen, während sie damit beschäftigt war, der kleinen Serpentine unter dem Tisch ein Stück Rindergulasch zuzustecken.

»Es ist viel Arbeit, so viele Mäuler zu stopfen«, fuhr Athena fort. »Apropos kulinarischer Geschmack, hast du Fortschritte bei deinem Schokoladengeschäft gemacht? Abgesehen davon, dass du dir heruntergekommene alte Läden ansiehst, meine ich.«

»Was hat es mit dem Schokoladengeschäft auf sich?«, fragte Sherry.

»Ach, nichts«, sagte Rosemary. »Das war nur eine Art Wunschtraum von mir. Jetzt, wo ich das Geld dafür habe, ist es nicht mehr unmöglich.

Ich wollte schon immer mit Lebensmitteln arbeiten, und Chocolatiere zu sein, wäre fantastisch. Ich hätte gerne einen kleinen Laden. Aber in letzter Zeit war ich ziemlich abgelenkt. Außer, dass ich mir eine Reihe von Kursen angesehen habe und zutiefst verwirrt bin, ist nichts wirklich passiert.«

»Die beiden Kuchen, die du gebacken hast, als du noch in meinem Laden gearbeitet hast, waren köstlich«, sagte Marjie. »Ich hoffe wirklich, dass du es schaffst.«

»Ja! Das musst du«, sagte Sherry. »Das ist genau das, was wir in der Stadt brauchen. Jeder liebt Schokolade. Und sie hebt die Stimmung.«

»Jetzt, wo ich meine Magie immer besser beherrsche«, sagte Rosemary, »könnte ich vielleicht sogar etwas Magisches mit der Schokolade anstellen. Zum Beispiel kleine harmlose Zauber, die die Konzentration fördern oder den Gemütszustand der Menschen verbessern, so etwas in der Art.«

»Was für eine wunderbare Idee«, sagte Neve vom anderen Ende des Tisches. Sie und Nesta waren vor kurzem so gut wie in Thorn Manor eingezogen, obwohl sie abends immer noch manchmal nach Hause gingen und Mei normalerweise mitnahmen.

Sie hatten Nestas Büro in ein Schlafzimmer umgewandelt und Nesta überlegte, das kleine Häuschen in ihrem Hinterhof zu renovieren, damit sie stattdessen von dort aus arbeiten konnte.

»Mama weiß noch nicht so recht, was sie tut«, sagte Athena. »Aber sie überlegt bereits, ein Geschäft in der Stadt zu mieten.«

»Das Geschäft neben dem von Liam?«, fragte Sherry. »Perfekt! Du solltest Covvey danach fragen. Ich bin sicher, er macht dir ein gutes Angebot.«

»Warum Covvey?«, fragte Rosemary.

»Er ist der Vermieter«, sagte Sherry.

»Stimmt«, sagte Marjie. »Habe ich das nicht erwähnt?«

Rosemary verzog das Gesicht. »Ich glaube nicht, dass ich im Moment in seiner Gunst stehe. Ich habe ihn vielleicht versehentlich einen Werwolf genannt.«

»Warum um alles in der Welt solltest du so etwas Schreckliches tun?«, sagte Sherry. »Ich meine, das tut mir leid, aber es gibt kaum etwas Schlimmeres, das man einen Wandler nennen könnte.«

»Na ja, ich kenne mich mit diesem Kram eben nicht aus«, sagte Rosemary. »Ich bin nicht in dieser Welt aufgewachsen.«

»Ich bin sicher, er wird dir verzeihen«, sagte Marjie.

Sherry warf ihr einen fragenden Blick zu.

»Na ja, vielleicht braucht er ein bisschen Zeit«, fügte Marjie hinzu. »Er ist sehr stur.«

»Ach, wie doof«, sagte Rosemary. »Vielleicht kann ich ein anderes Geschäft zur Miete finden, nur für den Fall, dass er mir das immer noch übelnimmt.«

»Ich fürchte, es gibt hier nicht viel«, sagte Sherry. »Aber keine Sorge. Wir können dir helfen, Covvey umzustimmen. Er hat es schon lange nicht vermietet, obwohl Leute danach fragen.«

»Warum nicht?«, fragte Rosemary. »Es kostet ihn doch nur Geld, wenn es nicht vermietet ist.«

»Das möchte man meinen«, sagte Sherry. »Er hat eine emotionale Bindung an die Bar, die er früher dort hatte, obwohl es eine Art schäbige Spelunke war.«

»Der Bürgermeister hat sie geschlossen«, sagte Marjie. »Er hat die Betriebsgenehmigung nicht verlängert, weil er der Meinung war, sie würde den guten Ruf der Stadt schädigen.«

»Voreingenommen«, sagte Rosemary.

»Nun, er hatte nicht Unrecht«, sagte Neve. »Wir mussten ziemlich viele Schlägereien dort schlichten.«

Marjie schnaubte. »Das stimmt. Der Ort schien alle Arten von Gesindel anzuziehen, sogar Werwölfe.«

»Warum hassen alle nur Werwölfe so sehr?«, fragte Rosemary.

Am Esstisch herrschte Stille und alle starrten Rosemary an, mit Ausnahme von Athena, die genauso überrascht über die Reaktion war, wie ihre Mutter sich fühlte.

»Wenn du jemals einem begegnet wärst«, sagte Marjie, »würdest du das nicht fragen.«

Rosemary zuckte unbeholfen mit den Schultern. »Es ist eine Art magischer Virus, oder?«, fragte sie mit einem Tonfall, von dem sie hoffte, dass er leicht und ein bisschen neugierig klang. »Warum sind die Leute so gemein wegen etwas, das andere nicht kontrollieren können?«

»Es könnte ein Virus sein. Aber es scheint die unglückliche Wirkung zu haben, dass es die Menschen ziemlich rau werden lässt«, sagte Neve. »Eine Zeit lang mögen sie normal erscheinen, aber mit der Zeit werden sie immer zerlumpter und unhöflicher, manchmal sogar ziemlich gewalttätig.«

»Ganz zu schweigen von der Tatsache, dass sie bei Vollmond herumlaufen und Menschen angreifen und beißen, morden ... und diesen fauligen Fluch verbreiten«, sagte Marjie.

»Moment mal, ist es ein Fluch oder ein Virus?«, fragte Rosemary und fragte sich, ob Liam aggressiver geworden war.

»Ein bisschen von beidem, denke ich«, sagte Sherry. »So etwas wie ein verfluchter Virus.«

»Habt ihr euch jemals gefragt, ob der Grund dafür, dass diese Menschen so schwer zu ertragen sind, darin liegt, dass alle schrecklich zu ihnen sind?«, schlug Athena vor.

Rosemary war froh, dass ihre Tochter die Frage gestellt hatte, die sie sich nicht zu stellen getraut hatte. Sie hatte Angst, Liam aus Versehen zu outen, indem sie zu viel sagte.

»Du würdest die Reaktionen der Leute verstehen«, sagte Marjie, »wenn du jemals einer dieser schrecklichen Bestien begegnet wärst, geschweige denn, wenn ein geliebter Mensch von ihnen getötet worden wäre.« Ihre Augen wurden feucht.

»Es tut mir leid, Marjie«, sagte Athena. »Ist dir so etwas Schreckliches etwa passiert?«

»Mein kleiner Bruder Jowan wurde von einem Werwolf ermordet.« Marjie traten Tränen in die Augen. »Ich werde sie niemals dulden!«

»Meinem Cousin ist etwas Ähnliches passiert«, sagte Sherry.

»Liam?«, fragte Rosemary überrascht.

»Natürlich nicht! Liam lebt schließlich noch«, sagte Sherry überrascht. »Nein. Er und sein Bruder Treave waren eines Tages im Wald spazieren. Natürlich war Vollmond ... und ein Werwolf hat sie angegriffen. Liam hatte Glück, dass er mit dem Leben davonkam.«

»Wie schrecklich.« Rosemarys Gedanken hallten von der Erkenntnis wider, dass das Ereignis, das Sherry gerade beschrieben hatte, wahrscheinlich zu Liams gegenwärtigem Zustand geführt hatte, obwohl niemand sonst in der Stadt davon zu wissen schien.

Athena warf ihr einen verwirrten Blick zu und Rosemary sah sie streng an, um ihre Tochter zu warnen, sich aus ihren Gedanken herauszuhalten.

Schritte ertönten im Flur und Dain betrat das Esszimmer mit schuldbewusstem Gesichtsausdruck und müdem Blick.

»Es tut mir leid«, sagte er. »Es ist wieder passiert, oder?«

»Ich fürchte ja«, sagte Athena. »Setz dich, Papa. Iss etwas zu Abend.«

Dain tat, wie ihm geheißen wurde, und nahm sich eine gute Portion Essen. »Ich glaube nicht, dass wir uns jemals richtig vorgestellt wurden«, sagte er zu Sherry. »Ich bin ...«

»Ich weiß, wer du bist«, sagte Sherry mit einem etwas schüchternen Lächeln. »Ich bin Sherry.«

»Natürlich.« Dain lehnte sich in seinem Stuhl zurück und verschränkte die Arme hinter dem Kopf.

»Wir haben uns bei dieser Rettungsaktion kennengelernt«, sagte Sherry.

Dains Lippe zuckte. »Ich wollte eigentlich sagen, ich bin der Fae, der dir als Kind aus dem Reich gefolgt ist.«

Der ganze Tisch saß in fassungslosem Schweigen da.

Sherry schnappte nach Luft. »Was? Wirklich?«

»Klar«, sagte Dain. »Du hast mich wahrscheinlich nicht gesehen, aber ich erinnere mich an dich. Ich dachte mir damals, dass du meine einzige Hoffnung wärst, Leithrein zu entkommen.«

»Lief rein?«, fragte Athena.

»Leithrein, die Gräfin von West-Eloria. Ich habe mich in den Büschen in der Nähe von dem Ort, an dem der Schleier dünn ist, versteckt und meine Feenmagie eingesetzt, um die Schutzmaßnahmen im Inneren zu durchbrechen und dich durchzulassen. Ich hatte gehofft, dass du genug Magie hattest, um die menschlichen Schutz-maßnahmen zu überwinden. Und als du es geschafft hattest, bin ich dir gefolgt.«

»Du hast mich quasi gestalkt«, sagte Sherry und klang dabei, als wäre ihr das Ganze etwas unbehaglich.

»Nicht ganz«, sagte Dain. »Ich musste da raus. Ich wusste, dass die Gräfin hinter mir her war, nachdem ich ihr und ihren Wachen einen Streich gespielt hatte.«

»Manche Fae mögen keine Tricks.« Sherrys Stirn runzelte sich. »Ich habe einige unangenehme Erfahrungen gemacht.«

»Die Gräfin hatte auch ein persönliches Interesse«, fügte Dain hinzu. »Sie wollte mich als eine Art Druckmittel gegen meine Mutter einsetzen.«

»Deshalb hat sie dich also gefangen genommen«, sagte Detective Neve. »Das hast du mir bei der polizeilichen Vernehmung nicht erzählt.«

»Ich versuche, mich aus der Faepolitik herauszuhalten.« Dain zuckte mit den Schultern. »So ist es einfacher. Und sicherer.«

Sherrys Augen waren mondförmig. »Du hast mir bei der Flucht geholfen. Du hast mir geholfen, von dort wegzukommen und nach Hause zurückzukehren.«

Dain zeigte ihr charmantes Lächeln. »Und ich würde es jederzeit wieder tun.«

»Um deinen eigenen Interessen zu dienen«, sagte Rosemary und machte sich ein wenig Sorgen darüber, wie Sherry ihren Ex über den Tisch hinweg ansah. Er hatte eine Art, die Damen zu verzaubern, und Rosemary war sich sicher, dass hier irgendeine Art von Magie im Spiel war.

»Für wen hältst du mich?« Dain hob abwehrend die Hände. »Ich bin nicht nur auf meinen eigenen Vorteil bedacht. Zumindest nicht, wenn ich nüchtern bin.«

»Danke«, sagte Sherry. »Ich hatte keine Ahnung, wie ich beim ersten Mal entkommen konnte. Ich wusste nur, dass ich wieder da rein musste, um Mei rauszuholen.« Sie lächelte das kleine Mädchen auf der anderen

Seite des Tisches an, das daraufhin kicherte. »Ich musste alles tun, um meiner Freundin zu helfen.«

»Nun, wenn du jemals wieder Feenmagie brauchst, weißt du ja, wen du fragen musst«, sagte Dain mit einem Augenzwinkern.

Rosemary zog sich bei dem offensichtlichen Flirt der Magen zusammen. Sie runzelte die Stirn und Athena grinste sie frech an.

»Ist dir in letzter Zeit hier irgendetwas Seltsames aufgefallen?«, fragte Neve, als sie sich vom Abendessen erhoben.

»Seltsamer als sonst?«, sagte Rosemary. »Fragst du wegen etwas Bestimmtem?«

Neve senkte ihre Stimme. »Ich habe mich gefragt, ob dir irgendwelche Feuer aufgefallen sind?«

Sofort fiel es Rosemary wieder ein. »Ja, tatsächlich ist neulich, als ich Liam besuchen wollte, aus dem Nichts ein Feuer ausgebrochen.«

»Du hast mir gesagt, du wärst von einer Person angegriffen worden«, sagte Neve.

»Das wurde ich auch, zumindest am Anfang. Ich hatte angenommen, dass das Feuer mit dem Angreifer in Zusammenhang stand.«

»Und du hast nicht daran gedacht, mir von dem *Feuer* zu erzählen?«

Rosemary warf der Polizistin einen entschuldigenden Blick zu. »Du weißt ja, wie es um mein Gedächtnis bestellt ist, nachdem Oma und Dain alles getan haben, um es durcheinanderzubringen. Ob sie es beabsichtigt haben oder nicht, es scheint eine langfristige Wirkung zu haben. Das Feuer ist mir entfallen. Ich habe es noch nicht einmal Athena erzählt. Ich habe den Angriff vorhin nur erwähnt, weil er mir in den Sinn kam.«

»Ich hätte gedacht, dass du mich sofort anrufen würdest.« Neve runzelte die Stirn. »Vor allem, nachdem du von jemandem mit dunkler Kapuze angegriffen wurdest. Glaubst du, dass *sie* es waren?«

»Auf jeden Fall«, sagte Rosemary. »Ich bin mir zu 99 Prozent sicher, dass es die Blutsteine waren. Jedenfalls ist dieses Feuer direkt nach meinem Angriff aufgetreten. Offensichtlich wurde es also von derselben Person oder denselben Personen verursacht.«

»Möglicherweise«, sagte Neve. »Zumindest haben wir damit eine mögliche Spur.«

»Warum fragst du nach Bränden?«, sagte Rosemary.

»Überall in der Gegend tauchen mysteriöse Feuer auf. Niemand scheint zu wissen, warum. Sie sind nicht riesig, aber sie könnten größer werden.«

»Das *ist* auf jeden Fall besorgniserregend«, sagte Rosemary, während sie das Geschirr vom Abendessen spülte.

»Aber es scheint nichts zu geben, das sie verursacht«, fügte Neve hinzu. »Ich habe in den letzten vierundzwanzig Stunden zwei Meldungen erhalten. Zuerst dachte ich, es wären Kinder, die Streiche spielen. Aber jetzt scheint sich ein klares Muster zu ergeben.«

Rosemary nickte. »Außerdem sind Kinder normalerweise nicht vorsichtig genug, um nicht erwischt zu werden. Es könnten die Blutsteine sein, die überall Feuer legen, obwohl es ein wenig seltsam erscheint.«

»Es könnte taktischer Natur sein«, sagte Neve. »Vielleicht sind sie hier nicht zahlreich genug, um in die Offensive zu gehen. Vielleicht ist es nur Strategie. Sie verängstigen die Leute, damit wir nicht erfahren, was sie tatsächlich tun.«

»Vielleicht«, sagte Rosemary. »So oder so, es bereitet mir Sorge.«

»Wovon redet ihr?«, fragte Athena und trug weiteres Geschirr in die Küche.

»Ach, du weißt schon, das Übliche.« Rosemary lächelte. »Mysteriöse Feuer und eine hohe Wahrscheinlichkeit, dass mich eine geheime magische Gesellschaft angreift.«

Athena stöhnte und Rosemary klärte sie über die Details auf.

Athena blinzelte ihre Mutter an. »Weißt du, es ist schon komisch. Ich bin mir sicher, dass ich gesehen habe, wie jemand durch die Fenster von Thorn Manor gespäht hat, als du bei Liam zu Hause warst. Vielleicht war es einer von ihnen – der uns ausspioniert hat!«

»Warum hast du nicht schon früher gesagt?«, fragte Rosemary.

Athena zuckte mit den Schultern. »Warum hast du mir nicht erzählt, dass du angegriffen wurdest?«

»Genau dasselbe habe ich auch gedacht«, sagte Neve und stemmte die Hände in die Hüften.

»Wie gesagt, es war eine arbeitsreiche Woche«, sagte Rosemary. »Und ein langer Tag. Ich bin mehr als bereit für eine Tasse Tee und eine gute Mütze Schlaf.«

13

Athena wischte die Bank und den Küchentisch ab und räumte nach dem Frühstück auf. Sie hatte noch eine Stunde Zeit, bis die Schule begann.

Bisher hatte sie noch keine Gelegenheit gehabt, mit ihrem Vater zu sprechen.

Am Abend zuvor hatte sie ihn fragen wollen, warum sie so ungewöhnlich auf die Begegnung mit einer anderen Person mit Fae-Erbe reagiert hatte. Aber Dain war kurz nach dem Abendessen ins Bett gegangen und hatte behauptet, er sei viel zu müde für jemanden, der den ganzen Tag über eine magische Gehirnerschütterung ausgeschlafen hatte.

Athena nahm ihm das nicht übel, da er wirklich erschöpft zu sein schien. Aber sie behielt es für den nächsten Morgen im Hinterkopf, nachdem Harry, Elowen und die Zwillinge sie aufgeregt geweckt hatten, damit sie ihnen Frühstück machte.

Jetzt war ihre brennende Neugierde groß genug, um ihre anfängliche Zurückhaltung zu überwinden und ein bedeutungsvolles Gespräch zu führen.

Dain schien an diesem Morgen glücklich zu sein. Er schnappte sich ein Stück Marmeladentoast vom Tisch und fing sofort an, die unruhigen kleinen Kinder herumzujagen, was sie vor Freude quietschen ließ, als sie auf den Rasen rannten.

Sie wartete, bis er vom Herumtoben im Garten erschöpft war und im Schatten einer großen Magnolie zusammengebrochen war. Athena bewunderte die Magnolie, die in voller Blüte stand, als sie vorbeiging. Die riesigen violetten Blüten erinnerten Athena an das Reich der Fae und sie verspürte einen Anflug von Sehnsucht nach diesem illusorischen Ort.

»Ich wollte dich etwas fragen«, sagte sie und näherte sich Dain.

»Frag nur.«

»Gestern waren wir in der Apotheke und haben diese erstaunliche Frau getroffen, die definitiv sowohl von den Fae als auch von den Menschen abstammt.«

Dain nickte. »Es gibt ein paar von ihnen, auch wenn es nicht sehr verbreitet ist.«

»Wie auch immer«, sagte Athena. »Es hat in mir eine seltsame Reaktion ausgelöst ... als ich sie getroffen habe, habe ich ein Gefühl von Wärme verspürt. Ich weiß nicht genau, wie ich es erklären soll, aber es ist anders als bei anderen Fae, denen ich begegnet bin.«

»Ich weiß, dass du dich genauso wenig für die Politik der Fae interessierst wie ich«, sagte Dain. »Ich werde dich also nicht mit den Details langweilen. Aber die verschiedenen Regionen innerhalb des Reiches werden von verschiedenen Fae-Fraktionen regiert und bevölkert. Jede hat ihre eigene einzigartige Mischung aus Magie. Die meisten Fae, denen du begegnet bist, sind wahrscheinlich mit West-Eloria verbunden.«

»Weil das die Region ist, die hier angrenzt?«, fragte Athena.

»Ja.«

»Ich dachte, die Tore zum Reich der Fae würden sich bewegen«, sagte Athena. »Das Tor, das Finnegan im Wald geöffnet hat, führte fast genau zu demselben Teil des Reiches wie das, das Mama von Fin's Creek aus geöffnet hat.«

»Du hast recht«, sagte Dain. »Es ist schwer zu erklären. Man kann sich die beiden Welten so vorstellen, als wären sie durch eine Art Schnur miteinander verbunden, die an mehreren Stellen in jeder Region mit jedem Reich verbunden ist. Das Reich der Fae hat seine eigenen, separaten Schnüre, die mit verschiedenen Teilen des irdischen Reiches verbunden sind.«

»Du meinst also, man könnte durch jedes der hier errichteten Tore gehen und am selben Ort dort drüben landen?«

»Ja«, sagte Dain. »Um jedes Tor herum gibt es eine komplexe Wahrscheinlichkeitsmatrix. Aber es ist auch eine Menge Synchronizität im Spiel.«

Athena nickte, ohne es wirklich zu verstehen.

»Eigentlich«, sagte Dain. »Ich bin mir nicht sicher, was das alles bedeutet. Das war mehr oder weniger das, was mir als Kind erzählt wurde.«

»Gut«, sagte Athena. »Denn ich habe nur so getan, als wüsste ich, wovon in aller Welt du sprichst. Aber was hat das mit Una zu tun?«

»Mit wem?«

»Die Frau aus der Apotheke; so heißt sie. «

»Ah, um also auf den Punkt zu kommen, die verschiedenen Regionen und ihre Fae-Bevölkerung haben unterschiedliche Spezialgebiete.«

»Du glaubst also, dass meine Reaktion mit Unas besonderer Spezialität zu tun hat? Ich frage mich, woher ihr Vater stammt.«

Dain zuckte mit den Schultern. »Das kann ich dir nicht sagen. Wenn ich sie treffen würde, wüsste ich vielleicht mehr.«

»Macht Sinn«, sagte Athena. »Warum musst du nur plötzlich so ruhig und vernünftig sein? Ich bin es so gewohnt, dass du unüberlegt und verantwortungslos bist. Ich weiß nicht, wie ich mich an diese neue Version meines Vaters gewöhnen soll.«

»Willst du lieber wieder wütend auf mich sein?«, sagte Dain grinsend.

»Ich bin immer noch wütend auf dich«, sagte Athena. »Du wirst nicht ungeschoren davonkommen, nachdem du dich jahrelang daneben benommen hast, nur weil du ein kleines Sahneproblem hattest.«

Dain zuckte mit den Schultern. »Das erwarte ich auch nicht.«

»Apropos kleine Probleme«, fuhr Athena fort. »Die Frauen in der Apotheke dachten, sie könnten vielleicht eine Art magische Lösung finden. Wenn sie das täten, wärst du dann interessiert?«

Dain schüttelte den Kopf und verzog das Gesicht. »Ich habe die Mittel probiert, die deine Mama mir gegeben hat. Davon ist mir nur schlecht geworden.«

»Die haben nicht gewirkt«, sagte Athena. »Willst du etwa sagen, dass du vorhast genauso schnell aufzugeben wie bei uns?«

»Oh, fies«, sagte Dain. »Aber den habe ich wohl verdient.«

»Und noch viel mehr«, sagte Athena.

»Natürlich werde ich es versuchen«, sagte er. »Ich werde alles versuchen, um es wieder gut zu machen, erinnerst du dich? Es gibt nichts Besseres, um seine Lebensentscheidungen zu überdenken, als wochenlang in einem Pilzschloss eingesperrt zu sein, halb erstochen und gefoltert zu werden.«

Athena verzog das Gesicht. »War es wirklich so schlimm?«

Dain zuckte mit den Schultern. »In gewisser Weise war es das wert.«

»Was meinst du damit?«

Dain starrte auf die Erde um sich herum. Er hielt einen Moment inne und sagte dann: »Nun, wenn mir das passiert wäre und ich dir nicht geholfen hätte, hierher zurückzukommen, hätte ich vielleicht nie wieder Zeit mit dir verbringen können, oder die Chance gehabt, alles wieder gut zu machen.«

Athena spürte, wie ihr Herz sich für ihn erwärmte.

Dain sah zu ihr auf. »Es war bisher schön, dich als fast Erwachsene kennenzulernen.«

Sie lächelte. »Sag das mal Mama.«

»Deine Mutter ist ein bisschen überfürsorglich«, sagte Dain. »Obwohl ich wohl kein Recht habe, das zu sagen.«

»Nein, ich glaube nicht, dass es zu diesem Zeitpunkt einen Unterschied macht, wenn du ihr das sagst. Aber ich weiß es zu schätzen, dass du versuchst, dich für mich einzusetzen.«

Dain zuckte mit den Schultern. »Ich kann verstehen, warum sie es tut. Sie sorgt sich sehr um dich.«

»Offensichtlich«, sagte Athena. »Wir waren meistens nur zu zweit. Und Mama musste mich nie wirklich beschützen, weil ich nie wirklich viel gemacht habe. Ich bin mit anderen Kindern nicht gut ausgekommen, also sind wir einfach zu Hause geblieben und haben viele Filme geschaut und Popcorn gegessen. Jetzt, wo ich mehr vom Leben habe, weiß sie nicht, was sie mit sich anfangen soll.«

»Irgendwann wird sie sich schon was einfallen lassen müssen«, sagte Dain.

»Das sage ich ihr auch immer wieder«, sagte Athena. »Wie auch immer, ich muss los und mich für die Schule fertig machen. Danke für das Gespräch.«

Dain lächelte und in seinen Augen flackerte ein Hoffnungsschimmer auf. »Ich meine es ernst«, rief er ihr nach, als sie wegging. »Ich werde tun, was ich kann. Wenn es irgendeine Möglichkeit gibt, dein Vertrauen zurückzugewinnen ...«

»Wir werden sehen«, rief Athena über den Hof zurück.

14

Athena war gerade zur Schule aufgebrochen, Dain spielte mit den Kindern im Garten Verstecken und Rosemary setzte Wasser für den morgendlichen Tee auf, als es an der Eingangstür von Thorn Manor klopfte. Sie ging hin, um zu öffnen, und war erfreut, die beiden Schwestern aus der Apotheke zu sehen.

Una kam herein, wobei sie ein großes altes Buch in der Hand hielt.

»Gutes Timing«, sagte Rosemary. »Ich mache gerade Tee.«

»Das klingt wunderbar«, sagte Una. »Wie wäre es, wenn wir uns beim Tee austauschen? Du kannst unser Buch lesen und ich schaue mir deins an?«

»Hervorragend«, sagte Rosemary. Sie führte sie ins Wohnzimmer und kehrte kurz darauf mit einem Teetablett zurück.

»Bevor wir anfangen«, sagte Ashwyn, »ich hatte eine Idee bezüglich deiner anderen Bitte.«

»Welche?«, fragte Rosemary und versuchte, sich an das Gespräch zu erinnern, das sie erst am Tag zuvor geführt hatten.

»Dein Gedächtnis«, sagte Una.

»Oh ja. Mein Gedächtnis ist furchtbar«, gab Rosemary zu. »Aber das ist nicht ganz meine Schuld. Wahrscheinlich ist sowohl die Magie der Fae als auch der Bindungszauber meiner Oma daran schuld.«

»Ja, genau«, sagte Ashwyn. »Ich habe über all das nachgedacht. Zumindest über die Teile, die du mir erzählt hast. Und obwohl ich dir ein allgemeines Gedächtnistonikum geben könnte, glaube ich nicht, dass das ausreichen würde.«

»Wie schade«, sagte Rosemary.

»Es scheint, als hätte deine Großmutter, mit was auch immer für Komponenten sie in den Bindungszauber eingebaut hat, die Feenmagie nachgeahmt, damit er anhält«, fuhr Ashwyn fort. »Normalerweise halten Gedächtniszauber nämlich nicht sehr lange an.«

»Du meinst, meine Großmutter hat Fae-Magie benutzt?«, fragte Rosemary.

»Ich vermute es«, sagte Una. »Wenn es nur eine Möglichkeit gäbe, sie zu fragen, um sicherzugehen.«

»Nun, wenn ich sie das nächste Mal sehe ...«, sagte Rosemary.

Una warf ihr einen fragenden Blick zu.

»Metaphorisch, meine ich«, sagte Rosemary. »Oder war es ein Witz? Vielleicht war es ein Witz. Ja ...«

Die Tatsache, dass Omas Geist immer noch im Herrenhaus wohnte und dort herumspukte, war ein Geheimnis, das Oma nicht mit anderen teilen wollte, damit es nicht irgendwann mehr als nur ihre eigenen Nachkommen waren, die sie immer wieder belästigten oder versuchten, sie auszutreiben oder zu verbannen. Rosemary war klar, dass so eigensinnige und lebhafte Geister wie Oma Thorn selten waren und dass Spuk normalerweise viel subtiler war. Sie wusste auch nicht, ob noch jemand anderes Omas Geist sehen konnte oder nur diejenigen, die die Magie der Familie Thorn beherrschten, und Oma schien nicht daran interessiert zu sein, dies zu testen, da sie in der Welt der Geister mehr als beschäftigt war.

Rosemary brachte ein Tablett mit Tee und Keksen herein. Ashwyn holte ein großes altes Buch heraus. »Tauschen wir?«

Rosemary reichte Una das kleine grüne Buch über die Fae und nahm das schwere, ledergebundene Zauberbuch, das Ashwyn ihr gegeben hatte. Es sah aus wie ein Buch, das seit Generationen in der Familie aufbewahrt wurde. Sie fand den Zauberspruch, der benutzt worden war, um Unas Sahnesucht zu stoppen, mit einem Lesezeichen versehen.

»Oh, und das hier«, sagte Rosemary und reichte ihr ein Stück Papier. »Athena hat es in einem alten Buch gefunden, das mit Anmerkungen übersät ist. Sie glaubt, dass Oma es benutzt haben könnte, um meine Erinnerung zu binden.«

»Genau das habe ich mir gedacht«, sagte Una. »Fae-Magie. Sieh mal – für die Gedächtnisprobleme gibt es vielleicht ein Gegenmittel.«

»Wirklich?«, fragte Rosemary.

»Ich habe ein Tonikum, das vielleicht helfen könnte«, sagte Una und sah ihre Schwester an. »Es ist ein überraschend einfaches Rezept. Man nehme einfach etwas Fenchel und Salbei und Quellwasser. Zufälligerweise ist es genau das Tonikum, das ich gegen Migräne verwende.«

»Im Ernst?« Rosemary runzelte die Stirn. Das schien ihr ein viel zu großer Zufall zu sein.

»Ja«, sagte Ashwyn. »Tatsächlich ist es eines, das wir als Teil unseres Kräuter-Erste-Hilfe-Sets bei uns tragen. Hast du daran gedacht, es mitzubringen, Una?«

»Ich glaube schon.« Una öffnete eine altmodische Arzttasche und holte eine smaragdgrüne Glasflasche heraus. »Migräne wirkt sich auf dieselben Nervenbahnen aus wie diese Magie, daher ist es sinnvoll, beide Arten von Problemen durch das Freimachen dieser Nervenbahnen zu lösen. Nimm einen Teelöffel davon und schau mal, wie du dich fühlst.«

»Einen Versuch ist es wert«, sagte Rosemary. Sie nahm Una das kleine Fläschchen ab und holte einen Teelöffel aus der Küche. Sie kehrte ins Wohnzimmer zurück, setzte sich den beiden Schwestern gegenüber auf die Couch, füllte den Löffel mit etwas von der blassgrünen Flüssigkeit und schluckte sie dann hinunter.

Der Geschmack war aromatisch und leicht bitter und hinterließ einen sich zusammenziehenden Geschmack auf ihrer Zunge. »Nun, ich fühle mich ganz normal«, sagte Rosemary und merkte schnell, dass sie zu früh geurteilt hatte. Sterne bildeten sich am Rand ihres Sichtfeldes, bevor sie alles darin auslöschten.

Rosemary öffnete die Augen, fühlte sich benommen und hatte das beängstigende Gefühl, dass sie vielleicht betrogen worden war. Sie blinzelte und blickte an die Decke. Es dauerte einen Moment, bis sie sich orientiert hatte. »Was ist passiert?«, fragte sie.

»Ich habe noch nie eine solche Reaktion gesehen«, sagte Una.

Rosemary richtete sich vom Sofa auf und war beruhigt, dass alles in Ordnung zu sein schien. Sie war froh, dass sie weich gelandet war, nachdem sie scheinbar ohnmächtig geworden war. »Oh, meine Güte!«

»Was ist los?«, fragte Ashwyn besorgt.

»Mein Kopf fühlt sich so klar an!«, sagte Rosemary. »Ich habe das Gefühl, ich kann direkt in die Vergangenheit zurückblicken und alles sehen, sogar Dinge, die mit Dain zu tun haben.«

»Alles?«, fragte Una.

»Okay, vielleicht nicht alles, aber vorher war alles verschwommen. Ich konnte mich an nichts Genaues erinnern und jetzt ... Wow. Danke!« Ein Gedanke kam ihr in den Sinn. »Glaubt ihr, dass das auch bei anderen Menschen funktioniert?«

Una und Ashwyn warfen ihr einen fragenden Blick zu.

»Ich meine, bei anderen, bei denen die Fae in ihr Gedächtnis eingegriffen haben?«

»Ich wüsste nicht, warum nicht«, sagte Una. »Bei dir scheint es ja auch funktioniert zu haben.«

Rosemary seufzte. »Das Problem ist, wie bringen wir die Leute dazu, etwas zu sich zu nehmen, wenn wir sie nicht kennen und sie uns wahrscheinlich nicht vertrauen werden? Glaubt ihr, wir könnten die Formel in Muffins backen und diese dann vor jemandes Haustür ablegen?«

Ashwyn warf ihr einen skeptischen Blick zu. »Würdest *du* Muffins essen, die vor deiner Haustür abgelegt wurden?«

»Eher weniger«, gab Rosemary zu. »Es sei denn, ich wäre mir absolut sicher, dass sie von Marjie stammen. Ich verstehe, was ihr meinst.«

»Ich glaube nicht, dass das funktionieren würde«, sagte Una. »Es muss in flüssiger Form sein, sonst verbinden sich die Gerbstoffe im Salbei mit allen anderen Zutaten.«

»Ich verstehe«, sagte Rosemary. »Wie wäre es mit einem feinen Nebel?«

»Das könnte funktionieren«, sagte Una. »Wenn jemand genug davon einatmen oder einnehmen würde.«

»Es gibt nur einen Weg, das herauszufinden«, sagte Rosemary. »Wie viel habt ihr davon?«

»Ich habe einen ganzen Vorrat davon im Laden«, sagte Una. »Du kannst morgen etwas abholen, wenn du möchtest.«

»Ich glaube, das mache ich«, sagte Rosemary. »Vielleicht kann ich jetzt, mit meinem verbesserten Gedächtnis, diesen Zauberspruch entschlüsseln und Dain helfen.« Sie blinzelte und verspürte eine ganz neue Mischung von Gefühlen, wo sie zuvor nur Verwirrung empfunden hatte.

Noch vor fünf Minuten hätte sich Rosemary nur vage daran erinnert, dass Dain sie so oft betrogen hatte, vor allem durch Athenas ständige Erinnerungen im Laufe der Jahre, aber keine der konkreten Erinnerungen war je in der Lage gewesen, durchzudringen. Jetzt, nachdem sie das Elixier eingenommen hatte, stachen sie schmerzhaft in ihrer Brust, wenn sie an ihn dachte. Noch überwältigender war die ganze Welle glücklicher Erinnerungen, die in ihr aufkamen. Erinnerungen an die Zeit, als sie zusammen und sehr verliebt waren, Erinnerungen an die beiden, wie sie mit der kleinen Athena gespielt hatten.

Jetzt ergab alles, was mit der Sahnesucht zu tun hatte, viel mehr Sinn. Wenn sie damals nur gewusst hätte, was sie jetzt wusste. Sie hätte Oma um Hilfe bitten können, um eine Lösung zu finden. Natürlich konnte sie Oma jetzt immer noch fragen, obwohl die alte Frau in ihrer Geisterform ziemlich ausweichend gewesen war, und das war, bevor sie sie verlassen und ihnen nichts weiter als eine Abschiedsbotschaft hinterlassen hatte. Vielleicht sollten sich Geister einfach nicht in die Angelegenheiten der Lebenden einmischen.

»Ich glaube, ich habe eine Idee, wie das funktionieren könnte«, sagte Una und blätterte in dem kleinen Buch, das Burk über die Fae besorgt hatte. »Wenn du mich ein paar Dinge aus deinen Büchern abschreiben lasst, kann ich die grundlegenden Mechanismen untersuchen und sehen, ob ich eine Art Vorlage für einen Zauberspruch finden kann, um Dain zu helfen.«

»Das wäre fantastisch«, sagte Rosemary. »Schreib nur los!«

In diesem Moment rannten die Kinder aus dem hinteren Garten herein, mit leuchtenden Augen, rosigen Wangen und keuchend, gefolgt von einem erschöpft aussehenden Dain.

Rosemary war noch nicht bereit, sich all den Erinnerungen und dem Ballast zu stellen, die durch Unas Elixier wieder aufgetaucht waren, also schob sie das für später in einen Seitenschrank ihres Geistes, lächelte höflich und stellte sie alle vor. Die Kinder waren von Una und Ashwyn sehr angetan und überzeugten sie, an mehreren Runden Ringelreihen teilzunehmen.

Während der zweiten Runde zog Dain Rosemary beiseite.

»Sie ist eine Fae, oder?«, sagte er und deutete diskret auf Una.

Rosemary nickte. »Väterlicherseits, glaube ich. Aber komm nicht auf dumme Gedanken. Ich weiß, dass sie wunderschön ist, aber sie ist eine neue Freundin und ich möchte nicht, dass du die Dinge verkomplizierst.«

Dain fiel vor Empörung die Kinnlade herunter. »Für wen hältst du mich?«

»Du hast nicht die beste Erfolgsbilanz«, gab Rosemary zu bedenken.

»Mag sein, aber darum geht es mir hier gerade nicht.«

»Worum dann?« Rosemary verschränkte die Arme und warf ihm einen herausfordernden Blick zu.

»Sie ist mir einfach vertraut, das ist alles«, sagte Dain. »Und ich kann mich nicht erinnern, aber vielleicht habe ich sie schon einmal getroffen?«

»Das ist unwahrscheinlich, es sei denn, es war hier in der Gegend. Una hat ihren Vater nie kennengelernt und wurde hier in Myrtlewood von ihrer Hexenmutter großgezogen.« Sie wollte noch etwas über die Muster von Fae-Vätern hinzufügen, wurde aber unterbrochen, als Ashwyn und Una näher kamen.

»Wir gehen besser zurück in den Laden«, sagte Una. »Bist du dir sicher, dass es dir nach der Sache mit der Erinnerung gut geht?«

»Sache mit der Erinnerung?«, sagte Dain.

»Das erkläre ich dir später.« Rosemary wandte sich wieder den Schwestern zu. »Mir geht es gut. Tatsächlich fühle ich mich so gut wie schon lange nicht mehr. In meinem Kopf ist alles so kristallklar. Mir sind sogar ein paar Dinge eingefallen, die ich schon ganz vergessen hatte.«

»Das klingt vielversprechend«, sagte Ashwyn, während Una ihre Sachen zusammenpackte.

»Ich habe die benötigten Informationen kopiert«, sagte Una. »Wenn du also morgen im Geschäft vorbeischaust, werde ich einige Dinge für dich zum Abholen bereitstehen haben.«

»Wunderbar«, sagte Rosemary. »Sagt mir einfach, wie viel ich euch schulde.«

»Oh nein«, sagte Una. »Das geht auf jeden Fall aufs Haus.«

»Aber ihr kennt mich doch kaum«, sagte Rosemary.

»Trotzdem, angesichts der Beteiligung der Fae ist es etwas Persönliches«, sagte Una. »Ich würde mich unwohl fühlen, Geld anzunehmen, vor allem, wenn man so selten jemandem begegnet, der so ist wie ich. Ist Athena da? Ich würde sie gerne wiedersehen.«

»Sie ist in der Schule.« Rosemary war sich nicht sicher, ob sie das Interesse der Frau an ihrer Tochter misstrauisch machen sollte. Una und Ashwyn schienen nett zu sein, aber sie kannte sie kaum. Andererseits schien Athena in der Gegenwart anderer Fae, einschließlich Una, aufzuleben. »Aber ich bin sicher, dass sie sich gerne mal mit dir darüber unterhalten würde, wie es denn so ist. Du machst doch nicht diese Telepathie-Sache, oder?«

Una schüttelte den Kopf. »Ich weiß nicht, wovon du sprichst, also wahrscheinlich nicht.«

»Athena hat es in letzter Zeit nicht erwähnt, aber vor einiger Zeit hat es sie sehr genervt«, sagte Rosemary. »Sie sagte, es sei so, als hätte sie ein Radio im Kopf. Sie hat die Gedanken der Leute vernommen.«

»Diese Fähigkeit muss ich in der genetischen Lotterie wohl verpasst haben. So etwas habe ich noch nie erlebt. Aber ich bin sicher, dass wir noch andere Gemeinsamkeiten haben, und vielleicht kann ich bei einigen davon helfen.«

Rosemary lächelte und begleitete die beiden Frauen nach draußen. Dann schrieb sie sofort Detective Neve eine SMS, um ihr von der neuen Entdeckung des Gedächtniselixiers zu erzählen, nur für den Fall, dass sie es vergessen sollte. Sie wusste nicht, wie lange die Wirkung des Elixiers anhalten würde, genauso wenig wie die Schwestern. Una hatte erklärt, dass die Menschen das Elixier bei jeder Migräne einnehmen müssten, da die Muster der Nervenbahnen dazu neigten, wieder aufzutauchen, aber die Magie der Fae würde vielleicht verschwunden bleiben. So oder so war Rosemary entschlossen, das Beste aus ihrer neu gewonnenen Klarheit zu machen. Sie schrieb auch Athena eine SMS.

Wir müssen kämpfen.

Mama, ich bin in der Schule, kam ihre Antwort ein paar Minuten später. *Worum geht es? Was habe ich jetzt schon wieder angestellt?*

Nein, schrieb Rosemary zurück. *Ich meine, wir müssen trainieren, wir müssen das Kämpfen üben.*

Das war ein Gedanke, der Rosemary nach dem jüngsten Angriff dieser vermummten Gestalt gekommen war, und sie hatte sich gerade erst wieder daran erinnert, zusammen mit allem anderen. Sie und Athena mochten sich zwar an den Einsatz von Magie gewöhnen, aber sie brauchten Kampffähigkeiten, vor allem, wenn die Blutstein-Gesellschaft zurückkam.

Klingt toll, schrieb Athena zurück. *Mir ist jede Ausrede recht, um dich zu Boden zu schmeißen.*

Rosemary lächelte. Trotz der Frechheit war es schön, Athena wiederzuhaben.

Sie ging in die Küche, um sich einen Toast zum Mittagessen zu machen, und wandte sich dann wieder dem anderen Thema zu, das ihr plötzlich durch den Kopf ging.

Nachdem sie an dem Salbei-Tonikum genippt hatte, waren ihr andere Dinge in den Sinn gekommen, und eine davon beschäftigte sie besonders.

Vor ein paar Wochen hatte sie Burk in der Kneipe gesehen, wie er mit einer attraktiven brünetten Frau zu Abend gegessen hatte, und jetzt, da sie sich an die Details erinnerte, war sie sicher, dass es Una gewesen war.

Damals hatte Rosemary einen Anflug von Eifersucht unterdrücken müssen. Sie und Burk waren natürlich nur Freunde. Und ja, sie hatte ihn höflich abgewiesen, als er sie zum Essen eingeladen hatte. Aber das bedeutete nicht, dass sie keine kleinen und widersprüchlichen Gefühle für ihn hegte, auch wenn sie es besser wissen sollte.

Burk sah unglaublich gut aus, war höflich und wirklich hilfsbereit, wenn auch ein wenig arrogant. Er hatte alles getan, um Rosemary in der kurzen Zeit, in der sie ihn kannte, zu helfen. Er mochte ein Vampir und unglaublich alt sein, obwohl er immer noch aussah, als wäre er in seinen Dreißigern oder Anfang Vierzig, aber das bedeutete nicht, dass er kein begehrenswerter Junggeselle war oder dass er es nicht verdiente, mit anderen Frauen auszugehen. Da Rosemary dies wusste, hatte sie ihr Bestes getan, um sich nicht einzumischen, aber jetzt, da sie wusste, mit wem er sich verabredete ... mit wem *sie* sich verabredete ...

Una, die wie Athena von den Fae abstammte, sollte sich von Vampiren fernhalten. So viel war Rosemary klar. Sie hatte auch nicht vor, Athena je mit Burk allein zu lassen. Nicht, dass die Fae unschuldig wären, aber Vampire waren eindeutig eine Bedrohung für sie. Trotz der Politik der Fae und wie verrückt sie waren, und ihrer unheimlichen Angewohnheit, kleine Kinder zu entführen, brauchten sie Schutz vor den Vampiren, die sie seit Jahrhunderten jagten.

Weiß Una von all dem?, fragte sich Rosemary, während sie Butter und Himbeermarmelade auf ihren frisch zubereiteten Toast schmierte. Sie kannte ihren Vater nicht – vielleicht wusste sie nicht, warum Vampire die Fae unwiderstehlich finden.

Die Situation war für die Fae so gefährlich gewesen, dass sie Schutzmechanismen in ihre DNA eingebaut hatten, damit Vampire sie weder riechen noch aufspüren konnten. Athena hatte gesagt, dass die Menschen ihr Gesicht nicht richtig erkennen konnten, sie sahen nur eine Art Projektion, was Rosemary beunruhigend fand, da sie sicher war, dass sie ihre Tochter aus jeder Aufstellung herauspicken konnte, aber möglicherweise funktionierte es bei Müttern nicht.

Wenn Una in Gefahr war, musste Rosemary sie warnen. Burk mochte harmlos wirken, aber er besaß die übernatürliche Kraft und Geschwindigkeit eines Vampirs. Rosemary hatte sie nur mit ihrer eigenen Magie abwehren können. Sie wusste nicht, welche magischen Fähigkeiten Una besaß, außer dass sie eindeutig eine begabte Heilerin war.

Wenn keiner von ihnen die wahre Natur der Situation kannte, in der sie sich befanden, könnte dies eine Katastrophe bedeuten. Er mochte ihr nichts Böses wollen, aber wenn er Unas wahre Natur entdeckte, zum Beispiel, wenn sie einen Tropfen ihres unwiderstehlichen Blutes vergoss, könnte er durchaus jegliche Kontrolle verlieren.

Rosemary kämpfte gegen diese widersprüchlichen Gefühle an, während sie ihren Toast hinunterschlang, und das Verständnis dafür, dass sie keine andere Wahl hatte, verwurzelte sich in ihrem Kopf. Sie musste ihre neue Freundin vor dem sehr gutaussehenden und oft sehr rücksichtsvollen Vampir warnen.

15

———————

Rosemary biss die Zähne zusammen, als Detective Neve um eine enge Kurve fuhr. Sie waren wieder auf dem Weg zum Haus von Elowens Schwester, nachdem sie kurz zuvor in der Apotheke Vorräte besorgt hatten. Una war mit anderen Kunden beschäftigt gewesen, sodass Rosemary keine Gelegenheit gehabt hatte, mit ihr über Burk zu sprechen.

Bestimmt weiß sie es. Als magische Person in einer magischen Stadt, weiß hier wahrscheinlich jeder, wer die Vampire sind. Andererseits, selbst wenn Una es weiß, ist sie sich vielleicht der Probleme zwischen Vampiren und Fae nicht bewusst. Una wurde von Hexen aufgezogen und kaum jemand weiß etwas über die Fae. Vielleicht ist sich Una nicht bewusst, in welcher Gefahr sie schwebt, wenn Burk von ihrer wahren Identität erfährt.

Rosemary öffnete die braune Papiertüte, die Una für sie auf der Theke bereitgelegt hatte. Darin befand sich, wie versprochen, eine Sprühflasche mit dem Salbei-Tonikum, mit dem sie eine Art Sprühnebel erzeugen konnte, der hoffentlich dazu beitragen würde, das Gedächtnis der Frau über ihre vermisste Schwester aufzufrischen.

In der Tüte befanden sich noch ein paar andere Gegenstände und einige schriftliche Anweisungen. Rosemary versuchte, sie zu verstehen, aber sie war mit ihren Gedanken zu sehr mit sich selbst beschäftigt.

»Das muss etwas mit dem Zauberspruch zu tun haben, um Dain zu helfen«, murmelte sie.

»Klingt vielversprechend«, sagte Neve. »Una und Ashwyn sind talentiert. Es war gut, dass du mit ihnen gesprochen hast. Daran hatte ich selbst noch gar nicht gedacht.«

»Sie scheinen eine ganze Menge zu wissen«, sagte Rosemary.

»Ich wünschte, sie könnten mir bei meinem anderen Fall helfen«, sagte Neve. »Im Moment wünschte ich, irgendjemand könnte das. Wir haben keine Anhaltspunkte mehr.«

»Die Feuer?«, fragte Rosemary.

»Ja, gestern hat es zwei weitere gegeben. Das Allererste, von dem wir wissen, hat auf der alten Twigg-Farm stattgefunden, und bisher scheinen sie ziemlich zufällig und in ländlichen Gebieten zu entstehen, wie das Feuer, das in deiner Nähe ausgebrochen ist. Aber sie scheinen größer zu werden.«

Rosemary schluckte. »Irgendeine Idee, ob sie mit den Blutsteinen in Verbindung stehen?«

»Bisher gibt es keine Verbindung«, sagte Neve. »Tatsächlich wäre ich nicht einmal darauf gekommen, wenn du nicht erwähnt hättest, dass du von jemandem angegriffen wurdest, der eine dunkle Kapuze trug.«

»Es scheint aber ein zu großer Zufall zu sein, um nicht damit in Verbindung zu stehen, oder?«

»Jeder kann eine dunkle Kapuze tragen«, gab Neve zu bedenken.

»Das stimmt«, sagte Rosemary. »Allerdings haben mich bisher nur Leute mit Kapuze angegriffen, die mit dieser dummen Gesellschaft zu tun hatten. Außerdem bin ich mir sicher, dass ich das Blutstein-Wappen auf den Roben gesehen habe.«

»Es sei denn, es war nur ein Trick«, vermutete Neve.

Rosemary dachte eine Weile über diese Möglichkeit nach und schaute aus dem Fenster. »Weißt du, meine Cousins haben väterlicherseits eine Art Feuermagie. Sie haben einmal eine Anwaltskanzlei in Brand gesetzt.«

Neve hob die Augenbrauen. »Das sollten wir uns genauer ansehen.«

Rosemary lachte. »Obwohl, wenn ich es mir recht überlege, ist Elamina viel zu schick und versnobt, um sich auf der alten Twigg-Farm herumzutreiben. Ich bin sicher, dass die bescheidene Landschaft unter ihrer Würde ist und sie ihre teuren Schuhe nicht schmutzig machen würde.«

»Lass es mich wissen, wenn du andere Ideen hast«, sagte Neve. »Aber Hexen mit einer bekannten Vorliebe für Feuer stehen definitiv auf unserer Liste der Dinge, die wir untersuchen sollten.«

Sie fuhren in die Einfahrt des leicht heruntergekommenen Hauses, in dem Tamsyn, die inzwischen viel ältere Schwester der kleinen Elowen, lebte.

»Wie sieht der Plan aus?«, fragte Rosemary.

»Sag du es mir.«

»Es wird seltsam aussehen, wenn ich ihr das Zeug ins Gesicht spritze«, sagte Rosemary. »Vielleicht kann ich, während du anklopfst, versuchen, genug Nebel zu erzeugen, damit es einen Effekt hat, wenn sie die Tür öffnet.«

Sie stiegen aus dem Auto und wurden von einem starken Wind erfasst.

»Oder vielleicht auch nicht«, sagte Rosemary.

»Einen Versuch ist es wert«, sagte Neve. »Aber wenn das nicht funktioniert, musst du vielleicht zur Offensive übergehen.«

»Ist das legal?«

»Nein, aber es wäre schwierig, eine Anklage wegen Körperverletzung zu erheben oder sogar eine formelle Beschwerde einzureichen wegen etwas leichtem Sprühnebel ins Gesicht.«

Rosemary zuckte mit den Schultern. »Sie mag mich eh schon nicht.«

Sie gingen zur Tür.

»Bist du bereit?«, fragte Neve.

Rosemary hielt die Sprühflasche in der Hand und war bereit, den Abzug zu drücken, während Neve die Hand ausstreckte, um an die Tür zu klopfen.

Gerade als Rosemary den Hebel betätigte, flog die Tür auf und die Flüssigkeit wurde direkt in Tamsyns Gesicht gesprüht.

»Was zum ...?«, rief sie.

»Entschuldigung«, rief Rosemary. »Das war keine Absicht.«

Tamsyns Augen wurden glasig und sie schwankte auf der Stelle.

Rosemary streckte die Hand aus, um sie zu stützen, aber sie schaffte es, aufrecht zu bleiben. »Was ... ist passiert?«, fragte Tamsyn. »Alles wurde weiß.«

»Hoffentlich haben wir Ihr Gedächtnis wiederhergestellt«, sagte Rosemary.

»Mein ... mein Gedächtnis? Alles fühlt sich so klar an. Oh Gott. Sie haben mich letztens gar nicht angelogen.« Ein Ausdruck völliger Fassungslosigkeit huschte über ihr Gesicht. »Ich hatte eine Schwester. Elowen. Sie wurde vermisst. Das ist schon lange her. Jetzt ist es so klar in meinem Kopf, dass es fast unwirklich erscheint. Ist das ein Trick?«

»Ich fürchte nicht«, sagte Rosemary. »Der Trick war, dass Sie durch eine Art Erinnerungsmagie so lange daran gehindert wurden, sich an Ihr eigenes Familienmitglied zu erinnern.«

Tamsyn schüttelte den Kopf. »Sie war erst vier Jahre alt.«

Rosemary nickte. »Sie werden feststellen, dass sie immer noch in diesem Alter zu sein scheint.«

»Nein! Wirklich? Wie ist das möglich?«

»Ihre Schwester wurde ins Reich der Fae entführt«, erklärte Detective Neve.

»Das stimmt. Ich glaube, Sie kommen besser noch mal mit rein«, sagte Tamsyn und öffnete die Tür weit.

In der nächsten halben Stunde entschuldigte sie sich mehrfach dafür, wie sie sie bei ihrem ersten Besuch behandelt hatte. Nach einer Weile legte sich ein Ausdruck tiefer Erschöpfung auf ihr Gesicht. Als Rosemary und Neve ihr endlich alles erklärt hatten, stützte Tamsyn die Ellenbogen auf den Tisch und legte ihren Kopf auf ihre Hände.

»Das ist alles so unwirklich«, sagte sie. »Bitte habt Nachsicht mit mir.«

»Sie haben nichts Falsches gemacht«, sagte Rosemary. »Ich bin sicher, ich hätte in Ihrer Situation viel schlimmer reagiert. Ich hätte wahrscheinlich jeden, der vor meiner Tür stand, in Stücke gerissen, weil ich angenommen hätte, er wäre von der Blutstein-Gesellschaft ...«

»Von was?«, fragte Tamsyn.

»Vergessen Sie es«, sagte Detective Neve und warf Rosemary einen warnenden Blick zu.

»Ja, machen Sie sich darüber keine Sorgen«, sagte Rosemary. »Ich habe ein Problem damit, beim Thema zu bleiben. Es wäre am besten, nur 25 Prozent von allem, was ich sage, zu hören. Wie auch immer. Kurz gesagt, Sie haben jetzt ein Geschwisterkind, das noch ein kleines Kind ist.«

»Bei vermissten Kindern würde man normalerweise eine Familienzurückführung versuchen«, sagte Neve. «Wir wissen, dass Ihre Eltern vor einiger Zeit verstorben sind.«

Tamsyn nickte. Sie seufzte tief. »Wissen Sie, es ist schon komisch. Ich hatte immer das Gefühl, dass etwas fehlt. Etwas, das ich nicht benennen konnte. Jetzt ist es so, als würde mir der fehlende Teil meines Lebens ausgehändigt. Ich sollte wahrscheinlich überglücklich sein, aber ... ich ... der Schock ...«

»Ich kann mir vorstellen, dass es eine Weile dauern wird, bis Sie sich daran gewöhnt haben«, sagte Rosemary. »Solche Situationen müssen unglaublich selten sein und Sie werden wahrscheinlich eine Nacht darüber schlafen und nachdenken müssen.«

Tamsyn nickte. »Sie haben wahrscheinlich recht, obwohl ich nicht weiß, ob ich schlafen kann, jetzt, wo ich mir dessen bewusst bin.« Sie sah sich in ihrer Küche um und seufzte. »Mein Mann hat mich verlassen, nachdem die Kinder erwachsen waren. Sie leben jetzt alle im Ausland und ich sehe sie kaum. Ich hatte das Gefühl, hier in einem Trott festzustecken, aber ich konnte nicht ganz weg. Vielleicht liegt es daran. Es tut mir leid. Jetzt bin ich diejenige, die schwafelt.«

»Das ist vollkommen nachvollziehbar.« Rosemary tätschelte der Frau die Schulter. »Veränderungen sind schwer, und diese Situation ist außergewöhnlich.«

»Wir können Sie allein lassen, damit Sie etwas Zeit zum Nachdenken haben. Sie können mich jederzeit anrufen«, sagte Neve und gab der Frau ihre Karte.

Tamsyn schüttelte den Kopf. »Nein. Ich muss mit Ihnen gehen. Ich muss sie jetzt sehen. Kann ich mitkommen?«

»Sind Sie sicher, dass Sie dazu in der Lage sind?«, fragte Rosemary.

Tamsyn nickte entschlossen.

»Natürlich«, sagte Detective Neve. »Wir können sofort losfahren.«

<h1 style="text-align:center">16</h1>

Tamsyn saß schweigend auf dem Rücksitz des Wagens, während sie nach Myrtlewood fuhren. Auch Neve und Rosemary hielten das Gespräch auf ein Minimum, um der Frau angesichts dessen, was sie noch verarbeiten musste, so viel Ruhe wie möglich zu gönnen.

Während der Fahrt ging ein Anruf ein. Neve hielt an, um ihn anzunehmen.

»Okay, ich bin gleich da«, sagte sie nach einer langen Pause.

Sie wandte sich Rosemary zu. »Ich muss nur einen kurzen Umweg machen. Es ist dringend. Du kannst mit Tamsyn im Auto bleiben und nach ihr sehen.«

Rosemary nickte. »Gab es schon wieder eins?«

Neve hob die Augenbrauen, was einem stummen »Ja« gleichkam.

Rosemary sah den Rauch in der Ferne aufsteigen, als Detective Neve eine vertraute Straße hinunterfuhr, die sich einen Hügel hinaufschlängelte.

»Nein«, sagte Neve und blickte auf die schwarzen Wolken, die über den Himmel zogen. »Das sieht viel schlimmer aus, als ich dachte. Ich hätte euch vorher nach Hause bringen sollen.«

Rosemary biss die Zähne zusammen. «Keine Zeit. Wer soll dieses Feuer löschen? Man kann doch nicht erwarten, dass die normale Feuerwehr mit magischen Feuersbrünsten fertig wird!«

»Hoffentlich ist die Feuerwehr von Myrtlewood inzwischen da«, sagte Neve.

»Wir haben eine Feuerwehr?«» fragte Rosemary. »Warum sagt mir niemand solche Dinge?«

»Ist doch egal. Bleib einfach im Auto und halte dich aus Schwierigkeiten heraus.« Neve warf Rosemary einen warnenden Blick zu.

»Ich bin kein kleines Kind.« Rosemary verschränkte empört die Arme. »Ich weiß, wie ich mich zu benehmen habe.«

Neve grinste sie an. »Und wie du das tust.«

Sie fuhren in eine sehr prächtige Einfahrt, die sich den Hügel hinaufschlängelte.

Rosemary schnappte nach Luft. »Oh nein, das ist nicht ...«

»Ich fürchte doch«, sagte Neve.

Rosemary erkannte die Auffahrt von der letzten Fahrt zu Herrn June: das Haus des Bürgermeisters. »Es wird ihm nicht gefallen, dass ich hier bin.«

Neve zuckte mit den Schultern. »Wie gesagt, bleib im Auto.«

Rosemary starrte auf das Haus des Bürgermeisters. Die gesamte linke Seite des Gebäudes stand in Flammen.

»Was für eine Schande«, sagte Tamsyn vom Rücksitz des Wagens aus. Sie war offensichtlich aus ihrer Trance erwacht.

Rosemary drehte sich wieder zu ihr um. »Tut mir leid, dass ich Sie da mit reinziehe. Neve war nicht klar, dass es ein großer Hausbrand sein würde.«

»Ich hoffe, da ist niemand mehr drin«, sagte Tamsyn.

»Ich bin sicher, dass seine Lordschaft schnell fliehen konnte, zusammen mit seinen wertvollen Besitztümern«, sagte Rosemary.

»Das klingt ein bisschen hart«, sagte Tamsyn, als hinter ihnen eine Sirene ertönte.

»Da haben Sie wahrscheinlich recht«, sagte Rosemary. »Als ich das letzte Mal hier war, hatte ich eine schlechte Begegnung mit dem Bürgermeister. Er wollte mich verhaften lassen. Und sagen wir einfach, dass seine Persönlichkeit zu wünschen übrig lässt.«

Neve fuhr an den Straßenrand, um ein knallrotes altmodisches Feuerwehrauto mit Blaulicht und Sirene auf der Auffahrt vorbeizulassen. Sie folgten der Feuerwehr zum Haus und parkten in der Nähe.

Rosemary beobachtete, wie eine muskulöse schwarze Frau aus der Fahrertür des Feuerwehrautos stieg und sich eine feuerfeste Jacke überzog.

»Noch eins!«, rief sie Neve zu, die nickte. »Na gut. Hoffen wir, dass sich dieses genauso verhält wie die letzten.« Sie holte ihren Feuerwehrschlauch heraus.

Rosemary beobachtete voller Ehrfurcht, wie das offensichtlich magisch verstärkte Gerät Wasser auf eine Weise durch das ganze Gebäude jagte, wie es kein normaler Schlauch könnte. Die Flüssigkeitsstrahlen funkelten auf übernatürliche Weise, als würden sie jeden einzelnen Flammenpunkt suchen und schnell löschen.

»Das ist schon etwas Besonderes«, sagte Tamsyn vom Rücksitz des Wagens aus. »So etwas habe ich noch nie gesehen.«

»Ich bin froh, dass wir hier eine Feuerwehr haben«, sagte Rosemary. »Aber ich wünschte, jemand hätte mir davon erzählt!«

»Warum denn?«, fragte Tamsyn. »Oh, stimmt, ich hatte vergessen, wie magisch dieser Ort ist. Vielleicht brauche ich noch mehr von diesem magischen Spritzer.«

»Nehmt ruhig einen ganzen Löffel voll«, sagte Rosemary. »Ich gebe Ihnen eine Flasche. Ich bin mir nicht sicher, ob es nachlässt oder ob man es nur einmal braucht.«

»Ich besorge mir besser einen eigenen Vorrat, nur für den Fall«, sagte Tamsyn. »Ich kann immer noch nicht glauben, was mit meinem Gedächtnis passiert ist. Es bricht mir das Herz, dass meine Eltern gestorben sind, ohne sich an die kleine Elowen zu erinnern.«

»Das ist schon traurig«, sagte Rosemary.

Sie wurde abgelenkt, als jemand an die Autoscheibe klopfte.

»Ich nehme an, Sie sind zum Tatort zurückgekehrt«, sagte Wachtmeister Perkins und zerrte an seinen Hosenträgern. Seine Nase war so rot wie immer und seine Haltung genauso arrogant wie sie es beim ersten Mal gewesen war, als Rosemary ihn getroffen hatte. »Ich bin froh, dass Sie bereits sicher im Auto der Kommissarin sitzen, Rosemary Thorn«, sagte Perkins. »Ich wusste nicht, dass Constantine so vernünftig ist und so schnell arbeitet.«

»Oh, das wussten Sie nicht?«, sagte Neve, die hinter ihm stand und die Augenbrauen hochzog.

«Oh, Detective Neve. Tut mir leid, dass ich Sie nicht gesehen habe«, stotterte Wachtmeister Perkins.

»Keine Sorge«, sagte Neve. »Rosemary ist hier, um bei offiziellen Polizeigeschäften zu helfen. Und nein, sie hatte nichts mit dem Legen des Feuers zu tun.«

Wachtmeister Perkins stotterte und wedelte mit den Händen, als wollte er protestieren.

»Sollten Sie nicht den Bürgermeister trösten und seine Aussagen aufnehmen?«, sagte Neve und winkte ihn fort.

Rosemary lächelte Neve entschuldigend an, als der Polizist davonschlich.

»Er hat es wirklich auf dich abgesehen, oder?«, fragte die Kommissarin.

»Das kann man wohl laut sagen«, sagte Rosemary. »Ich weiß nicht, was ihn so an mir stört.«

»Er und Galdie haben sich auch nie verstanden«, sagte Neve. »Sie hat ihn bei seinen Ermittlungen immer übertroffen. Das ist einer der Gründe, warum sie mich überhaupt erst an Bord geholt haben. Sie brauchten jemanden, der nicht immer in jedes Fettnäpfchen tritt und ihnen in die Quere kommt.«

»Wie ist die magische Strafverfolgung denn organisiert?«, fragte Rosemary, während sie den Feuerwehrleuten bei ihrer Arbeit zusahen.

»Die Befehle kommen aus Glastonbury«, sagte Neve.

»Ich hätte gedacht, dass sie aus London kommen würden.« Rosemary runzelte die Stirn. »Sitzen dort nicht alle hohen Tiere?«

»Nicht die magischen Bonzen«, sagte Neve. »In unserer Gemeinde leben sie alle in der Nähe des Glastonbury Tors. Man sagt, dass die

Magie in Großbritannien dort am stärksten ist. Die internationalen Behörden sitzen natürlich auf den Bermudas.«

Rosemary nickte. »Das macht Sinn. Ich bin mir allerdings nicht sicher, ob die Bonzen angesichts der Leistung von Perkins alles im Griff haben.«

»Da hast du wahrscheinlich recht«, sagte Neve. »Aber wie bei jedem Job ist es ziemlich schwierig, jemanden loszuwerden, wenn er sich erst einmal fest etabliert hat.«

»Diese Feuerwehrfrau ist unglaublich«, sagte Tamsyn vom Rücksitz aus.

Neve nickte und lächelte. »Wer, Sid? Ja, sie ist ziemlich ...« Ihre Stimme klang angespannt. »Sie ist meine Ex, also versuchen wir die Dinge so professionell wie möglich zu halten.«

Rosemary nickte und fragte sich, warum Neve so gesprächig war, obwohl sie doch bei der Arbeit war.

Neve fragte sich offensichtlich dasselbe. Sie schüttelte sich und sagte: »Entschuldige, ich muss mich wieder um die Arbeit kümmern.«

»Bevor du gehst«, sagte Rosemary und blickte hinüber zu dem Feuer, das das halbe Haus des Bürgermeisters in rote, orangefarbene und leuchtend rosa Flammen hüllte. »Was sind das für Brände? Hast du eine Ahnung?«

»Da bin ich genauso schlau wie du«, sagte Neve, ging dann weg und ließ Rosemary in Ruhe nachdenken. Sie schaltete ein wenig ab, während sie im Auto saß und darauf wartete, dass Detective Neve von dem Polizeieinsatz zurückkehrte, der sie nach dem Brand im Haus des Bürgermeisters beschäftigen würde.

Hinter ihr räusperte sich Tamsyn. »Was ist da draußen nur los?«, fragte Tamsyn.

Rosemary zuckte mit den Schultern. »Ich weiß nicht, irgendein professioneller Notfall-Einsatz.«

»Für mich sieht das nicht sehr professionell aus«, sagte Tamsyn. »Die sehen da drüben ein bisschen ... zu vertraut aus.«

Rosemary blinzelte in Richtung des Hauses, wo Neve neben Sid stand, und zwar etwas zu nah. Tatsächlich hatte die Feuerwehrfrau die

Arme ausgestreckt und strich mit beiden Händen über die Oberarme der Polizistin.

»Ich dachte, sie meinte, dass diese Frau ihre Ex wäre«, sagte Tamsyn.

»Das hat sie. Außerdem ist sie jetzt sehr glücklich und monogam mit jemand anderem verlobt. Oder zumindest hoffen wir, dass sie sich bald verloben werden.«

»Und es sieht so aus, als wären sie nicht die Einzigen, die es sich gemütlich machen«, sagte Tamsyn.

Eine andere Feuerwehrfrau hatte ihre Hände überall auf einem großen, gutaussehenden Mann, den Rosemary als den Ehemann des Bürgermeisters, Zade, erkannte.

»Entschuldigen Sie mich einen Moment«, sagte Rosemary.

Sie stieg aus dem Auto und rannte zum Haus hinüber, obwohl man ihr gesagt hatte, dass sie eigentlich an ihrem Platz bleiben sollte. Aber sie dachte sich, dass man in Ausnahmefällen schon mal die Regeln brechen musste.

»Neve!«, rief sie und näherte sich den beiden Frauen. Neves Blick huschte zu Rosemary. Sie hatte ein betrunkenes Lächeln im Gesicht.

»Oh, Rosemary«, sagte sie und kicherte. »Bist du gekommen, um mitzumachen?«

Sid drehte sich zu der Unterbrechung um. »Willst du mich deiner hübschen Freundin nicht vorstellen?«, fragte sie Neve und streckte die Hand nach Rosemary aus.

»Ich bin mir nicht sicher, was hier vor sich geht«, sagte Rosemary, »aber das ist nicht normal.«

In diesem Moment spürte sie es.

Eine warme Welle strömte aus dem Haus und wehte von der schwelenden Glut auf der linken Seite des Gebäudes herüber, die nun in einer hellen rosa Flamme loderte, auch wenn keiner der Feuerwehrleute mehr besonders daran interessiert zu sein schien.

»Oh«, sagte Rosemary. »Es ist ziemlich warm, nicht wahr?«

»Du bist eindeutig overdressed«, sagte Sid und griff nach Rosemarys Strickjacke, um daran zu ziehen. Rosemary fühlte sich tatsächlich overdressed. Tatsächlich schien es das Natürlichste auf der Welt zu sein, wenn sie sich alle ihre Kleidung ausziehen und nackt herumtollen und sich allen hedonistischen Freuden des Körpers hingeben würden.

Sie schüttelte sich. Irgendetwas stimmte nicht. Aber eine weitere Welle ergoss sich aus dem, was vom Feuer übrig war, löste ihre Hemmungen und ließ ihre Logik wie Eis in heißem Wasser schmelzen.

Sid drückte Neve gegen das Feuerwehrauto und umarmte sie leidenschaftlich.

In Rosemarys Hinterkopf schrillten die Alarmglocken und eine kleine Stimme schrie: *Irgendetwas stimmt nicht!*

Rosemary erinnerte sich an ihre Vorfahrin mit dem silbernen Haar, die sie in einer Art leeren Welt getroffen hatte, und an den Prozess, den sie durchlaufen hatte, um die alte gebundene Magie der Familie Thorn zu entfesseln. Diese Stimme schien jetzt mit ihr zu kommunizieren.

Setz dem sofort ein Ende!

Eine Welle aus goldenem Licht pulsierte aus Rosemary heraus und schien die Menschen dort, wo sie standen, einzufrieren.

Die Klarheit kehrte zurück, als das benommene Gefühl nachließ.

Es ist das Feuer! Es beeinflusst die Gedanken der Menschen. Lösche es!

Rosemary griff nach dem Schlauch, der von der Hand einer der Feuerwehrfrauen baumelte, die in der Hitze des Gefechts offenbar ihre Pflicht vergessen hatte, das Feuer zu löschen und stattdessen, zu sehr in die Magie vertieft war, die sie alle in ihren Bann gezogen hatte.

Rosemary drehte die Düse, hielt den Schlauch nach oben und klammerte sich daran fest. Das Wasser spritzte heraus und berührte nicht nur das Feuer, sondern auch die Menschen, die darum herumstanden. Als ob die unsichtbaren Flammen der Lust, in der sie gefangen waren, gelöscht wurden, schienen sie einer nach dem anderen aus ihrer Benommenheit zu erwachen.

Rosemary hielt den Schlauch weiter auf das Feuer, bis nur noch rauchende Glut übrig war.

»Was in aller Welt ist hier los? Erklären Sie sich, Rosemary Thorn«, sagte Wachtmeister Perkins.

Er stand Arm in Arm mit dem Bürgermeister. Als er das bemerkte, errötete er und trat einen Schritt zurück.

Alle anderen schienen ähnlich zu reagieren und kamen offensichtlich wieder zur Besinnung.

»Geben Sie mir nicht die Schuld«, sagte Rosemary. »Ich war es, die Sie gerettet hat.«

»Schon wieder unerlaubtes Betreten!«, schrie Herr June.

»Entschuldigung«, sagte Rosemary. »Wenn Ihnen nicht zufällig nach einer magisch herbeigeführten Orgie war, sollten Sie mir lieber danken! Ich war vollkommen zufrieden damit, im Auto zu bleiben. Aber dann schrillten die Alarmglocken und ich dachte, ich komme besser hierher und halte Sie alle davon ab, schreckliche Fehler zu begehen.«

Sie warf Neve einen bedeutungsvollen Blick zu. Die Polizistin schien wie unter Schock zu stehen.

»Danke, Rosemary«, sagte sie mit etwas zittriger Stimme und steifer, unbeholfener Haltung. »Ich denke, wir gehen jetzt besser.«

Als die beiden Frauen zum Auto zurückgingen, fragte Neve: »Hast du eine Ahnung, was da gerade passiert ist?«

Rosemary konnte nicht anders, als das Gefühl zu haben, dass man sie für etwas verantwortlich machte. »Wie gesagt, ich saß im Auto. Tamsyn hat darauf hingewiesen, dass zwischen dir und deiner Ex etwas Seltsames vor sich ging, und ich bin rübergekommen, um zu sehen, was zum Teufel da los war. Soweit ich das beurteilen kann, hatte es etwas mit diesen Flammen zu tun. Ist dir aufgefallen, dass das Feuer wieder aus der Glut aufloderte und rosa wurde?«

»Ich kann mich nicht daran erinnern«, gab Neve zu.

»Was auch immer es war, es hat alle für eine Minute die Höschen verlieren lassen.«

Neve starrte sie finster an.

»Nur bildlich gemeint, hoffe ich«, sagte Rosemary. »Obwohl, weit warst du nicht davon entfernt.«

»Bitte sag Nesta nichts davon «, sagte Neve. »Sie ist so schon eifersüchtig auf Sid.«

Rosemary schüttelte den Kopf. »Hör mal, ich werde mich nicht in eure Beziehungspolitik einmischen. Aber soweit ich das beurteilen kann, solltest du Nesta davon erzählen, und zwar bald, denn wenn sie es auf andere Weise herausfindet, wird es viel mehr Schaden anrichten.«

Neve seufzte. »Du hast natürlich recht. Ich brauche nur ein paar Minuten und einen guten, starken Drink, um das zu verarbeiten.«

Rosemary nickte. »Das kann ich arrangieren. Lass uns nach Hause gehen und ich hole den guten Scotch heraus.«

17

Als Rosemary schließlich mit Neve und Tamsyn nach Hause kam, war sie vor Erschöpfung völlig ausgelaugt. Sie öffnete die Haustür und stellte fest, dass das Haus leer war.

»Das ist ein schönes großes Haus«, sagte Tamsyn. »Wir haben früher, als wir noch in Myrtlewood gelebt haben, auch in einem großen alten Haus gewohnt, wenn auch nicht ganz so groß. Wir mussten beim Umzug verkleinern und ich habe es immer vermisst, an einem Ort wie diesem zu leben ...«

»Tamsyn?«, fragte Rosemary.

»Ja?«

Rosemary lächelte freundlich. »Schon gut. Ich erkenne nervöses Geschwafel, wenn ich es höre. Ich habe viel Erfahrung damit. Atmen Sie tief durch und beruhigen Sie sich. Die Kinder sind wahrscheinlich hinten im Garten.«

»Okay«, sagte Tamsyn und atmete tief ein.

Neve nickte. »Sie brauchen sich keine Sorgen zu machen.«

»Sie könnte mich hassen«, sagte Tamsyn leise, als würde sie ein Geheimnis preisgeben. »Ich war nicht die netteste ältere Schwester der Welt. Ich wurde eifersüchtig, wenn sie Aufmerksamkeit bekam, und ich hasste es, wenn sie meine Spielsachen stahl.«

»Tamsyn ...« Rosemary versuchte, beruhigend zu klingen.

»Oder noch schlimmer, was ist, wenn sie sich überhaupt nicht an mich erinnert? Es ist so lange her und ich sehe so anders aus.«

Rosemary blieb stehen und stemmte die Hand auf die Hintertür. »Brauchen Sie eine Umarmung?«, fragte sie.

Tamsyn nickte.

Rosemary streckte die Arme aus und umarmte die Frau tröstend. »Alles wird gut.«

»Es tut mir leid«, sagte Tamsyn. »Sie kennen mich kaum, und hier bin ich und benehme mich wie ein großes Baby.«

»Völlig nachvollziehbar«, sagte Rosemary.

»Sind Sie jetzt bereit?«, fragte Neve von hinten, als Rosemary sich von Tamsyn löste.

»So bereit wie ich nur sein kann.«

»Sehen Sie es mal so: Man trifft nicht jeden Tag seine entführte kleine Schwester und stellt fest, dass sie vier Jahrzehnte später noch am Leben ist. Das ist eine ziemlich einzigartige Erfahrung.«

»Das hilft nicht gerade«, sagte Tamsyn.

Rosemary hielt den Mund und öffnete die Tür.

Die Kinder rannten und hüpften über den Hinterhof und umkreisten eine rot-weiß karierte Picknickdecke, auf der Nesta im Schneidersitz saß. Tamsyn wirkte überwältigt, während sie versuchte, ihre Gesichter zu erkennen.

»Tamsyn!«, rief ein kleines blondes Mädchen und hüpfte zu ihnen herüber. »Du bist es, oder? Aber wie bist du so groß geworden?«

»Wie kann das sein, dass sie mich so leicht erkennt?«, fragte Tamsyn Rosemary.

»Ich habe keine Ahnung, aber sie scheinen nach so langer Zeit im Reich der Fae wieder alles recht gut aufzunehmen. Ich bin überrascht, dass ihr Gedächtnis nicht auch durcheinander ist. Vielleicht absorbieren sie einen Teil des überschüssigen Gedächtnisses, das von den Menschen im Reich der Erde abgesaugt wird.«

»Das ist gar keine so schlechte Hypothese«, sagte Neve. Sie lächelte

Rosemary an, als Tamsyn sich hinkniete, um ihre kleine Schwester in die Arme zu nehmen.

»Wirklich? Das war eher ein dahingesagter Kommentar als eine Hypothese«, sagte Rosemary.

»Nein, wirklich«, sagte Neve. »Magie funktioniert nicht in einem Vakuum. Es verhält sich oft so, dass man die Polarität von etwas verändert, um das Ergebnis zu verschieben.«

»Hm. Ich sollte wirklich auf die Zauberschule gehen, so wie Athena.«

»Es ist so erfrischend, euch alle über dieses Zeug reden zu hören, als wäre es normal«, sagte Tamsyn.

»Da waren Sie letztens noch anderer Meinung, als Sie uns aus dem Haus geworfen haben«, scherzte Rosemary, und Neve warf ihr einen Blick zu, als wollte sie sie ermahnen, professioneller zu sein.

»Das stimmt und es tut mir leid. Es ist nur so, dass sich alles geändert hat, nachdem Elowen verschwunden ist. Wir durften nicht mehr über Magie sprechen. Es war wirklich schade. Meine Eltern waren sehr talentierte Rúnsealls.«

»Wie bitte?«, sagte Rosemary.

»Rúnseall ist eine magische Spezialisierung«, erklärte Neve. «Sie sind Experten darin, verborgene Dinge zu finden. Jede alte Hexe kann einen Suchzauber durchführen, aber ein wahrer Rúnseall-Meister kann oft etwas finden, selbst wenn Magie eingesetzt wurde, um es zu verbergen. Sie können auch Spuren magischer Absichten aufspüren und herausfinden, welche Hexe einen bestimmten Zauber gewirkt hat, aber das ist, soweit ich weiß, ein recht komplexer technischer Prozess.«

»So etwas hätte ich gebrauchen können, als meine Halskette gestohlen wurde«, sagte Rosemary. »Oder in unzähligen anderen Situationen.«

»Das ist schade«, sagte Tamsyn. »Angeblich liegt es mir im Blut, und mein Talent war vielversprechend, aber wahre Meister arbeiten zu zweit, wie meine Eltern. Es hat sie fast umgebracht, als Elowen verschwunden war ... sie wussten, *wohin* sie gegangen war, aber sie konnten sie trotzdem nicht zurückholen. Sie haben alles aufgegeben. Es ist so traurig. Mir fehlt das alles.« Sie fuchtelte vage mit dem Arm herum. »Mir fehlen zwanglose Gespräche, in denen Magie real ist.«

»Sie können jederzeit nach Myrtlewood zurückkehren«, sagte Rosemary. »Wir können Ihnen beim Einrichten helfen. Es wird wahrscheinlich gut für Elowen sein, an einem vertrauten Ort in der Nähe der anderen Kinder zu sein, die sie kennt. Sie stehen sich alle sehr nahe.«

»Heißt das, ich kann sie einfach ... *behalten*?«, fragte Tamsyn verwirrt, während Elowen losrannte, um wieder mit den anderen Kindern zu spielen.

»Sie gehört zu Ihrer Familie«, sagte Neve.

»Wollen Sie nicht wenigstens meinen Hintergrund überprüfen?«, fragte Tamsyn.

»Schon erledigt«, sagte Neve. »Das haben wir getan, bevor wir an Ihre Tür geklopft haben. Wir müssen nur sicherstellen, dass Sie ihr ein sicheres Zuhause bieten können, in dem sie geliebt und umsorgt wird. Das ist es, was Kinder brauchen.«

Tamsyn nickte. »Ich kann doch nicht einfach so umziehen, oder?« Ihre Augen waren weit aufgerissen.

»Das liegt ganz an Ihnen«, sagte Rosemary. »Sie müssen tun, was sich für Sie richtig anfühlt.«

»Ich ...« Tamsyn blickte sich ehrfürchtig um. »Ich nehme an, das ist etwas, was Menschen tun. Blitzschnelle Entscheidungen treffen. Ihr Leben auf den Kopf stellen. Ich hätte nur nie gedacht, dass ich so wäre.«

Neve lächelte geduldig. »Nehmen Sie sich etwas Zeit und denken Sie darüber nach.«

Tamsyn schüttelte den Kopf. »Nein. Ich brauche keine Zeit. Ich weiß, dass es richtig so ist.« Sie strahlte sie an.

Rosemary konnte fast sehen, wie sie sich vor ihren Augen verwandelte. Die niedergeschlagene und besorgte Frau, die sie vor ein paar Tagen in Burkenswood kennengelernt hatten, war verschwunden. Tamsyn stand da, stark und lebendig.

»Ich werde vielleicht auf Ihr Angebot zurückkommen, mir beim Umzug hierher zu helfen. Zu Hause gibt es nicht viel für mich, nicht nachdem meine beiden Kinder nach Frankreich und Portugal gezogen sind. Nur einen deprimierenden Bürojob und eine kaum benutzte Mitgliedschaft im Fitnessstudio.«

»Das machen wir doch gerne«, sagte Rosemary. »Sagen Sie uns einfach, was Sie brauchen, und ich kenne jemanden, der Ihnen gerne bei der Suche nach einem Häuschen hier hilft. Keine Sorge, sie ist keine Immobilienmaklerin, sondern eine wunderbare Freundin.«

Tamsyn warf ihr einen verwirrten Blick zu, lächelte dann aber wieder.

18

Athena saß neben Elise im Kurs »Geschichte der Folklore und Mythologie« und vermied es geflissentlich, Beryls Blick zu begegnen. Es war ein unangenehmer Morgen gewesen. Genau wie Athena es vorhergesagt hatte, war ihre versnobte Klassenkameradin nach dem Dynamo-Vorfall außer sich. Beryl hasste es, in irgendetwas übertroffen zu werden.

Es war ein Schock für Athena zu hören, dass das Mädchen, das sie manchmal als ihre Erzfeindin betrachtete, maßgeblich an ihrer Rückkehr aus dem Reich der Fae beteiligt gewesen war. Beryl hatte Rosemary den Zauberspruch gegeben, den sie brauchte, um ihr zu helfen. Auch wenn, wie Athena immer wieder betonte, sie diejenige war, die selbst herausgefunden hatte, wie sie zurückkehren konnte, ohne ihre Mutter oder sonst jemanden zu brauchen.

Dennoch hatte Beryl alles getan, um Rosemary den Zauberspruch zu verschaffen, und Athena empfand eine gewisse gemischte Dankbarkeit dafür. Sie hatte nicht einmal die Gelegenheit gehabt, Beryl richtig zu danken, weil jede Interaktion mit ihr weiterhin so unangenehm gewesen war.

Athena blickte aus dem Fenster und sehnte sich nach der herrlichen Leichtigkeit des Fae-Reiches.

»Du schaltest schon wieder ab«, flüsterte Elise. »Hör zu.«

Athena versuchte, sich wieder auf Frau Twigg zu konzentrieren, gerade als diese sagte: »Hat jemand diese Passage schon einmal gehört? ‚Wenn das Rad sich zu drehen beginnt, lasst die Beltane-Feuer brennen.‘«

Beryl hob schnell und begeistert die Hand. Niemand sonst tat es.

»Ja, Beryl?«

»Es ist ein Zitat der bekannten Hexe Doreen Valiante.«

»Sehr gut«, sagte Frau Twigg. »Beltane ist das nächste saisonale Fest, das in unserem Kalenderjahr ansteht. In der Antike war es üblich, im Frühsommer die Fruchtbarkeit zu feiern, um eine gute Ernte zu erzielen.«

»Igitt, wie eklig!«, sagte Felix.

»Ja. Danke, Herr Lancaster«, sagte Frau Twigg. »So eklig Fruchtbarkeit für eine Gruppe von Teenagern auch klingen mag, sie ist ein wichtiger Teil des Lebens.«

»Und ich dachte, ich könnte dem Sexualkundeunterricht entkommen, wenn ich auf eine Zauberschule gehe«, flüsterte Athena Elise zu, die nicht anders konnte, als zu kichern.

»So viel Glück hast du wohl doch wieder nicht«, antwortete sie.

»Ein Teil des Rituals besteht darin, magische Feuer zu entzünden, die mit Fruchtbarkeitssegen verzaubert sind«, fuhr Frau Twigg fort und ignorierte die laute Klasse, oder zumindest schien es so, bis sie ein Buch auf Felix‘ Schreibtisch knallte. Er zuckte zusammen.

»Herr Lancaster, würden Sie der Klasse bitte die folgende Passage vorlesen?« Sie zeigte auf eine aufgeschlagene Seite.

Felix schluckte nervös und begann dann zu lesen. »Man geht davon aus, dass traditionell Feuergeister an den Beltane-Feierlichkeiten beteiligt waren und die starke Fruchtbarkeitsmagie des Feuerelements den alten Ritualen beifügten. Ihre Anwesenheit wurde seit einiger Zeit nicht mehr festgestellt, da die meisten Feuergeister von den Hexenbehörden aus dem Erdenreich aufgrund ihrer Angewohnheit, Chaos zu verursachen, vertrieben wurden.«

»Sehr gut, Herr Lancaster. In Myrtlewood hatte diese Jahreszeit schon immer eine interessante Bedeutung«, sagte sie. »Die Beltane-Feuer haben viele Fruchtbarkeitssegen gebracht. Viel mehr als an anderen Orten.«

»Wollen Sie uns damit etwa davor warnen, schwanger zu werden?«, fragte Elise.

»Nein, Frau Fern«, sagte Frau Twigg. »Mir ist kürzlich aufgefallen, dass etwas Seltsames vor sich geht. Wir hatten eine Reihe ungeklärter Brände in der Umgebung, darunter einen auf dem Bauernhof meiner Familie – ein ziemlich unheimliches Feuer.«

Athena wurde hellhörig und aufmerksam. Ihre Mutter und Neve hatten über die Brände gesprochen.

Frau Twigg fuhr fort. »Ich vermute, dass etwas Magisches im Gange ist, und ich dachte, es wäre sinnvoll, euch auf das vorzubereiten, was kommen könnte.«

»Indem wir muffige alte Bücher studieren?«, sagte Felix, dann versteifte er sich, als Frau Twiggs schlanke gespaltene Zunge wie die eines Frosches aus ihrem Mund schoss und sie ihn mit ihren reptilienartigen Augen fixierte.

»In der Tat«, sagte sie. »Wir müssen den Lehren der Vergangenheit große Aufmerksamkeit schenken, damit wir sie nicht wiederholen. In *Die Geschichte von Myrtlewood*, geschrieben von niemand anderem als meiner Tante Agatha, wird ausführlich auf die Beltane-Feuer eingegangen, einschließlich der Cavalia.«

»Wovon reden Sie?«, fragte Sam, sichtlich verwirrt von dieser ungewöhnlichen Abwechslung zum normalerweise trockenen Unterricht.

Beryl hob die Hand. »Darf ich das erklären? Man glaubt, dass die Cavalia mit astrologischen Konstellationen zusammenhängt, die nur alle zwei- bis dreihundert Jahre auftreten. Als es das letzte Mal geschah, im Jahr 1763, wurden über hundert Menschen getötet.«

»Das klingt nicht gerade erfreulich«, sagte Felix.

»Beryl hat recht. Es hat ein gewaltiges Feuer in Glastonbury gegeben, und man hat mythische Bestien gesehen, die daran beteiligt waren«, sagte Frau Twigg. »Gerüchteweise wurde es von den Feuergeistern verursacht. Aber wie ich bereits sagte, wurden sie vor langer Zeit vertrieben und können sich nicht mehr so einfach aus dem Reich der Fae einschleichen.« Sie warf Athena einen bedeutungsvollen Blick zu, bevor sie fortfuhr. »Und diejenigen von uns, die ein etwas längeres Gedächtnis haben oder sich für Geschichte interessieren, machen sich nun Sorgen über die jüngsten Brände.«

»Warum erzählen Sie Teenagern davon, als ob wir irgendetwas tun könnten, um zu helfen?«, fragte Athena und war etwas nervös wegen des Blicks, den die Lehrerin ihr zuwarf. Sicherlich konnte sie nicht wissen, womit Athena in letzter Zeit beschäftigt war. »Sollten Sie nicht besser mit der Polizei sprechen?«

»Sei versichert, dass wir die Behörden informiert haben«, sagte Frau Twigg. »Nicht, dass das eine Rolle spielen würde.«

»Warum? Nehmen sie das etwa nicht ernst?«, fragte Elise.

»Das mag dich vielleicht überraschen«, sagte Frau Twigg trocken, »aber niemand nimmt Geschichte ernst genug. Deshalb scheinen wir dazu immer wieder dazu verdammt zu sein, die Fehler der Vergangenheit zu wiederholen. Die Menschen lernen nie dazu. Es ist ein tragisches Los. Aber ich fürchte, dass unsere Schüler in Gefahr sein könnten. Junge Menschen sind besonders anfällig für die Magie der Feuergeister.« Frau Twigg warf allen einen finsteren Blick zu. »Ich muss euch warnen und dies zu einer Aufgabe machen.«

»Jetzt ernsthaft?«, sagte Felix.

»Ja, ernsthaft«, sagte Frau Twigg. »Ich denke, es wäre in eurem Interesse, gut aufzupassen. Ich erwarte, dass ihr bis nächsten Donnerstag einen fünfseitigen Aufsatz über Beltane schreibt und einreicht.«

Athena verzog das Gesicht. Aufsätze waren nicht gerade ihre Lieblingsbeschäftigung. Seit sie an der Myrtlewood Academy war, hatte sie nur sehr wenig Hausaufgaben aufbekommen und hatte deshalb nicht viel Erfahrung mit den Konventionen des Schreibens von Aufsätzen über magische Dinge. Aber etwas an Frau Twiggs Warnung war noch beunruhigender.

Sie musste mit ihrer Mutter und Neve über all das sprechen, und zwar schnell. Der Unterricht war zu Ende, und als die Schüler nach draußen gingen, erinnerte sich Athena an eine andere Sache, über die sie ihre Lehrerin fragen wollte.

»Ähm, Frau Twigg?«

»Ja, Frau Thorn?"

»Wissen Sie irgendetwas über die Magie der Fae? Es ist nur so, dass ...«

»Wo hast du das gehört? Das sind alles bösartige Gerüchte!« Frau Twiggs ganzer Körper versteifte sich, und obwohl sie winzig war, wich Athena vor Angst einen Schritt zurück.

»Entschuldigung«, stotterte sie.

Athena war sich nicht sicher, warum sich Frau Twigg so seltsam verhielt, und vielleicht würde sie das Rätsel um die kleine, reptilienartige Lehrerin und Bibliothekarin nie ganz lösen, aber zum ersten Mal konnte sie verstehen, warum Felix solche Angst vor ihr hatte.

»Ich denke, es ist Zeit für Sie zu gehen, Frau Thorn«, sagte sie streng.

Athena nickte und verließ so schnell wie möglich den Raum.

19

Der Morgen war neblig, als Rosemary sich auf den Weg zu Liams Haus machte. Die feuchte Luft minderte zwar ihre Bedenken hinsichtlich der Wahrscheinlichkeit von Bränden, konnte aber ihre Angst vor möglichen Angreifern der Blutstein-Gesellschaft nicht lindern.

Auf dem Weg zu Liams Haustür sah sie sich wachsam um. Sie war erleichtert, diesmal nicht von irgendwelchen furchterregenden Kapuzenträgern angegriffen zu werden.

»Du hast es geschafft!«, sagte Liam, der hinter dem Haus hervorkam. »Komm hier entlang. Ich habe für uns ein paar Übungen vorbereitet.«

Er führte sie in den hinteren Garten.

»Bist du sicher, dass das die beste Idee ist?« Rosemary blickte sich im umliegenden Ackerland um. »Wir sind hier so öffentlich. Die Leute könnten uns sehen.«

»Ich habe das Gebiet abgeschirmt«, sagte Liam. »Wir sollten sicher sein.«

»Warum müssen wir das draußen machen?«

»Ich möchte Kollateralschäden vermeiden«, sagte Liam. »Erinnerst du dich daran, dass ich immer das Gefühl habe, ein Wolf zu sein?«

Rosemary nickte und schluckte. »Du schlägst doch nicht etwa vor, dass wir eine Übungseinheit machen, bei der du versuchst, ihn herauszulassen?«

Sie war nicht bereit, sich einem riesigen haarigen Werwolf zu stellen, und die Aussicht auf einen Angriff der Blutstein-Gesellschaft war auch nicht gerade angenehm.

»Nicht direkt«, sagte Liam. »Ich dachte nur, du könntest versuchen, mich noch einmal mit deiner Magie zu beschießen, und ich könnte sehen, ob es irgendeine Wirkung hat. Nur möchte ich nicht dabei in mein Bücherregal geblasen werden oder etwas anderes im Haus kaputtmachen, während du auf mich schießt.«

»Ich bin mir immer noch nicht sicher, dass das eine so gute Idee ist«, sagte Rosemary. »Beim letzten Mal habe ich mich nur automatisch geschützt. Ich habe keinen bestimmten Zauberspruch verwendet. Ich glaube nicht, dass ich das wiederholen kann.«

»Ich denke, es ist einen Versuch wert«, sagte Liam.

Rosemary stimmte zu, wenn auch etwas zögerlich.

»Stell dich da drüben hin«, sagte er. »Und ich stelle mich ein paar Schritte weiter hin. Versuch einfach, mich mit deiner Magie zu beschießen.«

»Meine Magie wirkt nicht immer auf die gleiche Weise«, sagte Rosemary. »Und ich bin mir immer noch nicht sicher, wie ich sie genau kontrollieren kann. Ich kann einige relativ komplexe Zaubersprüche ausführen, wenn ich es versuche, und ich daran glaube, aber ich denke, es wird Jahre dauern, bis ich sie beherrsche.«

»Versuch es einfach«, sagte Liam.

Rosemary streckte die Hände vor sich aus und visualisierte goldenes magisches Licht. Sie versuchte, das nachzustellen, was sie Wochen zuvor in der Buchhandlung getan hatte. Als sie sich mit ihrer Magie verband, schoss eine Explosion aus ihren Fingern, flog pulsierend auf Liam zu, traf ihn in der Brust und warf ihn zu Boden.

Er richtete sich erschrocken auf und setzte sich auf.

»Irgendwas?«, fragte Rosemary.

Liam schüttelte den Kopf. »Abgesehen von dem Schock ist der Wolf immer noch derselbe. Wie wäre es, wenn du deine Augen schließt und dir die Szene in der Buchhandlung vorstellst. Stell dir vor, ich würde dich in meiner Wolfsgestalt angreifen.«

Rosemary schloss die Augen und dachte an die Buchhandlung zurück, in der sich das riesige Tier knurrend auf sie zubewegte.

Sie sandte einen weiteren magischen Strahl aus.

»Oh nein«, sagte Liam. Rosemary öffnete die Augen und sah, wie seine Muskeln sich durch sein Hemd abzeichneten. Er wurde von Sekunde zu Sekunde größer. Und auch haariger. Seine Zähne wurden lang und spitz, bis er als riesiger Wolf vor ihr stand und die Zähne fletschte.

»Ich ... glaube, ich habe dich versehentlich in einen Wolf verwandelt«, murmelte Rosemary mit leiser Stimme. »Äh, sorry, Liam ... Wolfie.«

Sie trat ein paar Schritte zurück, aber die Kreatur knurrte und schlich auf sie zu. Rosemary wollte wegrennen, aber sie wusste, dass sie nie schnell genug sein würde.

Panisch durchforstete sie ihren Kopf nach Möglichkeiten, aber es gab keine.

Sie konnte einer so riesigen Bestie nicht davonlaufen.

Sie streckte die Hände aus und griff instinktiv nach ihrer eigenen Überlebensmagie.

Komm schon ... komm schon ...

Sie durchflutete die Kreatur mit einer Welle goldenen Lichts.

Als es nachließ, lag Liam zusammengesunken auf dem Boden in Fetzten, oder zumindest in dem, was von seiner Kleidung noch übrig war.

Rosemary verzog das Gesicht und hoffte, dass der arme Mann nicht schwer verletzt war.

»Entschuldige, Liam«, sagte Rosemary. »Ich glaube, das ging nach hinten los.«

Liam blinzelte und sah sich um, bevor er sich aufrappelte.

Rosemary vergewisserte sich, dass es ihm gut ging, und stand dann einen Moment lang unbeholfen da. »Wenn es dir gut geht, denke ich, dass das für heute genug ist. Ich mache mich wohl besser auf den Weg.«

»Nein, warte«, sagte Liam mit großen Augen. »Das hat tatsächlich funktioniert! Ich kann den Wolf in mir immer noch spüren, aber er ist schwächer geworden.«

»Liam, falls du es nicht bemerkt hast, das war eine totale Katastrophe«, sagte Rosemary. »Ich habe dich *außerhalb* deines normalen Zyklus in einen Werwolf verwandelt und dich dann zu Boden geschleudert.«

»Das hast du, ja«, stimmte er zu. »Aber du hast mich auch wieder zurückverwandelt!«

»Es scheint, als könnte ich dich allein durch meinen Überlebenswillen zurückverwandeln«, sagte Rosemary. »Aber ich weiß nicht, wie ich das absichtlich machen kann.«

»Das ist ein Fortschritt«, sagte Liam. »Ich bin gerade ziemlich erschöpft, aber vielleicht können wir es in ein paar Tagen noch einmal versuchen.«

»Ich bin mir nicht sicher.«

»Ich wollte dich nicht angreifen«, sagte Liam entschuldigend.

»Das ist mir bewusst. Es ist nur ziemlich gefährlich, nicht nur für mich. Ich weiß nicht, ob es dir auch wehtut. Du siehst wie ein Wrack aus.«

»Du hast versprochen, mir zu helfen«, sagte Liam nur.

Rosemary verspürte ein Schuldgefühl und vielleicht auch etwas anderes, das mit Pflicht oder Loyalität zu tun hatte. In seiner Werwolfgestalt jagte Liam ihr Angst ein, aber so sehr sie auch weglaufen wollte, lag ihr auch etwas an ihm.

»Ich werde helfen, soweit es mir möglich ist.« Rosemary ballte die Hände zu Fäusten. »Aber im Moment brauche ich etwas Zeit und Raum, um das alles zu verarbeiten. Mir gefällt die Lösung nicht, dich in einen Werwolf zu verwandeln und dich dann wieder in einen Menschen zurückzuverwandeln. Und ich hoffe, du erwartest nicht, dass ich bei jedem Vollmond einen Hausbesuch mache.«

»Das wär vielleicht was«, sagte Liam.

Rosemary kniff die Augen zusammen.

»Okay, na schön«, sagte Liam. »Wir haben noch anderthalb Wochen bis zum Vollmond. Du kannst dir ein paar Tage Zeit nehmen, um das zu verarbeiten, aber vielleicht können wir uns dann neu formieren und einen Plan ausarbeiten.«

Rosemary nickte, fühlte sich aber immer noch erschüttert und unsicher.

20

———————

osemary öffnete die Tür und betrat Marjies Teeladen. Es war inzwischen zur Gewohnheit geworden, dass Marjie den Kindern und allen anderen, die sich in Thorn Manor aufhielten, morgens Tee vorbeibrachte. Heute hatte sie Rosemary gebeten, stattdessen vorbeizukommen und ihn abzuholen, da sie zu beschäftigt war, um die Lieferung selbst zu machen. Das war das Mindeste, was Rosemary tun konnte, wenn man bedachte, wie hilfsbereit Marjie gewesen war.

Im Teeladen herrschte reges Treiben. Es gab viele Kunden, und Rosemary verspürte einen kleinen Stich in der Brust, als sie Lamorna, die neue Angestellte, hinter der Theke sah. Wenn Rosemary ganz ehrlich war, hatte sie den Laden in letzter Zeit gemieden. Rational gesehen ergab das nicht wirklich Sinn. Seit die Findelkinder eingezogen waren und Rosemary sich für Kurse für ihr Schokoladengeschäft angemeldet hatte, hatte sie kaum noch Zeit, Marjie zu helfen, aber sie verspürte immer noch einen Anflug von Emotionen, wenn sie ihre junge Nachfolgerin mit den üppigen blonden Haaren sah.

Rosemary hatte es sehr genossen, im Teeladen zu arbeiten, als sie sich gerade erst in Myrtlewood eingelebt hatte. Es hatte ihr nicht nur ein Gefühl der Unabhängigkeit, sondern auch ein Gefühl der Sinnhaftigkeit gegeben und ihr geholfen, sich als Teil der Gemeinschaft zu spüren. Jetzt, wo sie das neue Mädchen an ihrer Stelle sah, fühlte sich Rosemary manchmal irgendwie fehl am Platz.

Lamorna schien nett und bis auf ein paar Verwechslungen auch recht kompetent zu sein, aber Rosemary konnte nicht anders, als sie aus irgendeinem Grund nicht zu mögen.

»Da bist du ja, Liebes. Setz dich«, sagte Marjie. Sie schritt in ihrer üblichen Art hinter der Theke hervor und trug heute eine geblümte Schürze.

»Ich werde nicht lange bleiben. Ich möchte dir keine Umstände machen«, sagte Rosemary.

»Unsinn. Setz dich. Ich hole dir etwas.«

Rosemary seufzte und tat, wie ihr geheißen wurde. Marjie kam mit einem Teetablett zurück.

»Wirklich, mach dir keine Umstände meinetwegen. Geh und bediene deine Kunden«, sagte Rosemary.

»Meine Kunden sind bestens versorgt. Kümmere dich um deinen eigenen Kram«, sagte Marjie grinsend.

»Du weißt, dass ich es nicht so gemeint habe. Ich will nur keine Umstände machen.«

»Und das ist Teil deines Problems«, sagte die ältere Frau.

»Was meinst du?«

»Du tust alles, um allen anderen zu helfen. Und nichts für dich selbst. Hier, trink einen Schluck von diesem Tee – ja, er enthält etwas von meinem Spezialheilmittel – und überlege, was du für dich selbst und deine eigene Zukunft tun willst. Du hast so viel Zeit damit verbracht, dich um die Kinder zu kümmern, Neve zu helfen, auf Dain aufzupassen und Liam bei dem zu unterstützen, was du für ihn tust. Dein ganzes Leben besteht darin, allen anderen zu helfen.«

»Das musst du gerade sagen. Du hilfst auch immer anderen Menschen.«

»Das liegt daran, dass ich schon vor langer Zeit herausgefunden habe, wie ich ticke. Ich habe ein paar Fehlversuche gebraucht. Aber nach dem Fiasko mit dem Geschäft mit dem recycelbaren Toilettenpapier wurde mir klar, dass ich Menschen am liebsten pflege, sie füttere und zum Lächeln bringe. Du hingegen ... Nun, du bist keine geborene Pflegerin, Liebes. Nichts für ungut.«

»Schon gut«, sagte Rosemary. »Du hast recht. Ich bin überrascht, dass ich Athena all die Jahre am Leben erhalten habe. Ich bin mehr daran interessiert, Essen zuzubereiten – und es zu essen – als es an Menschen zu verteilen.«

Marjie lächelte. »Du hast noch dein ganzes Leben vor dir. Du musst die Hauptfigur sein, nicht nur eine Nebenrolle. Du hast mir von dem Traum vom Schokoladenladen erzählt, den du hattest. Und ich habe mir ein paar Freiheiten genommen ...«

»Du hast *was*?« Rosemarys Augen weiteten sich.

»Ich habe nur ein paar Erkundigungen in deinem Namen eingeholt. Das ist alles.«

»Oh nein ... wirklich?«, sagte Rosemary. »Ich habe schon so viel um die Ohren mit der Suche nach einem neuen Zuhause für die Kinder und Dains Sucht, ganz zu schweigen davon, dass ich Athena aus Schwierigkeiten heraushalten muss und so weiter. Ich glaube nicht, dass ich ein Unternehmen gründen kann.«

»Lass dir das von jemandem sagen, der das auf die harte Tour gelernt hat«, sagte Marjie weise. »Anderen Menschen zu helfen ist viel einfacher, als sich selbst zu helfen.«

»Sagt die Frau, die die meiste Zeit damit verbringt, anderen Menschen zu helfen.«

»Nicht auf meine Kosten«, sagte Marjie. »Und was soll ich sagen, es ist eine Berufung. Aber ich habe mich lange dagegen gewehrt. Ich wollte die Welt mit meinen Erfindungen retten, obwohl sie oft nach hinten losgingen. Es ist eine ironische Wahrheit des Lebens, dass es am schwierigsten sein kann, das zu tun, was man wirklich tun muss. Die eigenen Bedürfnisse zu erfüllen und sich mit den eigenen Problemen auseinanderzusetzen, ist viel, viel schwieriger, als zu versuchen, andere Menschen zu retten, aber es ist auch viel wichtiger. Wenn du nicht etwas für deine eigenen Träume tust, wirst du innerlich verkümmern. Und dann bist du für niemanden eine echte Hilfe.«

»Oh, Marjie«, sagte Rosemary und warf ihrer Freundin einen frustrierten Blick zu.

»Jetzt protestiere nicht, du weißt, dass ich recht habe.«

»Du *klingst*, als hättest du recht«, gab Rosemary widerwillig zu.

»Wunderbar. Dann ist es also abgemacht.«

»Abgemacht?«, fragte Rosemary.

In diesem Moment läutete die Glocke über der Tür des Teeladens und ein großer, schroffer, älterer Mann mit Narben im Gesicht und mürrischem Auftreten kam herein.

»Was soll das alles?«, bellte Covvey. »Du hast mich hierher bestellt, alte Frau, und da bin ich.«

»Sprich für dich selbst«, sagte Marjie. »Ich bin ein junges Küken! Du bist das mürrische alte Knochengerüst.«

Covvey grunzte.

»Ich habe hier jemanden, der mit dir Geschäfte machen möchte«, sagte Marjie.

»Was für Geschäfte? Wovon redest du?«, sagte Covvey.

Rosemary zögerte, als Marjie auf ihren Tisch deutete. »Setz dich.«

»Was macht *die* denn hier?«, fragte Covvey misstrauisch, offensichtlich an die letzte Begegnung mit Rosemary erinnert, als sie ihn versehentlich beschuldigt hatte, ein Werwolf zu sein, was Rosemarys Meinung nach nur deshalb beleidigend war, weil alle so voreingenommen gegenüber den armen verfluchten Wesen waren.

»Ja, Rosemary ist daran interessiert, dein leerstehendes Geschäft zu mieten.«

Covvey setzte sich und verschränkte die Arme. »Es ist nicht zu haben.«

Seine Worte waren mit einer entscheidenden Endgültigkeit gesprochen, die Rosemarys Herz schwer werden ließ, aber Marjie ließ sich davon nicht beeindrucken. »Sei nicht albern. Es ist ja nicht so, als ob du vorhättest, etwas damit zu machen. Und ich würde sagen, in dir steckt eine ganz schöne Naschkatze.«

Covvey runzelte die Stirn. »Was haben Sie damit vor?«

Rosemary ließ den Atem los, den sie die ganze Zeit angehalten hatte. »Schauen Sie mal«, sagte sie. »Ich bin noch nicht ganz so weit, aber ich würde gerne eines Tages einen Schokoladenladen haben.«

»Einen Schokoladenladen«, sagte Covvey. »Nun, tut mir leid, das Gebäude ist so gut wie abbruchreif. Der Bürgermeister lässt niemanden in die Nähe, nicht einmal mit einer zehn Fuß langen Stange.«

»Da habe ich aber anderes gehört«, sagte eine vertraute, seidige Stimme.

»Kümmern Sie sich um Ihren eigenen Kram, Mistkerl«, sagte Covvey.

Rosemary blickte sich um und sah, wie Burk sich näherte. »Das Gebäude ist stabil«, sagte er zu Covvey. »Der Grund, warum der Bürgermeister Sie nichts daraus machen lässt, ist, dass ihm Ihr vorheriges Geschäft nicht gefallen hat.«

Covvey knurrte und Burk hob die Hände. »Ich bin niemand, der über andere urteilt, *glauben* Sie mir, aber so wie es aussieht, verschwenden Sie nur Geld, indem Sie Steuern zahlen, während der Laden leer steht. Sie könnten ihn genauso gut an jemand anderen vermieten, zumindest bekommen Sie so Miete dafür.«

»Wie kommen Sie darauf, dass ich auf den Rat von jemandem wie Ihnen hören würde?«, bellte Covvey.

»Meinen Sie einem Anwalt?«, fragte Burk mit leicht hochgezogenen Augenbrauen.

Rosemary unterdrückte ein Kichern.

Burk fuhr fort. »Hören Sie zu, ich übernehme gerne kostenlos die juristische Arbeit, die Sie auf beiden Seiten benötigen würden.«

»Warum sollten Sie so etwas tun?« Covveys Stimme war angespannt und misstrauisch.

»Es ist eine Schande, diesen Laden leer stehen zu sehen. Und ich würde gerne sehen, welche Art von Schokolade Rosemary herstellen kann.« Er lächelte sie umwerfend an, worauf Rosemary vorgab, sich nichts daraus zu machen.

»Ich mag Schokolade«, sagte Covvey langsam, hob die Hand an sein

Kinn und dachte nach. »Und die alte Galdie hätte es gemocht ... Ihre Idee. Sie war eine Kämpfernatur. Und wir haben uns nicht immer verstanden. Aber sie war loyal und eine gute, starke Frau. Wir hatten unsere Schwierigkeiten, das stimmt schon.«

Rosemary nickte. »Es tut mir leid, wenn ich Sie neulich beleidigt habe.«

Covvey hob abweisend die Arme. »Schon gut. Das ist alles vergessen. Vergeben und vergessen.« Er stand auf, um zu gehen. »Ich werde darüber nachdenken. Aber ich mache keine Versprechungen.«

Er stapfte aus dem Laden und Marjie strahlte. »Siehst du, ich habe dir doch gesagt, dass ich ein paar Erkundigungen eingeholt habe. Es wird kein Problem sein.«

»Das klang nicht sehr positiv«, sagte Rosemary.

Burk schenkte ihr ein Herz zerschmelzenden Lächeln.

Rosemary wandte sich ab und schaute auf ihr Handy, in der Hoffnung, ein Gespräch zu vermeiden. Sie erinnerte sich daran, dass Burk gefährlich war, besonders für die Fae. Sie musste Athena von ihm fernhalten, ebenso wie alle anderen mit ähnlichem Erbe.

Sie hatte vor, nach dem Teeladen bei Una vorbeizuschauen. Sie musste die Fae vor der Verbindung mit einem Vampir warnen.

»Rosemary«, sagte Burk mit leicht angespannter Stimme. »Ist etwas nicht in Ordnung?«

»Ich muss los.«

»Ich bestehe auf eine Antwort«, sagte Burk.

»Bitte nicht«, sagte Rosemary, die sich bewusst war, wie kalt ihr Tonfall war. »Ich muss sicherstellen, dass wir unsere Interaktionen auf einer professionellen Ebene halten.« Damit stand sie vom Tisch auf und verließ Marjies Teeladen, wobei sie die Leckereien vergaß, die sie dort hatte abholen wollen.

Rosemary überquerte den Stadtplatz in Richtung Apotheke, nur um festzustellen, dass diese geschlossen war. An der Tür klebte ein Zettel, auf dem stand, dass der Laden aus persönlichen Gründen geschlossen sei und nächste Woche wieder öffnen würde.

Ein warnendes Kribbeln durchzog Rosemarys Nervensystem.

»Aus persönlichen Gründen«, murmelte sie vor sich hin. »Das klingt nicht gut.«

Sie ging zurück zu ihrem Auto und sah Marjie dort mit einer Schachtel frisch gebackener Ingwerkekse und einem verwirrten Gesichtsausdruck warten.

»Was?«, fragte Rosemary.

»Was war denn da los?«, fragte Marjie. »Mit Perseus?«

»Ich habe ganz vergessen, dass er Perseus heißt«, sagte Rosemary. »In meinen Gedanken heißt er immer nur Burk.«

Marjie zuckte mit den Schultern. »Wechsle nicht das Thema. Du benimmst dich ziemlich seltsam.«

»Marjie, ich mache mir Sorgen um Una.«

»Was ist denn mit Una los?«, fragte Marjie. »Als ich sie vorhin gesehen habe, schien alles in Ordnung zu sein.«

»Du hast sie heute gesehen?«

»Natürlich. Ihre Cousine Matilda hat gerade ein Baby bekommen. Sie und Ashwyn sind für ein paar Tage verreist. Sie haben angehalten, um ein paar Kuchen für die Familie mitzunehmen.«

»Oh«, sagte Rosemary. »Ich habe mich schon gefragt, was die persönlichen Gründe für die Schließung des Geschäfts sind.«

»Ist das alles, worüber du dir Sorgen machst?«, fragte Marjie sie ein wenig misstrauisch.

»Nein«, gab Rosemary zu. Sie sah sich um, um sicherzustellen, dass niemand zusah. »Marjie, als ich neulich den Trank von Una bekommen habe, kamen viele Erinnerungen in mir hoch.«

»Das sind ja tolle Neuigkeiten!«, sagte Marjie. »Endlich hast du all diese falschen Spinnweben in deinem Kopf beseitigt.«

»Genau. Nur hat es eine Weile gedauert, bis mir klar wurde, dass Una vor ein paar Wochen mit Burk im Pub zu Abend gegessen hat.«

»Und?« Marjie hob die Augenbrauen.

»Na ja, okay, um ehrlich zu sein, Burk und ich ... nun, es könnte irgendwann einmal ein kleiner Funke zwischen uns gewesen sein.«

»Also bist du eifersüchtig«, sagte Marjie. »Aber das erklärt nicht, warum du dir Sorgen machst.«

Rosemary verschränkte die Arme. »Ich könnte ein bisschen eifersüchtig gewesen sein. Aber dann kam mir der Gedanke, dass Una eine Fae ist ... Meinst du nicht, dass sie sich von Vampiren fernhalten sollte?«

»Oh, ich verstehe«, sagte Marjie. »Es geht tatsächlich um Athena.«

»Gar nicht *wahr*«, sagte Rosemary.

Marjie schüttelte den Kopf und lächelte. »Du projizierst deine Ängste um deine Tochter auf Una, weil du weißt, dass sie eine ähnliche Abstammung haben.«

»So habe ich das noch gar nicht gesehen.« Rosemary verschränkte die Arme. »Ist das nicht gefährlich?«, fragte sie mit leiser Stimme. »Ich dachte, Fae-Blut wäre für Vampire unwiderstehlich.«

Marjie zuckte mit den Schultern. »Burk ist doch aber keiner, der die Kontrolle verliert, oder? Ich sage nicht, dass du Una nicht warnen solltest. Sie weiß vielleicht gar nichts von all dem. Ich sage nur, dass Perseus Burk ein perfekter Gentleman ist. Ich habe noch nie erlebt, dass er die Fassung verloren hat, aus der Haut gefahren ist oder jemanden angegriffen hat, der es nicht verdient hatte.«

»Aber du hast gesehen, wie er Menschen angegriffen hat?«, sagte Rosemary.

»Ich habe auch gesehen, wie du Leute angegriffen hast, sogar Dain«, gab Marjie zu bedenken. »Und du tust das nicht mit so viel Gelassenheit oder Vernunft wie er.«

Rosemary runzelte die Stirn. »Okay, na schön. Vielleicht hat es ein bisschen mit Athena zu tun. Ich weiß es nicht. Im Moment ist alles so kompliziert.«

»Das liegt daran, dass du zu vielen Menschen helfen willst, wie ich schon sagte. Warum machst du nicht zu Hause ein Nickerchen und träumst vom Schokoladenladen? Du könntest sogar versuchen, selbst Schokolade herzustellen. Tu mal etwas für dich selbst, weißt du?«

Rosemary versuchte zu protestieren, aber je mehr sie darüber nachdachte, desto mehr wurde ihr klar, dass Marjie recht hatte. Sie hatte es immer wieder aufgeschoben, sich um sich selbst zu kümmern. Sich um andere Menschen zu sorgen, war viel einfacher, als sich mit ihren eigenen Problemen auseinanderzusetzen. »Na gut, du hast gewonnen«, sagte Rosemary. »Bis später.«

21

»Mama!«, rief Athena. »Mama!«

»Was ist denn?« Rosemarys Herz raste bei der Dringlichkeit in der Stimme ihrer Tochter. Sie hielt sich an den Porzellankanten der großen Badewanne fest und versuchte, sich zu erheben, unterschätzte aber die Glätte der Kanten. Wasser schwappte über den Boden. »Ich bin in der Badewanne«, rief sie.

»Oh, dann mach dir keine Sorgen«, sagte Athena. »Es kann warten, bis du draußen bist.«

Rosemary seufzte und ließ sich wieder in die Wärme der Badewanne sinken, aber sie konnte sich nicht entspannen, bis sie wusste, worüber Athena sich offensichtlich Sorgen machte.

»Kannst du es mir nicht einfach durch die Tür sagen?«

»Nicht wirklich«, sagte Athena. »Es ist zu unangenehm. Außerdem brauchst du dafür vielleicht eine Tasse Tee.«

»Okay, gib mir eine Minute. Ich treffe dich unten.«

Rosemary stieg aus der Badewanne, trocknete sich ab und zog die erste saubere Kleidung an, die sie finden konnte. Sie hatte versucht, Marjies Rat zu befolgen und etwas Gutes für sich selbst zu tun, aber das Schicksal hatte offensichtlich andere Pläne.

»Was ist denn los?«, fragte sie und ging in die Küche, wo Athena Tee kochte.

»Was um alles in der Welt hast du da an?«, fragte Athena mit großen Augen.

Rosemary schaute an sich hinunter und sah, dass sie ein sonnengelbes Oberteil über einer waldgrünen Hose und eine pinkfarbene Strickjacke trug. Sie runzelte die Stirn. »Ich *dachte*, du hättest etwas Wichtiges zu sagen. Du hast dich besorgt angehört.«

»Das habe ich, aber dein Outfit ist noch beunruhigender.«

»Lass mein Outfit da raus«, sagte Rosemary. »Das ist mein neuer Look. Ich nenne ihn die sich beißenden Giganten.«

Athena kicherte. »Okay, setzen wir uns.«

»Jetzt mache ich mir wirklich Sorgen«, sagte Rosemary.

»Es sind nicht unbedingt schlechte Nachrichten«, sagte Athena, während sie das Teetablett zu dem Fensterplatz trug. »Ich habe in der Schule etwas gelernt und ich glaube, es könnte ein Hinweis darauf sein, was vor sich geht.«

Rosemary schluckte. »Sag mir nicht, dass du Werwölfe studiert hast?«

»Nein«, sagte Athena und sah verwirrt aus. »Wie kommst du denn auf so etwas?«

»Ähm ... nichts«, sagte Rosemary und schämte sich für ihren Ausrutscher. »Es ist nur so, dass ich nach dem, was Shelly und Marjie gesagt haben, mit einem Mal Angst vor Werwölfen habe.«

Athena warf ihr einen seltsamen Blick zu, als wäre sie nicht ganz überzeugt. »Wie auch immer«, sagte sie. »Heute in Folklore und Geschichte, hat Frau Twigg – das ist Agathas Tochter.«

»Ja, daran erinnere ich mich«, sagte Rosemary. »Es ist so schön, dass ich mein Gedächtnis wiederhabe.«

»Pass doch mal auf, Mama«, sagte Athena.

»Entschuldigung. Was hat Frau Twigg gesagt?«

»Warte.« Athena überquerte den Boden und holte ihr Notizbuch aus der Schultasche, die sie zuvor achtlos auf den Boden geworfen hatte. »Hier ist es«, sagte sie und ging zurück zum Fensterplatz.

In diesem Moment stürmte Detective Neve in den Raum. Ihre Kleidung war angesengt und der Geruch von Rauch zog durch das Haus in Richtung Rosemary.

»Was ist passiert?«, fragte Rosemary.

»Noch eins«, sagte Neve. »Und sie werden immer schlimmer.« Sie ließ sich neben ihnen auf der Fensterbank nieder.

»Noch ein *heißer* Tatort?«, fragte Rosemary.

»Zum Glück haben wir das hier früh mitbekommen«, sagte Neve. »Aber das erinnert mich daran. Ist Nesta hinten?«

Rosemary nickte.

»Ich habe ihr immer noch nicht von ... dieser anderen Sache erzählt.« Neve stöhnte.

»Ich bin sicher, du wirst noch viele Gelegenheiten dazu haben«, sagte Rosemary und versuchte, nicht so wie sonst zu schwafeln, da Neve ihre schmutzige Wäsche bestimmt nicht vor dem Teenager waschen wollte. Stattdessen wechselte Rosemary das Thema. »Athena war gerade dabei, mir etwas zu erzählen.«

»War es ein weiteres Feuer?«, fragte Athena. »Wo denn?«

»Es war draußen beim alten Briar Schloss«, sagte Neve. »Sie scheinen entweder an relativ mächtigen Orten oder in der Nähe von Gruppen von zwei oder mehr hochmagischen Menschen aufzutreten. Das ist das einzige Muster, das ich erkennen kann.«

»Hier ist noch keines passiert«, sagte Rosemary.

»Du hast Glück, dass dieser Ort von der alten Galdie bis ins kleinste Detail gesichert wurde«, sagte Neve. Sie wandte sich Athena zu. »Was wolltest du sagen?«

»Ich wollte meiner Mama gerade etwas erzählen, von dem sie uns in der Schule erzählt haben. Ich bin mir nur nicht sicher, ob ihr es ernst nehmen werdet«, sagte Athena.

»Versuch es«, sagte Neve.

»Nun, Frau Twigg hat uns alles über die Beltane-Feuer und die Feuergeister erzählt und wie sie früher an der Verehrung des Gottes Balanus beteiligt waren.«

Neve nickte.

»Wie auch immer«, fuhr Athena fort. »Frau Twigg scheint zu glauben, dass all das etwas mit den Bränden zu tun hat, die derzeit überall stattfinden. Sie hat uns allen Hausaufgaben dazu gegeben und ich habe ein wenig recherchiert. In einer Quelle, die ich gelesen habe, stand, dass sich alle paar hundert Jahre die Planeten so ausrichten, dass Uranus und Jupiter im Widder stehen, wo sich Mars ihnen anschließt. Das bereitet den Boden für etwas, das man die Cavalia nennt. Das ist schon lange nicht mehr passiert, aber das könnte daran liegen, dass es nicht genug Feuergeister gab, die es auslosen könnten. Ich habe gelesen, dass Feuergeister früher an den alten Ritualen des Belamus-Kults beteiligt waren. Aber heutzutage sieht man nicht mehr viele von ihnen. Ich vermute, dass sie alle im Reich der Fae eingesperrt wurden, als die Grenzen des Schleiers geschlossen wurden.«

Neve schüttelte den Kopf. »Warum erzählt sie das alles Schulkindern und nicht der Polizei?«

»Nun, sie meinte, dass Geschichtsunterricht wichtig ist«, sagte Athena. »Und anscheinend hat sie es der Polizei erzählt, obwohl ich nicht sicher bin, dass jemand zugehört hat.«

Neve seufzte. »Ich werde mit Perkins darüber sprechen müssen. Mir nicht zu erzählen, was namhafte Leute in der Gemeinde zu sagen haben, kommt definitiv einer Behinderung einer Untersuchung gleich.«

»Er hat sie wahrscheinlich nicht ernst genommen«, sagte Rosemary. »Er scheint nicht viel ernst zu nehmen, außer sich selbst.«

»Hart, aber wahr«, sagte Neve. »Wenn ihr mich entschuldigt, ich muss jetzt einen sehr mürrischen Anruf tätigen.«

Rosemary sah ihre Tochter an. »Es war gut, dass du es uns gesagt hast. Gute Arbeit, Kind.«

»Ich bin überrascht, dass ihr mich ernst genommen habt«, sagte Athena. »Normalerweise hören die Leute nicht auf Teenager.«

»Du bist nicht irgendein Teenager«, sagte Rosemary. »Du bist meine Tochter. Ich weiß, dass du unglaublich schlau bist. Und du lässt dich nicht von Dummköpfen ärgern. Ich bin sicher, wenn du dachtest, dass deine Lehrerin dich auf den Arm nimmt, hättest du ihr keine Sekunde lang zugehört.«

Die beiden Thorns nippten schweigend an ihrem Tee, bis Neve einen Moment später zurückkam. »Perkins war darüber nicht glücklich«, sagte sie.

»Wie hat er reagiert?«, fragte Rosemary sie.

»Er beschwerte sich, dass er, wenn er alles weitergeben müsste, was ihm die lächerlichen Stadtbewohner erzählen, nie mit seiner anderen, wichtigeren Arbeit fertig werden würde.«

»Das klingt nach ihm«, sagte Rosemary. »Wie auch immer, ich bin froh, dass wir dich für den Fall der Fälle haben. Zumindest hast du viel Verstand.«

»Danke. Ich werde deiner Lehrerin später vielleicht einen Besuch abstatten«, sagte sie zu Athena und wandte sich dann wieder Rosemary zu. »Aber jetzt sollte ich besser mit Nesta reden. Wünscht mir Glück.«

»Was ist denn mit denen los?«, fragte Athena, als Neve den Raum verließ.

»Hoffentlich nichts«, sagte Rosemary.

»Oh, na schön «, sagte Athena. »Aber sag mal, hattest du nicht letztens was übers Kämpfen gesagt?«

22

___

»Das wirst du büßen!« Athena sammelte Energie in ihren Händen. Es knisterte, ein weißer Lichtball mit grünen Sprenkeln. Sie hob ihn über ihren Kopf und schleuderte ihn auf ihre Mutter. »Das hilft tatsächlich, etwas von meiner angestauten Wut loszuwerden.«

Rosemary duckte sich, wirbelte herum und schleuderte einen goldenen Lichtball zurück. Athena konnte gerade noch ausweichen. Der Ball landete in einem Baum in der Nähe und brannte einen verkohlten Fleck in die Rinde.

Dain und Marjie waren einkaufen und Nesta hatte die Findelkinder mit ins Haus genommen, damit die Thorns den hinteren Rasen für Trainingszwecke nutzen konnten. Die Aufregung hatte jedoch dazu geführt, dass nun eine Reihe sehr interessierter kleiner Gesichter durch die hinteren Fenster des Hauses lugten.

Rosemary und Athena standen fünf Meter voneinander entfernt und gingen seitwärts langsam im Kreis, während sie sowohl den Angriff als auch die Verteidigung mit Magie übten.

»Ich bin froh, dass du ein Ventil für deinen Ärger gefunden hast«, sagte Rosemary und schoss einen Feuerball auf sie.

»Hey!« Athena ließ sich zu Boden fallen, um ihm auszuweichen. »Gib mir wenigstens die Chance, mich zu rächen.«

»Unsere Feinde werden das nicht tun.«

»Guter Punkt. Der war heftig«, sagte sie, als sie wieder aufstand.

»Schön, dass du das bemerkst«, sagte Rosemary. »Ich habe ihn aus meiner Wut über all die Ungerechtigkeiten in der Welt erschaffen.«

Athena lächelte. »Weißt du, wir müssen auch Nahkampf üben.« Sie stürzte sich auf ihre Mutter und trat zu.

Rosemary hob die Hände und ein Strahl weißen Lichts schoss heraus, der Athena über den Rasen zurückblies.

»Wie hast du das gemacht?«, fragte Athena. Ihre Magie war viel stärker geworden, seit sie das Reich der Fae verlassen hatte. An den Morgen nach ihren nächtlichen Eskapaden, die sie in letzter Zeit immer wieder unternahm, um eine Tür in die andere Welt zu öffnen, war sie sogar noch stärker.

Sie wusste, dass sie es nicht tun sollte, aber sie konnte nicht anders, denn sie musst dieses Gefühl von Wärme, Verbundenheit und Zuhause in ihrem eigenen Körper zu spüren.

Natürlich wusste Rosemary nichts davon und Athena hatte nicht vor, es ihrer Mutter zu erzählen. Rosemary hatte gerade erst begonnen, sich nach dem Debakel im Reich der Fae ein wenig zu entspannen. Athena tat alles, um ihr Mitgefühl wegen Finnigans Verrat zu erregen, auch wenn ihr dabei übel wurde.

»Wir können nicht nur mit Magie kämpfen«, sagte Athena. »Unsere Angreifer könnten auch Waffen haben.«

»Versuchen wir es erst einmal mit normalem Faustkampf, bevor wir gefährliche Waffen ins Spiel bringen, ja?« Rosemary sprang vor und holte zu einem Schlag gegen ihre Tochter aus.

»Der war furchtbar«, sagte Athena und lehnte sich zurück. »Selbst wenn ich vollkommen stillgestanden hätte, hätte es kaum wehgetan.«

»Nun, vergib mir, dass ich mein eigenes Kind nicht verletzen möchte«, sagte Rosemary.

»Wenn du mich nicht richtig angreifst, wird das hier nicht wirklich funktionieren.«

»Du hast recht«, sagte Rosemary. »Wir brauchen einen richtigen Trainer. Ich kenne nur niemanden, der dafür in Frage kommt.«

»Vielleicht kennt Marjie jemanden«, sagte Athena. »Oder du könntest deinen Vampirfreund fragen.«

Athena sah, wie ihre Mutter sich sichtlich versteifte.

»Hör auf damit.«

»Das werde ich, wenn du aufhörst, es zu leugnen. Du warst definitiv eifersüchtig, als du ihn mit einer anderen Frau in der Kneipe gesehen hast.«

Rosemary sah unbehaglich aus. »Gefühle ergeben nicht immer Sinn, wie du nur zu gut weißt«, sagte sie.

»Klar, Mama. Es sieht so aus, als wärst du jetzt eh hinter Liam her.«

»Ganz *bestimmt* nicht. Und das weißt du«, sagte Rosemary.

»Es ist aber eine Schande«, sagte Athena. »Es würde dich wahrscheinlich etwas entspannen.«

Rosemary schoss einen riesigen Ball aus knisterndem, elektrisch violettem Licht auf ihre Tochter.

Athena lenkte ihn mit ihrer eigenen Magie aus dem Weg. »Ich schätze, den habe ich verdient.« Sie erhaschte einen Blick auf ihr Spiegelbild in den Fenstern des Hauses. Ihr Haar stand ihr zu Berge vor Schreck über den Beinahe-Zusammenstoß. »Wie hast du das gemacht? Ich will auch mit Elektrizität spielen.«

»Ich glaube, es ist eine Mischung aus verschiedenen Elementen, aber ich habe keine Ahnung«, sagte Rosemary. »Das ist Teil des Problems. Und wenn du es unbedingt wissen musst, ich versuche, Liam bei einem medizinischen Problem zu helfen, über das ich nicht sprechen darf.«

»Oh ... *Oh!*«, sagte Athena. »Ich verstehe. Ist es eklig?«

Rosemary verengte die Augen.

»Du hast recht«, fuhr Athena fort. »Ich will nicht wissen, ob es eklig ist.«

Rosemary lachte und Athena nutzte die Ablenkung ihrer Mutter, indem sie einen weiteren Ball aus blassgrünem Licht schleuderte. Er traf Rosemary in der Brust und stieß sie um.

»Du hast mich erwischt«, sagte sie, während sie nach oben in den Himmel starrte.

»Es ist nicht fair, dass ich nur Lichtbälle machen kann und du Feuer und alle möglichen anderen verrückten Sachen«, sagte Athena.

»Ich spiele nur mit meinen Emotionen«, sagte Rosemary. »Wenn du deine nicht so verschließen würdest, könntest du vielleicht auch coole Sachen machen.«

»Touché.« Athena stürzte sich auf ihre Mutter, trat und schlug um sich, bevor sie von einem Energieball, der groß und flauschig und baby-rosa war, wieder zurückgestoßen wurde. Er hüllte sie ein, hob sie in die Luft und hielt sie über dem Boden schwebend fest.

»Das ist nicht fair!«, schrie Athena aus der riesigen rosa Blase. »Lass mich runter!«

»Du bist durch meine Liebe geschützt«, sagte Rosemary lachend.

Athena schloss die Augen und stellte sich einen magischen Pfeil vor, der herausschoss. Die Blase zerplatzte mit einem Knall und Athena fiel zu Boden und blieb zusammengesunken und verärgert liegen.

»Genug für heute?«, fragte Rosemary.

Athena lag auf dem Boden, brummte unverständliche Laute und machte sich nicht die Mühe, sich hochzuziehen.

»Marjie hat etwas selbstgemachte Limonade vorbeigebracht«, über-redete Rosemary sie.

»Klar«, sagte Athena mit wimmernder Stimme.

Rosemary half ihr auf. »Wir können es morgen noch einmal versuchen. Aber ich glaube wirklich, dass wir einen Trainer brauchen, sonst kommen wir nicht weit. Wir müssen uns auf unsere Stärken konzentrieren, wenn diese gruseligen Dinger weiterhin auftauchen und uns angreifen.«

Wie als Antwort auf ihre Worte erfüllte ein tiefes Krachen wie Donnergrollen die Luft um sie herum. Sie drehten sich um und sahen drei Gestalten am Haus auftauchen. Sie waren alle in dunkle Kapuzen-umhänge gehüllt.

»Oh nein. Das werdet ihr nicht tun!« Rosemary ging in die Hocke und ging bereits in die Offensive. Sie warf ihren Arm zur Seite und eine silberne Lichtscheibe schoss heraus, die einen der Feinde im Rücken traf und ausschaltete.

»Äh ... Mama ... Was ist hier los?« Athena spürte ein Flattern in der Brust, als sie die Gefahr erkannte, die von ihren unerwarteten Gästen ausging.

»Ich vermute, es sind die Blutsteine«, murmelte Rosemary, als die Gestalt an der Vorderseite ihre Hände in die Luft hob. Blitze zuckten zwischen ihren Handflächen und die Kapuze fiel zurück und enthüllte lange silberblonde Locken. Ihr Gesicht blieb hinter einer schillernden Schmetterlingsmaske verborgen. Athena konnte nur ihre Augen sehen, die im Sonnenlicht blau aufblitzten.

»Wer ist das?«, fragte Athena. »Sie kommt mir bekannt vor.«

»Wer auch immer sie ist, ich glaube nicht, dass sie ganz menschlich ist«, sagte Rosemary.

Athena schaute die Frau an. Ihre Glieder waren schlank wie die der Fae, aber irgendetwas an ihr war anders.

»Willkommen im Club«, erwiderte Athena. »Ich habe das im Griff.« Ihre Hände zitterten ein wenig, als sie ihre Arme ausstreckte und eine riesige Kugel aus magischer Lichtenergie erzeugte, die sie dann mit einem kräftigen Stoß auf die Frau zu schleuderte, die aus dem Weg sprang.

Einer der Handlanger der Frau rannte auf Rosemary zu. Athena sah, wie die magischen Instinkte der Superkraft ihrer Mutter einsetzten. Sie warf den Angreifer zu Boden, aber ein weiterer Handlanger tauchte aus den Büschen auf und stürzte sich auf sie zu. Athena war bereit anzugreifen, aber Rosemary war schneller und setzte instinktiv Magie ein. Sie brach als Licht und Luft in einer Energiewelle hervor und zog dem Angreifer die Kapuze vom Kopf. Für einen Moment sahen sie, dass es sich um einen dunkelhaarigen Mann mit blasser Haut handelte, bevor er zu Staub zerfiel.

»Hat dir deine Mutter nie gesagt, dass du Sonnenschutzmittel auftragen sollst?«, sagte Rosemary.

Athena verzog das Gesicht beim kitschigen Spruch ihrer Mutter und musste gleichzeitig lachen. »Im Ernst, wer bringt einen Vampir zu einem Kampf bei Tageslicht mit?«

»Wie ich sehe, seid ihr nicht unvorbereitet«, sagte die maskierte Frau mit rauer Stimme. »Das macht nichts. Ich bin nur hier, um eine Nachricht zu überbringen.«

»Was für eine Nachricht?«, fragte Rosemary.

»Wir sind hier, überall um euch herum. Wir kommen, um euch zu holen. Ihr könnt nicht weglaufen oder euch verstecken. Wir werden unsere Anführerin zurückbringen.«

Mit einem Blitz waren die vermummten Angreifer verschwunden.

»Heiliger Hades«, sagte Rosemary. »Das war verdammt unerwartet.«

»Bist du sicher, dass es die Blutsteine sind?«, fragte Athena, und ihr wurde eiskalt.

»Sie müssen es sein«, sagte Rosemary. »Vor allem, weil sie schwarze Roben tragen.«

Es gab ein krachendes Geräusch und Rosemary stürmte auf das Haus zu, dicht gefolgt von Athena. Als sie hineinkamen, war das Haus völlig durcheinander. Stühle lagen verstreut herum und zerbrochenes Porzellan bedeckte den Boden. Die Kinder versteckten sich unter der Couch und Nesta kauerte zitternd daneben.

Athena schnappte nach Luft. «Was ist passiert?«

Wie sind die Blutsteine durch die Schutzzauber gekommen?, fragte sich Athena. *Sie müssen eine ziemlich mächtige Magie besitzen.*

»Es war eine Ablenkung«, sagte Rosemary mit festem Tonfall.

Athena biss sich konzentriert auf die Lippe und versuchte, die Situation zu verstehen. »Ich bin überrascht, dass sie so gut organisiert sind. Hast du nicht ihre nervige kleine Vampirführerin getötet?«

»Das dachte ich auch«, sagte Rosemary.

»Es sei denn ...« Athanes Gedanken rasten. *Die Blutsteine suchten nach etwas, warum sonst sollten sie sich die Mühe machen, eine Ablenkung zu schaffen? Sie versuchen, ein Comeback zu starten.* Sie dachte an all die magischen Gegenstände, nach denen sie suchen könnten, aber ihre Gedanken kehrten immer wieder zu der Schachtel zurück, in der die Magie der Familie Thorn gebunden war.

»Es sei denn, was?«, fragte Nesta.

Athena sah ihre Mutter an. »Du glaubst doch nicht, dass sie nach der Schachtel suchen?«

Rosemary runzelte die Stirn. »Warum sollten sie das tun? Sie ist leer, erinnerst du dich? Geneviève hat sie aufgehoben – die Kraft war bereits freigesetzt.«

Athena verschränkte die Arme. »Mama, hast du nicht gesagt, dass Liam verdächtige Kunden hatte, die nach magischen Dimensionen gefragt haben?«

»So etwas in der Art.«

»Und als Geneviève ausgelöscht wurde – zumindest dachten wir das – war das kein normales Auslöschen, oder?«

Rosemarys Augen weiteten sich. »Du denkst doch nicht etwa …?«

Athena nickte. »Sie wollten uns beschäftigen. Damit sie *etwas* aus dem Haus holen konnten. Es besteht die Möglichkeit, dass sie in die magische Dimension geschleudert wurde, die in dieser Kiste geschaffen wurde – oder zumindest könnten die verbliebenen Blutsteine das glauben.«

Sie und Athena sahen sich an und machten sich dann auf den Weg zur Bibliothek.

Die Tür war aufgerissen worden. Bücher lagen verstreut im Raum, und die kleine Holzkiste, die einst die Magie der Familie Thorn beherbergt hatte, war verschwunden.

Rosemary versuchte, ruhig zu atmen. Sie und Athena standen in schockiertem Schweigen da und blickten auf die Stelle auf dem Schreibtisch, an der die Schachtel einmal gestanden hatte.

Athena runzelte die Stirn. »Glaubst du wirklich, dass sie noch da drin sein könnte?«

»Zumindest glauben das ihre Anhänger«, sagte Rosemary.

Als die Haustür aufschwang, wandten sie sich dem Geräusch zu.

Dain und Marjie waren von ihrem Einkaufsbummel zurückgekehrt. Rosemary bemerkte, dass Dain bereits eine neue Jeans und ein frisches weißes Hemd trug. Er strahlte sie an, dann nahm er das Chaos um sich herum wahr und sein Gesichtsausdruck wandelte sich von erfreut zu besorgt.

»Was ist passiert?«, fragte er.

»Hast du den Zauberspruch noch einmal versucht und das Haus verwüstet?«, fragte Marjie.

Athena schüttelte den Kopf. »Nein, wir wurden von der Blutstein-Gesellschaft angegriffen.«

Dain rannte auf sie zu und umarmte sowohl Rosemary als auch Athena stürmisch.

»Meine Mädchen«, sagte er mit belegter Stimme und einer Geste, die sowohl fürsorglich als auch beschützend war. »Geht es euch gut?«

»Uns geht es gut.« Rosemarys Körper versteifte sich vor Verlegenheit, als ihr Ex sie weiter umarmte. »Es war nur eine Ablenkung. Sie haben uns draußen angegriffen, als wir trainierten, aber was sie wirklich wollten, war hier drin.«

»Was war es, Liebes?«, fragte Marjie, als sie sich an der Gruppenumarmung vorbeischob und den Schaden begutachtete.

»Die Kiste«, sagte Athena. Rosemary war überrascht, dass ihre Tochter sich weiterhin von ihrem Vater umarmen ließ. »Du weißt schon, die, in der unsere Familienmagie aufbewahrt wurde.«

»Aber die Magie ist nicht mehr da drin«, sagte Marjie. »Das wissen sie doch sicher.«

»Wir vermuten, dass sie glauben, Geneviève sei irgendwie noch da drin«, sagte Rosemary und fragte sich, wie sie sich am besten aus dieser unangenehmen Umarmung befreien könnte. Die Umarmung hatte eindeutig schon viel zu lange gedauert, aber in Dains Haltung lag nur Liebenswürdigkeit und Sorge. Sie dachte an das zurück, was Una über den Zauber für die Sahnesucht gesagt hatte.

Es braucht Liebe.

Rosemary wurde schnell klar, dass es trotz Athenas lang gehegtem Groll gegen ihren Vater definitiv auch eine positivere Bindung gab. Und jetzt, da Rosemarys Erinnerungen wieder klarer wurden, konnte sie sich an die guten und die schlechten Zeiten erinnern. Das gab ihr gepaart mit dem Wissen um Dains Sucht eine neue Perspektive.

Schließlich schaffte sie es, sich mit dem Wissen aus der Umarmung zu lösen, dass definitiv ein Gefühl der Wärme zwischen ihnen herrschte. Sie war sich nicht sicher, ob es romantisch war, aber es fühlte sich sehr nach Liebe an.

Rosemary wandte sich Athena zu, die leicht überwältigt aussah. »Es ist Zeit, den Zauberspruch auszuprobieren.«

»*D*iese Notizen sind ziemlich kompliziert«, sagte Athena. »Bist du sicher, dass wir dazu in der Lage sind?«

Eine Stunde später standen sie, nachdem sie die Spuren des Angriffs beseitigt hatten, im Wohnzimmer, wobei das Haus sehr hilfreich gewesen war. Sie hatten zu Mittag gegessen und dann mit den Vorbereitungen für den Zauber begonnen.

»Das ist nichts im Vergleich zu dem Zauber, den ich machen musste, um eine temporäre Raumverzerrung zu erzeugen, in dem Versuch, deinen dummen Arsch aus einer anderen Dimension zu retten«, antwortete Rosemary.

»Wie lange willst du mir das noch vorwerfen?«

»Wahrscheinlich bis du in Rente bist«, sagte Rosemary. »Das gibt mir ein paar Jahrzehnte Munition.«

Athena seufzte.

Rosemary rieb sich die Hände. »Na gut. Fangen wir an.«

»Meinst du nicht, wir sollten warten, bis Una von ihrer Familiensache zurückkommt? Sie könnte uns vielleicht helfen.«

»Könnten wir«, sagte Rosemary. »Obwohl ich nicht glaube, dass wir sie hier brauchen, um den Zauberspruch zu sprechen. In ihren Notizen steht, dass er von den Menschen gesprochen werden sollte, die den betreffenden Fae am nächsten stehen.«

»Nein, das steht da nicht«, sagte Athena. »Da steht, dass wir ihn lieben müssen. Ich glaube nicht, dass das auf uns zutrifft.«

»Anfangs hätte ich das auch nicht gedacht«, sagte Rosemary. »Aber ich glaube, dass sich etwas geändert hat. Oder vielleicht haben sich im Laufe der Zeit viele Dinge geändert. Man kann jemanden lieben, obwohl man immer noch wütend ist. Manchmal kann man ihn sogar hassen. Tatsächlich sind Gefühle manchmal gerade deshalb so stark, weil man jemanden liebt.«

»Klingt wie ein Selbsthilfebuch«, sagte Athena. »Ich habe nichts gegen Papa. Tatsächlich wächst er mir sogar ein bisschen ans Herz. Aber das macht die Fakten nicht wett.«

»Das macht es nicht wett«, sagte Rosemary. »Da hast du recht. Und es geht auch nicht darum, es wiedergutzumachen. Wir müssen einfach mit der Situation zurechtkommen ... wo auch immer wir sind. Und wir sind gerade hier."

Athena kniff die Augen zusammen. »Warum ist dir das auf einmal so wichtig? Hast du nicht eine Million anderer Dinge, um die du dich kümmern musst? Wie Liams kleines medizinisches Problem und all diese Brände und die Kinder, die immer noch wild im Haus herumlaufen, ganz zu schweigen davon, dass du dein eigenes Leben auf die Reihe bekommst und dein Geschäft aufbaust?«

»Eins nach dem anderen«, sagte Rosemary. »Ich muss das hier von meiner Liste streichen. Je weniger ich mir um Dain Sorgen machen muss, desto einfacher wird es sein, die anderen Dinge zu regeln. Es macht mich nervös, ihn um mich zu haben, wenn wir nie wissen, ob er durchdreht. Es scheint noch gefährlicher zu sein, ihn rauszuschmeißen.«

Athena zuckte mit den Schultern. »Okay. Dann lass uns anfangen.«

Sie sammelten die Zutaten für den Zauber: Amethystkristalle, die in den vier Himmelsrichtungen platziert werden sollten; ein Bündel Salbei und ein weiteres Bündel Rosmarin; drei Thymianzweige und einen Eisenkrautzweig; und neun Kardamomkapseln. Sie trugen ein

Salbungsserum auf ihre Schläfen auf, das aus ätherischen Ölen von schwarzem Pfeffer und Wacholder hergestellt worden war. Es roch wunderbar.

Sie schoben die Sofas im Wohnzimmer zur Seite, legten die Kräuter und Kristalle in einem Kreis aus und sprachen den grundlegenden Segen, um einen heiligen Raum zu schaffen. Dann riefen sie Dain herein. Er hatte mit verbundenen Augen in der Küche gewartet, da er den Anweisungen zufolge den Ritualraum auf diese Weise betreten musste. Er stolperte und stieß sich an der Lehne eines Stuhls, der etwas zu nah an den Türrahmen geschoben worden war.

»Dürfen wir helfen?«, flüsterte Athena.

Rosemary nickte. Sie traten vor und führten Dain zum Kreis.

»Setz dich«, sagte Rosemary.

Dain tat, was ihm gesagt wurde, und setzte sich im Schneidersitz auf den Boden. Athena und Rosemary standen über ihm, fassten sich an den Händen und begannen zu singen.

Bei der Kraft unserer Liebe binden wir dich.

Wir fesseln dich, um dich zu befreien.

Wir binden dich, damit das, was dich von uns reißen würde, dich jetzt nur noch krank macht.

Wir binden dich, Dain, in unserer Liebe.

Wir binden dich, um dich zu befreien.

Ein Lichtblitz ging von der Mitte des Kreises über Dains Kopf nieder.

Das Licht breitete sich zwischen den Positionen von Rosemary und Athena aus. Er leuchtete in einem komplizierten, Paisley-ähnlichen Muster auf und zog sich dann um die drei zusammen.

Rosemary spürte, wie sich etwas veränderte.

Es war, als würde sie die Welt durch andere Augen sehen.

Die Welt wurde für einen Moment still, dann verdunkelte sich ihre Sicht.

Es herrschte eine schwere Dunkelheit und Rosemary wurde klar, dass sie ohnmächtig geworden sein musste. Sie versuchte, ihre Augen zu öffnen, nur um festzustellen, dass alles anders war. Sie stand immer noch da und hielt Athenas Hände, aber sie war auch ganz woanders, in ihren Gedanken.

Eine Reihe von Erinnerungen schoss ihr durch den Kopf, aber es waren nicht Rosemarys Erinnerungen.

Es war Dains Perspektive als junger Fae, wie er durch den Schleier spähte, alles hinter sich ließ, was er kannte, und in die Welt der Menschen eintrat.

Rosemary spürte die extreme Schwere der Emotionen und den Trennungsschmerz, die er erlebt hatte. Er war vor etwas Großem und Furchterregendem davongelaufen und fand sich in einer anderen Welt wieder, einer viel härteren, schwereren Welt, in der nichts Sinn ergab.

Sie sah zu, wie er von den Behörden aufgegriffen wurde, ohne zu verstehen, wie die Welt funktionierte. Sie sah, wie seine Erinnerungen an ihm vorbeizogen, während er von Pflegefamilie zu Pflegefamilie weitergereicht wurde, wo er oft geschlagen, angeschrien und bedroht wurde.

Durch seine Augen erlebte sie, wie er sie zum ersten Mal gesehen hatte.

Rosemary, schön und jung. Ihr rotes Haar wehte an einem frischen Frühlingsmorgen im Wind, als sie auf dem Weg zur Oberschule anhielt, um eine Glockenblume zu pflücken.

Er konnte die Magie um sie herum und in ihr sehen, auch wenn sie sie selbst nicht sehen konnte. Es war die Magie, die ihn anzog. Es war ihre Persönlichkeit, die ihn fesselte.

Rosemary spürte, wie die tiefste Liebe durch sie hindurchströmte. Nur waren es nicht ihre Gefühle. Es waren Dains. Es waren wunderschöne Gefühle, die ihr Herz erfüllten, nur um von Scham und Versagen unterbrochen zu werden.

Egal, was er versuchte, Dain konnte es nie richtig machen. Rosemary sah ihre eigene Müdigkeit durch seine Augen, als es immer schwieriger wurde, alles zu bewältigen. Sie spürte die Schwere, die er empfand, allein weil er sich im irdischen Bereich aufhielt. Seine Enttäuschung über sich selbst brach ihr das Herz.

Sie sah sich selbst, wie sie ihn anschrie, weil er sich weigerte, den Einkauf zu erledigen, während sie die ganze Nacht mit einem kranken Kind wach gewesen war. Er hatte sich so sehr bemüht, sich zusammenzureißen, um seiner Sucht zu entkommen, und nun rächte es sich. Er verließ ihre kleine Wohnung und lief durch die Straßen. Er wusste, dass er sich nicht in das Lebensmittelgeschäft, in dem Rosemary arbeitete, trauen konnte. Sich seiner Schwäche zu sehr auszuliefern, könnte ihn alles kosten. Stattdessen ging er in eine Bar und setzte sich in die Dunkelheit. Es hatte keinen Sinn mehr, es zu versuchen. Egal, was er tat, er war einfach nicht gut genug.

Rosemary beobachtete Dain, wie er einen Irish Cream Likör bestellte. Er trank ihn in einem Zug aus und fühlte sich plötzlich wieder gut. Es herrschte Leichtigkeit. Aber es herrschte auch ein Mangel an Kontrolle. Zu diesem Zeitpunkt brach alles zusammen. Er hing in Bars herum und spielte mit seinen neuen Freunden. Er verlor jeglichen Anschein von Kontrolle, schaffte es aber, vor seiner Familie zu verbergen, was er war.

Er griff immer wieder zur Sahneflasche, weil sie ihm ein gutes Gefühl gab, wenn sonst nichts stimmte. Er konnte sich nicht davon abhalten, leichtsinnige Risiken einzugehen. Er vermasselte jede Chance, die er bekam.

Die Erinnerungen verblassten und sie hörte Athena schluchzen. Rosemary zog sie näher zu sich, aber Dain war im Weg. Sie stolperten und fielen zu Boden, ein Haufen Familie.

Die Lächerlichkeit der Situation brachte sie zum Lachen, obwohl Athena und Rosemary beide in Tränen ausbrachen.

»Was ... was ist passiert?«, fragte Dain.

»Es war so traurig«, sagte Athena, ohne sich die Mühe zu machen, vom Boden aufzustehen. »Ich meine, du hast mir erzählt, dass du ein hartes Leben hattest. Du hast mir Bruchstücke erzählt, aber es war wie …«

»Es war, als wären wir dabei gewesen«, sagte Rosemary und begann sich zu bewegen, um sich aus der Umarmung zu befreien. »Als hätten wir alles durchgemacht, was du durchgemacht hast, wenn auch offensichtlich in der Reader's-Digest-Version.«

»Nun, ich bin nicht hierher gekommen, damit ihr euch über mich lustig macht«, sagte Dain und richtete sich auf. »Ich werde mich einfach selbst hinausbegleiten.«

»Nein, es war wichtig«, sagte Athena. »Wir mussten uns das alles ansehen. Es bedeutet etwas.«

»Das tut es«, sagte Rosemary. »Unser Leben mag hart gewesen sein, und du bist, um ehrlich zu sein, wahrscheinlich der Grund dafür.«

»Danke«, sagte Dain in einem ätzenden Ton. »Jetzt fühle ich mich viel besser.«

Rosemary ergriff seinen Arm. »Aber wir wussten nicht, was du durchgemacht hast.«

»Ich war so lange wütend auf dich«, sagte Athena und schüttelte sich. »Du wusstest es nicht besser.«

»Das stimmt.« Rosemary nickte. »In gewisser Weise habe ich das intellektuell verstanden. Aber es selbst zu erleben, ist eine ganz andere Nummer.«

»Toll«, sagte Dain, der immer noch unbeeindruckt klang. »Hat es wenigstens funktioniert?«

»Wir werden es herausfinden«, sagte Athena.

25

» $\mathcal{I}$ st das wirklich nötig?«, fragte Dain.

Athena lachte über die Absurdität der Situation. »Ja, Papa«, sagte sie und wickelte das Seil noch einmal um ihn, bevor sie es an dem Stuhl befestigte, auf dem er saß. »Du erinnerst dich vielleicht nicht mehr so genau daran, aber du verlierst völlig den Verstand, wenn die Sahne herauskommt. Wir müssen sicherstellen, dass du gefesselt bist und keine Gefahr für dich selbst oder andere darstellst.«

Rosemary nickte. »Es ist wirklich eine Überraschung, dass du so lange überlebt hast.«

»Was soll ich sagen? Fae sind zähe Wesen.«

»Das macht mir nicht viel Hoffnung, wenn die Gräfin herausfindet, wie sie sich rächen kann«, sagte Athena.

In letzter Zeit hatte sie viel über diese Möglichkeit nachgedacht. Jedes Mal, wenn sie ein weiteres Fenster zum Reich der Fae schnitt, bestand die Gefahr, dass die Fae sich ihren Weg hindurch bahnten. Es schien, als hätten sie noch nicht herausgefunden, wie es ging. Etwas kam durch, wenn sie den Schleier durchtrennte, aber es war nicht fest.

Sie hoffte, dass die Gräfin keine Ahnung hatte, was sie tat, und da Finnigan zwischen den Welten hin- und herwechseln konnte, als hätte er zwei Pässe, konnte die Gräfin wahrscheinlich ihren eigenen Angriff starten, ohne dass Athena ihn versehentlich ermöglichte, auch wenn dieser Gedanke nicht gerade beruhigend war.

Schlimmer noch, es gab ein weitaus größeres Risiko, dass sie ihrem furchtbaren Ex-Schwarm begegnen könnte, dabei wollte sie an ihn nicht einmal denken.

»Halt ganz still«, sagte Rosemary und fesselte Dains Hände mit Klebeband auf den Armlehnen.

»Das ist alles ein bisschen übertrieben für ein paar Tropfen Sahne«, protestierte Dain.

»Sei still«, sagte Athena. »Marjie wird jeden Moment mit Sahnetörtchen oder so etwas hier sein. Es wird alles bald vorbei sein und wir werden sehen, ob der Zauber funktioniert hat.«

DIE TÜR ÖFFNETE sich und Marjie kam herein, eine Flasche Sahne schwenkend. »Bist du sicher, dass das eine gute Idee ist?«, rief sie und zögerte in der Tür.

»Keine Sorge, wir haben ihn festgebunden«, sagte Rosemary.

»Und die Kinder sind alle mit Nesta im Park, nur um sicher zu gehen«, fügte Athena hinzu.

Rosemary sah zu, wie Marjie tief durchatmete.

»Also dann«, sagte sie und betrat den Raum.

Es war ein paar Tage her, seit sie den Zauber gesprochen hatten. Dain war direkt danach erschöpft gewesen und hatte die meiste Zeit geschlafen.

Una hatte ihnen geraten, ihn ruhen zu lassen und zwei bis fünf Tage zu warten, bevor sie den Zauber testeten, indem sie ihn vorsichtig in die Nähe von fettreichen Milchprodukten ließen.

»Bist du bereit?«, fragte Rosemary Dain.

»So gut es eben geht«, antwortete er. »Aber wenn es nicht funktioniert, bitte betäubt mich sanft und vergebt mir alles Dumme, das ich tun werde.«

Athena lächelte. »Das mache ich gerne. Wir wissen, dass es nicht deine Schuld ist. Zumindest versuchst du es, Papa.«

Dains Augen leuchteten vor Hoffnung.

Rosemary lächelte. »Es wärmt mir das Herz zu sehen, dass meine Tochter mit dem Vater zurechtkommt, der ihr immer ein Dorn im Auge war.«

Athena starrte sie finster an.

»Was? Feindseligkeit hat euch beiden nicht gutgetan. Und obwohl wir die Vergangenheit nicht vergessen werden, ist es an der Zeit, dass wir aufhören, in ihrem Schatten zu leben.«

»Also gut, los geht's«, sagte Marjie. Sie öffnete die Flasche mit der Sahne und zog die Folienversiegelung zurück.

Alle beobachteten Dain nervös.

Anstatt golden zu leuchten, wie sie es normalerweise als Reaktion auf die Sahne taten, nahmen seine Augen einen grünlichen Schimmer an. Tatsächlich sah sein ganzes Gesicht ziemlich blass aus. Plötzlich hustete er und übergab sich dann.

Der Stuhl schaukelte nach hinten, als sein ganzer Körper zuckte.

Athena wandte sich ab, als Dain sich heftig über sich selbst und den Boden erbrach. Rosemary kippte den Stuhl zur Seite, damit er nicht an seinem eigenen Erbrochenen erstickte.

»Darauf war ich nicht vorbereitet«, sagte sie.

»Ekelhaft«, sagte Athena. »Ich wünschte, ich müsste das nicht sehen.«

»Nun, der Zauber hat zumindest etwas bewirkt«, sagte Rosemary, während Dain sich erneut auf den Boden erbrach.

»Nicht ganz das, was wir erwartet hatten«, sagte Athena.

»Ihm ist bereits schlecht geworden, als er das Mittel aus dem alten Buch probiert hat«, gab Rosemary zu bedenken. »Dieses Mal könnte es tatsächlich funktionieren, wenn ihm Sahne langfristig schlecht bekommt.«

»Aber der Punkt ist, dass Papa in der Lage sein sollte, seine Probleme zu überwinden und in der Gesellschaft zu funktionieren, unabhängig davon, welche Milchprodukte serviert werden. Wir können nicht zulassen, dass er sich jedes Mal zusammenkrümmt und eine Sauerei macht, wenn er eine Sahnetorte sieht.«

Rosemary seufzte. »Zumindest wird er nicht mein ganzes Geld nehmen und es verspielen oder verschenken.«

»Moment mal«, sagte Marjie. »Ich werde Una anrufen.«

»Ist sie nicht verreist?«, fragte Rosemary.

»Hast du noch nie etwas von Handys gehört?«, sagte Marjie.

Rosemary errötete. »Es ist ja nicht so, dass ich sie besonders gut kennen würde.«

»Hier, bitte schön. Es klingelt«, sagte Marjie und hielt das Telefon hoch.

Rosemary hob protestierend die Hände, da sie nicht recht wusste, was sie sagen sollte.

»Na gut«, sagte Marjie. Sie sprach in den Hörer. »Hallo, Liebes. Ja, mir geht es bestens. Hör zu, wir haben hier ein Problem. Die Thorn-Mädchen haben den Zauberspruch ausprobiert und dachten, er hätte funktioniert, aber Dain ist sehr krank geworden. Oh, ich verstehe.«

Marjie hob die Augenbrauen und Rosemary warf ihr einen fragenden Blick zu.

»Hier«, sagte Marjie. Sie reichte Rosemary das Telefon.

26

»Äh, hallo«, sagte Rosemary und ergriff widerwillig zum Telefon.

»Oh, Rosemary. Es tut mir leid«, sagte Una. »Ich hätte dich warnen sollen, dass das passieren könnte. Bei mir war es nicht so schlimm, aber jetzt ist mir klar geworden, wie es so viel schlimmer hätte kommen können.«

»Was meinst du?«, fragte Rosemary.

»Mir wurde von der Sahne übel«, erklärte Una.

»Willst du damit sagen, dass er jedes Mal, wenn er Sahne riecht, weiterhin so krank sein wird?«, fragte Rosemary.

Athena runzelte die Stirn.

»Ich glaube nicht«, sagte Una. »Die Übelkeit hat nach ein paar Wochen nachgelassen, also mach dir keine Sorgen. Hoffentlich ergeht es Dain ähnlich. Dann kannst du mit ihm in die Öffentlichkeit gehen, ohne Angst vor Sahnekrapfen zu haben.«

»Danke«, sagte Rosemary. Sie seufzte erleichtert, weil sie spürte, wie die Erschöpfung der letzten Wochen sie einholte. »Du meinst also, der Zauber hat gewirkt?«

»Es klingt, als hätte er ziemlich gut funktioniert«, sagte Una. »Er hätte nicht so auf Sahne reagiert, wenn die Magie nicht stark gewesen wäre. Du musst wirklich ...« Ihre Stimme versagte und Rosemary unterbrach sie.

»Ach, da war noch etwas, das ich dir sagen wollte.« Rosemary dachte an die Situation mit Burk, zögerte dann aber. Dies war wahrscheinlich nicht der richtige Zeitpunkt und Ort, da Athena, Marjie und Dain alle mithörten.

»Ja?«, fragte Una.

»Schon gut«, sagte Rosemary. »Das kann warten, bis du zurück bist. Wann wirst du übrigens zurück sein?«

»Morgen früh«, sagte Una. »Vielleicht können wir uns in den nächsten Tagen auf eine Tasse Tee treffen.«

»Das klingt perfekt«, sagte Rosemary. »Nochmals vielen Dank für alles.« Sie legte auf. »Gute Neuigkeiten«, verkündete sie. »Der Zauber hat gewirkt und Dain wird nicht für immer krank sein, auch wenn er in nächster Zeit wahrscheinlich keine Milchprodukte zu sich nehmen möchte.«

»Fabelhaft!«, sagte Athena. »Wir können ihn dann jetzt wahrscheinlich losbinden.«

»Ich wollte gerade fragen, wann ihr daran denken würdet«, sagte Dain. »Ich fühle mich hier ziemlich unwohl, gefesselt in einer Pfütze meines eigenen Erbrochenen.«

»Nun, es ist auch für uns alle nicht angenehm«, sagte Athena, als Rosemary sich an dem Seil zu schaffen machte.

»Una meint, die extremen Auswirkungen sollten nach ein paar Wochen nachlassen«, sagte Rosemary. »Und dann wirst du wahrscheinlich nur noch eine leichte Abneigung gegen Milchprodukte haben. Du kannst den Leuten sagen, dass du laktoseintolerant bist.«

»Das stimmt«, sagte Dain. »Es liegt vielleicht nicht an der Laktose, aber ich vertrage Übelkeit nicht gut.« Er stand vom Stuhl auf und sah ziemlich mitgenommen aus. »Wenn ihr mich entschuldigt, ich gehe duschen. Keine Sorge, ich werde alles sauber machen, wenn ich zurückkomme.«

»Wie aufmerksam«, sagte Athena, als Dain ins Badezimmer ging. »Er ist doch nicht so schlimm, wie man meinen könnte.«

Später an diesem Tag saßen Rosemary, Athena und Marjie auf den Fensterbänken und beobachteten, wie die Kinder draußen mit Nesta spielten. Marjie hatte darauf bestanden, zu bleiben, um das Chaos aufzuräumen.

»Danke für alles«, sagte Rosemary.

»Keine Ursache, meine Liebe.« Marjie tätschelte ihren Arm. »Ich weiß, dass Dain angeboten hat, das zu tun, wenn er aufwacht, aber das schien mir sowohl ihm als auch dir gegenüber unfair zu sein. Ihm, da er krank ist, und dir, weil du dich um ihn kümmern musstest, bis er wieder auf beiden Beinen stehen konnte.«

»Ich hatte gehofft, das Haus würde das für uns erledigen, während ich mich umziehe«, sagte Rosemary.

»Da hast du auch recht mit. Das meiste Chaos war schon beseitigt, als ich dazu kam.«

Rosemary lächelte. »Solange Dain sich nicht zu sehr daran gewöhnt, dass Thorn Manor hinter ihm herräumt.«

»Mach dir keine Sorgen, Mama«, sagte Athena. »Es wird in Zukunft viele Gelegenheiten für ihn geben, im Haushalt zu helfen. Hoffentlich ist keine davon so eklig.«

Rosemary stützte nachdenklich ihr Kinn in die Hände.

»In Zukunft« klang nach einer Art Verpflichtung. Sicher, Dain war wochenlang bei ihnen geblieben, nachdem er aus dem Reich der Fae gerettet worden war, und sicher hatten sie auf Thorn Manor viel Platz. Es war schön, dass Athena eine gesündere Beziehung zu ihrem Vater aufbaute. Dain hatte viel mit den Findelkindern geholfen und Rosemary hatte nichts gegen seine Gesellschaft einzuwenden, jetzt, da sie gegen die Magie der Fae immun zu sein schien, die sie zuvor für ihn schwärmen hatte lassen, obwohl sie nicht sicher war, ob das mit dem Erinnerungselixier, ihrer ungebundenen Magie oder dem komplexen

Satz von Zaubern und Schutzzaubern, auf deren Einrichtung Athena bestanden hatte, zusammenhing.

Diese Vereinbarung kann nicht von Dauer sein.

Rosemary hatte angenommen, dass Dain irgendwann einfach wegdriften würde, so wie er es normalerweise tat. Aber vielleicht würde es diesmal anders sein. Er hatte sie nicht um Geld gebeten, es war nichts Auffälliges aus dem Haus verschwunden, und angesichts des Zaubers, den sie gerade vollzogen hatten, würde er sich vielleicht beruhigen. Rosemary war sich einfach nicht sicher, ob sie bereit war, über eine Situation nachzudenken, in der ihr schwer vorbelasteter Ex sich *in ihrem Haus* niederließ!

»Du musst dich entspannen, Liebes«, sagte Marjie, die von Rosemarys Gesichtsausdruck sichtlich beunruhigt war. »Nach all dem ... habe ich ein Geschenk für dich.«

»Oh nein. Nein, das hast du nicht«, sagte Rosemary. »Du hast schon genug getan.«

»Wann wirst du endlich vernünftig und hörst auf, dich meiner Art, meine Zuneigung zu zeigen, zu widersetzen?«, fragte Marjie, und in ihrem Ton lag eine Schärfe, die Rosemary ihren Widerstand fallen ließ. »Du und Athena, ihr seid jetzt meine Familie, und ich werde euch so sehr verwöhnen, wie ich nur kann. Das ist die Wahrheit, ob du sie akzeptieren willst oder nicht.«

Rosemary seufzte und lächelte verlegen, da sie ihrer sehr großzügigen Freundin gegenüber, die sich tatsächlich mehr und mehr wie ein Familienmitglied anfühlte, nicht respektlos sein wollte.

»Rosemary, ich meine es ernst. Hör auf zu versuchen, die Welt alleine zu meistern. Ich weiß, du bist es gewohnt, allein zu sein, aber das bist du jetzt nicht mehr. Du hast jetzt uns. Und weiß Gott, wir müssen uns um unsere Familie kümmern, wo auch immer wir sie finden.«

»Danke«, sagte Rosemary, als sich ihr Herz bei Marjies Worten erwärmte.

»Noch nicht. Ich habe es dir ja noch nicht einmal gegeben.«

»Was ist es denn?«, fragte Athena.

Marjie kramte in ihrer Handtasche und holte einen cremefarbenen

Umschlag heraus. »Das ist für dich, für euch beide. Nimm es und entspann dich. Du hast es verdient. Und hör auf, dich dafür zu entschuldigen, dass du du selbst bist. Du bist eine starke, entschlossene Frau und hast dich schon viel zu lange um alle anderen gekümmert. Jetzt, da du Dains Sahnesucht in den Griff bekommen hast, kannst du mal ein bisschen durchatmen.«

Rosemary öffnete den Umschlag und fand einen Gutschein für ein örtliches Spa. »Oh Marjie, wie aufmerksam! So etwas habe ich noch nie gemacht.«

Sie umarmte die ältere Frau fest.

Rosemary hatte Dains Probleme vielleicht gelöst, zumindest vorerst, sodass er nicht mehr so engmaschig beaufsichtigt werden musste, aber Liam brauchte immer noch ihre Hilfe, und es gab immer noch das Problem mit den mysteriösen magischen Feuern und den Angriffen vermummter Gestalten, aber davon abgesehen schien es ein relativ guter Zeitpunkt zu sein, um eine kleine Pause von allem einzulegen.

»Du kannst dich einen ganzen Tag lang verwöhnen lassen. Nimm Athena mit, der Gutschein deckt das ab.«

Athenas Augen leuchteten vor Aufregung. »Wir werden wie Filmstars aussehen, mit Gurken auf den Augen, Mama.«

Rosemary lachte. »Das klingt wirklich perfekt.«

27

Die Pflanzen draußen schienen grüner als sonst, üppig vom starken Regen in der Nacht zuvor. Rosemary verließ Thorn Manor relativ früh an einem Samstagmorgen und fuhr in Richtung des Spas. Dabei folgte sie den Anweisungen ihres Telefons. Nesta hatte versprochen, Athena später abzusetzen, da sich die Teenagerin bei Rosemarys erster geplanter Aktivität, einer schönen langen Entspannungsmassage, nicht wohl fühlte. Für Rosemary schien es wie im Himmel, aber Athena war zimperlich bei dem Gedanken, dass Fremde sie berühren könnten.

Das Spa lag etwas außerhalb im Westen des Dorfes, weiter die Küste hinauf von Thorn Manor. Der Anblick der Meereswellen beruhigte Rosemary, als sie die alte Küstenstraße entlangfuhr.

Obwohl sie relativ nah am Meer wohnten, hatten sie bisher kaum Zeit am Strand verbracht. Es war oft zu windig, aber vielleicht würde sich das ändern jetzt, da das Wetter wärmer wurde. Sie brauchte einen Tag zum Entspannen, vor allem, da sie jetzt jeden Tag mit Athena trainierte, wobei Dain manchmal half. Sie machten schnell Fortschritte, aber das magische Kampftraining forderte auch seinen Tribut.

Während Rosemary fuhr, blickte sie zu dem Hügel zu ihrer Rechten auf und sah das Haus des Bürgermeisters aus der Ferne zwischen den Bäumen hervorlugten. Es sah etwas anders als gewohnt aus, obwohl sie die Details aus dieser Entfernung nicht erkennen konnte. Vielleicht war es ein Gerüst für die Reparaturen nach dem Brand.

Der Gedanke an Herrn June hinterließ einen bitteren Geschmack in Rosemarys Mund. Er hatte sich nicht gefreut, sie zu sehen, und sie war mehr als froh, ihm in absehbarer Zukunft aus dem Weg gehen zu können. Sie hoffte nur, dass ihr kleiner Zusammenstoß vor einiger Zeit, bei dem er sie beschuldigt hatte, in sein Haus eingebrochen zu sein, ihre Chancen auf eine Lizenz für den Schokoladenladen nicht beeinträchtigt hatte.

Sie war entschlossener denn je, das Geschäft zu eröffnen, vor allem jetzt, da Covvey ihr mündlich zugesagt hatte, ihr das Gebäude zu vermieten, aber jedes Mal, wenn sie daran dachte, verspürte sie ein beklemmendes Flattern im Herzen. Sie hatte schließlich keine Ahnung, wie man ein Unternehmen führte.

Neben den Qualifikationen als Chocolatiere, zwischen denen sie sich immer noch nicht entscheiden konnte, hatte sie zahlreiche Online-Kurse für Kleinunternehmer gefunden.

Marjie hatte recht. Es war viel schwieriger, an sich selbst zu denken und die Dinge zu tun, die sie im Leben erreichen wollte, als sich auf die Probleme anderer zu konzentrieren und zu versuchen, diese Probleme zu lösen.

Aber heute musste sie sich um nichts davon Sorgen machen. Nicht um die Kinder, nicht um Dain. Nicht um Liam, nicht einmal um die polizeilichen Ermittlungen zu den Bränden oder die Blutstein-Gesellschaft. Toi toi toi. Sie streckte die Hand aus, um an die polierte Holzverkleidung im Armaturenbrett von Omas Rolls Royce zu klopfen.

Heute sollte sie sich entspannen. Zunächst einmal ganz allein als eigenständige Person, und später würde Athena zu ihr stoßen, um Gesichtsbehandlungen, Fußbäder, Maniküren, Pediküren und alle möglichen anderen Kuren zu erhalten.

Es klang fast zu schön, um wahr zu sein, obwohl Rosemary noch nie etwas davon gemacht hatte und insgeheim befürchtete, dass es tatsächlich eher peinlich und unangenehm sein könnte.

Sie schob ihre Ängste beiseite, als sie auf den Parkplatz einer exquisit gestalteten Anlage mit überall verteilten kleinen Steingärten fuhr. Das Gebäude selbst hatte riesige Holztore an der Vorderseite. Es sah aus wie ein Luxusresort und Rosemary fragte sich, wer in dem bescheidenen magischen Dorf Myrtlewood so etwas unterhielt.

Auf einem silber-gravierten Schild an der Tür stand, dass das Myrtlewood Spa ein Genuss für magische Menschen aus der ganzen Welt sei.

»Das würde es wohl erklären«, murmelte Rosemary vor sich hin, während sie weiterlas.

Genießen Sie den exquisiten Luxus des Spas, komplett mit magischen Behandlungen, wie Sie sie noch nie zuvor erlebt haben. Wir haben alles, was Sie brauchen, um Ihren Verstand, Ihren Körper und Geist zu verwöhnen.

»Das klingt wunderbar.«

Sie klingelte, und eine kleinere Tür öffnete sich von innen. Sie schien sich ganz von selbst zu bewegen. Rosemary war sich nicht sicher, ob es sich um Magie oder eine Art elektrisch betriebenen Mechanismus handelte.

Ein gepflasterter Weg führte durch kunstvoll angelegte Gärten mit Zierfelsen und tropischen Pflanzen.

Während Rosemary darauf entlangschlenderte, vernahm sie das Geräusch von plätscherndem Wasser aus einem kleinen Bach, der zu ihrer Rechten floss. Sie nahm sich einen Moment Zeit, um das Wasserspiel zu bewundern, das aus einigen Felsen sprudelte und einen winzigen Wasserfall bildete. Allein hier zu sein, war bereits entspannend.

Sie machte sich auf den Weg zur Rezeption und betrat den Raum, um ein bekanntes Gesicht hinter dem Tresen zu sehen.

»Ferg?«

Er trug einen braunen Nadelstreifenanzug, der seinen Regeln nach für einen Samstag angemessen war. Er blickte von dem Buch auf, das er gerade las. »Ah, Frau Thorn«, sagte er. »Wie ich sehe, kommen Sie genau rechtzeitig zu Ihrer Massage.«

»Sie ... arbeiten auch hier?«, fragte Rosemary. Sie kannte Ferg bereits als Event-Organisator, Taxifahrer und manchmal auch als Gärtner. Sie hatte ihn nicht auch noch hier erwartet.

»Das ist mein Wochenendjob«, sagte Ferg und klang stolz. »Ich brauche die Beschäftigung! Bitte nehmen Sie Platz, wir kümmern uns gleich um Sie.«

»Wann schlafen Sie denn?«, fragte Rosemary.

»Ich habe Schlaf noch nie besonders interessant gefunden«, sagte Ferg.

»Oh, tut mir leid«, sagte Rosemary. »Ich wollte nicht zu persönlich werden.«

»Inwiefern persönlich?«, fragte Ferg.

»Schon gut«, sagte Rosemary. Sie nahm in einem der weichen lilafarbenen Samtstühle im Wartebereich Platz und schnappte sich eine Zeitschrift. Sie hatte erwartet, dass es sich um eine normale Frauenzeitschrift handeln würde, oder sogar um eine dieser netten, gesunden Lifestyle-Zeitschriften mit dem dickeren Papier. Sie war überrascht, als sie feststellte, dass sie den Titel »Magisches Ich« trug. Auf der Titelseite war das Bild einer elfenhaften Frau mit bläulicher Haut und spitzen Ohren zu sehen.

»Selbst in der magischen Welt kann man unrealistischen Körperidealen wohl nicht entkommen«, murmelte Rosemary.

»Was war das?«, fragte Ferg.

»Nichts.« Rosemary lächelte ihn warm an.

Ferg warf ihr einen strengen Blick zu und entfernte sich.

Rosemary blickte zurück auf das Bild der blauen Frau auf der Zeitschrift. Sie war von verschiedenen Textblöcken umgeben, die lauteten: »16 Wege, ihn mit Gewürzen zu bezaubern«, »Die geheime Magie des Zimts«, »Harmlose Gartenflüche, um Schädlinge im Zaum zu halten«, und »Bring Feuer in dein Liebesleben– Ratschläge von einem seltenen Feuergeist.«

Rosemary kicherte und begann, die Seiten durchzublättern. »Wo kann ich das abonnieren? Das ist ja zum Totlachen.«

Ferg näherte sich erneut und trug ein Tablett voller Gegenstände.

»Frau Thorn, ich wäre Ihnen dankbar, wenn Sie bitte etwas leiser sprechen würden.«

»Aber wir sind doch die Einzigen hier«, sagte Rosemary.

»Das Spa ist ein friedlicher Ort.«

»Ferg, was sind Sie, ein Bibliothekar?«

Ferg warf ihr einen ernsten Blick zu. »Ich dachte, wir hätten das besprochen. Ich arbeite hier an den Wochenenden. Und bitte nennen Sie mich Herr Burgess, solange ich hier bin. Das ist formeller.«

»Okay«, sagte Rosemary achselzuckend. »Mir war nicht klar, dass dies ein formeller Ort ist. Ich dachte, es sollte entspannend sein.«

»Formalisiertes Entspannen«, sagte Ferg und rückte den Paisley-Kragen seines Blazers zurecht. »Ich habe Ihnen artesisches Quellwasser von einem heiligen Brunnen im Norden Irlands mitgebracht. Seine Eigenschaften helfen, Ihre Sorgen zu lindern und Ihre Essenz zu stärken.«

»Äh, klingt wunderbar«, sagte Rosemary und schaute auf das Tablett, das Ferg in der Hand hielt.

»Und auch eine Auswahl an Obst«, sagte Ferg.

»Hat das auch irgendwelche besonderen Eigenschaften?«, fragte Rosemary.

»Nein, sollte es welche haben?«

»Dann ist das also nur gewöhnliches Obst?«, fragte Rosemary.

»Ich kann nachsehen, wenn Sie möchten.« Ferg sah besorgt und leicht genervt aus.

»Ist schon okay«, sagte Rosemary, aber Ferg war bereits davongestapft, nachdem er das Tablett vor ihr abgestellt hatte.

Rosemary seufzte und hoffte, dass Ferg nicht auch die Behandlungen durchführen würde. Wenn doch, könnte dies ein ziemlich langer Tag werden.

Nach einer Weile und einem kräftigen Schluck artesischem Quellwasser, das Rosemary innerlich prickeln ließ und glücklich machte, schaffte sie es gerade so, ein paar Erdbeeren und ein Stück Kiwis zu essen, bevor eine zierliche Frau mit blauen Haaren kam, um sie zur Massage abzuholen.

»Sie kommen mir bekannt vor«, sagte Rosemary.

»Ich glaube, unsere Töchter kennen sich«, sagte die Frau. »Ich bin Fleur. Elises Mama.«

»Das ist ein cleveres Wortspiel, wie das Lied«, sagte Rosemary.

Fleur warf ihr einen fragenden Blick zu. »Tut mir leid, ich verstehe nicht.«

»Macht nichts«, sagte Rosemary mit einem unbeholfenen Lächeln. Sie folgte Fleur einen stimmungsvollen Gang hinunter in einen Raum mit Kerzenlicht und Meeresrauschen.

»Woher kommt dieses Geräusch?«, fragte Rosemary, da sie im Raum keine Lautsprecher oder Stereoanlage sehen konnte.

»Vom Meer«, sagte Fleur.

»Oh, ich verstehe«, sagte Rosemary. »Aber warum haben wir es dann nicht draußen in der Lobby gehört?«

»Der Klang hier drin ist magisch verstärkt«, sagte Fleur.

»Das ist ziemlich clever«, sagte Rosemary. »Ich frage mich, ob ich das mit meiner Magie auch kann.«

Fleur lächelte sie an. »Sie sind sehr ungewöhnlich.« Sie sagte es auf eine freundliche Art und Weise, so dass Rosemary sich entschied, es ihr nicht übel zu nehmen.

»Ich werde kurz den Raum verlassen«, sagte Fleur. »Machen Sie sich in Ruhe fertig und legen Sie sich auf die Massageliege.«

»Oh ... okay«, sagte Rosemary. »Wie?«

Fleur warf ihr einen fragenden Blick zu.

»Ich hatte noch nie genug Geld für eine richtige Massage«, erklärte Rosemary.

»Ziehen Sie sich einfach aus und legen Sie sich unter die Decke«, sagte Fleur.

»Normalerweise mache ich so etwas nicht vor den Eltern der Freunde meiner Tochter«, sagte Rosemary und errötete, als ihr klar wurde, dass sie schon wieder ins Fettnäpfchen getreten war und die Situation unnötig verkrampft hatte.

»Nun, es ist eine ziemlich gewöhnliche Situation für mich«, sagte Fleur und nahm es gelassen. »Ich kann Ihnen versichern, dass es nicht so aufregend ist, wie man aufgrund Ihrer Formulierung vielleicht glauben könnte.«

»Angesichts dessen, wie aufregend mein Leben in letzter Zeit war, freut es mich, das zu hören«, sagte Rosemary. »Aufregung ist auch nicht das Wahre.«

»Danke, dass Sie meiner Tochter geholfen hast, wieder in die Welt der Menschen zurückzukehren«, sagte Fleur. »Das musste ich einfach sagen. Ich hätte mich schon früher bei Ihnen bedanken sollen, aber ich wusste nicht, wie ich Sie kontaktieren könnte.«

»Das ist schon in Ordnung«, sagte Rosemary.

»Ich habe sie gewarnt, nicht zu gehen. Aber Sie wissen ja, wie Teenager sind.«

»Und wie.«

»Seitdem ist sie nicht mehr ganz dieselbe«, seufzte Fleur. »Ich bin sicher, Sie wissen, was ich meine.«

»Wie denn?«, fragte Rosemary.

»Ach, Sie wissen schon. Das Reich der Fae hat eine gewisse Wirkung auf die Menschen.«

Rosemary warf Fleur einen fragenden Blick zu. »Was für eine Wirkung?«

»Bei Ihnen ist das vielleicht nicht so, da Sie nicht von den Fae abstammen, oder? Und Sie waren nicht lange dort. Aber wenn Athena in letzter Zeit still und zurückgezogen war, liegt es einfach daran, dass sie ihr Zuhause vermisst.«

»Zuhause?«, fragte Rosemary und spürte, wie sich ihre Schultern verspannten. »Sie ist zu Hause. Ich habe sie gesucht und nach Hause gebracht. Darum ging es doch.«

»Natürlich ist sie in ihrem Zuhause im Reich der Erde«, sagte Fleur. »So erklärt es zumindest meine Mutter. Das Reich der Fae ist für uns, die wir biologisch von dort stammen, anders. Es ruft uns. Es singt in unseren Knochen, als wären wir ein Teil davon.«

»Athena hat nichts erwähnt«, sagte Rosemary. »Vielleicht hat es sie nicht so sehr beeinflusst.«

»Vielleicht«, sagte Fleur, klang aber nicht überzeugt. »Ich war noch nie dort, daher weiß ich nicht genau, wie es dort ist. Elise ist in letzter Zeit etwas ruhiger. Wie auch immer, ich lasse Sie nun allein.«

Fleur verließ den Raum und Rosemary stand einen Moment lang da und dachte über das Gespräch nach. War Athena ruhiger und zurückgezogener als sonst gewesen? Sie glaubte nicht. Bei einem mürrischen Teenager war das jedoch schwer zu sagen. Sie zog sich aus, ließ ihre Kleidung auf einem Stuhl liegen und schlüpfte unter die seidige Decke auf der Massageliege. Allein schon in dem warmen Raum mit Kerzenlicht zu liegen und dem Rauschen des Meeres zu lauschen, war entspannend genug, aber als Fleur zurückkam und begann, Rosemarys Rücken mit magisch angereicherten Ölen, die nach Weihrauch dufteten, zu kneten, schien es Rosemary in eine Art heilende Trance zu wiegen. Alle Sorgen schwanden aus ihrem Kopf, zumindest vorübergehend.

Sie tat endlich etwas, das nur für sie selbst war, und es fühlte sich tatsächlich unglaublich gut an.

Nach der Massage erkannte Rosemary sich selbst kaum wieder, und das auf eine sehr gute Art und Weise.

Sie konnte sich nicht daran erinnern, sich jemals zuvor so entspannt gefühlt zu haben, und war versucht, regelmäßige Massagen zu buchen, zumindest jeden Monat für die absehbare Zukunft.

Sie zog den flauschigen weißen und violetten Bademantel an, der himmlisch weich war, zusammen mit passenden Hausschuhen, und ging in die Lobby, um auf Athena zu warten.

Sie war überrascht, wie viel mehr Leute unterwegs waren.

Muss wohl die Hauptverkehrszeit sein.

Athena war noch nicht da, also setzte sich Rosemary in den Warteraum, las die Broschüren und blätterte in anderen Zeitschriften, während sie diskret die verschiedenen Gäste begutachtete, die den Raum durchquerten.

In einer der Broschüren las sie, dass die Menschen in die verschiedenen Bungalows rund um das Hauptgebäude kamen und dort blieben, um sich zu erholen und neue Energie zu tanken. Es war wirklich ein Reiseziel für magische Menschen aus der ganzen Welt.

Eine Frau mit feuerroten Haaren und einem leuchtend roten Kleid, die aussah, als würde sie selbst fast in Flammen stehen, schlenderte durch die Lobby. Rosemary fragte sich, was für ein Wesen sie wohl war.

Ein großer Mann schwankte herein und sah aus, als bestünde er fast nur aus Gelee. Er wurde immer weniger menschlich, behielt aber seine Melone auf dem Kopf, als er sich dem Empfangsbereich näherte. Ferg führte ihn in einen Raum an der Seite.

Es gibt alle möglichen Kreaturen da draußen, über die ich kaum etwas weiß.

Es war kaum zu glauben, dass sie noch vor ein paar Monaten gedacht hatte, Magie sei etwas, das ausschließlich in Märchen und Fiktion vorkam, und jetzt befand sie sich mitten in einer fantastischen Welt.

Eine Gruppe von Leuten in lindgrünen Business-Anzügen kam vorbei. Es sah so aus, als gehörten sie alle demselben Club an oder wären auf einer Geschäftsreise. Rosemary erhaschte einen Blick auf eine Frau, die den Gang hinter ihnen entlangging. Sie war in Pastelltönen gekleidet und trug einen vertrauten schwarzen Bob-Haarschnitt.

Rosemary stand auf und begann ihr zu folgen, wobei ihr das Herz bis zum Hals schlug und ihre Handflächen zu jucken begannen.

Despina!

Sie hatte die Frau seit dem vereitelten Versuch der Blutstein-Gesellschaft, , vor Monaten die Magie der Familie Thorn zu stehlen nicht mehr gesehen. Rosemary hatte dem ein Ende gesetzt und auch die Anführerin vernichtet, eine jung aussehende, aber uralte Vampirin, die sich als Despinas Nichte ausgegeben hatte. Dieselbe Nichte, die möglicherweise noch am Leben und in der kleinen geschnitzten Holzkiste gefangen war, die kürzlich aus Thorn Manor gestohlen wurde.

Rosemary hatte Despina seitdem nicht mehr gesehen. Die Frau verschwand den Flur hinunter und Rosemary rannte ihr hinterher, wurde aber gestoppt, als sie jemand an der Schulter packte.

»Mama! Was machst du denn da?«

Rosemary drehte sich um und erkannte ihre Tochter.

»Despina war gerade hier. Wir müssen sie aufhalten.«

Athena warf ihr einen seltsamen Blick zu. »Bist du dir sicher?«

»Natürlich bin ich mir sicher«, sagte Rosemary. »Meine Hände haben gejuckt und so.«

»Mama, wir haben doch darüber gesprochen. Deine Allergie gegen Makler ist völlig psychosomatisch; es ist keine echte Sache.«

»Vor einiger Zeit dachtest du, Magie sei keine echte Sache«, erinnerte Rosemary ihre Tochter. »Inwiefern ist eine Allergie gegen Makler weniger bizarr? Außerdem haben wir keine Zeit. Wir müssen ihr nachgehen.«

Athena zuckte mit den Schultern und folgte ihrer Mutter den Flur entlang, aber die Frau war verschwunden. Rosemary versuchte, ein paar der Räume zu betreten, aber nachdem sie von ein paar ungewöhnlichen Kreaturen angeschrien worden war, beschloss sie, besser kein weiteres Aufsehen zu erregen.

»Hast du überhaupt ihr Gesicht gesehen?«, fragte Athena.

»Nicht genau«, sagte Rosemary. »Aber sie war in Pastelltönen gekleidet.«

»Mama!«

»Wir sollten nach Hause gehen. Es ist hier nicht sicher«, sagte Rosemary.

»Wegen einer Ahnung von Gefahr? Das ist doch wohl ein Scherz. Ich dachte, du wolltest dich hier entspannen.«

»Ich war bis vor kurzem völlig entspannt. Und jetzt glaube ich nicht, dass ich es mir leisten kann, es zu sein.«

»Nein«, sagte Athena. »Auf keinen Fall.«

»Was ist denn los?«, fragte Rosemary.

»Du wirst das hier auf keinen Fall ruinieren. Nicht für dich und nicht für mich. Selbst wenn die Frau, die du von hinten gesehen hast, wirklich die Immobilienmakler-Vampirin war, die uns angegriffen hat, haben wir keinen Grund zur Annahme, dass sie weiß, dass wir hier sind. Und selbst wenn, sind wir jetzt viel mächtiger als vorher. Die Blusteine haben sich abgesehen von ein paar seltsamen kleinen Angriffen relativ ruhig verhalten. Und für einen direkten Angriff wäre dies der schlechteste Ort.«

»Warum das?«, fragte Rosemary.

»Schau dich doch mal um«, sagte Athena. »Wir sind von mächtigen magischen Wesen umgeben und ich bin mir ziemlich sicher, dass die meisten von ihnen nicht mit einem bestimmten, fast aufgelösten magischen Geheimbund im Bunde stehen.«

Rosemary zuckte mit den Schultern. »Okay, das leuchtet mir ein. Da hast du wohl recht.«

»Hier entlang«, rief Ferg und winkte sie zum Empfang. »Ihr Mittagessen wird am Pool serviert. Und dann folgen Ihre Gesichtsbehandlungen.«

---

28

*A*thena seufzte, ließ ihre Füße in das Fußbad sinken und lehnte sich in dem unnatürlich bequemen Liegestuhl zurück. »Ich habe es dir doch gesagt. Genau das haben wir gebraucht.«

»Herrlich, nicht wahr?«, sagte Rosemary. »Wie nett von Marjie, sich so um uns zu kümmern.«

»Bist du nicht froh, dass du nicht einer Immobilienmaklerin hinterhergelaufen bist, die einer Vampirin zum Verwechseln ähnlich sieht?«

»Ich denke schon. Aber ich mache mir trotzdem Sorgen.«

»Schau mal«, sagte Athena. »Solche Dinge musst du einfach den Behörden überlassen. Ich weiß, dass du dich aktuell für eine Art Detektivin hältst. Aber das ist wirklich nichts, in das du deine Nase stecken solltest. Du hast Neve bereits angerufen und ihr deine wilden paranoiden Theorien erzählt. Jetzt lass sie sich darum kümmern.«

»Du hast wahrscheinlich recht«, sagte Rosemary. »Es ist nur so, dass die Behörden nicht gerade eine großartige Erfolgsbilanz vorzuweisen haben. Versteh mich nicht falsch. Neve ist klug und ich bin sicher, dass sie ihren Job gut macht. Aber sie hat die Angewohnheit zu verschwinden, wenn es schwierig wird. Und ich habe noch nicht wirklich Beweise für ihre Effektivität gesehen. Ich weiß, dass sie klug ist, und ich will nicht schlecht über eine gute Freundin sprechen ...«

»Aber Mama, du hast sie ihre Effektivität noch nie wirklich unter Beweis stellen lassen, weil du dich ständig in alles einmischst und ihr im Weg stehst.«

»Wer weiß, was passiert wäre, wenn ich die Dinge einfach ihren Lauf hätte nehmen lassen?«, sagte Rosemary. »Wir wären wahrscheinlich von den Blutsteinen getötet worden, und selbst wenn wir ihren Angriff überlebt hätten, wärst du im Reich der Fae gefangen gewesen.«

»Es ist auch möglich, dass deine Einmischung die Dinge erst verschlimmert hat, bevor du sie wieder verbessert hast.«

Rosemary seufzte. »Vielleicht. Marjie schimpft immer mit mir, weil ich mich in die Probleme anderer einmische, anstatt meine eigenen zu lösen.«

»Nun, Marjie hat absolut recht.« Athena funkelte ihre Mutter an.

»Zeit für Ihre Gesichtsbehandlung«, sagte die lebhafte Assistentin, deren Namen Athena bereits vergessen hatte, obwohl ihr Aussehen mit ihrer orangefarbenen Haarpracht und ihren babygrünen Augen sicherlich unvergesslich war. »Hier ist nun Ihre Kosmetikerin.«

»Danke«, sagte Rosemary. Die Tür öffnete sich und ein bekanntes Gesicht lugte herein. Langes, welliges, hellblondes Haar umwogte ihr Gesicht wie eine Wolke.

»Ashwyn!«, sagte Rosemary. »Was machst du denn hier?«

»Ich komme am Wochenende her und mache manchmal unter der Woche Spezialbehandlungen«, sagte Ashwyn. »Es hilft, unser Geschäft in den schwarzen Zahlen zu halten, wenn wir ein paar zusätzliche Einnahmequellen haben.«

»Aber solltest du nicht verreist sein?«, fragte Athena. »Mama hat etwas über das Baby deiner Cousine gesagt.«

»Wir sind erst heute Morgen zurückgekommen.« Ashwyn holte ihr Handy heraus und zeigte ihnen ein paar Fotos von einem sehr pummeligen Neugeborenen mit einem platten Gesicht.

»Warum sehen Neugeborene immer aus wie Außerirdische?«, fragte Athena.

Rosemary stieß sie sanft mit dem Ellbogen an. Sie saßen weit genug voneinander entfernt, dass sie nicht so hart zuschlagen konnte, und Athena war dankbar dafür.

»Was? Es stimmt«, fuhr sie fort.

»Da hast du recht«, sagte Ashwyn mit einem melodischen Lachen. »Neugeborene sehen wirklich etwas seltsam aus, nicht wahr? Jedenfalls musste ich heute Morgen rechtzeitig zur Arbeit zurück sein. Nun sagt mir, gibt es einen besonderen Effekt, den ihr euch von der Gesichtsbehandlung erhofft?«

»Wie meinst du das?«, fragte Athena.

»Na ja, manchmal wollen die Leute eine strahlendere und leuchtendere Haut und andere wollen ein bisschen jünger aussehen. Wir haben hier alle möglichen Fälle. Aber sie lassen sich meist in zwei Gruppen einteilen. Die einen wollen etwas für ihre Gesundheit tun und die anderen wollen eher sogenannte ‚Spezialeffekte‘.«

»Ist das ein bisschen wie magische Schönheitsoperationen?«, fragte Athena und fühlte sich etwas unbehaglich.

»So etwas in der Art«, sagte Ashwyn. »Allerdings hält es nur etwa einen Monat an, bevor der Zauber nachlässt.«

»Nun, ich glaube nicht, dass es für mich eine große Rolle spielt«, sagte Athena. »Anscheinend kann sowieso niemand mein wahres Gesicht sehen, der kein Fae ist.«

»Das ist ein gutes Argument«, sagte Ashwyn. »Meine Schwester hat das Gleiche. Die Leute mögen sagen, dass sie wunderschön ist. Aber es ist, als würden sie sie nicht wirklich sehen. Sie können sich nicht an die Einzelheiten erinnern.«

»So seltsam ... die Magie der Fae«, sagte Rosemary.

»Wem sagst du das?«, sagte Athena.

»Ich will es nicht übertreiben«, sagte Rosemary. »Ich meine, ich will immer noch wie ich selbst aussehen. Nur, weißt du ... lass mich so aussehen, als hätte ich ein paar Nächte gut geschlafen und viel Flüssigkeit zu mir genommen. Das sollte reichen.«

Ashwyn lachte. »Dann gebe ich euch einfach unsere klassische Hautheilungs- und Feuchtigkeitsbehandlung.« Sie mischte verschiedene Zutaten aus Dosen und Flaschen in einer kleinen Schüssel zusammen, bevor sie damit begann, sie auf ihre Gesichter aufzutragen.

»Machst du das mit der Gurke?«, fragte Athena. »Das wollte ich schon immer mal machen.«

»Natürlich«, sagte Ashwyn. »Das wollen alle. Ich glaube, weil es in Filmen so beliebt ist.«

»Ich fühle mich auf jeden Fall wie eine Berühmtheit«, sagte Athena.

Nach ein paar Minuten beendete Ashwyn das Auftragen der heilenden Gesichtsmasken und der Gurkenscheiben auf ihren Augen und ließ sie dann entspannen.

Athena atmete tief durch und fühlte sich so ruhig wie seit ihrer Ankunft im Reich der Fae nicht mehr. »Meine Haut kribbelt. Das fühlt sich gut an.«

»Wo du gerade so schön gefesselt bist«, sagte Rosemary.

»Oh nein, Mama. Das ist nicht der richtige Zeitpunkt, um mich zu unterbrechen. Es ist schlimm genug, dass ich derzeit das Haus kaum verlassen kann.«

»Ich wollte mit dir über etwas sprechen, das vorhin passiert ist.«

»Darüber haben wir doch schon gesprochen«, sagte Athena.

»Nein, nicht darüber«, sagte Rosemary. »Ich meine, vorhin, als ich ankam. Die Frau, die mich massiert hat, war die Mutter deiner Freundin Elise.«

»Oh«, sagte Athena. »Das ist lustig. Ich habe sie noch nie getroffen. Und jetzt hast du sie getroffen. Das ist schon ein bisschen seltsam, oder? Ich weiß, vielleicht liegt es daran, dass du *mich nie zu den Häusern meiner Freunde gehen lässt*!«

»So ähnlich«, sagte Rosemary. »Aber Elise und ihre Mama scheinen reizend zu sein. Ich könnte diese Regel in einer besonderen Situation vielleicht mal außer Acht lassen, vor allem, da du deine Lektion fürs Erste gelernt zu haben scheinst.«

»Wirklich?«, sagte Athena mit einem Funken Aufregung. »Du würdest mich zu Elise gehen lassen?«

»Solange du keine Dummheiten anstellst. Aber …«

»Oh, ich verstehe«, sagte Athena. »Jetzt, wo du mir das Zuckerbrot gereicht hast, wirst du mir die Peitsche geben.«

»Ich wollte dich nur etwas fragen«, sagte Rosemary. »Fleur hat mir erzählt, dass ihre Tochter in letzter Zeit ziemlich müde und zurückgezogen wirkt. Sie sagte, das hätte etwas mit dem Besuch im Reich der Fae zu tun.«

»Mama«, begann Athena. Sie wollte nicht, dass ihre Mutter sich in ihre persönlichen Empfindungen einmischte, aber sie wusste, dass es unvermeidlich war.

»Fleur schien zu glauben, dass jeder mit einer Art Fae-Erbe, der in dieses Reich geht, sich dort viel mehr zu Hause fühlte. Sie sagte, es fühlt sich dort so gut an, dass sie einfach nur zurückkehren wollen, und das wäre es, was Elise so niedergeschlagen machen würde.«

Athena schwieg eine Minute lang und dachte darüber nach. Was konnte sie ihrer Mutter erzählen, ohne ihre Sorgen zu schüren und die Dinge zu Hause noch schwieriger zu machen? Sie wollte nicht lügen, vor allem, weil sie nicht glaubte, dass sie damit durchkommen würde.

»Ich habe mich ein bisschen so gefühlt«, gab Athena zu.

»Warum hast du mir das nicht erzählt?«, fragte Rosemary.

»Was glaubst du denn, Mama? Das ist eine Situation, die du konstruiert hast. Du bist so paranoid, und ich kann nichts dagegen tun. Du machst dir solche Sorgen um mich, dass ich dir nicht unbedingt die ganze Wahrheit sagen möchte, okay?«

»Ich dachte, wir hätten das bereits hinter uns«, sagte Rosemary. »Ich dachte, wir hätten mit den Geheimnissen abgeschlossen.«

»Du machst es mir so schwer«, sagte Athena. »Ich kann dir nicht alles erzählen, weil ich Angst habe, dass du überreagierst und mein Leben noch schlimmer machst.«

»Ich dachte, du wärst *froh*, wieder da zu sein.«

»Das war ich«, sagte Athena. »Das bin ich. Es ist nur ... ich kann nichts für meine Gefühle. Als ich dort war, war es ... nun ja, es war seltsam und merkwürdig. Du warst dort. Du verstehst das. Aber die Sache ist die, dass ich irgendwie aufgeblüht bin, als gehörte ich dorthin. So etwas habe ich noch nie gefühlt. Es ist, als hätte dieser Ort einen

Großteil meiner Sorgen von mir genommen. Im Vergleich dazu fühlt sich diese Welt so schwer an. Ich gewöhne mich immer noch daran."

Ihre Mutter schwieg einen Moment lang und Athena fragte sich, ob sie sich noch mehr Ärger einhandeln würde.

»Okay«, sagte Rosemary schließlich. »Danke, dass du es mir gesagt hast.«

»Du sperrst mich doch nicht in mein Zimmer ein?«

»Natürlich nicht. Das würde der Situation wohl kaum helfen, oder?« Rosemary seufzte. »Ich glaube, mir wird gerade klar, dass ich dein Vertrauen wieder aufbauen muss, genauso wie du meins aufbauen musst.«

Athena fühlte sich schuldig. Sie hatte ihrer Mama nicht die ganze Wahrheit gesagt. Sie würde ihr ganz bestimmt nicht erzählen, dass sie sich in der letzten Woche mehrmals nachts hinausgeschlichen hatte, um in ihrem Nachthemd ein Loch in das Reich der Fae zu schneiden, nur um wieder dieses gute Gefühl zu bekommen. Sie würde nicht riskieren, die kleine Freiheit zu verlieren, die sie derzeit hatte, auch wenn es etwas war, das sie mitten in der Nacht tun musste.

»Es hilft, mit Leuten wie Elise abzuhängen«, sagte Athena und hoffte, dass ihre Mutter ihr etwas mehr Freiheit geben würde. »Und sogar Una. Es gibt mir wieder ein bisschen von diesem Gefühl, ohne irgendwohin gehen zu müssen.«

Athena hatte nicht gelogen, aber sie hoffte damit auf ein bestimmtes Ergebnis.

»Das ist gut zu wissen«, sagte Rosemary. »Damit können wir arbeiten. Vielleicht ... vielleicht kannst du dann mehr von deinen Freunden sehen. Und ich lasse dich zu Elise gehen, wenn du das möchtest. Versprich mir nur ...«

»Wir werden vorsichtig sein. Versprochen«, sagte Athena. Ihr Schuldgefühl verstärkte sich nur noch.

osemary und Athena verließen das Spa nach all der Verwöhnung ruhig und entspannt.

»Ich habe mich schon lange nicht mehr so gut gefühlt.« Rosemary betrachtete ihr strahlendes Spiegelbild in einem Fenster, als sie zum Auto gingen. »Danke, dass du mich zum Bleiben überredet hast.«

»Wenn du jemanden brauchst, der dich herumkommandiert, weißt du jetzt, wen du anrufen musst«, sagte Athena.

Rosemary lächelte. Es war wunderbar, ihre Tochter so gut gelaunt zu sehen. Sie dachte an das Gespräch zurück, das sie zuvor über die Kommentare von Fleur geführt hatten, und stellte fest, dass Athena in letzter Zeit tatsächlich zurückhaltend gewirkt hatte. Zumindest im Vergleich zu jetzt, wo ihre Augen funkelten.

Rosemary startete den Motor und sie fuhren los. »Weißt du, ich habe dich schon lange nicht mehr so strahlen sehen. Wie war dein Morgen überhaupt? Was hast du gemacht, bevor du ins Spa gekommen bist?«

»Es war schön«, sagte Athena fröhlich. »Ich habe nur mit den Kindern und dem Kätzchen gespielt und an meinem Aufsatz über Folklore und Mythologie gearbeitet. Oma hat ein paar wirklich gute alte Bücher. Ich muss allerdings vorsichtig mit den Seiten sein.«

»Hast du etwas Interessantes gefunden?«, fragte Rosemary.

»Ich glaube schon. Beltane soll nach einem der sehr alten Götter benannt sein, aber es gibt nicht viele Informationen über ihn. Über Brigid, Cerridwen, Cernunnos und all die jüngeren Götter gibt es jede Menge. Die gibt es aber erst seit ein paar tausend Jahren.«

»Dann sind sie ja quasi noch ganz jung«, sagte Rosemary und fragte sich, wie alt Burk wohl war.

»Genau«, sagte Athena. »Aber die alten Götter … nun, es ist wirklich schwer zu sagen, wie sie drauf waren. Beltane ist nach dem alten Gott Belamus benannt, der auch Belli genannt wurde.«

»Das klingt irgendwie niedlich«, sagte Rosemary. »Es erinnert mich an einen Hund. Weißt du, wenn sie sich auf den Rücken rollen und sich den Bauch kraulen lassen wollen?«

»Ich bin mir ziemlich sicher, dass das beleidigend ist, Mama.« Athena rollte mit den Augen. »Und ich finde nicht, dass er wirklich süß war.«

»Das ist schade«, sagte Rosemary. »Ein süßer Gott klingt viel schmackhafter als die meisten anderen Formen von Göttern, die mir einfallen.«

»Ja, nun, wir könnten ein Problem haben«, sagte Athena. »Die Bücher deuten darauf hin, dass wir es mit einem sehr, sehr alten Gott zu tun haben könnten, wenn die Cavalia erneut geschieht.«

»Was wissen wir darüber?«, fragte Rosemary.

»Nun, es war ein Kult, der ihn im antiken Rom verehrt hat«, sagte Athena.

»Klingt nicht mehr so niedlich.« Rosemary schaute während der Fahrt auf die Landschaft und hielt nach Bränden Ausschau. »Was haben sie getan?«

Athena zuckte mit den Schultern. »Das ist irgendwie das Problem. Niemand scheint es zu wissen. Das Einzige, was ich über ihn herausfinden konnte, war, dass er als Großvater vieler Götter aus der Gegend gilt. Und er hat etwas mit Licht zu tun.«

»Licht?«

»Ja, Gott des Lichts«, sagte Athena.

»Liebe und Licht«, sagte Rosemary schwach. »Das klingt irgendwie so hippiemäßig, und ich bin zwar kein Fan von toxischer Positivität, aber Licht ist doch sicher besser als Gemetzel oder so?«

Athena gab ein unsicheres Geräusch von sich. »In Omas Büchern steht, dass er auf einem großen goldenen Streitwagen über den Himmel fahren würde.«

»Ein subtiler Typ«, sagte Rosemary.

»Oh ja, ziemlich auffällig, und ich glaube, er hat Hörner auf dem Kopf oder ein Geweih oder so etwas.« Athena plapperte weiter begeistert über die Fetzen, die sie aus den alten Büchern zusammengetragen hatte.

Rosemary lächelte warm. Es war so schön, ihre Tochter wirklich glücklich und begeistert von etwas zu sehen.

Sie war stolz, dass Athena sich nicht nur zur Abwechslung mal mit ihren Schulaufgaben beschäftigte, sondern auch, dass sie zu sich selbst fand. Sie konnte sich auf jeden Fall gegen Rosemarys Magie behaupten, was sie in Bezug auf zukünftige Angriffe hoffnungsvoll stimmte.

Athena würde in der Lage sein, auf sich selbst aufzupassen.

Rosemary war sich bei diesem Belamus nicht sicher und hoffte, dass er nicht auf einem flammenden Streitwagen auftauchen und die Stadt in Schutt und Asche legen würde, aber sie wollte sich in diesem Moment nicht zu viele Sorgen machen. Sie wollte einfach nur gerne ihrer Tochter zuhören.

Nach allem, was sie in den letzten Monaten durchgemacht hatten, all den Höhen und Tiefen und all den Streitereien, schienen sie einen neuen, ausgeglichenen Weg gefunden zu haben.

Rosemary hatte das Gefühl, dass sie vielleicht bereit war, die Zügel etwas mehr loszulassen, Athena ihr Verantwortungsbewusstsein unter Beweis stellen zu lassen und ihr etwas mehr Freiheit zuzugestehen.

Das Sonnenlicht begann zu verblassen, als Rosemary in Myrtlewood ankam. Es war Teil ihres Geschenks von Marjie, nach dem Spa einen

Nachmittagstee in ihrem Geschäft zu trinken, obwohl die Verwöhnbehandlung so lange gedauert hatte, dass es fast schon Zeit fürs Abendessen war. Glücklicherweise blieb das Teegeschäft samstags länger geöffnet, für den Fall, dass die Leute vorbeischauen wollten, um Marjies berühmte Kuchen und Pasteten zu probieren.

»Ihr seht beide so strahlend aus, ihr glüht ja förmlich!«, sagte Marjie, als Athena und Rosemary den Laden betraten. »Und gerade rechtzeitig zum Tee!«

»Oh Marjie«, sagte Rosemary und umarmte die ältere Frau herzlich. »Vielen Dank. Wir hatten eine wunderbare Zeit.«

»Ja, danke schön!«, sagte Athena.

»Ich hoffe, du hast dir nicht zu viel Mühe mit dem Nachmittagstee gemacht«, sagte Rosemary, als sie den Tisch betrachtete, zu dem Marjie sie herüberwinkte und der schwer beladen mit Tee und köstlich aussehenden Leckereien war.

»Oh«, Marjie errötete. »Ich habe vielleicht spezielle Versionen eurer Lieblingskuchen vorbereitet«, sagte sie.

»Das sind die beiden Kuchen, die wir hatten, als wir das erste Mal in den Teeladen kamen«, sagte Athena. »Du hast dich daran erinnert! Ich hatte Schokolade und Mama hatte Zitronenkuchen.«

»Wie süß von dir«, sagte Rosemary. »Und da sind die Erdbeertörtchen, von denen ich nicht genug bekommen kann.«

»Du bist so wunderbar«, sagte Athena und gab Marjie einen Kuss auf die Wange.

»Ach, das ist doch nichts«, sagte Marjie. »Ihr wisst doch, dass ich es genieße, mich um euch beide zu kümmern. Ihr seid die Familie, die ich nie hatte. Und euch einen besonderen Verwöhntag zu bereiten, ist genau das, was mir Freude bereitet, gefolgt von einem späten Nachmittagstee – auf meine Kosten.«

»Marjie, du bist genau die Art von Person, die ich sein möchte, wenn ich endlich erwachsen werde«, sagte Rosemary mit einem Lachen.

Athena warf ihr einen ironischen Blick zu.

»Werd nur nicht zu früh erwachsen«, sagte Marjie. »Du hast noch dein ganzes Leben vor dir. Während du das lebst, kannst du genauso gut strahlen und dich auch so fühlen!«

»Ich fühle mich tatsächlich wie ein Sonnenstrahl«, sagte Rosemary. »Oder zumindest bin ich ziemlich entspannt. Ich brauche diesmal nicht einmal eines deiner besonderen Mittelchen.«

»Nein«, sagte Marjie. »Ich fürchte, wenn du jetzt etwas davon hättest, würdest du wegdriften und direkt aus dem Teeladen schweben.«

Sie aßen schweigend ihren Kuchen und tranken Tee, während sie das gute Gefühl genossen, das nach dem Spa-Besuch eingesetzt hatte. Während sie dort saßen, läutete die Glocke über der Tür und Una kam herein, ihr glänzendes braunes Haar in perfekten Locken auf die Schultern fallend.

»Schön, dich zu sehen«, sagte Athena, als Una näher kam.

»Ich habe mich so darauf gefreut, mit euch zu plaudern!«

»Komm und setz dich zu uns«, sagte Rosemary und erinnerte sich daran, was Athena darüber gesagt hatte, dass sie sich in der Gesellschaft anderer Fae noch wohler fühlte. Sie schob eine Sahnetorte auf die andere Seite des Tisches und bedeutete ihrer neuen Freundin, sich zu setzen.

Una lächelte. »Ich kann nur eine Minute bleiben. Ich muss noch ein paar Dinge im Laden erledigen, bevor wir morgen wieder öffnen. Ich nehme das Übliche«, sagte sie zu Marjie, die kurz darauf mit einer weiteren Kanne Tee und einigen Bliss Balls zurückkam.

»Ich nehme an, du magst keinen Schokoladenkuchen?«, sagte Athena.

»Ich muss leider zugeben, dass er mir nicht bekommt«, erwiderte Una. »Das ist schade, denn er sieht wirklich köstlich aus.« Sie warf einen sehnsüchtigen Blick auf Athenas Teller. »Ich darf im Grunde gar keine Milchprodukte essen.«

»Oh, natürlich«, sagte Athena. »Das tut mir leid.«

»Nein, nein, schon in Ordnung«, erwiderte Una. »Ich bin daran gewöhnt, und Weizen verursacht bei mir auch einen Ausschlag. So oder so ist es nicht wirklich ideal. Aber Marjie ist sehr bemüht, mir entgegenzukommen, und macht mir diese sehr leckeren, gesunden Bliss Balls, auch wenn sie nicht ganz dasselbe wie Kuchen sind. Aber gut, es gab da etwas, worüber du mit mir sprechen wolltest?«, fragte sie Rosemary.

Rosemary schaute Athena an und fragte sich, ob dies ein Thema war, das sie vor ihrem Teenager ansprechen konnte, und beschloss dann, dass es vielleicht ganz gut so war. Es könnte für Athena von Vorteil sein, das Gespräch mitzuhören, wenn man bedachte, was sie war. Rosemary hoffte nur, dass sie danach nicht zu gnadenlos dafür gehänselt wurde.

»Nun, es ist schon ein paar Wochen her«, sagte Rosemary, »und ich habe es damals nicht bemerkt – und tatsächlich habe ich mich erst daran erinnert, nachdem ich dein spezielles Gedächtnistonikum eingenommen hatte – aber ich habe dich mit Perseus Burk in der Kneipe sitzen sehen.«

Athena hustete und Rosemary konnte sehen, dass sie versuchte, nicht zu kichern.

»Oh ja. Er und ich sind Freunde«, sagte Una.

»Okay dann«, sagte Rosemary. »Das ist ... das ist schön.« Sie warf Athena einen warnenden Blick zu. Es sah so aus, als würde die Teenagerin kurz davor stehen, mit etwas Unangemessenem herauszuplatzen.

»Die Sache ist die«, sagte Rosemary. »Ich wollte nur mit dir darüber reden, weil ...«

»Weil Mama ihn mag!«, sagte Athena. »Und sie ist offensichtlich eifersüchtig.«

»Nein, darum geht es überhaupt nicht«, sagte Rosemary und errötete. »Wir haben das schon eine Million Mal durchgehabt.«

Auch Una errötete.

»Nein, der Grund, warum ich das ansprechen wollte«, fuhr Rosemary fort, »ist, damit du weißt, was er ist ... äh ... du weißt doch, was er ist, oder?«

Una hob eine Augenbraue. »Äh ... ein Steinbock?«

Rosemary stotterte, da sie wusste, dass es als sehr unhöflich galt, Vampire ohne ihre Zustimmung zu outen. »Nicht ganz.«

Una lachte. »Ich mache nur Spaß. Ich weiß, was er ist.«

»Oh, gut«, sagte Rosemary. »Aber weißt du, dass ... ‚Steinböcke‘ ...«

»Du kannst es ruhig sagen, Mama«, sagte Athena. »Es ist ja nicht so, dass wir uns im Reich der Fae befinden, und sonst ist niemand in der Nähe.«

»Okay.« Rosemary spürte, dass sie dabei war, wieder zu schwafeln. »Vampire. Sie ... sie haben eine lange und schmutzige Geschichte, in der sie eure Art im menschlichen Reich bis an den Rand des Aussterbens gejagt haben, und ich habe mich gefragt, ob du das weißt und ob es für dich sicher ist, mit ihnen abzuhängen. Ich versuche nur, auf dich aufzupassen.«

»Oh«, sagte Una. »Ich verstehe, was du meinst.«

»Entschuldige, wenn ich dir damit zu nahe trete«, sagte Rosemary. »Es ist nur so, dass ... ich dachte, da du nicht mit deinesgleichen aufgewachsen bist und vielleicht nicht unbedingt viel darüber weißt, habe ich mir Sorgen gemacht, dass du dir dessen vielleicht nicht bewusst wärst und es gefährlich für dich sein könnte. Und ich wollte dich warnen.«

»Ich verstehe«, sagte Una.

»Mama, du kannst jetzt aufhören zu reden«, sagte Athena und unterdrückte ein weiteres Lachen.

Rosemary räusperte sich und nahm einen weiteren Schluck Tee, um zu versuchen, ihre eigenen Instinkte zu unterdrücken, die unweigerlich dazu führten, dass sie in jeder möglichen unangenehmen Situation unkontrolliert plapperte.

»Ja. Ich weiß ein wenig darüber Bescheid«, sagte Una. »Aber es gibt keinen Grund zur Sorge. Die Sache ist die mit Perseus ... er ist nicht so. Du weißt ja sicher, dass Vampire mit zunehmendem Alter oft kultivierter werden und mehr Kontrolle über ihre Instinkte haben.«

»Aber sein Bruder«, sagte Rosemary.

»Sein Bruder war ein ziemlicher Versager«, sagte Una traurig. »Aber Perseus ist ein perfekter Gentleman. Er ist reizend.«

»Und glaubst du, er weiß es?«, fragte Athena.

»Weiß was?«, fragte Una.

»Weiß er, was du ... wir ... sind?«

»Ich denke schon. Ich meine, es ist nichts, worüber wir explizit reden.«

»Ich dachte, ihr seid Freunde.« Athena schob ihren Teller beiseite und verschränkte die Arme.

»Wir sind Freunde«, sagte Una und wirkte leicht verlegen.

Rosemary wurde wieder von einem Gefühl der Eifersucht beschlichen.

»Und es tut mir leid, ich wusste nicht, dass du Gefühle für ...«, begann Una.

»So ist es nicht«, sagte Rosemary.

»Ich kann dir versichern, dass es bei uns auch nicht so ist«, sagte Una. »Wir treffen uns nur ab und zu und essen zusammen zu Abend. Glaub mir, bei Perseus bist du in sicheren Händen, er würde keiner Fliege etwas zu Leide tun. Na gut, er würde Fliegen vielleicht schon etwas zu Leide tun und wahrscheinlich auch anderen Vampiren und Dämonen ...«

»Dämonen?«, sagte Rosemary mit großen Augen. »Gibt es etwa Dämonen?«

»Natürlich gibt es sie«, sagte Una.

»Ich hatte irgendwie gehofft, dass es das nicht tut«, gab Rosemary zu.

»Was glaubst du denn, in was für einer Welt wir leben?«, fragte Una.

»Das frage ich mich jeden Tag mehr«, sagte Rosemary.

»Wie auch immer«, fuhr Una fort. »Ich bin mir sicher, dass Perseus keinem von uns etwas antun würde. Er ist eine wirklich liebenswerte Person. Athena ist bei ihm in sicheren Händen. Ich wette sogar, dass er euch beide beschützen würde, egal was passiert, selbst wenn er sich dadurch selbst in Gefahr bringen würde.«

Rosemary spürte, wie ihre Schultern weicher wurden, als sie sich sichtlich entspannte, überrascht darüber, wie erleichtert sie war, dass Athena in der Nähe von Burk sicher sein würde.

»Siehst du, Mama? Ich habe dir doch gesagt, dass es keinen Grund zur Sorge gibt«, sagte Athena. »Ich bin sicher. Uns geht es gut. Jetzt können wir mit unserem Leben weitermachen.«

Una lächelte. »Weißt du, es ist so schön, in deiner Gegenwart zu sein«, sagte sie zu Athena. »Es ist irgendwie erfrischend.«

»Ähm, danke?«, sagte Athena.

»Du bist jederzeit herzlich eingeladen, uns wieder zu besuchen«, sagte Rosemary.

»Das würde mir gefallen«, antwortete Una. »Wie wäre es mit morgen Nachmittag?«

»Abgemacht«, sagte Rosemary.

30

———

Rosemary warf einen Blick aus dem Fenster des Teeladens auf den sich verdunkelnden Himmel. Ein helles rotes Licht blitzte vor ihren Augen auf.

Sie stieß einen Schrei aus. »Nein!«

»Was?«, fragte Athena und drehte sich um.

Sie beobachteten, wie helle Flammen vom Stadtplatz aufloderten und immer höher wurden.

»Ekelhaft«, sagte Athena. »Das ist doch nicht eines dieser magischen Feuer, bei denen die Leute widerliche Dinge tun, oder?«

»Ich fürchte doch.« Rosemary beobachtete, wie das rot-orangefarbene Feuer rosa wurde. »Bleib hier drin.«

»Mama!«

Rosemary warf ihrer Tochter einen besorgten Blick zu. »Im Ernst. Du willst dem nicht zu nahe kommen.«

»Na gut«, sagte Athena. »Das ist eine gefährliche Situation, in die ich mich wirklich nicht einmischen möchte. Aber hast du ...«

»Ich bin froh, dass du es auch so siehst.« Rosemary rannte zur Tür, bevor Athena sie aufhalten konnte.

»Verlier nicht den Kopf oder deine Hose!«, rief Marjie und winkte aus der Küche, als Rosemary an der Theke vorbeistürmte. »Draußen ist ein Hydrant, falls du ihn brauchst.«

»Danke.« Sie stieß die Tür auf und stürmte hinaus.

»Lauft weg!«, schrie sie den Menschen zu, die sich auf dem Marktplatz versammelt hatten und stehen geblieben waren, um sich das plötzlich aufgetauchte Feuer anzusehen. Sie schienen nicht zu reagieren. »Es ist nicht sicher!«

»Es wird eine Explosion geben, wenn sich das aufstaut«, sagte Ferg, der links von Rosemary aus einer Hecke auftauchte.

»Nein, das wird es ganz sicher nicht«, sagte Rosemary. »Hören Sie zu, gehen Sie einfach so weit wie möglich weg. Geben Sie das an die Leute weiter.«

»Verstanden!«, sagte Ferg und galoppierte los. Er begann, die benommenen Zuschauer weiterzutreiben, scheinbar unbeeindruckt von dem Feuer. Rosemary erinnerte sich daran, was Sherry über Ferg gesagt hatte, dass er kein romantischer oder sinnlicher Typ sei. In dieser Situation schien das ideal zu sein!

Rosemary brauchte Wasser. Leider hatte sie keine Ahnung, wie man einen Hydranten öffnet. Sie konnte das Schild und die kleine quadratische Kachel auf dem Boden in Gelb sehen. Aber offensichtlich hatte sie keinen eigenen Feuerwehrschlauch und ihr wurde ... ziemlich warm, während sie im Schein des Feuers stand. Warm und schmelzend.

Sie kämpfte sich durch die betörende Hitze der Flammen und war dankbar, dass niemand anderes in der Nähe war, um zu sehen, wie sie sich bückte und vergeblich versuchte, den Hydranten zu öffnen, um ihn anzuschalten. Nichts passierte.

»Verzweifelte Zeiten erfordern verzweifelte Maßnahmen«, murmelte sie vor sich hin und spürte, wie sich ihre Beine auf eine unerwartet angenehme Weise zusammendrückten. Sie konzentrierte sich auf den Hydranten und versuchte, das verführerische Gefühl der Magie zu verdrängen.

»Hör auf, Rosemary«, schalt sie sich. Sie musste sich konzentrieren. In diesem Moment erinnerte sie sich an etwas, das Athena ihr über Automantie erzählt hatte, die Art von automatischer Magie, auf die die

Familie Thorn offenbar spezialisiert war. Das war genau das, was sie brauchte.

»Komm schon«, sagte Rosemary zum Hydranten. »Komm schon. Ich weiß, dass du da drin bist.«

Sie konzentrierte sich darauf.

»In dir steckt etwas, das einfach nur überall Wasser verspritzen will«, sagte Rosemary ermutigend. »Wach auf. Du weißt, dass du es willst!«

»Was machen Sie da?«, fragte Ferg.

Rosemary zuckte zusammen.

»Magie«, brummte sie. »Verschwinden Sie.«

»Das ist keine Magie, wie ich sie bisher gesehen habe. Es scheint, als würden Sie nur mit einem leblosen Objekt sprechen. Ist Ihnen nicht aufgefallen, dass das Feuer größer wird?«

»Ferg«, sagte Rosemary mit einer Warnung in der Stimme. »Wenn Sie nicht gerade auch Teilzeit-Feuerwehrmann sind, der weiß, wie man ...«

»Okay, okay«, sagte Ferg. »Ich weiß, wenn ich nicht erwünscht bin. Ich gehe jetzt einfach und schaue nach den Leuten, die auf dem Platz waren. Sie verhalten sich alle etwas seltsam.«

Rosemary ignorierte ihn und konzentrierte sich wieder auf den Hydranten, um ihn zum Leben zu erwecken.

Einen Moment später hatte sie das seltsame Gefühl, direkt in das Herz des Objekts zu starren.

In ihrem Kopf machte es Klick und es erwachte zum Leben.

Es gab ein klopfendes Geräusch und dann ein Gurgeln. Wasser schoss hervor und überschüttete Rosemary, kam aber nicht in die Nähe des Feuers.

»Gut«, sagte sie zum Hydranten. »Das war der erste Schritt, jetzt ...«

»Rosemary! Verschwinden Sie von da!«

Rosemary drehte sich zu der vertrauten Stimme um und sah, wie Burk direkt auf sie zusteuerte.

»Verschwinden Sie von hier!«, schrie sie und packte ihn an den Armen seines Anzugs, der schnell mit Wasser vollgesogen waren.

Burk war der absolut letzte Mensch, den sie sehen wollte, wenn sie sich so fühlte.

»Rosemary?«

Sie verzog das Gesicht. »Es ist schlimm genug, meine eigenen Dramen mit Ihnen in den Griff zu bekommen, ganz zu schweigen davon, wenn Sie persönlich hier sind.«

»Wovon reden Sie?«

»Hören Sie zu. Ich habe die Situation unter Kontrolle. Sie können gehen«, sagte Rosemary, obwohl Burk in seinem gestärkten weißen Hemd und dem teuren, durchnässten Anzug furchtbar verlockend wirkte.

Rosemary wusste, dass sie sich um andere, dringendere Angelegenheiten kümmern musste. Aber sie konnten doch sicher ein paar Minuten warten ...

Sie griff nach seinem gestärkten Kragen.

»Rosemary, was denken Sie, was Sie da tun?«, fragte er.

»Weniger reden, mehr handeln«, sagte sie und zog ihn zu einem Kuss heran.

Irgendetwas in Rosemarys Hinterkopf schrie sie an. Dies war weder der richtige Zeitpunkt noch der richtige Ort.

Sie zog sich zurück.

Burk starrte sie fassungslos und geschockt an und Rosemary kam zur Besinnung.

»Oh nein ... Oh nein, nein, nein! Was habe ich getan?«

Hinter ihnen ertönte ein Knurren und Rosemary drehte sich um und sah Liam vor seinem Buchladen stehen und sie mit funkelnden Augen anstarren.

Burk räusperte sich. »Das ist ...«

»Sie sind offensichtlich nicht von dieser Magie betroffen«, murmelte Rosemary und stieß Burk von sich. Sie kämpfte gleichzeitig gegen Verlangen, Verwirrung, Verlegenheit und soziale Unbeholfenheit an.

Morbide Verlegenheit wäre vielleicht der bessere Begriff, als ihr klar wurde, dass Athena, Marjie und unzählige andere das ganze Fiasko aus sicherer Entfernung beobachteten.

Liam stürzte sich auf Burk.

Rosemary spürte, wie automatisch eine Welle ihrer Magie aus ihren Händen kam, eine Art Verteidigungsmechanismus.

Liam fiel nach hinten.

Ein weiteres Knurren ertönte, diesmal nicht von Liam, sondern vom Feuer selbst.

»*Was* ... war das?«, fragte Rosemary.

Sie drehte sich um und sah eine wunderschöne, zarte Kreatur, die sie durch die Flammen hindurch ansah.

»Du bist derjenige, der hier knurrt?«, fragte sie die Kreatur, bevor sie bemerkte, dass sich dahinter ein großes gehörntes Tier befand.

»Oh nein, das wirst du nicht tun«, sagte Rosemary. Sie streckte die Hände in Richtung des Hydranten aus und befahl dem Wasser, in Richtung des Feuers zu spritzen. Der Effekt war ein bisschen so, als würde man den Daumen über einen laufenden Schlauch halten.

Das Wasser spritzte seitlich heraus und löschte nicht nur das Feuer, sondern traf auch Rosemary, Burk und Liam und bespritzte sie alle mit Wasser.

Rosemary duckte sich vor dem starken Strahl und drehte sich dann herum, um ihn direkter auf das Feuer zu richten.

Die Flammen wurden heller und es begann zu zischen, dann stieg eine große Dampfwolke auf und das gesamte Feuer verschwand, mitsamt den Kreaturen, wobei es nichts als Brandflecken auf dem Gras hinterließ.

Rosemary schüttelte sich. »Das war knapp.« Sie war sich nicht sicher, ob sie über die Situation mit Burk und Liam oder über das Feuer selbst sprach.

»Oh meine *Göttin*«, sagte Athena, als sie aus dem Teeladen kam.

»Ich nehme nicht an, dass du das alles zufällig verpasst hast?«, sagte Rosemary.

»Keine Chance im Hades«, sagte Athena. »Ich glaube sogar, dass die ganze Stadt es gesehen hat.«

Rosemary sah sich um und stellte fest, dass tatsächlich ziemlich viele der Stadtbewohner herumstanden und sie begafften.

»Ich gehe jetzt einfach nach Hause und verstecke mich die nächsten vierzig Jahre in meinem Bett«, sagte Rosemary. »Wenn ihr mich jetzt entschuldigen würdet.«

»Das ist vielleicht eine Dreiecksbeziehung, die du da am Laufen hast, Mama«, sagte Athena, als Rosemary sie zurück nach Thorn Manor fuhren. »Ich wusste ja, dass es schlimm ist, aber ich wusste nicht, dass es so schlimm ist.«

»Das ist keine Dreiecksbeziehung«, argumentierte Rosemary und biss die Zähne zusammen, während sie fuhr. »Es war bloß ... ein Missverständnis.«

Athena lachte mehrere Minuten lang hysterisch. »Ich liebe es, wie du diesen sehr alten, aber auch sehr attraktiven Vampir, für einen alten Mann zumindest, mitten in der Stadt geküsst hast, vor den Augen deines Ex-Freundes, mit dem du in letzter Zeit aus ‚medizinischen Gründen‘ viel Zeit verbringst. Und du nennst es ‚bloß ein Missverständnis‘.«

»Es war die Magie des Feuers«, sagte Rosemary. »Ich habe dir doch gesagt, dass der Zauber oder was auch immer die Leute verrückt macht.«

»Verrückt?«, fragte Athena.

»Okay, dann eben verspielt«, sagte Rosemary.

»Ekelhaft!«

»Nun, wie würdest du es auf eine Weise erklären, die nicht für dich unangenehm ist?«

»Schau mal«, sagte Athena. »Ich sage nur, dass es offensichtlich ist, dass da etwas vor sich geht. Und wenn man dann noch Papa mit ins Spiel bringt ...«

Rosemary lachte. »Du träumst.«

»Komm schon! Da ist etwas im Busch.«

»Hör auf, so besessen von meinem Liebesleben zu sein«, sagte Rosemary. »Es ist Zeit für dich, über den Tellerrand hinauszuschauen.«

»Igitt!«

»Das meine ich nicht«, brummte Rosemary. »Ich sage nur, dass du das wie eine Art Liebesroman behandelst. Wir sind nicht bei Jane Austen oder einer dieser gottverlassenen paranormalen Romanzen, die ich dich manchmal lesen sehe.«

»Das sind gute Bücher!«, beharrte Athena.

»Wie dem auch sei, es ist nicht die Realität, okay?«, sagte Rosemary. »Ich habe viele Gefühle ...«

»Igitt!«, sagte Athena. »Bitte halte sie von mir fern. Ich will nichts über deine Gefühle hören.«

»Manchmal bist du ein wandelndes Paradoxon«, sagte Rosemary. »Der Punkt ist, dass keines meiner Gefühle wirklich Sinn ergibt. Und es hilft nicht, dass du mich die ganze Zeit damit aufziehst.«

»Was soll ich denn sonst machen, um Spaß zu haben?«, sagte Athena. »Du lässt mich ja kaum noch in die Stadt.«

Rosemary seufzte. »Das Schlimmste habe ich dir noch gar nicht erzählt.«

»Gibt es etwas Schlimmeres, als dass meine Mutter sich vor der ganzen Stadt zum Narren gemacht hat?«

»Ich fürchte ja«, sagte Rosemary grimmig.

»Raus damit«, sagte Athena.

»Ich bin mir ziemlich sicher, dass niemand sonst nah genug dran war, um sie zu sehen«, sagte Rosemary. »Aber da waren Kreaturen ...«

»Kreaturen? Was meinst du? Haben Kreaturen das Feuer entfacht? Es waren also nicht die Blutsteine?«

»Wer weiß?«, sagte Rosemary. »Sie könnten durchaus dafür verantwortlich gewesen sein, aber die Kreaturen, die ich gesehen habe, waren im Feuer.«

»Oh nein! Glaubst du, es geht ihnen gut?«

»Es schien ihnen mehr als gut zu gehen. Ich glaube sogar, dass sie Teil des Feuers waren. Es war eher eine Art feenartiges Wesen und ein großes Tier mit Hörnern.«

Athena atmete scharf ein. »Das ist nicht gut. Glaubst du, es könnte *er* sein?«

»Wer?«

»Du weißt schon, Belamus, der alte Gott.«

Rosemary zuckte mit den Schultern. »Ehrlich gesagt, habe ich keine Ahnung. Es könnte ein Satyr gewesen sein, soweit ich weiß, oder ein anderes Fabelwesen. Aber vielleicht war es tatsächlich der alte Gott.«

»Na gut«, sagte Athena. »Ich schätze, das ist ein Punkt für Frau Twigg und null für Wachtmeister Wie-heißt-er-noch?«

»Perkins«, sagte Rosemary. »Und ja, ich schätze, wenn man keine Theorie darüber hat, was vor sich geht, bekommt man überhaupt keine Punkte. Wir müssen es Neve erzählen!«

Zum Glück war Detective Neve bei ihrer Ankunft in Thorn Manor. Nesta hatte einen riesigen Topf Hühnersuppe nach dem Rezept ihrer Großmutter gekocht. Die Kinder saßen alle um den Esstisch herum. Tamsyn war auch da und saß neben der kleinen Elowen.

Tamsyn hatte das Haus in der vergangenen Woche oft besucht, und Elowen hatte Zeit in dem kleinen Häuschen in Myrtlewood verbracht, bei dessen Suche Marjie Tamsyn geholfen hatte. Marjie hatte alle Kontakte. Sie war eindeutig jemand, den man kennen wollte. Rosemary würde nicht zögern, sie als das Rückgrat der Gemeinschaft zu bezeichnen.

Elowen war glücklich, zwischen den beiden Häusern zu wechseln, und sie gewöhnte sich langsam daran, in dem Häuschen zu leben.

Bei einer Schüssel herzhafter und sättigender Suppe erzählten Rosemary und Athena Neve und Nesta, was an diesem Tag passiert war. Athena bemühte sich, die Szene von Rosemarys krankhafter Verlegenheit zu beschreiben, was die Kinder vor allem über die Küsse kichern ließ.

»Aber abgesehen davon hattest du einen guten Tag?«, fragte Nesta.

Rosemary lächelte. »Ich denke schon. Es ist schwer, sich jetzt daran zu erinnern. Aber ja, das Spa war schön.«

»Das war es«, sagte Athena. »Tatsächlich war es wahrscheinlich ein perfekter Tag. Und dann wurde es noch interessanter. Mama wird das nie vergessen, obwohl ich mich ein wenig davor fürchte, was meine Freunde in der Schule sagen werden.«

»Es hätte viel schlimmer kommen können«, sagte Neve.

Nesta warf ihr einen unangenehmen Blick zu.

Sie hatten offensichtlich das Gespräch darüber geführt, was im Haus des Bürgermeisters mit Neve und ihrer Ex-Freundin passiert war.

»Diese Magie ist unglaublich mächtig«, sagte Rosemary. »Trotz all meiner angeblichen Magie hatte ich wirklich Mühe, ihr zu widerstehen. Obwohl Burk dafür unempfänglich zu sein schien.«

»Das macht es so viel schlimmer«, sagte Athena.

»Es macht es wirklich peinlich«, räumte Rosemary ein. »Es war eine ziemlich einseitige Sache.«

»Aber er hat sich von dir küssen lassen?«, fragte Nesta.

Die Kinder kicherten erneut.

»Ich glaube, er war einfach nur schockiert«, sagte Rosemary. »Er schien nicht besonders begeistert zu sein. Er fragte mich, was in aller Welt ich da mache.«

»Trotzdem. Bewegen sich Vampire nicht unglaublich schnell?«, sagte Athena. »Er hätte sich jederzeit zurückziehen können. Und tatsächlich hätte er dich davon abhalten können, ihm überhaupt erst nahe zu kommen.«

»Was willst du damit andeuten?« Rosemary kniff die Augen zusammen. »Schon gut, ich weiß genau, was du andeuten willst. Das ist nicht einer deiner paranormalen Liebesromane, zum millionsten Mal!«

»Du hast recht«, sagte Athena. »In einem Liebesroman würde es viel mehr Küsse geben!«

Rosemary hatte das Gefühl, dass Athena das nur gesagt hatte, um die Kinder wieder zum Kichern zu bringen, was sie natürlich auch taten.

»Okay, genug von mir«, sagte Rosemary. »Wie hast du dich eingelebt?«, fragte sie Tamsyn.

»Nun, danke«, sagte Tamsyn. »Ich meine, es war schon eine seltsame Zeit, aber insgesamt ist es großartig. Es war wunderbar von Marjie, uns ein Häuschen zur Miete zu vermitteln. Elowen scheint sich gut an das Zusammenleben mit mir zu gewöhnen. Obwohl sie es immer noch lustig findet, dass ich so alt geworden bin.«

Elowen kicherte.

»Hier wird heute Abend viel zu viel gekichert«, sagte Nesta grinsend, was das Kichern natürlich noch schlimmer machte.

»Ich bin froh, dass du dich so gut einlebst«, fuhr Rosemary fort.

»Alle hier sind so nett«, sagte Tamsyn. »Ich kann nicht glauben, dass meine Familie diesen Ort jemals verlassen hat. Es fühlt sich jetzt schon wie ein Zuhause an.«

»Wem sagst du das?«, sagte Rosemary, obwohl sie bemerkte, dass Athena bei diesen Worten einen traurigen Blick in den Augen hatte.

Rosemary streckte die Hand aus, um Athena auf die Schulter zu klopfen. »Warum lädst du Elise nicht nächstes Wochenende ein? Oder ... ich nehme an, ihr könntet zu ihr nach Hause gehen. Wenn Fleur damit einverstanden ist.«

Athena lächelte. »Danke, Mama, ich werde Elise eine Nachricht schicken.«

Nun da die Traurigkeit ihrer Tochter abgewendet war, konzentrierte sich Rosemary voll und ganz darauf, die köstliche herzhafte Suppe zu Ende zu essen und alle Sorgen über feurige Tierchen aus ihrem Kopf zu verbannen.

31

Rosemary war gerade dabei, ihre Suppe zu beenden, als sie bemerkte, wie ernst Dain dreinblickte. Er hatte am Tisch gesessen, sich aber nicht an der Unterhaltung beteiligt. Sie hatte nicht viel darauf geachtet, aber als das Kichern verstummte, schien auch Athena zu bemerken, dass etwas mit ihrem Vater nicht stimmte, und wechselte abrupt das Thema.

»Wie auch immer, Mama. Was ist der nächste Schritt für deinen Schokoladenladen?«

»Ich vermute, ein Berg an Papierkram«, sagte Rosemary. »Außerdem muss ich lernen, wie man ein Unternehmen führt und wie man professionell Schokolade herstellt. Es scheint ein bisschen lächerlich, nicht wahr? Worauf lasse ich mich da nur ein? Ich weiß nicht das Geringste darüber, wie man Chocolatiere wird.«

»Ich bin sicher, dass du ein oder zwei Dinge weißt«, sagte Nesta. «Wahrscheinlich sogar drei oder vier. Du weißt vielleicht nicht alles, aber du hast viel Lebenserfahrung.«

»Es scheint so eine lächerliche Sache zu sein, um sich darauf zu konzentrieren«, sagte Rosemary, »wenn hier so viel anderes los ist. Das Feuer heute, Neve, das war etwas anderes. Athena war begeistert, dir zu erzählen, wie ich mich zum Narren gemacht habe. Aber da war noch mehr. Bevor ich die Flammen gelöscht habe, habe ich Kreaturen gesehen, die mich aus dem Inneren des Feuers anstarrten.«

»Was für Kreaturen?«, fragte Neve.

»Es war eine Art Fae oder feenähnliches Wesen.«

»Im Feuer?«, fragte Neve ungläubig.

»Ich weiß, es klingt ein bisschen lächerlich«, gab Rosemary zu.

»Es klingt eher nach dem, was Athena neulich beschrieben hat«, sagte Neve. »Wir müssen dem nachgehen. Ich werde deine Lehrerin bitten, aufs Revier zu kommen und eine richtige Aussage zu machen.«

»Ich bin wirklich froh, dass keine eurer Aufzeichnungen an die regulären Polizeistationen weitergeleitet werden«, sagte Athena. »Kannst du dir vorstellen, wie diese Aussage aussehen würde?«

»Selbst die magischen Behörden werden damit ihre Schwierigkeiten haben«, sagte Neve. «Sie mögen sich mit Magie auskennen, aber das hier ist etwas anderes, etwas Uraltes.«

»Das habe ich mir auch gedacht«, sagte Athena. »Ich arbeite an einem Aufsatz über Folklore und Mythologie und kann kaum etwas über Belamus finden, obwohl jeder schon einmal von Beltane gehört hat.«

»Ich hoffe, es macht dir nichts aus, mir von deinen Recherchen zu erzählen«, sagte Neve.

Athena lächelte stolz. »Überhaupt nicht. Es ist nur vielleicht nicht allzu hilfreich.«

»Es muss jemanden geben, der die Zauber spricht oder etwas tut, um die Feuer zu beschwören«, sagte Nesta. »Diese Dinge passieren nicht einfach so. Hier geht noch mehr vor sich.«

»Wir können nur versuchen, es herauszufinden«, sagte Neve. »Natürlich folgen wir bereits unseren üblichen Verfahren, aber dabei kommt nichts heraus. Wenn wir nur einen echten Rúnseall hätten. Es würde einen großen Unterschied machen, wenn wir den Verursacher ausfindig machen könnten.«

»Es ist traurig, dass meine Eltern nicht mehr am Leben sind, sie waren Experten für Rúnseall«, sagte Tamsyn. »Aber ich könnte es ja mal versuchen.«

»Müsst ihr dafür nicht zu zweit sein?«, sagte Rosemary und erinnerte sich an ein Gespräch, das sie zuvor geführt hatten.

»Wir sind zu zweit«, sagte Tamsyn und streckte die Hand aus, um Elowens Hand auf dem Tisch zu ergreifen.

Die beiden Schwestern lächelten einander an.

»Ich wusste nicht, dass eine Vierjährige fortgeschrittene Magie beherrscht«, sagte Neve.

»Natürlich nicht«, sagte Tamsyn. »Aber ich habe in den alten Zauberbüchern meiner Eltern gestöbert. Ich habe einige davon in Kisten auf dem Dachboden gefunden, nachdem sie verstorben waren. Und dass es zwei Personen gibt, bedeutet nicht unbedingt, dass beide fortgeschritten sein müssen. Es geht eher darum, eine Art Kanal zu schaffen. Elowen hat die gleiche Abstammung wie ich, also hat sie hoffentlich auch ihr Talent geerbt. Ich weiß, dass ich etwas von der Magie kann, aber ich habe mich bisher nicht zu sehr damit beschäftigt. Mama und Papa haben immer versucht, mich davon abzuhalten, nachdem wir umgezogen waren. Ich glaube, es war zu schmerzhaft für sie.«

»Es ist einen Versuch wert«, sagte Neve, die müde aussah. »Vielleicht passiert nichts, aber ich habe im Moment keine anderen Anhaltspunkte. Jeder einzelne, der bisher aufgetaucht ist, war eine Sackgasse.«

»Okay«, sagte Tamsyn. »Das ist das Mindeste, was ich tun kann, nach allem, was ihr alle für mich getan habt ... für uns. Ich brauche ein paar Tage, um zu üben und mir die Teile des Zaubers zu merken.«

»Toll, wie wäre es, wenn wir uns am Dienstag wieder treffen?«, schlug Rosemary vor. »Und dann sehen wir ja, was passiert.«

»Klingt gut.« Tamsyn strahlte förmlich. »Ich bin tatsächlich ziemlich aufgeregt. Ich habe mich so darauf gefreut, wieder zaubern zu können.«

Rosemary bemerkte einen seltsamen Ausdruck auf dem Gesicht ihrer Tochter und Dain wirkte immer noch seltsam ernst, aber sie schob ihre Bedenken beiseite. Sie hatte für einen Abend genug zum Nachdenken gehabt.

Rosemary freute sich darauf, sich nach vielleicht einer oder zwei Tassen heißer Schokolade im Bett zusammenzurollen. Sie war auf dem Weg in die Küche, als es an der Tür klopfte.

Sie öffnete, neugierig, wer der nächtliche Besucher sein könnte.

Liam stand da und sah etwas zerzaust aus.

»Rosemary, es tut mir leid, dass ich so spät komme. Ich wollte mich nur für ... vorhin entschuldigen. Ich habe es nicht so gemeint, was passiert ist. Es war eine Art Instinkt.«

Rosemary warf ihm einen seltsamen Blick zu. »Es ist für dich ein Instinkt, Menschen anzugreifen?«

Liam nickte. »Leider ist der Mond am Zunehmen«, sagte er leise.

»Vollmond ist erst in einer Woche.« Rosemary war unbeeindruckt. »Ich habe ihn im Hexenkalender, den Marjie mir gegeben hat, im Auge behalten.«

»Das weiß ich«, sagte Liam mit leiser Stimme und sah sich um, um sicherzustellen, dass niemand zuhörte. »Mein Wolf wird in diesem Teil des Monats stärker, wenn der Mond zunimmt.«

»Ich habe gerade große Lust, dir was zum Zunehmen zu geben!«, sagte Rosemary.

Liam schluckte, schien aber von der Möglichkeit leicht begeistert zu sein.

Rosemary errötete. »Oh, du weißt, was ich meine! Du kannst nicht einfach Leute angreifen. Das ist nicht gesellschaftsfähig.«

»Ich dachte, ich hätte ihn unter Kontrolle.«

»Ihn? Deinen Wolf?«, fragte Rosemary mit heiserer Stimme. »Hast du einen Namen für ihn?«

»Fluffy«, gab Liam zu.

Rosemary war hin- und hergerissen zwischen laut auflachen oder Liam die Tür vor der Nase zuzuschlagen. Ein streunender Werwolf namens Fluffy war das Letzte, was sie gebrauchen konnte.

»Wie auch immer«, sagte Liam. »Was du neulich getan hast, hat funktioniert, oder es schien zumindest ein paar Tage lang so ... aber offensichtlich hat es nicht gehalten. Als ich dich gesehen habe ...«

»Das ist einfach nur großartig«, sagte Rosemary. »Nun, es ist Zeit für dich, nach Hause zu gehen und dich selbst um Fluffy zu kümmern. Tut mir leid, dass ich nicht mehr helfen konnte.«

»Sag mir nicht, dass du aufgegeben hast«, sagte Liam. »Rosemary, ich brauche das. Du kannst nicht einfach ...«

»Hey. Ich bin hier nicht der Bösewicht«, sagte Rosemary frustriert. »Wenn es etwas in dir gibt, das Menschen in der Stadt ohne guten Grund angreift, selbst in deiner menschlichen Form, kannst du das nicht zu meinem Problem machen.«

»So ist es nicht«, sagte Liam. »Der einzige Grund, warum ich den Vampir angegriffen habe, war, weil er seine Hände ...«

»Auf mir hatte?«

»Ja. Ich fühlte mich ...«

»Besitzergreifend? Eifersüchtig?«

»Ich konnte mich nicht beherrschen«, sagte Liam.

»Das macht es nur noch unangenehmer«, sagte Rosemary.

Liam sah niedergeschlagen aus. »Ich kann nichts dafür, wie ich ...«

»Hör mal«, sagte Rosemary, die nun Mitleid mit ihm hatte, aber auch unbedingt wollte, dass er nicht mehr über Gefühle sprach, vor allem, wenn Athena jeden Moment auftauchen und zuhören konnte. »Du hast recht. Es ist nicht deine Schuld, dass du diesen Virus hast.«

»Es ist auch nicht deine Schuld«, sagte Liam. »Es tut mir leid, dass es so wirkt, als müsstest du die Verantwortung für mich und mein Problem übernehmen müssen. Ich erwarte nichts von dir, ich hoffe nur ... Das ist das, was einer Heilung am nächsten kommt. Wenn es irgendetwas gibt, womit du mir in den nächsten Tagen helfen kannst ... Ich werde alles tun, um mich zu revanchieren.«

»Ich werde sehen, was ich tun kann«, sagte Rosemary. »Aber erwarte nicht zu viel.«

Liams Blick wanderte von Rosemarys Gesicht zu einem Punkt direkt hinter ihr. Sie drehte sich wieder um und sah Dain mit verschränkten Armen dastehen.

»Oh, tut mir leid«, sagte Liam verlegen. »Ich wusste nicht, dass du Gesellschaft hast.«

»Nein, nein«, sagte Rosemary. »Er wohnt nur hier. Liam, das ist Dain, Athenas Vater. Dain, das ist mein Freund Liam.«

Sie erwartete, dass sie sich die Hand reichten, aber stattdessen standen sie beide da und starrten sich an wie zwei unerschütterliche Kater.

»Im Ernst?«, sagte Rosemary. »Was soll das?«

»Was?«, fragte Dain.

»Dieses Revierverhalten«, sagte sie und blickte abwechselnd die beiden Männer an. »Das ist doch lächerlich!«

Als keiner von ihnen sich rührte oder ein Wort sagte, wandte sich Rosemary wieder Liam zu. »Danke für deinen Besuch«, sagte sie. »Du solltest jetzt gehen.«

»Ja, es ist Zeit zu gehen, Liam«, sagte Dain und winkte ihm lächelnd zu.

Rosemary warf Dain einen verärgerten Blick zu. Auch Liam starrte ihn finster an, als sie sich wieder zu ihm umdrehte.

»Rosey, es tut mir leid, dass ich dich belästigt habe.« Liam beschloss offensichtlich, Dain zu ignorieren und sich stattdessen auf sie zu konzentrieren. »Und es tut mir leid, wie ich mich vorhin verhalten habe. Du hast eine Menge getan, um mir zu helfen. Ich meine es ernst, wenn es irgendetwas gibt, womit ich dir helfen kann, egal was, dann lass es mich wissen.«

»Danke, Liam. Gute Nacht«, sagte Rosemary und schloss die Tür.

»Ja, gute Nacht, Liam«, rief Dain und winkte mit einem noch breiteren Lächeln, während die Tür ins Schloss fiel.

Rosemary stieß ihn mit dem Ellbogen. »Das war so was von unnötig.«

»Ich mache nur ein bisschen Spaß«, sagte Dain. »Du scheinst in letzter Zeit viele Verehrer zu haben, *Rosey*.«

»Rosey war ein Spitzname aus meiner Kindheit und ich habe keine Verehrer, vielen Dank auch.« Sie verschränkte die Arme. »Warum glaubt mir nur niemand?«

»Vielleicht, weil eine schöne Frau wie du nicht Single sein sollte. Das ist ein Verbrechen.«

»Das klingt ganz schön sexistisch oder so«, sagte Rosemary. »Ich brauche keinen Mann, um ein erfülltes Leben zu haben – oder eine Frau oder irgendeine Art von Romanze. Außerdem klingt das wie der Spruch von einem Aufreißertyp.«

Dain hob unschuldig die Arme. »Ich kann wohl nichts richtig machen, oder?«, sagte er. »Ich bin nur der Typ, der hier wohnt und kein Leben hat.«

Rosemary lächelte mitfühlend. »Du hast in letzter Zeit tatsächlich viel Gutes getan.«

Dain sah sie fragend an.

»Es ist schön zu sehen, wie gut du mit Athena zurechtkommst, und du bist großartig mit den Findelkindern. So seltsam es auch ist, dass mein Ex hier lebt, es ist gut, dich in der Nähe zu haben.«

Ein breites Grinsen breitete sich auf Dains Gesicht aus. »Ich bin froh, dass du so denkst. Ich wüsste da eine Möglichkeit, wie du dich gebührend bei mir bedanken kannst.« Er zwinkerte ihr zu, und Rosemary spürte den leichten Sog von Dains Fae-Magie, oder vielleicht war es auch nur sein natürlicher Charme. So oder so, sie war viel zu stark, als dass sie sich davon hätte überwältigen lassen.

»Netter Versuch«, sagte sie. »Aber darauf falle ich nicht herein.«

»Schade«, sagte Dain. »Aber du hast recht. Es ist sehr schön, dass wir wieder zusammen sind.«

»*Wir* sind nicht wieder zusammen«, beharrte Rosemary. »Das weißt du. ‚Wir‘ hat noch nie funktioniert.«

»Ist das so?«, fragte Dain. »Oder lag es nur daran, dass meine Probleme immer alles ruiniert haben?«

»Deine Probleme spielten dabei eine große Rolle«, gab Rosemary zu. »Aber wir können die Zeit nicht zurückdrehen. Es ist zu spät für uns. Ich bin nicht mehr das junge, unschuldige Mädchen, das du vor all den Jahren kennengelernt hast.«

»Ich will nicht, dass du unschuldig bist«, sagte Dain und seine Lippe verzog sich nach oben.

»Dain, seitdem hat sich so viel verändert. Dir muss klar werden, dass wir nicht zusammen sind, okay? Wir werden nicht zusammen sein.

Athena braucht dich in ihrem Leben – zumindest, wenn du ein guter Einfluss bist. Sie hat Schwierigkeiten.«

»Was für Schwierigkeiten?«, fragte Dain. Es sah aus, als würde eine Gewitterwolke über sein Gesicht ziehen. »Ist es wieder dieser Typ?«

»Nein«, sagte Rosemary und lächelte über seine Reaktion. »Ich glaube, sie vermisst einfach das Reich der Fae.«

Rosemary erzählte ihm von dem Gespräch, das sie zuvor mit Fleur geführt hatte.

»Das ergibt Sinn«, sagte Dain. »Diese Welt ist viel schwerer. Das ist einer der Gründe, warum ich so sehr damit zu kämpfen hatte, als ich hier ankam, warum ich so anfällig für Schwäche war und meine Sucht nicht aufgeben konnte.«

»Und jetzt?«, fragte Rosemary.

»Ich bin jetzt stärker«, sagte er. »Ich wurde wochenlang gefoltert, Rosemary. Wenn man an den Rand seiner eigenen Erfahrung getrieben wurde, und man so weit war, dass man nicht wusste, ob man jemals überleben würde, aber man das irgendwie überstanden hat, weiß man, wozu man fähig ist. Und man weiß, was einem wichtig ist. Du und Athena, ihr seid mir wichtig. Ich bin durch die Hölle gegangen, aber ich würde es sofort wieder tun.«

Rosemary spürte, wie sich Wärme in ihrer Brust ausbreitete. »Ich weiß das zu schätzen.« Sie wollte mit einer Art Aussage fortfahren, wie »aber das spielt keine Rolle« oder »aber es ist zu spät« oder »aber das ändert nichts«, aber es kam nichts heraus. Also ließ sie ihre vorherigen Worte im Raum stehen. Sie wollte den Moment nicht verderben.

»Wie wäre es mit einer heißen Schokolade ohne Milchprodukte?«, bot sie an und ging in die Küche.

32

Wie es in Myrtlewood Tradition war, wurde die Schule in der Woche vor den Jahreszeitenfesten geschlossen. Beltane sollte am darauffolgenden Wochenende stattfinden. Das bedeutete jedoch nicht, dass die Arbeit ruhen konnte. Athena musste noch ihren Aufsatz am Mittwoch abgeben, aber da kein Unterricht stattfand, hatte Rosemary Athena erlaubt, Elises Haus zu besuchen, obwohl es kein Wochenende war.

Eine Übernachtung – das hatte Athena noch nie gemacht. Als sie noch jünger war, hatte sie keine Pyjamapartys mit Freunden erlebt, weil sie nie wirklich enge Freunde hatte, sondern nur ein paar Bekannte, mit denen sie in der Schule Zeit verbrachte. Außerdem hatten Rosemary und Athena noch nie an einem Ort gelebt, der schön genug war, um jemanden nach Hause mitzubringen. Wenn sie also doch mal eingeladen worden wäre, hätte sie sich nicht wohl dabei gefühlt, den Gefallen zu erwidern.

Jetzt jedoch war alles anders. Rosemary brachte Athena unter der Bedingung rüber, dass sie die Eltern kennenlernte, obwohl sie Fleur bereits getroffen hatte.

»Solange du mich nicht in Verlegenheit bringst«, sagte Athena, als sie durch die dichten Wälder nordwestlich von Myrtlewood fuhren.

»Ich bin überrascht, dass hier überhaupt jemand lebt«, sagte Rosemary.

»Warum nicht? Es ist wunderschön«, sagte Athena. »All diese grünen Bäume.«

»Was stimmt denn nicht mit unseren Bäumen?«

»Mit unseren Bäumen ist alles in Ordnung«, sagte Athena. »Darum geht es ja. Außerdem ist das kein Wettbewerb. Sie haben mich ja nicht gebeten, hierher zu ziehen oder so. Ich sage doch nur. Es ist schön.«

»Bei uns ist es auch schön.« Rosemary war seit dem Gespräch im Spa seltsam defensiv gewesen, nachdem Athena zugegeben hatte, dass sie das Reich der Fae vermisste, was es Athena noch schwerer machte, ihr anderes Geheimnis mit ihrer Mutter zu teilen.

Die Straße wurde schmaler und kiesiger, je weiter sie fuhren.

»Ich hoffe, es gibt am Ende eine Möglichkeit, umzudrehen«, sagte Rosemary.

»Sie hätte es erwähnt, wenn es nicht so wäre«, sagte Athena. »Ich bezweifle, dass du die erste Person bist, die hierher fährt. Es gibt schließlich eine Straße.«

»Ich nehme an, da hast du recht«, sagte Rosemary. »Ich bin nur nervös. Ich habe mich noch nie mit so etwas auseinandersetzen müssen.«

»Entspann dich einfach, Mama. Warum gehst du nicht nach Hause und meldest dich für eine weitere Massage an?«

»Oh, vielleicht bietet sie sie ja von zu Hause aus an«, sagte Rosemary.

»Nein, Mama. Auf keinen Fall. Du wirst nicht meine Pyjamaparty stören.«

»Das war ein Witz«, sagte Rosemary. »So halb.«

»Ich meine es ernst«, sagte Athena. »Wage es nicht, um eine Massage zu bitten, während ich meine Freundin besuche.«

»Na gut«, sagte Rosemary. »Schau. Da sind wir.«

Das kleine Holzhaus verschmolz fast mit den Bäumen vor ihnen. Es war grün und braun gestrichen und stand auf Stelzen über dem Boden. Athena bemerkte kleine Brücken aus Seil und Holz, die zwischen den Bäumen verliefen.

»Es ist bezaubernd«, sagte Athena.

»Es ist ein bisschen wie in diesem Star-Wars-Film mit den Bärenwesen«, sagte Rosemary.

»Mama«, sagte Athena mit einer Warnung in der Stimme.

»Was?«

»Du bist komisch – komischer als sonst. Vielleicht wäre es besser, wenn du versuchst, deinen Mund so gut wie möglich geschlossen zu halten. Und bleib nicht zu lange.«

»Schon gut, schon gut«, sagte Rosemary. »Ich will sie nur kennenlernen.«

Sie stiegen aus dem Auto und gingen eine wackelige Holztreppe hinauf zu einer glockenförmigen Eingangstür.

»Es ist wie ein Feenhaus«, sagte Rosemary.

»Pst. Sag so etwas nicht. Es könnte beleidigend sein. Denk daran, dass es sich tatsächlich um Fae handelt.«

»Na dann sollte es nicht beleidigend sein«, sagte Rosemary.

Athena warf ihr einen weiteren warnenden Blick zu und gab ihrer Mutter ein Zeichen, den Mund zu halten.

Die Tür öffnete sich, bevor sie klopfen konnten. Eine hübsche Frau mit blauen Haaren stand vor ihnen.

»Du musst Athena sein«, sagte sie. »Ich bin Fleur.«

»Hallo«, sagte Athena.

»Mama!«, rief Elise und kam zur Tür. »Ist schon gut, ich mach das schon.«

»Schön, Sie wiederzusehen«, sagte Rosemary und lächelte Fleur an, während Elise Athenas Arm packte und sie ins Haus zog.

»Tschüss dann«, rief Rosemary.

»Denk daran, was ich dir gerade gesagt habe«, sagte Athena und hoffte, dass ihre Mutter sie nicht in Verlegenheit bringen würde.

Rosemary winkte abweisend.

Athena verdrängte Bedenken über Rosemarys Verhalten aus ihrem Kopf, während sie ihrer Freundin folgte. »Dein Haus ist fantastisch.«

»Es ist nicht so riesig und schick wie deins«, sagte Elise, als sie durch ein kleines gemütliches Wohnzimmer gingen, das mit Steppdecken und gehäkelten pastellfarbenen Deckchen in Regenbogenfarben ausgestattet war. »Aber es ist ganz schön hier. Das ist meine Oma, Ambrosia.«

»Hallo«, sagte eine Frau, die nicht älter als fünfzig aussah und die sie aus einem Schaukelstuhl anlächelte, in dem sie strickend saß.

Athena hatte kaum Zeit zu antworten, bevor Elise sie wieder aus dem Zimmer zerrte.

»Ich dachte, deine Großmutter wäre über hundert Jahre alt«, sagte Athena.

»Das ist sie«, antwortete Elise.

»Sie sieht nicht annähernd so alt aus. Du hast gute Gene.«

Elise lächelte. »Komm hier hoch. Das ist mein Zimmer.« Sie kletterte eine Holzleiter hinauf. Sie war hellblau gestrichen, fast passend zu Elises üblicher Haarfarbe.

Athena folgte ihr zu einer Art Dachboden. Die Decke bildete ein Dreieck. Es gab nicht viel Platz, nur ein Bett von angemessener Größe, das bodennah aufgerichtet war, und kleine Bücherregale an den Wänden.

»Es ist schön«, sagte Athena. »Was für ein schöner Raum.«

»Es ist nicht viel«, sagte Elise. »Aber es ist ein Zuhause.«

»Du klingst nicht sehr begeistert, wenn du das sagst.«

»Ach, weißt du. Wenn ich dieses Wort jetzt sage, erinnert es mich nur an ...«

»Das Reich der Fae«, sagte Athena. »Das verstehe ich vollkommen.«

»Es ist aber schön, dich in der Nähe zu haben«, sagte Elise. »Wenn du nicht hier bist, fühle ich mich irgendwie ausgelaugt und müde.«

»Das Gefühl kenne ich«, gab Athena zu. Sie wollte das Geheimnis, von dem sie sonst niemandem erzählt hatte, mit ihr teilen, aber jetzt war nicht der richtige Zeitpunkt dafür. »In letzter Zeit ist alles so seltsam. Ich wollte nicht, dass Mama davon erfährt. Aber wie es der Zufall will, weiß sie es jetzt doch. Es war nicht hilfreich, dass deine Mutter darüber gesprochen hat, als sie Mama massiert hat.«

»Tut mir leid«, sagte Elise. »Eltern sind so seltsam.«

»Das ist die Untertreibung des Jahrhunderts«, sagte Athena. »Egal. Es spielt jetzt keine Rolle. Wahrscheinlich ist es besser so. Zumindest lässt Mama mich jetzt öfter aus dem Haus, damit ich dich öfter sehen kann, weil sie weiß, dass ich mich dann besser fühle, hier in dieser Welt zu sein.«

»Eine glückliche Wendung der Ereignisse«, sagte Elise und hakte sich bei ihr ein. »Möchtest du etwas Tee?«

DER REST des Nachmittags verging mit einer angenehmen Mischung aus Tee und Kuchen und Gesprächen, gefolgt von einem Abendessen mit gerösteten Farnwurzeln und Kastanien, das Athena überraschend lecker fand.

Später am Abend, als sie in Elises Bett lagen, fühlte sich Athena inspiriert, ihrer Freundin das Geheimnis anzuvertrauen, das sie bisher noch mit niemandem geteilt hatte.

»Ich möchte dir etwas zeigen«, sagte sie. »Versprich mir nur, dass du es niemandem erzählen wirst.«

Elise warf ihr einen Blick zu, der sowohl aufgeregt als auch misstrauisch war. »Was ist es denn?«

»Können wir von hier aus nach draußen gehen? Ohne dass es jemand bemerkt?«

»Natürlich können wir das«, sagte Elise. »Hier entlang.« Sie öffnete das Fenster und zeigte Athena, wie man die stabilen Ranken hinunterkletterte, die an der Seite des Hauses emporwuchsen. Sie kletterten hinunter, bis sie eine der Hängebrücken erreichten, und gingen hinüber zu einer kleinen Plattform zwischen drei großen alten Bäumen.

»Dieser Ort ist so toll«, sagte Athena. »Jetzt weiß ich, warum du so gerne hier lebst.«

Elise lächelte. »Was möchtest du mir denn zeigen?«

»Etwas, das dir gefallen wird«, antwortete Athena. Sie streckte ihren Zeigefinger aus und holte tief Luft, bevor sie begann, eine Tür in die Luft zu schneiden, genau wie in den letzten Nächten.

»Was machst du da?«, fragte Elise mit leicht panischer Stimme.

»Das wirst du schon sehen«, sagte Athena.

Ein Licht leuchtete in der Luft und hinterließ eine Spur hinter ihrem Finger. Elise keuchte, als Schwaden von Magie aus dem Reich der Fae durch sie hindurchströmten. »Oh, meine Göttin!«, sagte sie.

»Das fühlt sich gut an, oder?«

»Ja«, sagte Elise. »Es fühlt sich fantastisch an. Es ist wunderbar!«

Athena strahlte sie an.

»Hast du das schon öfter gemacht?«, fragte Elise.

»Fast jeden Abend«, gab Athena zu. »Ich sollte es wahrscheinlich nicht tun. Es ist gefährlich, ich weiß, aber ich kann mir nicht helfen. Es fühlt sich einfach so an, als wäre ich dazu bestimmt, dort zu sein. Obwohl alles Wichtige in meinem Leben hier ist.«

Elise nickte und nahm Athenas Hand.

In diesem Moment flog ein großer rötlicher Wirbel in fast menschlicher Gestalt mit solcher Geschwindigkeit und Kraft durch den Schleier, dass er die beiden Freundinnen auseinanderstieß.

»Was war das?«, fragte Elise.

»Ich weiß es nicht«, sagte Athena. »Das passiert manchmal. Ich frage mich, ob ich Dinge durchlasse, die nicht in diesem Reich sein sollten, aber bisher hat noch kein hoher Fae versucht, durchzukommen, das ist also schon mal etwas.«

»Es ist trotzdem beunruhigend«, sagte Elise.

»Ich weiß.«

»Nein ... ich meine, wirklich beunruhigend.«

»Warum?«, fragte Athena.

»Weil ich glaube, dass Dinge, die zwischen den Reichen wandeln, das manchmal auf eine körperlose Art und Weise tun. Meine Groß- mutter sagte, dass das früher so war, als die Reiche noch offener waren. Es war, als würde sie sich ein wenig auflösen, wenn sie hindurchschritt, und sich auf der anderen Seite neu formieren.«

»Du meinst also ...«

»Du könntest alles hereinlassen!«

»Sogar Fae?« Athena würgte die Worte regelrecht heraus.

»Ich weiß nicht«, sagte Elise. »Ich mache mir nur ein bisschen Sorgen.«

»Aber warum?«, sagte Athena. »Ich meine, abgesehen von dieser fiesen Gräfin und ihren Handlangern ist es wahrscheinlich in Ordnung. Es gibt viele feenartige Wesen im Reich der Erde. Was ist schon an ein paar mehr auszusetzen? Deine Großmutter scheint harmlos zu sein.«

»Du solltest sie mal in Rage sehen. Aber wie auch immer, viele von uns sind harmlos. Der wahre Grund, warum ich mir Sorgen mache, ist, dass ich das Gefühl hatte, dass das, was gerade durch die Gegend schwebte, möglicherweise gefährlich sein könnte.«

Sie griff erneut nach Athenas Hand und das Licht verblasste.

»Machst du dir wirklich solche Sorgen?«, fragte Athena.

»Ja.« Elise warf Athena einen wissenden Blick zu. »Ich habe das Gefühl, dass das ein Feuergeist gewesen sein könnte.«

»Oh ... Oh nein«, sagte Athena. »Bist du dir sicher?«

Elise schüttelte den Kopf. »Ich bin mir nicht hundertprozentig sicher. Ich habe nur so ein Gefühl.«

»Hast du schon einmal einen getroffen?«, fragte Athena.

»Nur flüchtig«, sagte Elise. »Aber natürlich nicht in dieser Art von Situation. Ich habe gehört, dass die Feuergeister, die seit Generationen hier leben, ganz anders sind als die wilden Kreaturen aus dem Reich der Fae.«

»Glaubst du, es ist möglich, dass ich für all die Brände verantwortlich bin?«, fragte Athena mit panischer Stimme.

»Ich weiß es nicht«, sagte Elise. »Und ein Teil von mir will es auch gar nicht herausfinden.«

33

osemary gesellte sich zu den rund zweihundert anderen Einwohnern von Myrtlewood, die sich im Gemeinschaftsraum drängten. Einige Gesichter waren ihr bekannt, andere eher ungewohnt.

Marjie hatte sie am Montagmorgen früh angerufen, um ihr von der Sondersitzung an diesem Abend zu erzählen, die von Herrn June, dem Bürgermeister, einberufen worden war. Rosemary hatte nach den jüngsten Interaktionen mit seiner Hoheit, dem Herrn der Wichtigtuerei, wie sie ihn in Gedanken gerne nannte, nicht vorgehabt, ihr Gesicht zu zeigen, aber Marjie hatte darauf bestanden, dass es wichtig sei.

Das Rathaus war ein altes edwardianisches Gebäude mit hohen Decken. Rosemary war noch nie zuvor darin gewesen und war erleichtert über die starke Beteiligung. Sie hoffte, dass dies bedeutete, dass der Bürgermeister und sein charmanter Ehemann sie nicht bemerken würden.

Ferg stand als Erster auf und sprach eine Art Segen, in dem er den Elementen der vier Himmelsrichtungen und der Schutzgöttin der Stadt, Brigid, dankte. Als Nächstes war Herr June an der Reihe. Er näherte sich dem Podium mit nach hinten gegeltem schwarzem Haar, wobei er einen langen schwarz-violetten Umhang trug, der mit Gold eingefasst war und über einem dreiteiligen Anzug in passenden Farben drapiert war, was Rosemary für eine ziemlich dramatische Outfitwahl hielt.

»Liebe Bürgerinnen und Bürger«, sagte der Bürgermeister. »Ich bin sicher, dass Sie den Ernst der Lage, in der wir uns befinden, zumindest teilweise verstehen.«

Aus der Menge erhob sich ein besorgtes Murmeln.

Herr Junes Augen leuchteten, als er fortfuhr. »In der letzten Woche oder so hat es in der Stadt nicht weniger als sechzehn Brände gegeben.«

Rosemary bemerkte eine Bewegung. Sie drehte den Kopf und entdeckte Detective Neve, die offensichtlich zu spät kam und sich entschuldigte, während sie durch die Reihen schlüpfte, um sich neben Rosemary auf einen freien Platz zu setzen.

Herr June räusperte sich und starrte in ihre Richtung.

So viel zum Thema unbemerkt bleiben, dachte Rosemary.

»Was ist passiert?«, fragte Neve flüsternd.

»Noch nichts.«

»Wenn. Ich. *Fortfahren.* Dürfte«, sagte Herr June und betonte jedes Wort auf eine mühsame und unnötige Weise. »Ich bin sicher, dass Sie alle um Ihre Sicherheit und die Ihrer Familien besorgt sind. Wir wissen, dass die Feuer sowohl real als auch magisch sind. Das heißt, sie können wie ein gewöhnliches Feuer brennen, aber sie haben auch einige ... unerwartete Auswirkungen.«

»Das ist eine Untertreibung«, sagte Neve leise.

»Ich werde gleich unsere Feuerwehrchefin bitten, hier nach vorne zu kommen, damit sie euch genauer erklären kann, worauf ihr achten müsst, aber zuerst muss ich eine Ankündigung machen. Schweren Herzens muss ich die Beltane-Feierlichkeiten offiziell absagen.«

Ein Raunen der Überraschung und Enttäuschung ging durch den Raum.

»Aber ... das ist unerhört!«, sagte Ferg, stand auf, offensichtlich unfähig, sich zurückhalten.

»Bitte setzen Sie sich, Herr Burgess«, sagte der Bürgermeister. »Sie können später Fragen stellen.«

Ferg setzte sich, aber Rosemary konnte immer noch den Ausdruck der Empörung in seinem Gesicht sehen.

»Mir ist bewusst, dass dies fast noch nie passiert ist«, fuhr Herr June fort. »In meiner gesamten Zeit als Bürgermeister mussten wir noch nie eine Zeremonie absagen, obwohl wir die Wintersonnenwende einmal wegen einer verirrten Todesfee verschoben haben.«

Das Publikum lachte, doch Rosemary verstand den Witz nicht.

»Tatsächlich wurde in dieser Stadt seit den Fae-Unruhen vor hundert oder mehr Jahren keine Zeremonie mehr abgesagt. Aber im Interesse Ihrer eigenen Sicherheit und des Wohlergehens der Stadt können wir derzeit keine große Versammlung riskieren. Nicht, bevor wir die durch die Brände verursachten Gefahren beseitigt haben. Daher wird Beltane abgesagt, mit der Möglichkeit, es zu verschieben, wenn, und nur wenn, diese Brandangelegenheit unverzüglich geklärt ist, obwohl ich fürchte, dass unsere örtlichen Strafverfolgungsbehörden keine Ahnung haben, wer der Schuldige ist."

Er starrte Neve an und ließ dann seinen Blick misstrauisch durch den Raum schweifen.

»Wenn Sie irgendwelche Informationen zu diesen Bränden habt, wenden Sie sich bitte an die Behörden.«

Das Publikum begann zu reden, als der Bürgermeister fertig war und das Mikrofon an Sid weitergab, die Feuerwehrfrau, die zufällig auch Neves Ex war.

Neve hatte einen leicht unbehaglichen Gesichtsausdruck, als sie zuhörten, wie Sid über die Risiken des Feuers sprach, über die sie aus eigener Erfahrung bereits ziemlich viel wussten.

»Was ist los?«, fragte Rosemary.

Neve seufzte. »Wir werden tagelang mit Gerüchten und Hörensagen überschwemmt werden, nach dem, was er gerade gesagt hat. Darauf kannst du wetten. Außerdem wird es nicht helfen.«

»Die Gerüchte?«, fragte Rosemary.

»Nein. Beltane abzusagen. Das wird die Risiken nicht verringern. Ich denke sogar, dass es die Dinge nur noch viel schlimmer machen wird.«

»Und das«, sagte Rosemary, »ist äußerst verdächtig!«

34

thena lief bis spät in den Abend hinein in ihrem Zimmer auf
und ab. Seit sie am frühen Morgen von Elise nach Hause
gekommen war, hatte sie unter großem Stress gestanden.

Sie hatte versucht, es vor ihrer Mutter zu verbergen, war aber kläglich gescheitert. Zum Glück hatte Rosemary ihr die Ausrede abgekauft,
dass sie sich wegen des Aufsatzes über Beltane, der am nächsten Tag
fällig war, Sorgen mache.

Es stimmte zwar, dass Athena stundenlang dafür recherchiert hatte,
aber sie war immer noch nicht sehr glücklich über den Mangel an
Informationen und wie sie versucht hatte, diese zusammenzufügen.
Athena hatte sich noch nie so sehr um ihre Schularbeiten gekümmert
und hatte auch nie gut sein wollen, aber sie liebte die Myrtlewood
Academy und außerdem wollte sie Beryl schlagen, nur um ihr das
Grinsen aus dem Gesicht zu wischen.

Es war ein wenig stressig, und die mit Beltane zusammenhängenden
Schularbeiten waren nur die Spitze des Eisbergs. In der Nacht zuvor
hatte sie nicht schlafen können, nachdem ihr klar geworden war, dass
alle Probleme, die in der Stadt mit den Bränden auftraten, durchaus
ihre Schuld sein könnten. Rosemary schien bereits von all den magi-

schen Gefahren, die ihr neues Leben mit sich brachte, überwältigt zu sein. Athena hatte es nicht ausgesprochen, aber sie hatte Angst, dass eine weitere Katastrophe ihre Mutter dazu bringen könnte, den Verstand zu verlieren und sie beide aus der Stadt zu entfernen, zurück in die profane Welt, in der nichts mehr Sinn ergab.

Das Letzte, was Athena jetzt noch gebrauchen konnte, war, dass ihre ohnehin schon überfürsorgliche Mutter herausfand, dass sie möglicherweise für die Brände verantwortlich war.

Vielleicht gab es keine Möglichkeit, es zu verbergen, wenn Tamsyn in der Lage war, den Suchzauber auszusprechen ... Es sei denn, Athena könnte eine Art Magie finden, die stark genug war, um es zu widerlegen.

Sie hatte sich durch Omas mächtigste Bücher gewälzt, aber nichts Brauchbares gefunden, bis sie in einem der alten Thorn-Zauberbücher im Turmzimmer auf einen Spruch gestoßen war.

Der Spruch sah vielversprechend aus. Athena hoffte, dass er den Zweck erfüllen würde und dass ihre jetzt funktionierende Thorn-Familienmagie in der Lage sein würde, ihn gut genug zum Funktionieren zu bringen, um ihre Anwesenheit zu verschleiern.

Sie konnte nicht riskieren, dass Rosemary es herausfand und sie ihre Freiheit wieder verlor.

Sie fühlte sich schuldig, etwas so Großes wie das hier zu verheimlichen, aber sie musste lange genug verborgen bleiben, um herauszufinden, wie sie das, was sie möglicherweise getan hatte, wieder in Ordnung bringen konnte. Das war ein ganz anderes Rätsel, für das sie noch keine Lösung gefunden hatte.

Vielleicht würde eine Art Beschwörungszauber funktionieren. Sie könnte alle Feuergeister oder Naturgeister oder was auch immer sie waren, zu sich rufen und sie durch den Schleier zurückführen.

Rosemary würde davon nicht gerade begeistert sein. Vor allem nicht, wenn es bedeutete, dass Athena wieder in eine andere Welt reisen musste. Obwohl sie sich schrecklich schuldig fühlte, verdrängte sie das Gefühl und unterdrückte es.

»Ich muss selbst eine Lösung dafür finden«, murmelte Athena vor sich hin. »Wenn ich das Chaos verursacht habe, werde ich es auch beseitigen.«

Sie durchquerte ihr Zimmer, zurück zu dem alten Zauberbuch, das sie aus dem Turm heruntergebracht hatte, und las den Zauberspruch noch einmal durch.

Auf den ersten Blick sah er komplex aus, und Athena musste ein spezielles Buch über alte britische Runen verwenden, um einige der Symbole zu entziffern. Doch je mehr sie sich damit befasste, desto mehr ergab die Magie intuitiv Sinn für sie, abgesehen von einem verwirrenden Teil – wie konnte die winzige Menge an Zutaten einen ganzen Kessel füllen?

Nachdem sie sicher war, dass Rosemary fest schlief, nahm sie das Zauberbuch wieder mit nach oben in das Turmzimmer und war dankbar, dass es ihnen zugänglich war, seit Oma das Gebäude offenbar verlassen hatte.

Athena musste den großen Kessel und einige der Zutaten, die sie zuvor katalogisiert hatte, dort oben verwenden.

Es war ein seltsamer Zauber und Athena konnte nicht ganz herausfinden, wie das alles zusammenpasste. Es schien nicht genug Flüssigkeit vorhanden zu sein, um den Kessel zu füllen. Sie streute die trockenen Tollkirschenblätter hinein und sprach den Zauberspruch, um den Kessel anzuzünden.

Die Blätter begannen zu schwelen und sie fügte Flusssteine, Akazienrinde und vier zerkleinerte getrocknete Hornissen aus Omas Vorratsschrank sowie einen Löffel Honig hinzu. Der nächste Schritt bestand darin, ein Glas verzaubertes Quellwasser zuzubereiten. Rosmarin hatte nie etwas von teurem, überteuertem Flaschenwasser gehalten, aber zum Glück hatte Thorn Manor die Oberhand. Der Kühlschrank musste Athenas Gedankenbefehl befolgt haben. Sie fand ihn mit Dutzenden Flaschen Wasser gefüllt, die alle mit dem Etikett »aus einer örtlichen Quelle« versehen waren. Das war einfach genug für Athena, um es mit einem simplen Zauberspruch zu verzaubern. Sie hoffte allerdings, dass das restliche Wasser verschwand, bevor ihre Mutter es sah.

Wie im Zauberspruch angewiesen, begann sie, das Glas mit dem verzauberten Wasser langsam in den Kessel zu gießen, während sie mit der anderen Hand umrührte.

Zu Athenas Erstaunen reichte eine kleine Tasse Wasser aus, um den gesamten riesigen Kessel zu füllen.

Athena sang die Worte, die sie nicht ganz verstand, mit der Absicht, sich zu verstecken.

Ein Duft, der stark an Lavendel erinnerte, erfüllte den Raum, zusammen mit wabernden Dampfwolken.

Zufrieden tropfte Athena sich drei Tropfen des Tranks auf ihre Zunge. Er schmeckte nach Himbeeren und hatte den beunruhigenden Nebeneffekt, dass sich das gesamte Gefäß leerte, sodass der Kessel völlig trocken und sauber wurde, als hätte sie nie etwas hineingegeben.

Sie spürte ein seltsames Knistern in sich und dann ein Pochen wie der Schlag ihres Herzens, nur stärker.

Sie betrachtete sich im Spiegel, aber sie sah ganz gewöhnlich aus. Sie stand noch einen Moment länger da und betrachtete ihr Spiegelbild. Sie zuckte fast zusammen, als vier große Lichtranken, wie die Beine eines Oktopus, aus ihrem Rücken sprangen und sich um sie schlangen, als würden sie ein Neugeborenes in eine Decke wickeln.

Es wäre furchterregend gewesen, wenn das Gefühl nicht so tröstlich gewesen wäre.

Als sie so dastand, verblasste das Licht und verschwand.

»Na ja«, murmelte Athena vor sich hin. »Hoffentlich hat es funktioniert und ich bin für ein paar Tage geschützt. Wenn nicht, sollte ich wohl besser einen Plan B haben.«

Sie sprach ein kurzes Gebet zu der Göttin Brigid und schlüpfte dann die Treppe hinunter ins Bett.

～

AM NÄCHSTEN TAG wachte Athena ausgeruht nach einer erholsamen Nacht auf. Der Zauber schien den angenehmen Nebeneffekt zu haben, dass sie sich viel entspannter fühlte als zuvor.

Sie ging zum Frühstück nach unten und stellte fest, dass Rosemary bereits Pfannkuchen gemacht hatte.

Dain und Nesta saßen mit den Findelkindern am Esstisch. Thea und Clio starrten entschlossen auf eine Gabel, die zwischen ihnen schwebte, und Harry feuerte sie an.

Definitiv keine normalen Kinder.

»Ich fürchte, wir werden nicht mehr lange hier sein«, sagte Nesta zu den Kindern.

»Oh.« Sie seufzten. »Warum nicht?«

»Nun, Meis Mutter ist reisefähig. Sie kommt bald an«, erklärte Nesta. »Mei und Neve werden mehr Zeit mit ihr in unserem Haus verbringen. Sie ist ein bisschen älter und braucht etwas mehr Pflege.«

»Es wäre schade, wenn ihr nicht mehr so oft hier wärt«, sagte Rosemary.

Athena nickte, obwohl sie sich fragte, ob es einfacher wäre, ein Geheimnis zu bewahren, wenn nicht ständig eine Polizistin im Haus wäre.

In den letzten Tagen hatte Neve sie gelegentlich seltsam angesehen, und Athena hatte Angst, dass sie es herausfinden könnte.

»Das ist also der Plan für heute?«, fragte Athena und versuchte, dabei fröhlich zu klingen.

»Ja«, sagte Nesta. »Neve holt ihre Tante bald vom Flughafen ab und bringt sie hierher. Wir werden noch ein bisschen hier bleiben, während wir uns kennenlernen, so dass Tamsyn genug Zeit hat, um den Suchzauber auszuprobieren.«

»Ist das nicht ein bisschen viel für einen Tag?«, fragte Athena und hoffte, das Unvermeidliche hinauszögern zu können.

Rosemary zuckte mit den Schultern. »Wir sind doch viele. Wenn Neve kurz weg muss, um etwas zu untersuchen, können wir bestimmt die Stellung halten.«

»Aber wäre es nicht besser, wenn sie hier wäre, um uns zu unterstützen?«

»Vielleicht«, sagte Rosemary. »Wenn das der Fall ist, können wir ein bisschen mehr recherchieren und dann Bericht erstatten.«

Athena schluckte. Sie hatte noch nicht einmal angefangen, ihren Pfannkuchen zu essen. Sie träufelte etwas Zitronensaft darauf und streute Zucker darüber, obwohl sie kaum darauf achtete, was sie tat.

Sie versuchte, im Stillen nachzudenken und bemerkte kaum den würzigen, süßen Geschmack ihres Frühstücks, während sie es aß.

»Oh, schau, da sind sie ja«, rief Nesta, stand auf und ging zur Tür. Kurz darauf führten Neve und Nesta eine alte Frau herein, die einen großen grauen Mantel trug und deren schwarzes Haar von grauen Strähnen durchzogen war.

»Wo habt ihr mich hingebracht?«, fragte sie.

»Tante, das sind meine Freundinnen Rosemary und Athena«, sagte Neve. Sie stellte sie alle vor.

»Was ist das für ein Haus, Constantine?«

»Das ist Rosemarys Haus«, sagte Nesta.

»Nein ... dieses Haus. Ich erinnere mich ... das ist das Haus von Galderall Thorn.«

»Ja, das war es«, sagte Rosemary. »Ich bin ihre Enkelin.«

»Connie, wo ist mein kleines Mädchen?«

»Mami!«, rief Mei, rannte hinüber und schlang ihre Arme um die Beine der alten Frau. »Du bist so alt geworden!«

Die ältere Frau lachte. »Ja. Ja, das bin ich ... ich bin alt geworden. Und du bist so jung geblieben.«

Das hätte Athena fast die Tränen in die Augen getrieben. Und tatsächlich bemerkte sie ein paar in den Augen der Umstehenden. Sie konnte den Moment nicht richtig genießen, da sie zu besorgt war, was kommen würde.

»Du da!«, rief Meng und zeigte auf Athena. »Du. Du bist böse! Du gehörst nicht hierher.«

Athenas Augen weiteten sich und ihr Puls raste.

»Tantchen, ganz ruhig«, sagte Neve. »Das hatten wir doch schon. Es tut mir leid, Athena, sie leidet leider immer noch an Demenz.«

»Komm schon, komm mit nach draußen«, sagte Nesta. »Es ist ein schöner Tag.« Sie führten die alte Frau weg.

Athena stand beschämt da.

»Entschuldige, Liebes.« Rosemary legte ihrer Tochter den Arm um die Schulter. Athena zuckte nicht einmal mit der Wimper. Ihr Herz pochte in ihrer Brust und sie wusste nicht, was sie tun sollte. »Mach dir keine Sorgen«, sagte Rosemary. »Du weißt, dass ihr nicht klar ist, was sie da sagt.«

Athena versuchte zu lächeln und zu nicken und gleichzeitig lässig mit den Schultern zu zucken. Das Problem war, dass die alte Frau genau wusste, was sie da sagte. Sie wusste weit mehr als alle anderen über die wahre Natur der Situation.

»Ich glaube, ich gehe einfach in mein Zimmer«, sagte Athena.

»Warte«, sagte Rosemary und drehte sich wieder zur Eingangstür um. »Tamsyn ist hier.«

Tamsyn kam mit der kleinen Elowen herein. Beide trugen rote T-Shirts und blaue Jeans.

»Elowen findet Gefallen an Partneroutfits«, sagte Tamsyn lächelnd.

Rosemary strahlte. »Entzückend!« Sie wandte sich Athena zu. »Würdest du bitte Tee aufsetzen, Liebes?«

»Okay«, antwortete Athena schwach.

Sie ging in die Küche und begann wie ferngesteuert Tee zu kochen, wobei sie versuchte, nicht zu viel nachzudenken, weil das doch nichts brachte. Sie konnte das Gespräch in der Nähe zwischen ihrer Mutter, Neve, und Tamsyn hören, was ihr nur noch mehr zu schaffen machte.

»Wie funktioniert der Zauberspruch?«, fragte Rosemary.

»Es basiert auf dem, was wir über die Beteiligung der Feuergeister wissen«, sagte Tamsyn. »Wer auch immer dahintersteckt, sollte uns verraten werden.«

Athenas Hände zitterten und sie gab zu viele Teeblätter hinein. Sie schüttete sie alle aus und bemerkte dann beim zweiten Versuch, dass sie Teeblätter in den Wasserkocher statt in die Teekanne gab. Sie musste das Ganze auswaschen und von vorne anfangen.

Beim dritten Versuch kochte sie endlich Tee und trug ihn ins Wohnzimmer, nur damit ihre Hände beim Eingießen so sehr zitterten, dass sie den Tee über das ganze Teetablett verschüttete.

»Geh und hol ein Tuch«, sagte Rosemary, ohne zu bemerken, in welchem Zustand Athena war. Rosemary sah so etwas normalerweise sofort, und Athena fragte sich, ob der Bindungszauber sie tatsächlich nicht nur vor Zaubersprüchen, sondern auch vor der ganz normalen Intuition ihrer Mutter schützte.

Sie ging ins Badezimmer und wusch sich das Gesicht, dann ging sie in die Küche, wo sie ein Tuch fand, um die Unordnung zu beseitigen. Als sie ins Wohnzimmer zurückkehrte, nachdem sie sich im Spiegel Mut zugesprochen hatte, war der Zauber bereits im Gange.

Athena überlegte, wie sie sich am besten aus dem Staub machen könnte, als ihre Mutter sagte: »Komm rein und schließ die Tür.«

Athenas Herz schlug ihr bis zum Hals. *Weiß sie es?*

Aber Rosemarys Gesichtsausdruck schien völlig normal zu sein.

Athena fragte sich, ob sie damit durchkommen würde, die Tür zu schließen, aber es war zu spät. Sie versuchte, sich an die Wand zu drücken, um sich so unsichtbar wie möglich zu machen, obwohl jeder sie ganz deutlich sehen konnte.

Wenn ich nur einen Unsichtbarkeitszauber gefunden hätte, falls es so etwas gibt. Dann könnten sie mich nicht finden oder sehen.

Tamsyn bewegte ihre Hände in einem bestimmten und ungewöhnlichen Muster und sprach einen Zauberspruch, der sich wie Latein oder vielleicht Französisch anhörte. Sie ergriff die Hände der kleinen Elowen, während sie im Kreis über eine Karte von Myrtlewood liefen, die auf dem Boden lag.

»Jetzt geht's los!«, sagte Tamsyn, als ein winziger Lichtfunke zwischen ihnen aufschoss, in der Luft schwebte und dann auf die Karte herabstürzte, wobei er sich über der Stadt im Kreis drehte.

Der Funke verschwand vor ihnen in der Luft.

»Hat es funktioniert?«, fragte Rosemary.

Athena bemerkte, dass sie den Atem angehalten hatte.

Tamsyn schüttelte den Kopf. »Es sah so aus, als würde es funktionieren«, sagte sie. »Aber ich kann auf der Karte nichts sehen, was nicht vorher schon da war.«

Athena atmete erleichtert aus, dankbar, dass niemand ihr in all dem

Durcheinander und der Aufregung des Zauberspruchs Aufmerksamkeit schenkte.

»Es tut mir leid«, sagte Tamsyn. »Ich war mir sicher, dass wir es hinbekommen haben. Wir haben den ganzen Morgen an meiner Katze geübt.«

»Ihr habt Zaubersprüche an eurer Katze ausprobiert?«, fragte Rosemary.

Elowen lachte. »Dixie! Sein Name ist Dixie!«

»So ähnlich«, sagte Tamsyn.

»Wir mussten Dixie auf der Karte finden«, sagte Elowen lächelnd.

»Das ist sehr clever«, sagte Rosemary. »Das klingt nach einem nützlichen Zauberspruch, wenn wir Serpentine oder jemand anderen, den ich da kenne, nicht finden können.« Sie schaute zu Athena hinüber, die versuchte zu lächeln und mit den Schultern zuckte.

»Hey, du weißt sowieso immer, wo ich bin, und ich bin keine Katze.«

»Du hast schon ein paar katzenartige Eigenschaften«, sagte Rosemary. »Aber darauf wollen wir jetzt nicht näher eingehen. Es ist eine Schande, dass wir nun doch keine Hinweise darauf haben, wer diese Feuer entfacht.«

»Macht nichts«, sagte Athena. »Ich bin sicher, wir finden schon eine Lösung.«

»Ich kann es noch einmal versuchen oder vielleicht einen anderen Zauberspruch verwenden«, sagte Tamsyn. »Ich bin mir nicht sicher, was passiert ist, aber es hätte wirklich funktionieren müssen.«

»Die anderen Suchzauber haben nicht funktioniert«, sagte Athena.

»Die meisten Suchzauber sind nicht so mächtig«, sagte Tamsyn verwirrt. »Aber die in meiner Familie, die zu unserer Magie passen ... die sollten in der Lage sein, fast alles zu finden. Ich ... vielleicht ist es meine Schuld. Ich bin einfach nicht so gut wie meine Eltern.«

Athena fühlte sich schuldig, aber sie konnte nicht wirklich offenbaren, dass der Zauber wahrscheinlich perfekt funktioniert hätte, wenn sie nicht angemessene Schutzmaßnahmen gegen ihn ergriffen hätte.

»Macht nichts. Du hast dein Bestes gegeben«, sagte Rosemary. »Das ist alles, was wir wirklich tun können.«

Athena nickte und lächelte und fühlte sich schrecklich.

35

Rosemary rührte den brodelnden Topf mit Haferbrei auf dem Herd um, während sie das Frühstück für die restlichen drei Kinder, sich selbst und Dain kochte. Im Haus war es ruhig, obwohl sie gelegentlich Quietschen und Lachen aus dem Hinterhof hörte. Neve hatte versprochen, dass gute Pflegeeltern in den Startlöchern stünden, obwohl Dain angesichts seiner schlechten Erfahrungen immer noch nicht sicher war, ob das die beste Lösung war, und die Bearbeitung des Papierkrams so lange dauerte, dass Rosemary sich fragte, ob die Kinder Teenager sein würden, bis alles organisiert sein würde.

Athena war trotz Rosemarys Protesten vorhin gegangen. Da Beltane offiziell abgesagt worden war, waren auch Athenas Schulferien abgesagt. Die Lehrer hatten sich einen Tag mehr Zeit genommen, um sich zu organisieren, und erwarteten dann alle wieder in der Schule, als ob das Fest bereits stattgefunden hätte.

Herr June hielt dies offensichtlich für den besten Weg, um zur »Normalität« zurückzukehren, aber Rosemary war anderer Meinung. Sie wollte nicht, dass ihre Tochter in die feurige Wildnis stapfte, wenn Neve dachte, dass es nur *noch* gefährlicher werden würde.

Seit der Ankündigung des Bürgermeisters wurden in Cornwall

weitere Brände gemeldet, zwei davon mit schweren Verletzungen, die einen Krankenhausaufenthalt erforderten.

Rosemary hatte versucht, Athena dazu zu bringen, zu Hause zu bleiben, und sogar versprochen, dass sie bei den Ermittlungen helfen könne, indem sie Omas Bücher durchstöbere, aber Athena hatte andere Pläne gehabt. Sie wollte eindeutig nicht zu Hause eingesperrt bleiben, und Rosemary konnte keinen Grund finden, der gut genug war, um zu entschuldigen, dass Athena noch mehr Unterricht verpasste. Sie hatte bereits einige Wochen verpasst, während sie im Reich der Fae festgesteckt hatte. Außerdem war es erfrischend, Athena zur Abwechslung mal so interessiert an Schularbeiten zu sehen.

Es klopfte an der Tür und Neve ließ sich herein. Rosemary hatte darauf bestanden, die Drehtürpolitik für ihre ausgewählten engsten Freunde beizubehalten, vor allem, weil sie dadurch die Tür nicht so oft öffnen musste.

Tamsyn folgte Neve dicht auf den Fersen mit der kleinen Elowen im Schlepptau.

»Willkommen«, sagte Rosemary, während Elowen draußen die anderen Kinder entdeckte und zu ihnen hinausrannte. »Sag ihnen, dass das Frühstück fast fertig ist«, rief Rosemary ihr hinterher. Dann wandte sie sich wieder Neve und Tamsyn zu. »Möchte jemand etwas Tee?«

»Ja, bitte«, sagte Tamsyn.

»Ich könnte etwas Stärkeres vertragen«, sagte Neve. »Meine Tante war ziemlich anstrengend. Aber da es noch Morgen ist und ich eigentlich im Dienst bin, bleibe ich lieber beim Tee.«

»Ich habe etwas von Marjies speziellem Tee-Tonic«, sagte Rosemary.

Neve winkte das Angebot ab. »Ich komme schon klar. Ich brauche nur einen Moment der Ruhe.«

»Wie kommt Mei mit der Veränderung zurecht?«, fragte Tamsyn.

»Mei geht es gut«, sagte Neve. »Manchmal mache ich mir sogar Sorgen, dass es ihr zu gut geht. Die Zeit im Reich der Fae scheint Kinder wirklich fügsam und gelassen zu machen.«

»Ich wünschte nur, das würde auch bei Teenagern wirken«, sagte

Rosemary. »Oder sogar bei mir! Ich würde mich gerne entspannt und gelassen fühlen.«

Neve und Tamsyn lachten.

»Sie vermisst die anderen Kinder. Das ist das Einzige, was sie zu stören scheint«, fuhr Neve fort. »Das ist meine Sorge, wenn ich an die Unterbringung der anderen drei Kinder denke. Was wissen sie schon von dieser Welt, von uns und ihnen selbst abgesehen?«

»Hoffentlich können wir sie in der Nähe behalten, damit wir sie besuchen können«, sagte Rosemary.

»Das ist das Problem«, sagte Neve. »Alle verfügbaren Pflegefamilien leben in Burkenswood oder weiter weg.«

Rosemary seufzte. »So liebenswert sie auch sind, ich glaube wirklich nicht, dass ich dafür geschaffen bin, noch drei weitere Kinder aufzunehmen. Manchmal komme ich kaum mit Athena zurecht.«

Neve lächelte. »Wir haben nie erwartet, dass sie langfristig hier bleiben. Mach dir keine Sorgen. Wir werden schon eine Lösung finden. Du hast bereits mehr als genug getan, um zu helfen, und es schmerzt mich, dich um noch etwas zu bitten, aber ...«

»Ich nehme an, das hier ist dann nicht nur ein Freundschaftsbesuch?«, fragte Rosemary mit besorgter Stimme.

Tamsyn warf ihr einen scharfsinnigen Blick zu. »Ich habe Neve angerufen, weil ich glaube, dass ich herausgefunden habe, wie man den Suchzauber anders wirken kann, sodass er nicht auf einer Karte basiert. Aus irgendeinem Grund hat das beim letzten Mal nicht funktioniert.«

Neve nickte. »Nach dem, was Tamsyn mir auf dem Weg hierher erzählt hat, sollten wir einfach dem Zauberspruch folgen und herausfinden können, wer all diese Feuergeister in dieses Reich lässt.«

»Wo ist Athena?«, fragte Tamsyn. »Möchte sie vielleicht bei dem Zauberspruch helfen?«

»Sie ist heute früher zur Schule gegangen«, sagte Rosemary. »Jetzt, da die Ferien für Beltane abgesagt wurden, kann sie es kaum erwarten, von mir wegzukommen.«

»Teenager sind manchmal so überraschend«, sagte Neve. »Es ist, als ob sie überhaupt keine Ferien haben möchte.«

»Ich vermute, sie will einfach nur ihre Freunde sehen«, sagte Rosemary lächelnd.

Sie tranken schweigend ihren Tee, während Rosemary nebenbei das Frühstück für die Kinder fertig machte. Sie hatten an diesem Morgen freundlicherweise ausgeschlafen und den Erwachsenen etwas zusätzliche, dringend benötigte Ruhe gegönnt.

»Na gut. Sollen wir anfangen?«, sagte Tamsyn.

Rosemary schaltete den Topf mit Haferbrei aus. »Ich frage nur kurz Dain, ob er die Kinder mit Frühstück versorgen und auf sie aufpassen kann, während wir den Zauberspruch sprechen.«

Sie ging nach hinten und rief Dain. Er sah erschöpft aus, weil er mit den Kindern herumgelaufen war, und wirkte vielleicht ein wenig verstimmt, erklärte sich aber gerne bereit, ein oder zwei Stunden auf sie aufzupassen.

»Was würde ich nur ohne dich tun?«, sagte Rosemary.

»Du würdest dir einfach einen neuen Sklaven suchen«, sagte Dain grinsend.

Rosemary konnte nicht anders, als über seinen Scherz zu lächeln, obwohl sie ihm gleichzeitig dafür auch etwas an den Kopf werfen wollte. Für Theatralik war jedoch keine Zeit. Sie ging wieder hinein und fand Tamsyn und Neve im Wohnzimmer vor, wo sie sich gerade niederließen.

»In Ordnung«, sagte Tamsyn. »Technisch gesehen ist das ein einfacherer Zauberspruch. Aber ich hoffe, dass die Art und Weise, wie ich ihn ausgeführt habe, ihn mächtiger macht als den letzten. Ich hole nur kurz Elowen und dann können wir anfangen.«

Neve sah Rosemary an. »Danke, dass du mir so sehr dabei hilfst. Ich muss sagen, dass mir diese ganzen magischen Untersuchungen in letzter Zeit über den Kopf wachsen. Da ich selbst nicht besonders magisch veranlagt bin, fühle ich mich irgendwie ungeeignet.«

»Du bist um einiges kompetenter als Perkins«, sagte Rosemary.

»Das ist eine niedrige Messlatte«, sagte Neve. »Irgendetwas an dieser ganzen Situation ergibt keinen Sinn. Aber hoffentlich finden wir es bald heraus.«

Tamsyn kehrte mit Elowen im Schlepptau zurück. »Ich denke, es wäre hilfreich, wenn du dieses Mal mitmachst«, sagte Tamsyn zu Rosemary. »Dann kann ich auch auf deine Magie zurückgreifen. Du kannst auch mitmachen, Neve.«

»Oh nein. Ich würde wahrscheinlich nur alles verwässern«, sagte Neve. »Meine Mutter sagte immer, meine Magie sei wie lauwarmes Spülwasser.«

»Das ist ein bisschen hart«, sagte Rosemary.

»Ich dachte immer, ich könnte es durch meine Klugheit ausgleichen. Als gute Detektivin konnte ich helfen, auch wenn es sonst nicht viel gibt, was ich tun kann, wenn etwas schiefgeht. Aber genug von mir.«

»Ich glaube, es wird helfen«, sagte Tamsyn bestimmt. »Komm und mach mit.«

»Wenn ihr darauf besteht«, sagte Neve.

Es dauerte nur ein paar Minuten, um den Zauber vorzubereiten, wobei sie Rosmarin und Onyx zum Schutz und Ingwer und Tigerauge, um die Wahrheit zu enthüllen, nutzten.

Die vier hielten sich an den Händen. Rosemary lehnte sich auf einer Seite rüber, um Elowens winzige Hände zu erreichen; die weichen kleinen Finger erinnerten sie an die Zeit, als Athena noch klein war. Sie vermisste diese Tage in mancher Hinsicht, aber auf andere Weise war sie erleichtert, von vielen der Mühen befreit zu sein, die die Erziehung eines kleinen Kindes mit sich brachte, wenn man von all den Findelkindern, von denen sie jetzt umgeben zu sein schien, absah.

»In Ordnung, Elowen«, sagte Tamsyn. »Erinnerst du dich an das Gedicht, das wir geübt haben?«

Sie begannen zu singen.

ESSENZ VON WILLEN. Sei mit uns im Stillen.
Offenbare uns die Quelle. Für alle Fälle.
Was verborgen ist, lass uns sehen.
So soll es geschehen.

· · ·

ALLES WAR STILL. Rosemary fragte sich, ob die Magie überhaupt funktioniert hatte, und dann spürte sie ein leichtes Ziehen. Es war, als würde ihre Magie nach unten gezogen.

Sie konnte sehen, wie sie sich wie Goldstaub in der Luft vor ihnen verband und eine kleine Lichtwolke bildete.

»In Ordnung«, sagte Tamsyn. »Konzentriert euch jetzt auf das Licht und unsere Absicht, die Quelle dessen zu finden, das die Feuer entfacht.«

Sie alle konzentrierten sich auf den in der Luft schwebenden Goldstaub. Er begann zu leuchten und zu funkeln und bildete die Form eines Pfeils. Rosemary dachte, er sähe aus wie eine leicht durchscheinende Kühlerfigur.

»Jetzt müssen wir ihm nur noch folgen«, sagte Tamsyn.

»Okay«, sagte Rosemary. »Warte, er bewegt sich schnell!«

Der Pfeil flog direkt durch die Wand und hinterließ eine Spur aus goldenem Glitzern.

»Wir müssen los«, sagte Rosemary. »Kommt schon, schnell!«

»Elowen, du bleibst bei den anderen Kindern«, sagte Tamsyn.

»Okay.« Elowen hüpfte davon, während die drei Frauen zum Eingang des Hauses eilten.

Rosemary konnte sehen, wie der Pfeil die Auffahrt hinunterflog.

»Er sollte zumindest auf der Straße bleiben«, sagte Tamsyn. »An Wände habe ich nicht gedacht!«

»Wir hätten ihn draußen beschwören sollen«, sagte Rosemary.

»Mit laufendem Motor«, fügte Neve hinzu. »Egal, wir schaffen es trotzdem. Steigt ein!« Sie deutete auf ihr Polizeifahrzeug.

Alle sprangen hinein und fuhren los, dem Pfeil folgend, der auf das Dorf zuflog und dann durch die Straßen von Myrtlewood raste, nur knapp über dem Tempolimit. Neve schaltete die Sirene ein, damit sie legal schneller fahren konnten.

»Es scheint am Stadtzentrum vorbeizufliegen«, sagte Rosemary.

»Vielleicht fliegt er zu jemandem nach Hause«, sagte Tamsyn, als er weiter in einen Vorort fuhr.

»Moment mal«, sagte Rosemary, als sie in eine bekannte Straße einbogen. »Das ist in der Nähe von Athenas Schule. Ich hoffe, hier passiert nichts Schreckliches, das all diese Kinder betreffen könnte.«

»Ich glaube, es ist schlimmer als das«, sagte Neve, als der Pfeil direkt vor der Myrtlewood Academy anhielt und neben den alten Steingebäuden in der Luft schwebte.

»Ich glaube, wir haben ein Problem«, sagte Tamsyn.

»Zumindest ist er jetzt geduldig«, sagte Neve.

Der Pfeil schien auf sie zu warten, also parkten sie und stiegen aus dem Auto. Sie folgten ihm, als er sich, jetzt viel langsamer, direkt auf das Schulgelände bewegte.

»Das ist schlecht«, sagte Rosemary. »Ich frage mich, ob es einer der Lehrer ist ... oder einer der Schüler.«

»Pst«, sagte Neve. »Wir wollen uns nicht verraten. Bleibt ruhig und verhaltet euch so, als ob ihr einer ganz normalen Aufgabe nachgeht.«

Rosemary seufzte. «Ich glaube, ich habe vergessen, wie es ist, normale Aufgaben zu haben.«

Sie folgte Neve durch den Hof zwischen mehreren Gebäuden und versuchte, nicht zu verdächtig auszusehen. Der Pfeil bewegte sich auf eine organische Art und Weise, fast wie ein kleiner Hund. Er schien sich nach etwas umzusehen.

Rosemarys Handy summte. Sie warf einen kurzen Blick auf den Bildschirm und sah, dass Liam anrief.

Stimmt. Ich sollte ihn heute treffen, um ihm bei seinem kleinen Problem zu helfen, erinnerte sich Rosemary. *Das muss warten.*

Sie folgten dem Pfeil durch einen Eingang und einen Korridor entlang, bis er vor der geschlossenen Tür eines Klassenzimmers anhielt.

»Oh, das wird unangenehm werden«, murmelte Rosemary. »Wenn Athena mich hier erwischt, wird sie so wütend sein!«

Sie hoffte sehr, dass sie nicht vor Athenas Klassenzimmer standen.

Neve klopfte an die Tür und steckte den Kopf herein. »Entschuldigung«, sagte sie.

Rosemary reckte den Hals, aber durch den schmalen Spalt der

offenen Tür konnte sie nicht viel sehen.

»Ja?«, sagte eine Stimme, die von dem Lehrer stammen musste. »Oh ... Detective. Kann ich Ihnen helfen?«

»Ich müsste nur kurz reinkommen und jemandem ein paar Fragen stellen«, sagte Neve. »Nichts Ernstes.«

»Mit wem müssen Sie sprechen?«, fragte der Lehrer.

»Das sehen wir gleich.« Neve öffnete die Tür weit, sodass der nun sehr geduldige Pfeil eintreten konnte.

Er schwebte durch den Raum, über den Köpfen der Schüler.

Rosemary stand in der Tür und sah Athena mit einem Ausdruck des absoluten Entsetzens im Gesicht dasitzen.

Oh nein, dachte Rosemary. *Sie wird mich umbringen!*

Sie geriet immer mehr in Panik, bis der Pfeil direkt über Athenas Kopf zum Stillstand kam.

»Frau Thorn«, sagte der Lehrer. »Ich glaube, die Polizistin hier möchte mit Ihnen sprechen.«

»Komm bitte mit«, sagte Neve.

Athena stand auf.

»Das muss ein Irrtum sein«, murmelte Rosemary und sah ihre Tochter an. »Vielleicht hat er nach der Person gesucht, die in unserem Haus vermisst wird. Ja ... das muss es sein.« Sie kicherte unbeholfen.

In diesem Moment hörte man von den anderen Schülern im Klassenzimmer erst ein Keuchen und dann Schreie. Rosemary drehte sich um und blickte durch den Raum. Draußen vor dem Fenster loderten riesige orange-rote Flammen.

»Oh nein. Oh nein, nein, nein! Das ist der letzte Ort, an dem das passieren darf!«

Rosemary rannte nach draußen. »Weicht zurück!«, rief sie. »Bringt alle Kinder so schnell wie möglich vom Feuer weg.«

»Natürlich!«, sagte eine Lehrerin mit pinkfarbenen Zöpfen und orangefarbenem Gewand. »Stellt euch in einer Reihe auf, Klasse. Haltet sofort Abstand von den Flammen.« Die Teenager schienen jedoch nicht zuzuhören.

»Die Schule hat das alles unter Kontrolle«, sagte die Lehrerin. Ein

Luftstoß kam aus ihrer Hand und stieß die Schüler von der Flamme weg. Ein weiterer Luftstoß hob sie hoch und brachte sie alle in einen ausgewiesenen Bereich.

»Das ist bei uns Protokoll«, sagte die Lehrerin.

»Gut«, sagte Rosemary. »Nun, das ist kein gewöhnliches Feuer. Sie halten sich besser auch fern, denn ich glaube nicht, dass Sie mein Typ sind.«

Neve folgte ihr dicht auf den Fersen, als Rosemary auf die Flammen zustürmte.

Sie wusste, dass sie zumindest ein wenig von ihrer betörenden Magie vertragen konnte. Das Feuer schien am Vordereingang der Schule zu entstehen, hatte sich aber schnell über den gesamten Korridor ausgebreitet.

»Das ist schlimm«, murmelte sie vor sich hin.

»Ich werde gehen und eine Wasserquelle suchen«, sagte Neve und ließ Rosemary allein, die den Flammen ins Auge blickte.

Rosemary erblickte eine sehr kleine Lehrerin und einen sehr großen bärtigen Lehrer, die in der Nähe knutschten.

»Verschwinden Sie!«, rief Rosemary. Sie schenkten ihr keine Beachtung. Sie beschoss sie mit ihrer Lichtmagie und sie flogen zurück. Sie konnte nur hoffen, dass der Rest der Schule so weit wie möglich von den Flammen entfernt evakuiert worden war.

Sie spürte, wie ein warmes, entspannendes Gefühl über sie kam, aber dieses Mal ließ sie sich nicht täuschen. Sie wusste, wie sie es bekämpfen konnte. Sie benutzte ihre schützende Lichtenergie, um ihren gesamten Körper zu bedecken, sodass sie gegen die verführerische Anziehungskraft der Flammen immun war.

Ich brauche Wasser.

Sie versuchte, das Gefühl von Wasser zu beschwören, um zu sehen, ob das funktionierte, aber es kam nichts aus ihren Händen.

Es war ein relativ klarer Frühlingstag, dennoch versuchte sie, nach den kleinen Wolkenbüscheln zu greifen, die am Himmel schwebten, und sie mit ihrer Magie auf das Feuer herabzuziehen.

Sie brutzelten nur in der extremen Hitze. Das Feuer wurde größer.

Eine flammende Bestie tauchte auf, zwei Meter groß und gehörnt mit leuchtend roten Augen.

»Genau das hatte ich befürchtet.« Rosemary funkelte das Wesen an und benutzte ihre beste Mama-Stimme. »Geh da sofort wieder rein, du verrücktes flammendes Ding!«

»Du könntest etwas Hilfe beim Fluchen gebrauchen«, knurrte das Wesen.

»Ach wirklich? Bist du so eine Art Gott?«

»Ha, ha, ha«, lachte das Wesen. »Ich bin nur ein Minotaurus. Mein Meister wird in Kürze hier sein.«

Er stapfte durch die Flammen auf sie zu.

»Oh nein, das wirst du nicht tun«, sagte Rosemary. Sie schleuderte einen Blitz auf die Kreatur und warf sie mehrere Meter zurück.

Der Blitz schien keinerlei Schaden anzurichten.

Er lachte erneut und stürzte sich dann auf sie. Für Schläge und Tritte blieb keine Zeit. Sie konnte die Hitze, die von seinem Körper ausging, aus mehreren Metern Entfernung spüren. Eine Berührung konnte sie zum Schmelzen bringen oder zu Asche verbrennen. Also verstärkte sie ihren magischen Schutz und konzentrierte sich mit aller Kraft, indem sie ihre Magie wie einen stetigen Wasserstrahl nach vorne fließen ließ.

Sie spürte, wie es durch ihre Hände floss und das elementare Gefühl eines Flusses ausstrahlte. Dies war das Element, mit dem Rosemary am meisten zu kämpfen hatte. Sie bestand hauptsächlich aus Feuer und Luft, wie Athena mit ihrer Sonne im Schützen und dem Zwillings-Aszendenten festgestellt hatte. Sie wollte Aktion und schnelles Denken, aber Wasser war langsamer. Um sich mit dem Element Wasser zu verbinden, musste sie sich entspannen und loslassen.

Sie schloss die Augen. Alles, was sie hören konnte, war ihr eigener Herzschlag, der Blut durch ihren Körper pumpte. Ihr Körper bestand hauptsächlich aus Wasser.

Es sollte nicht so schwer sein!

Rosemary kämpfte gegen ihren eigenen Kontrollinstinkt an.

Entspann dich, hörte sie die intuitive Stimme ihrer Ahnin. *Lass es zu dir kommen.*

Entgegen ihren eigenen Instinkt ließ Rosemary ihre Schultern hängen. Ihr Atem wurde langsamer.

Wasser strömte durch sie hindurch, als käme es von einem ganz anderen Ort. Es spritzte gegen das Ungeheuer und ließ eine Dampfwolke aufsteigen.

»Beeindruckend«, knurrte er. »Aber du bist mir nicht gewachsen.«

Er marschierte weiter auf sie zu. Rosemary nahm all ihren Mut zusammen und schoss diesmal noch heftiger auf ihn. Der Minotaurus fiel zurück in die Flammen, gerade als ein großer Wasserstrahl hinter Rosemary hervor schoss.

Sie drehte sich um und sah Neves Ex-Freundin Sid dort stehen.

Die Verstärkung war gerade noch rechtzeitig eingetroffen.

Rosemary seufzte erleichtert und trat einen Schritt zurück, als die Feuerwehrmänner die Arbeit übernahmen und die brennenden Schulgebäude mit ihren magischen Schläuchen bespritzten. Sie hatte einen Moment Zeit, um sich ein Bild von den Schäden zu machen, die weitaus größer waren, als sie angenommen hatte, aber zumindest waren alle Schüler und die gesamte Lehrerschaft auf den Rasen in der Ferne evakuiert worden und es hatte keine Opfer gegeben. Rosemary hörte, wie Sid mit ihren Kollegen darüber sprach.

Während sie zusah, erlosch das Feuer langsam durch die Hände der sechs magischen Feuerwehrleute, möglicherweise die gesamte Mannschaft, die sie in der Stadt hatten, und sicherlich mehr als beim Haus des Bürgermeisters eingetroffen waren.

»Erstaunlich«, sagte Sid, als sie ihren Schlauch abstellte und auf Rosemary zuging. »Ich habe Legenden über im Feuer hausende Kreaturen gehört, die mit den alten Göttern in Verbindung gebracht werden, aber ich habe es bis jetzt nicht geglaubt.«

»Beunruhigend, nicht wahr?«, sagte Rosemary.

Sid nickte. »Das war ein großes Feuer. Viel schlimmer als die anderen. Gut, dass du hier warst, um es aufzuhalten. Die Schule wird für einige Zeit außer Betrieb sein.«

»Oh«, sagte Rosemary. »Kann sie nicht einfach durch Magie repariert werden?«

Sie schüttelte den Kopf. »Nein. Die Eigenschaften dieses Feuers scheinen dieser Art von Magie zu widerstehen. Die Magie ist alt und komplex. Sie scheint unseren modernen Reparaturzaubern zu widerstehen. Das Haus des Bürgermeisters wird auf die altmodische Weise wieder aufgebaut und er beschwert sich ständig, dass es so lange dauert.«

»Das ist eine Schande«, sagte Rosemary. »Wo sollen die Kinder hin?«

»Darüber machen wir uns ein andermal Sorgen», sagte Neve. »Komm, wir suchen jetzt lieber Athena.«

Rosemary folgte Neve zum Rasen, wo sich alle Schüler und Lehrer versammelt hatten. Athena stand etwas abseits und sah beschämt drein.

»Der Zauberspruch hat doch funktioniert, oder?«, sagte Rosemary.

»Es tut mir so leid«, sagte sie. »Ich wollte nicht ...«

»Suchen wir uns einen Platz zum Hinsetzen«, sagte Neve. »Es scheint, als hätte Athena einiges zu erklären.«

»Das hat sie allerdings«, sagte Rosemary.

Athena brach in Tränen aus, noch bevor sie sich überhaupt hingesetzt hatte. Sie ließen sich in einer kleinen Nische auf einer Bank vor dem Lehrerzimmer, einem unbeschädigten Teil der Schule nieder. Rosensträucher in voller Blüte umgaben die Bank und erfüllten die Luft mit ihrem Duft, aber Athena nahm sie kaum wahr.

»Es tut mir leid«, sagte sie. »Es ist alles meine Schuld.«

»Schon gut«, sagte Neve mit ruhiger Stimme. »Erzähl es uns einfach. Erzähl uns, was deiner Meinung nach passiert ist.«

»Ich habe es nicht bemerkt«, sagte Athena. »Ich ... zuerst habe ich nur ein wenig herumexperimentiert. Ich bin nachts in den Wald gegangen. Ich habe es als eine Art Übung betrachtet.«

»Was hast du geübt?«, fragte Neve und stieß Rosemary an, um dafür zu sorgen, dass sie den Mund hielt.

»Ich habe nur geübt, eine Tür zum Reich der Fae zu öffnen«, sagte Athena.

Rosemary schnappte nach Luft.

»Es fühlte sich so gut an«, erklärte Athena. »Ich ... ich vermisse es wirklich, dort zu sein.«

»Wie bist du auf die Idee gekommen?«, fragte Neve.

Athena zuckte mit den Schultern. »Ich weiß nicht. Ich habe gesehen, wie Finnigan es getan hat, um uns durchzulassen. Als ich zurückkam, hat sich alles so grau angefühlt. Eigentlich könnte ich nach dem Abendessen mit unseren Cousins darauf gekommen sein. Elamina wollte zumindest über das Reich der Fae sprechen. Mama hat das nie getan. Ich habe darüber nachgedacht, wie ich vielleicht dorthin gelangen könnte. Nur ein kleines Stück. Dort zu sein war unglaublich. Es fühlte sich an wie zu Hause und vielleicht ... macht es irgendwie süchtig. Ich weiß nicht. Ich konnte nicht aufhören, daran zu denken, und ich fühlte mich wirklich gut. Aber ich war so müde und ausgelaugt, wenn nicht genug Energie aus dem Reich der Fae in der Nähe war, und ... ich hatte keine Ahnung, dass ich etwas durchließ, bis ...«

»Bis was?«, fragte Rosemary.

»Bis ich es Elise gezeigt habe, als ich bei ihr zu Hause war. Ich habe den Schleier nie ganz durchgeschnitten, nur ein kleines bisschen. Gerade genug, damit etwas von der Energie zu mir zurückkommt. Elise hat verstanden, warum ich das getan habe. Sie vermisst das Reich der Fae auch. Aber sie hat etwas herausfliegen sehen. Und sie meinte, es sei eine Art Fae in seiner spirituellen Form. Vielleicht ein Feuergeist."

Rosemary und Neve sahen sich an.

»Es tut mir so leid«, sagte Athena. »Ich wollte überhaupt keinen Ärger machen. Ich wollte kein Feuer oder so etwas entfachen. Du glaubst mir doch, oder?«

»Im Moment ist es wirklich schwer, dir zu glauben«, sagte Rosemary mit enttäuschter Stimme.

Neve setzte sich mit einem tiefen Seufzer auf den Sitz neben Athena.

»Es tut mir leid, Neve«, sagte Athena. »Das wollte ich wirklich nicht.«

»Darum geht es nicht«, sagte Neve. »Ich glaube, das Problem ist tatsächlich noch größer.«

»Was meinst du?«, fragte Rosemary. »Athena hat es uns doch gerade erklärt.«

»Nun, wir haben die Quelle gefunden ... von der Person, die die Feuergeister in die Welt der Menschen gelassen hat«, sagte Neve. »Der Zauber hat uns zu ihr geführt.«

»Aber?«, sagte Rosemary. »Das klingt definitiv nach einem Aber.«

»Wenn Athena sie nur aus Versehen hereingelassen hat, dann suchen wir nach jemand anderem.«

»Was meinst du?«, fragte Athena.

»Nach meinen Recherchen sind Feuergeister relativ freundlich. Ich habe sogar ein paar von ihnen interviewt, um mehr Informationen zu erhalten. Sie waren schwer aufzuspüren, da es nicht mehr viele von ihnen gibt, und die, die hier leben, sind viel stabiler und ausgeglichener als ihre wilden Artgenossen, aber selbst sie würden nicht einfach magische Feuer entfachen und die Cavalia herbeirufen.«

»Siehst du, du machst deinen Job gut«, sagte Rosemary. »Du hast viel mehr Ahnung von dem, was hier vor sich geht, als ich.«

Neve seufzte. »Nach allem, was ich weiß, bin ich mir absolut sicher, dass hier etwas mit Absicht geschieht. Diese Feuer sind ernst. Es kann unmöglich alles zufällig passiert sein.«

»Ich schwöre, es war keine Absicht«, sagte Athena. »Sobald ich herausgefunden hatte, was ich tat, habe ich damit aufgehört.«

»Ich beschuldige dich nicht«, sagte Neve. »Außerdem sehe ich bei dir kein Motiv. Jemand anderes muss dahinterstecken. Ich bin mir nicht sicher, ob sie wussten, was du getan hast. Aber sie haben es definitiv zu ihrem Vorteil genutzt.«

»Das ist mir unheimlich«, sagte Rosemary. »Glaubst du, es könnte jemand sein, der uns nahe steht?«

Neve sah sich misstrauisch um und bestätigte Rosemarys Befürchtungen.

»Warum bist du so sicher, dass es Absicht ist?«, fragte Rosemary.

»Solche Feuer entstehen nicht zufällig«, sagte Neve. »Wie ich schon sagte, sind Feuergeister normalerweise recht friedlich, es sei denn, sie werden ausdrücklich beschworen und mit etwas anderem beauftragt. Wir haben vielleicht die Quelle gefunden, die sie hereinlässt.« Sie sah Athena an. »Aber wir haben die Ursache des größeren Problems noch nicht gefunden.«

»Es war also nicht einfach nur Zufall?«, fragte Rosemary, während Athena sich die Augen trocknete.

»Wir haben es hier mit wirklich alter Magie zu tun«, sagte Neve. »Jemand hat sie fachmännisch miteinander verwoben, und zwar auf eine Weise, die es den Feuergeistern ermöglicht, sich mit der göttlichen Ebene zu verbinden.«

»Der was?«, fragte Athena.

»Der göttlichen Ebene, wo sich die Götter befinden.«

»Es gibt noch eine komplett andere Ebene?« fragte Rosemary. »Ich werde dafür eine mehrdimensionale Karte brauchen.«

»Wie auch immer«, sagte Neve. »Der einzige Grund, warum ich mir jetzt mehr Sorgen mache, ist, dass es so aussieht, als hättest du eine Art Rolle in den Plänen eines anderen gespielt, ohne es überhaupt zu wissen.«

»Das wollte ich nicht«, sagte Athena.

Rosemary atmete langsam und tief aus. »Ist schon okay.«

»Du bist nicht wütend?«, fragte Athena.

»Ich bin wütend«, sagte Rosemary. »Aber mir wird langsam etwas klar.«

»Was?«, fragte Athena.

»Du wolltest mir nichts davon erzählen, dass du das Reich der Fae vermisst, weil du Angst hattest, ich könnte wieder überfürsorglich reagieren, oder?«

»Genau«, sagte Athena.

»Und wenn du dir darüber keine Sorgen gemacht hättest, hättest du mir mehr von diesen Dingen erzählt.«

»Genau«, sagte Athena. »Also ist es im Grunde deine Schuld.«

Rosemary kniff die Augen zusammen. »So weit würde ich nicht gehen.«

»Außerdem hätte mir Elise, wenn ich öfter mit ihr hätte abhängen können, wahrscheinlich viel früher gesagt, was ich falsch mache.«

»Reib kein Salz in die Wunde«, sagte Rosemary. »Du steckst immer noch in Schwierigkeiten.«

»Ich habe jetzt für immer Hausarrest, oder?«

»Nein«, sagte Rosemary. »Ich fange an zu verstehen, dass der Hausarrest Teil des Problems ist. Wir müssen beide daran arbeiten, offener und vertrauensvoller zu sein, okay?«

Athena seufzte. »Okay, Mama. Ich werde offener mit dir sein, wenn du aufhörst, so verdammt kontrollsüchtig zu sein.«

Rosemary stieß einen entnervten Laut aus. »Na gut. Jetzt müssen wir nur noch herausfinden, wer die gruseligen Spione sind, die uns manipuliert und die Tatsache ausgenutzt haben, dass du das Reich der Fae so sehr vermisst hast.«

Auf dem Rückweg zu Thorn Manor saßen Athena und Rosemary nebeneinander auf dem Rücksitz von Neves Auto, während Tamsyn auf dem Beifahrersitz saß. Athenas Schule hatte alle Schüler wegen des Feuers nach Hause geschickt, und sie war viel zu verlegen und überfordert gewesen, um sich dem zu widersetzen.

Während der Fahrt überlegten sie gemeinsam, wer die Verdächtigen sein könnten.

»Glaubst du, dass es Papa sein könnte?«, fragte Athena.

»Er hat auf jeden Fall Erfahrung mit dem Reich der Fae«, sagte Rosemary und spürte, wie ihr das Blut in den Adern gefror. »Aber warum sollte er so etwas tun wollen?«

»Er treibt gerne Schabernack, weißt du«, sagte Athena.

»Stimmt.« Rosemary stöhnte. »Ich hätte ihm nie wieder vertrauen sollen. Oder mir all die Mühe machen sollen, ihm zu helfen.«

»Mama, es war nur eine Möglichkeit. Ich bezweifle, dass er es war.«

»Wenn doch, wird er sich noch wundern.«

»Es gibt tatsächlich viele mögliche Verdächtige«, sagte Neve, als sie in die Einfahrt von Thorn Manor einbog. »In letzter Zeit waren viele Leute im Haus.«

»Offensichtlich Marjie und Nesta«, sagte Athena. »Aber ich bezweifle, dass eine von ihnen ein Motiv hätte, geistesgestörte Feuerbestien zu beschwören.«

»Dann ist da noch Sherry«, fügte Rosemary hinzu. »Sie hat in der Vergangenheit nachweislich gelogen.«

»Das stimmt«, sagte Neve. »Aber ich hätte nicht gedacht, dass sie nach dem, was sie durchgemacht hat, wieder Chaos stiften würde.«

»Wir hatten schon einige Besucher«, sagte Athena. »Und es könnte sogar jemand sein, der noch nie im Haus war. Jemand, der uns auf andere Weise ausspioniert und wusste, was ich vorhabe.«

»Sie könnten dich sogar mit Magie beeinflusst haben«, sagte Rosemary.

Athena schüttelte den Kopf. »Nein. Das macht mir Angst. Das gefällt mir nicht. Vielleicht ist es wirklich nur ein Zufall. Jemand hat diese Magie praktiziert und dabei zufällig die zusätzliche Feuerenergie genutzt.«

»Das wäre ein ziemlich großer Zufall«, sagte Neve. »Das ist komplexe Magie. Die machen da keine Spielchen. Ich vermute, sie brauchten die Feuergeister, damit es funktioniert, ein bisschen wie Marla und Agatha Twigg. Nicht viele Menschen haben die Macht, Türen zwischen den Reichen zu öffnen, so wie du es tust mit deinem Fae- und Hexenerbe, und die meisten Menschen wissen das auch nicht über dich.«

»Das stimmt«, sagte Athena. »Aber ich bin nicht die einzige Hexe und Fae hier.«

»Nicht schon wieder Finnigan!«, sagte Rosemary. »Du hast ihn nicht mehr gesehen oder gehört, seit du das Fae-Reich verlassen hast, oder?«

»Nein, natürlich nicht«, sagte Athena verärgert.

»Was ist, wenn er dahintersteckt?«, fuhr Rosemary fort. »Er hat vielleicht viel mehr Feuergeister durchgelassen als du.«

»Das ist sicherlich eine Möglichkeit«, sagte Neve. »Es gibt ein paar Leute mit Fae-Erbe in der Gegend.«

»Wie Una«, sagte Rosemary. »Aber ich habe keine Ahnung, was für ein Motiv sie haben könnte.«

»Das ist das Problem«, sagte Neve.

»Die Blutstein-Gesellschaft könnte überall Spione haben. Athena dachte, dass ihr die blonde Frau bekannt vorkam – die mit der Maske, die uns angegriffen hat – aber wer ist sie?«

»Das stimmt«, sagte Athena und sah ihrer Mutter in die Augen. »Wie viele blonde Frauen kennen wir?«

»Da ist Ashwyn«, sagte Rosemary. »Und natürlich Elamina, aber ich bin sicher, dass ich meine eigene Cousine erkennen würde, selbst wenn sie maskiert wäre, und ich würde ihr krankmachendes Parfüm schon aus einer Meile Entfernung riechen. Außerdem würde sie sich in so einem Outfit nicht blicken lassen.«

»Was ist mit dem neuen Mädchen in Marjies Laden? Lamorna?«, schlug Neve vor. »Wir wissen nichts über sie.«

»Das ist wirklich albern«, sagte Athena. »Wir klammern uns an Strohhalme. Die Frau trug wahrscheinlich eine Perücke.«

Neve seufzte. »Du hast recht. Ach, übrigens, ich habe mir die Unterlagen des Spas angesehen, an dem Tag, an dem du dort warst. Anscheinend hat dort eine Frau eingecheckt, die Despina sehr ähnlich sah und unter dem Namen Merriweather Wurster registriert war.«

»Ich wusste es!«, sagte Rosemary. »Ich wette, sie war es.«

Neve runzelte die Stirn. »Das Problem ist, dass wir einfach nicht genug wissen. Wenn wir heute in der Lage gewesen wären, die verantwortliche Person zu finden, hätten wir hoffentlich noch etwas Zeit bis zu Beltane morgen Abend gehabt.«

»Ich würde vorschlagen, es noch einmal zu versuchen«, sagte Tamsyn, »aber es wird ein paar Tage dauern, bis sich meine Magie nach einer so großen Anstrengung wieder aufgeladen hat.«

»Das spielt keine Rolle mehr«, sagte Neve. «Wer auch immer dahintersteckt, hat seine Spuren sehr geschickt verwischt. Ein weiterer Sehzauber könnte uns wieder zu Athena führen oder zu jemand anderem, der ihnen unwissentlich hilft, und dafür bleibt uns nicht genug Zeit. All diese anderen Feuer sind nur Generalproben. Wenn meine Schlussfolgerungen richtig sind, dann wird derjenige, der dahintersteckt, Beltane feiern wollen, ob der Rest der Stadt da ist oder nicht.«

»Also werden wir in der Lage sein, sie zu finden«, sagte Rosemary.

»Genau«, sagte Neve. »Morgen Abend ist unsere beste Chance.«

36

»Du hast es auch gesehen, nicht wahr?«, fragte Rosemary Neve, als sie später an diesem Tag im Wohnzimmer saßen, nachdem sie nach Thorn Manor zurückgekehrt waren.

»Ja. Das Biest war schrecklich«, sagte Neve. »Was hat er gesagt, was er ist? Ein Minotaurus?«

»Das ist richtig. Sid meinte, dass sie Gerüchte über solche Feuerbestien gehört hat.« Rosemary lehnte sich in ihrem Sessel zurück und war dankbar, dass sie nicht die Einzige war, die es gesehen hatte. Sie war auch froh, dass sie frisch geduscht hatte und sich viel besser fühlte. Trotzdem war die Stimmung von Unruhe getrübt.

»Wie sah es denn aus?«, fragte Athena. »Ich konnte von dort, wo wir standen, nichts sehen.«

Rosemary versuchte, den schrecklichen flammenden Minotaurus zu erklären.

»Deine Mama war unglaublich«, sagte Neve. »Sie hat irgendwie Wasser aus dem Nichts heraufbeschworen ... oder es hergestellt. So etwas habe ich noch nie gesehen.«

Rosemary zuckte mit den Schultern. »Ich hatte keine Ahnung, was ich da tat. Ich wünschte wirklich, ich wüsste es.«

»Aber du hast es getötet, oder?«, fragte Athena.

»Nicht ganz«, sagte Rosemary. »Ich habe es nur zurückgeschoben. Das Feuer war wie eine Art Portal.«

»Das macht Sinn«, sagte Athena. »Die Energie der Feuerkräfte wird wahrscheinlich genutzt, um ein Portal zum göttlichen Reich zu öffnen und Belamus durchzulassen. Die Bestien werden zusammen mit dem alten Gott des Lichts durchkommen. Das ist das Ziel der Cavalia. So steht es jedenfalls in Omas Büchern. Jetzt wird mir alles klarer.«

»Gott des Lichts. Das klingt irgendwie nett«, sagte Nesta.

»Ich glaube nicht, dass daran auch nur etwas nett sein wird ist, leider«, sagte Athena. »Die alten Götter sind nicht wie Brigid oder die anderen, von denen wir normalerweise hören. Sie kommen aus einer anderen Zeit und schätzen das menschliche Leben nicht so sehr, zumindest habe ich das gelesen. Obwohl ich zugeben muss, dass nicht allzu viel über sie geschrieben wurde.«

»Glaubst du, dass die Götter versuchen, die Macht zu übernehmen?«

»Oder vielleicht versucht jemand anderes, sie hierher zu holen, damit sie die Macht übernehmen können«, sagte Rosemary.

»Gut möglich«, sagte Neve.

»Verglichen mit dem, was bei der Cavalia passiert, war das flammende Ungeheuer, gegen das ich heute gekämpft habe, wahrscheinlich nichts«, sagte Rosemary.

»Ich wette, es ist Sid«, sagte Nesta verbittert. »Sie ist verdächtig. Und sind Feuerwehrleute nicht alle heimliche Pyromanen?«

Rosemary schaute zwischen Neve und Nesta hin und her. »Ich werde mich nicht in dieses Gespräch einmischen, aber ich bin mir ziemlich sicher, dass die blonde Frau, die Thorn Manor angegriffen hat, nicht Sid war – nicht einmal mit einer Perücke.«

Nesta seufzte. »Es ist wahrscheinlich gut, dass Beltane abgesagt wurde.«

»Neve schien das bei der Stadtversammlung nicht so zu sehen«, sagte Rosemary.

»Warum nicht?«, fragte Athena.

»Ohne das Beltane-Fest befürchte ich, dass es nur noch schlimmer wird«, sagte Neve. »Wer auch immer das tut, wird so oder so sein Ritual abhalten, um die Energie der Jahreszeit zu nutzen, und niemand wird da sein, um sie aufzuhalten.«

»Da hast du wahrscheinlich recht«, meldete sich Dain zu Wort. Er saß schon seit einiger Zeit still da, als wäre er in Gedanken versunken. »Sie werden immer intensiver und häufiger. Da steckt etwas dahinter. Aber wir könnten das zu unserem Vorteil nutzen. Beltane könnte eine Chance sein, denjenigen, der das tut, zu konfrontieren und ihm das Handwerk zu legen, vielleicht sogar einige der Geister zurück durch das Portal zu treiben.«

»Du schlägst also vor, wir sollten das Ritual trotzdem durchführen?«, fragte Athena.

»Wenn wir es nicht selbst in die Hand nehmen, wird es jemand anderes tun«, sagte Neve. »Das ist der Vorteil, wenn wir das Ritual selbst leiten. Im Moment hat derjenige, der hinter all dem steckt, alle erfolgreich abgeschreckt.«

Rosemary spürte ein Kribbeln des Misstrauens, als Neve weiterredete. Der Bürgermeister hatte Beltane abgesagt. Vielleicht wollte er sie aus einem bestimmten Grund aus dem Stadtzentrum heraushalten. »Du meinst also, wenn wir nicht hingehen und die Sache selbst in die Hand nehmen, dann haben sie den ganzen Ort unter Kontrolle?«

Neve nickte. »Sie werden die totale Kontrolle haben. Genau das wollen sie ja. Und das können wir nicht riskieren. Andererseits ist es auch nicht fair, wenn ich euch in Gefahr bringe.«

»Wir wollen helfen«, sagte Rosemary.

Neve schaute sich im Raum um. »Ich habe versucht, die magischen Behörden einzuschalten, aber ich fürchte, sie nehmen die Sache nicht sehr ernst. Sie sind überzeugt, dass die eigentliche Beltane-Zeremonie in Edinburgh stattfindet. Ich fürchte, dass sie die meisten ihrer Einsatzkräfte dort stationiert haben, obwohl viele der Brände in der Nähe von Myrtlewood entstanden sind.«

»Aber nicht alle?«, fragte Rosemary.

»Nein. Es gab sogar einige in Burkenswood und ein paar im ganzen

Land verteilt. Die Behörden versuchen, es zu vertuschen, für den Fall, dass derjenige, der das tut, nur Aufmerksamkeit sucht. Meine Vorgesetzten hatten gehofft, dass sie von selbst aufhören würden.«

Rosemary und Neve wechselten einen unbeeindruckten Blick.

»Ich hatte keine Ahnung, dass es so viele waren«, sagte Athena. »Es tut mir so leid für die Rolle, die ich dabei wie auch immer gespielt habe.«

»Das kannst du später wieder gutmachen«, sagte Neve mit einem Lächeln.

»Du hast sehr lange Abwaschdienst«, fügte Rosemary hinzu.

»Ich nehme an, das habe ich verdient«, sagte Athena. »Zum Glück haben wir ein sehr kooperatives Haus, das gerne mit anpackt.«

Rosemary blinzelte ihre Tochter an. »Versuch nicht, dich da rauszuwinden. Jemand muss dir beibringen, dass es Konsequenzen für deine Taten und deine Täuschungen gibt und dafür, dass du deiner Mutter nichts davon erzählt hast.«

»Ja, sag bloß«, sagte Athena. »Das werde ich wohl nie vergessen können, oder? Gibt es eine Möglichkeit, wie ich euch helfen kann?«

»Ich würde es vorziehen, dich da rauszuhalten«, sagte Neve. »Aber ich fürchte, wir brauchen jede Hilfe, die wir bekommen können, um das Ritual aufrechtzuerhalten und hoffentlich das zu stoppen, was da durchkommen will.«

»Meinst du, es wird im Stadtkreis passieren?«, fragte Rosemary.

»Ich nehme es an«, sagte Neve. »Dort finden alle Rituale statt. Es ist eine Art Kraftzentrum für die Stadt, genau auf dem Knoten der Leylinien, von daher eine naheliegende Wahl.«

»Vielleicht ist es zu offensichtlich«, sagte Athena. »Vielleicht werden sie versuchen, es woanders abzuhalten. Zum Beispiel irgendwo im Wald.«

»Das ist gut möglich«, sagte Neve. »Aber das könnte auch zu unserem Vorteil sein. Der Stadtkreis birgt so viel Energie, dass wir ihn nutzen könnten, um einen Großteil der Beltane-Energie zu kanalisieren und alle anderen Versuche abzulenken, die jemand anderswo unternommen hat, um die Cavalia zu beschwören.«

»Klingt gefährlich«, sagte Rosemary. »Vielleicht spielen wir ihnen direkt in die Hände. Ich hoffe, du hast einen Plan.«

Neve nickte steif.

»Sagt mir, wo ich mitanpacken kann«, sagte Dain.

Rosemary sah ihn mit leichtem Argwohn an. Sie hatten ihm erlaubt, dem Gespräch beizuwohnen, da die Kinder alle mit dem Puddingessen beschäftigt waren. Rosemary hatte seine Reaktion auf all das sehen wollen. Bisher hatte er es sehr gelassen hingenommen, vielleicht ein bisschen zu gelassen. Aber was er von dem ganzen Chaos haben würde, wusste Rosemary nicht.

»Willst du etwa dabei sein?«, fragte Rosemary.

»Natürlich will ich das«, sagte Dain. »Ich bin mehr als nur ein Babysitter, weißt du.«

In seinem Tonfall lag ein Hauch von Wut. Er stand auf und stapfte aus dem Zimmer.

Rosemary folgte ihm. »Dain, was ist hier los? Sag mir die Wahrheit«, bat sie.

»Ich glaube nicht, dass du das wissen willst«, sagte Dain.

Rosemary spürte ein bleiernes Gewicht in ihrem Bauch. »Hast du etwas mit all dem zu tun? Mit den Bränden? Wenn ja, dann sag es mir auf der Stelle.«

Dain lachte. »Mach dich nicht lächerlich, ich bin beim besten Willen kein Fan von Feuergeistern, geschweige denn von den alten Göttern.«

»Was weißt du über sie?«, fragte Rosemary.

»Genug, um zu wissen, dass ich nichts mit ihnen zu tun haben will«, sagte Dain. »Sie sind gefährlich und archaisch, schwer zu verstehen, nichts, womit man sich herumschlagen möchte.«

»Warum bist du dann so aufgebracht?« fragte Rosemary.

»Weil du mir ständig aus dem Weg gehst«, sagte Dain. »Egal, was ich tue, ich kann die Vergangenheit nicht wieder gutmachen und ich weiß, dass es Zeit braucht, aber ... gib mir eine Chance.«

»Ich habe dir schon mehr als genug Chancen gegeben«, sagte Rosemary.

Dain seufzte und presste seine Hände auf sein Gesicht. »Es ist schwer für mich, dich mit all diesen Verehrern zu sehen und zu hören, wie du mitten in der Stadt einen Vampir küsst.«

»Blödsinn. Zum letzten Mal, ich habe keine Verehrer! Und der einzige Grund für den Vorfall in der Stadt war das dumme Feuer.«

»Nein, ist es nicht«, sagte Dain. »Ich kenne dich, Rosemary. Ich weiß, dass du niemanden küssen würdest, zu dem du dich nicht ohnehin schon hingezogen fühlst, magische Anziehungskraft hin oder her. Du bist mächtiger, als du selbst weißt. Und das liegt nicht nur an deiner Magie.«

Rosemary erinnerte sich daran, wie sie sich selbst durch Dains Augen gesehen hatte ... die Wärme der Liebe, die er für sie empfand.

»Warum willst du dich mir nicht öffnen?«, fragte er.

»Es geht hier nicht um dich«, sagte Rosemary. »Wir haben schon viel zu viel durchgemacht, Athena und ich ...«

»Und zum Teil war das meine Schuld«, sagte Dain. »Das akzeptiere ich auch. Ich wünschte nur, du würdest mir noch eine Chance geben, jetzt, wo ich von meiner Sucht befreit bin. Ich wünschte, ich könnte dir zeigen, wie wichtig du mir bist.«

Erinnerungen an seine frühere sanfte Art schwirrten durch Rosemarys Kopf. Sie schloss ihre Augen. Dain trat auf sie zu und fasste sie an den Schultern. Rosemary öffnete ihre Augen und schaute in seine.

Sie schüttelte den Kopf.

»Wir sind dazu bestimmt, zusammen zu sein«, sagte er. »Und es tut weh, dich mit jemand anderem zu sehen.«

Sie wich von ihm zurück. »Nein, das sind wir nicht, Dain. Wir sind nicht füreinander bestimmt. Wir sind nur zwei Kinder, die sich zur falschen Zeit am falschen Ort gefunden haben, eine schrecklich turbulente Beziehung hatten, aus der eine wunderbare Tochter entstanden ist. Das ist alles.«

»Das kann nicht alles sein«, sagte Dain. »Du bist alles für mich. Du und Athena.«

»Und das ist ein Teil des Problems«, sagte Rosemary. »Es ist nicht gesund, ich kann nicht alles für jemanden sein. Du musst dein eigenes Leben haben.«

»Ich weiß«, sagte Dain. »Darüber habe ich auch schon nachgedacht. Ich möchte ein Unternehmen gründen. Und ich muss wahrscheinlich von hier wegziehen.«

Rosemary seufzte und fragte sich, was sie mit all den Kindern ohne Dains Hilfe machen würde.

»Siehst du, genau das«, sagte Dain. »Du machst dir Sorgen, wie du mit den Kindern zurechtkommst. Du behandelst mich wie einen Babysitter. Du willst nur, dass ich dir im Haus helfe. Du willst *mich* nicht hier haben.«

»Vielen Dank für deine Hilfe«, sagte Rosemary. »Ich weiß, dass die Fae es nicht mögen, wenn man ihnen dankt, aber im Ernst, danke für all die Dinge, die du mit den Kindern gemacht hast. Ich weiß nicht, was wir ohne dich getan hätten. Wahrscheinlich hätten wir sie inzwischen in minderwertige Pflegefamilien abgeschoben. Es dauert viel länger, als ich dachte, ein Zuhause für sie zu finden.«

»Es tut weh, dass du mich nur wegen ihnen brauchst«, sagte Dain.

»Und wegen Athena«, sagte Rosemary.

»Sie braucht mich nicht.« Er schaute auf den Boden und seine Stimme brach, als er es sagte.

»Doch, das tut sie. Sie braucht ihren Vater um sich. Solange du ein guter Einfluss bist.« Rosemary stupste ihn mit ihrem Ellbogen an. Er ergriff sanft ihre Hand und sah ihr in die Augen.

»Sag es mir einfach, Rosemary. Ehrlich, ich muss die Wahrheit wissen. Sag mir, dass du keine Gefühle für mich hast.«

Rosemary sah Dain in die Augen und fühlte eine Welle der Verletzlichkeit. Sie konnte es nicht sagen, weil es nicht wahr war.

Ein freches Grinsen breitete sich auf seinem Gesicht aus. »Ich wusste es! Du tust es! Du hast wirklich Gefühle für mich.«

Sie stieß ihn erneut mit dem Ellbogen, diesmal hart.

»Ich kann nichts dafür, was ich für jemanden empfinde«, sagte sie. »Wir haben eine Vergangenheit. Und ich gebe zu, dass zwischen uns die Chemie stimmt. Aber ...«

»Ja, ich weiß, dass du keine Beziehungen hast. Das ist schon in Ordnung«, sagte Dain und behielt sein Grinsen bei. »Ich muss nur wissen, dass es noch Hoffnung gibt. Nimm dir so viel Zeit, wie du brauchst, Rosemary. Du wirst mich so schnell nicht los. Es sei denn, du willst wirklich, dass ich aus deinem Leben verschwinde. Und wenn das jemals der Fall sein sollte, wirst du es mir sagen müssen. Sei ehrlich zu mir. Ich habe noch nie jemanden so geliebt, wie ich dich liebe. Ich weiß nicht, ob ich es könnte.«

Damit ging er und ließ Rosemary mit einem schwindeligen, verwirrten und untröstlichen Gefühl zugleich zurück.

Ja, sie hatte Gefühle für Dain. Die hatte sie schon immer gehabt, auch wenn sie sie die meiste Zeit versucht hatte, sie zu unterdrücken. Und wenn sie ganz ehrlich zu sich selbst war, hatte sie auch Gefühle für Burk und vielleicht auch für Liam.

»Gefühle«, murmelte Rosemary. »Wer braucht die schon? Viel zu kompliziert.«

»Führst du schon wieder Selbstgespräche, Mama?« fragte Athena, die aus dem Wohnzimmer kam. »Was war mit Papa los? Warum ist er rausgestürmt?«

»Ich glaube, er hat es einfach satt, als Babysitter behandelt zu werden, genau wie du dachtest«, antwortete Rosemary. Es war klar, dass sie ihrem Teenager nichts von dem Gespräch erzählen würde, das sie gerade geführt hatte. Rosemary hatte schon genug, worüber sie sich ärgern musste.

»Ach ja?«, sagte Athena. »Was machen wir mit den Kindern, wenn er seinen Job als Babysitter kündigt?«

»Ich habe keine Ahnung. Hoffentlich können die Behörden so schnell wie möglich gute Pflegefamilien für sie finden.«

»Es müssen magische Pflegestellen sein«, sagte Athena. »Die Kinder praktizieren zwar noch keine Magie, aber sie sind überirdisch und es werden immer wieder seltsame Dinge um sie herum passieren, die normale Menschen nur schwer verstehen können.«

»Deshalb dauert es ja so lange, bis wir ein Zuhause für sie finden«, sagte Rosemary. »Aber du hast Recht. Wir müssen uns eine andere

Lösung einfallen lassen, denn selbst die friedlichsten Kinder der Welt sind anstrengend.«

»Ich danke dir für das, was du vorhin gesagt hast«, sagte Athena. »Ich weiß, dass du nur versucht hast, dich zu beherrschen. Denn da waren all die anderen Leute, die zugehört haben. Ich weiß, dass du immer noch wütend auf mich bist.«

»Es war die Wahrheit«, sagte Rosemary. »Ich musste mich vorher nie so sehr darum kümmern, dich zu beschützen, weil du nie auf Partys gegangen bist oder in Schwierigkeiten geraten bist wie andere Teenager. Und jetzt, wo sich die Dinge geändert haben, seit wir in Myrtlewood sind, habe ich es total übertrieben und dich wie ein Kleinkind behandelt, obwohl du fast erwachsen bist, wie du immer sagst. Wenn ich dich von Anfang an so behandelt hätte, wärst du vielleicht nicht in das Reich der Fae gegangen, ohne es mir zu sagen. Nun, das hättest du vielleicht trotzdem, aber die Dinge hätten anders laufen können. Und du hättest mir gesagt, wie du dich an diesem Ort fühlst. Wir hätten es gemeinsam herausfinden können, statt dass du dich nachts rausschleichst und Löcher in den Schleier schneidest.«

Athena nickte. »Ich schätze, wenn du dich nicht so sehr in mein Leben einmischen würdest, hätte ich nicht das Gefühl, dass ich so viel Privatsphäre brauche oder mich vor dir schützen muss.«

»Ich glaube, es ist Zeit für mich, ein bisschen loszulassen«, sagte Rosemary. »Du bist so stark. Du kannst dich selbst schützen. Du hast deinen eigenen Kopf. Ich bin unheimlich stolz auf dich. Ich bin immer noch wütend, aber auch unheimlich stolz.«

»Danke, Mama«, sagte Athena und gab Rosemary einen spielerischen Schubs.

»Wofür war das?«

»Ich habe nur versucht, die Spannung zu lösen. Ich bin ein Teenager, ich kann mit diesen ernsten Gesprächen nicht umgehen, schon vergessen?« Sie kicherte. »Da du mir also zutraust, mein eigenes Leben zu leben, lässt du mich zu diesem Beltane-Ritual kommen, richtig?«

»Meine erste Reaktion ist, nicht, wenn es um dein Leben geht«, sagte Rosemary und sah ihrer Tochter in die Augen. »Es ist bestimmt gefährlich, möglicherweise gefährlicher als alles, was wir bisher erlebt haben, einschließlich der Blutstein-Gesellschaft, obwohl es mich nicht überraschen würde, wenn sie dahinter steckt. Ich habe das Gefühl, wenn ich versuche, dich zurückzuhalten und dich zu Hause bei den Kindern zu lassen, werden wir nicht nur mehr Ärger bekommen, weil wir dich mit deiner mächtigen Magie nicht dabei haben, sondern du wirst auch einen Weg finden, dich trotzdem rauszuschleichen. Und dann sind wir nicht mehr so gut organisiert. Und wir werden in noch größerer Gefahr sein. Siehst du? Ich halte, was ich versprochen habe. Ich schwöre es bei Stein und Bein.«

»Das sagt heute keiner mehr, Mama.«

»Ich versuche nicht, cool zu sein«, sagte Rosemary. »Das ist nur so eine Redewendung.«

»Ich bin froh, dass du nicht versuchst, cool zu sein, denn ich glaube nicht, dass es jemals funktionieren würde«, sagte Athena. »Aber auch ... Danke.«

»Ich vertraue darauf, dass du dir selbst eine Meinung bildest«, sagte Rosemary. »Ich bin immer noch der Meinung, dass es besser wäre, wenn du nicht kommst. Aber wenn du kommst, dann lass uns als Team arbeiten.«

»Dir dürfte klar sein, dass ich auf jeden Fall komme«, sagte Athena. »Und ich werde auch meine Freunde mitbringen.«

37

»Ich weiß, dass ihr etwas plant«, sagte Marjie am nächsten Morgen. Sie war kurz zuvor in Thorn Manor angekommen und hatte eine große Schachtel mit Sally-Lunn-Brötchen dabei, darunter auch einige laktosefreie für Dain. »Denkt nicht einmal daran, mich nicht einzubeziehen.«

Sie saßen am Tisch, tranken Tee und aßen die frischen Backwaren.

»Es wird gefährlich werden«, sagte Rosemary. Sie informierte Marjie über die Einzelheiten. »Es wäre wirklich toll, wenn du hier bei den Kindern bleiben könntest.«

»Ich bin nicht irgendeine Babysitterin, Rosemary Thorn«, sagte Marjie. »Nicht, wenn eine Gefahr besteht, die ich helfen könnte zu besiegen, sie zu bekämpfen. Ich würde Herb bitten, bei den Kindern zu helfen, aber du weißt, dass er mit seinem kaputten Bein nicht der Beste dafür ist. Er wird ihnen nicht hinterherlaufen können. Wie wäre es mit Una und Ashwyn?«

Rosemary warf Neve auf der anderen Seite des Tisches einen Blick zu und fragte sich, ob man den Schwestern trauen konnte.

»Was soll dieser Blick?«, fragte Marjie. »Sag mir nicht, dass du den beiden misstraust. Sie sind beide absolut reizend und äußerst vertrauenswürdig.«

»Wie kannst du dir da so sicher sein?«, fragte Rosemary, während ihr verschiedene verdächtige Gedanken durch den Kopf schossen. »Unas Vater war ein Fae, und vielleicht hat sie irgendein Motiv, das mit ihrem Reich zu tun hat.«

»Das klingt weit hergeholt, wenn du es so sagst, Mama«, sagte Athena. »Una ist so nett.«

»Nette Menschen können schreckliche Dinge tun. Erinnert ihr euch an das süße kleine Mädchen, das sich als uralter Vampir entpuppte und hinter uns her war?«

»Sie war *nicht* nett«, sagte Athena. »Geneviève war das reine Böse. Das habe ich von Anfang an gewusst.«

»Sei nicht albern«, sagte Rosemary. »Du warst nur eifersüchtig.«

Athena durchbohrte sie mit einem bösen Blick.

»Ich weiß!«, sagte Neve und versuchte offensichtlich, die Spannung zu lösen. »Wie wäre es, wenn wir sie einladen und ihnen ein paar Fragen stellen? Wir können fragen, ob sie babysitten würden. Und so können wir auch sichergehen, dass sie sich mit den Kindern wohlfühlen, bevor wir sie mit ihnen allein lassen.«

»Ich weiß nicht recht«, sagte Rosemary. »Kannst du nicht einfach bleiben?«, fragte sie Nesta.

»Ich fürchte nicht«, sagte Nesta. »Wenn Neve arbeitet, kann ich im Moment nur für kurze Zeit weg, wenn meine Nachbarin vorbeikommt, um auf Neves Tante aufzupassen. Ich kann sie und Mei abends nicht stundenlang allein lassen.«

»Sie könnten alle hierher kommen«, sagte Rosemary.

»Meine Tante weigert sich im Moment, das Haus zu verlassen«, sagte Neve. »Sie sagt, es sei zu viel Böses im Gange.«

»Das ist wahrscheinlich wahr«, sagte Athena. »Sie hatte schließlich recht, was mich betrifft.«

»Was du getan hast, war nicht böse, Liebes«, sagte Rosemary. »Nur fehlgeleitet.«

»Danke für die Lorbeeren«, sagte Athena. »So wird es auf meinem Grabstein stehen. ‚Nicht böse, nur fehlgeleitet‘.«

»Du wirst keinen Grabstein bekommen.« Rosemary runzelte die Stirn. »Zumindest nicht, solange ich noch da bin.«

»Das schafft nicht gerade Vertrauen«, sagte Athena.

»Bist du sicher, dass du nicht bleiben willst, Dain?«, fragte Rosemary hoffnungsvoll.

»Auf keinen Fall«, sagte Dain. »Ich werde mir nicht die Chance entgehen lassen, dich kämpfen zu sehen.« Er lachte.

Rosemary funkelte ihn böse an.

»Aber im Ernst«, fuhr Dain fort, »ich muss da sein, um euch beide zu beschützen.«

Rosemary seufzte. »Na gut. Wir rufen Una und Ashwyn an und fragen, ob sie vorbeikommen und auf die Kinder aufpassen können. Aber – ich möchte, dass Neve sie befragt, bevor wir sie in die Nähe der Kinder lassen. Nutz deine detektivischen Befragungsfähigkeiten, Neve.«

Neve warf ihr einen verwirrten Blick zu. »Ich soll sie verhören? Hast du eine schwingende Glühbirne in einem trostlosen Betonraum?«

Athena lachte. »Wir können ihnen einfach ein paar Fragen stellen. Wenn sie sich seltsam verhalten, sagen wir ihnen, dass sie sich keine Sorgen machen sollen, und beobachte sie, bis sie etwas Böses tun. Und ansonsten haben wir einen Babysitter.«

»Das scheint mir immer noch nicht die klügste Idee zu sein«, sagte Rosemary.

»Mag sein, aber uns gehen die Optionen aus.« Athena hielt ein altes, in Leder gebundenes Buch hoch. »Wir müssen langsam loslegen. In diesem Buch klingt es so, als müssten wir die Götter irgendwie besänftigen.«

»Das klingt nicht gut«, sagte Rosemary. »Es klingt sogar ziemlich ‚erwachsen‘, vor allem, wenn man bedenkt, welche Auswirkungen das Feuer auf die Menschen zu haben scheint. Ich würde es wirklich vorziehen, wenn du nicht mitkommen würdest«, sagte sie zu Athena. »Kannst du nicht babysitten?«

»Nein, Mama. Das hatten wir schon. Du brauchst meine Magie.«

»Wie willst du denn die Götter besänftigen?«, fragte Rosemary.

Ihr kam eine Idee zum magischen Schutz in den Sinn. Sie könnte einen Schildzauber verwenden und ihn so anpassen, dass er die Bewohner von Myrtlewood vor dem Feuer schützte. Es wäre kompliziert, aber es könnte sich lohnen.

»Wir können es mit Milch und Honig versuchen«, sagte Athena. »Das ist etwas, das Brigid mag.«

»Okay, schreib das auf die Einkaufsliste«, sagte Rosemary. »Was brauchen wir noch?«

»Gelben Topaz, roten Karneol, Rubin, Granat«, sagte Athena. »Im Grunde alle roten, gelben und orangefarbenen Steine.«

»Wir sollten noch ein paar Kampfamulette herstellen«, sagte Marjie. »Das werde ich machen.«

»Klingt gut«, sagte Rosemary.

»Außerdem werde ich dafür sorgen, dass ihr alle etwas zu essen bekommt. Ich habe eine Ladung Rindfleischpasteten im Laden, die gerade backen. Ich kümmere mich mal besser um sie. Wir treffen uns später in der Stadt.«

Den größten Teil des Tages verbrachten sie mit den Vorbereitungen für das Ritual. Rosemary war erleichtert, dass es keine weiteren Brände gab und sie zur Abwechslung mal nicht angegriffen wurde, aber es gab noch viel zu tun bis zum Abend.

»Wir werden kurz nach Einbruch der Dunkelheit in der Stadt eintreffen«, sagte Neve, die für die Strategie verantwortlich war. »Auf diese Weise ist die Wahrscheinlichkeit geringer, dass der Bürgermeister es herausfindet und uns aus dem Stadtkreis wirft, bevor wir alles aufgebaut haben.«

»In Ordnung«, sagte Rosemary.

Sie schaute auf ihr Handy und sah einen weiteren verpassten Anruf von Liam. Ihr Herz wurde schwer. Sie hatte versprochen, ihm bald zu helfen. Aber sie hatte andere, dringendere Probleme. Sicherlich konnte er einfach das tun, was er normalerweise tat, wenn es Vollmond war. Er war ein paar Monate zuvor kalt erwischt worden, aber er hatte ihr versichert, dass das normalerweise nicht der Fall sei, und er hatte eine Art Käfig, den er für solche Fälle, wenn er zum Wolf wurde, benutzte. Sie verdrängte die Gedanken an Liam aus ihrem Kopf. Sie hatte genug andere Dinge, über die sie nachdenken konnte.

Es klopfte an der Tür.

Rosemary öffnete die Tür und sah Burk vor sich stehen, seine Haut sah fahl aus. Er hielt einen Regenschirm in der Hand.

»Ich wusste nicht, dass Sie bei Tageslicht nach draußen gehen können«, sagte Rosemary. Es war etwas seltsam, ihn zum ersten Mal seit ihrem kleinen Zwischenfall mitten in der Stadt zu sehen.

»Es ist ein bewölkter Tag«, sagte Burk. »Außerdem trage ich Sonnenschutz mit einem unglaublich hohen Lichtschutzfaktor und der Regenschirm spendet Schatten.«

»Das dachte ich mir schon«, sagte Rosemary. »Wie kann ich Ihnen helfen?«

»Darf ich reinkommen? Es ist ein bisschen riskant, hier draußen zu sein.«

»Klar.« Sie trat zur Seite und ließ ihn durch die Eingangstür herein. »Was kann ich für Sie tun?« Ihre Stimme klang angesichts der Umstände etwas steif. Sie konnte die Störung eigentlich nicht gebrauchen.

»Ich weiß, dass Sie etwas für Beltane tun, um die Brände zu stoppen«, sagte Burk.

»Hat Marjie Ihnen das erzählt?«, fragte Rosemary. »In dieser Stadt gibt es keine Geheimnisse, oder?«

»Ich hätte es vielleicht selbst herausgefunden«, sagte Burk. »Ich habe von dem Feuer in der Schule gehört. Der Bürgermeister denkt, dass die Absage von Beltane zur Beruhigung der Lage beitragen wird. Aber er liegt falsch, oder?«

»Das denke ich auch«, sagte Neve und trat auf sie zu. »Sie werden uns nicht aufhalten können. Wir wissen, dass es riskant ist, aber wir müssen etwas tun.«

»Ich habe nicht vor, Sie aufzuhalten«, sagte Burk. »Ich habe vor, Ihnen zu helfen.«

»Oh, gut«, sagte Rosemary. »Fürs Erste ... können Sie uns helfen, indem Sie aus dem Weg gehen und bei Bedarf einschreiten.«

»Ist das alles?«, fragte Burk und klang ein wenig enttäuscht.

»Möchten Sie wirklich helfen?«, fragte Rosemary. »Oder brauchen Sie nur etwas Action?«

Burk warf ihr einen leicht beleidigten Blick zu.

»Ich weiß, dass Sie ein Vampir sind. Sie sind schon lange auf Erden, das Leben wird langweilig. Vielleicht sind Sie nur hier, um ein wenig Unterhaltung zu bekommen.«

»Ich biete nur meine Hilfe an«, sagte Burk verteidigend. »Stimmt etwas nicht? Habe ich etwas getan, das Sie beleidigt hat?«

Rosemary schüttelte den Kopf. »Nein, tut mir leid. Ich bin nur ein bisschen gestresst. Sicher können Sie helfen. Ich habe nur im Moment nicht die Bandbreite, um herauszufinden, wie.«

»Schon gut, überlass das mir«, sagte Neve. »Kommen Sie hier entlang. Herr Vam... ich meine Steinbockmann.«

Rosemary lachte über Neves Verwendung des Codeworts für Vampire, das sie und Athena erfunden hatten.

Burk hob fragend die Augenbrauen, stellte aber keine Fragen.

Als Burk Neve durch das Haus folgte, kam Dain aus dem Wohnzimmer, richtete sich zu seiner vollen Größe auf und straffte die Schultern, um seine Alpha-Männlichkeit zu demonstrieren.

Rosemary kicherte.

»Was macht *der* denn hier?«, fragte Dain.

»Er hilft«, sagte Rosemary fröhlich. »Das ist das, was du auch tun solltest, erinnerst du dich? Und es wäre in deinem besten Interesse, auf Neve zu hören, anstatt mich zu belästigen. Ich habe mit dem Zauberspruch schon genug zu tun.«

»Was ist das für ein Zauberspruch? Vielleicht kann ich helfen«, sagte Dain.

»Seit wann kannst *du* denn zaubern?« Rosemary kniff die Augen zusammen.

»Ich habe Fae-Magie«, sagte Dain verteidigend.

»Ja, aber Fae-Magie ist nicht dasselbe wie Hexenmagie«, sagte Rosemary. »Geh einfach und schau, was Neves Strategie ist, und bei Bedarf werden wir dich bitten, bei der Magie mitzumachen.«

»Okay, na schön«, blaffte Dain und ging weg.

»Wunderbar«, sagte Rosemary und ging in die Küche, wo ihre Tochter pflichtbewusst ihre Hausarbeit erledigte. »Sobald du damit fertig bist, musst du mir bei ein paar Dingen helfen.«

»Okay, Mama, aber ich meinte es ernst. Ich habe allen Bescheid gegeben und meine Freunde werden uns helfen.«

»Wissen ihre Eltern davon?«, fragte Rosemary. »Wahrscheinlich ist es besser, wenn du es mir nicht sagst. Wir brauchen die Zahlen. Das könnte gefährlich werden, aber es wird noch viel schlimmer, wenn wir es nicht schaffen.«

»Ich bin froh, dass du so denkst«, sagte Athena und verschränkte zufrieden die Arme.

Es klopfte erneut an der Tür. Rosemary seufzte dramatisch. »Nicht noch mehr Störungen!«

Athena öffnete die Tür für Una und Ashwyn. »Danke fürs Kommen«, sagte sie.

Im Gegensatz zu Athena, die die beiden mit einem strahlenden Lächeln begrüßte, war Rosemary zurückhaltender.

»Kommt hier durch.« Athena führte sie ins Esszimmer, da das Wohnzimmer derzeit von der Strategieabteilung besetzt war, in anderen Worten, von Neve, Burk und Dain.

Rosemary hatte viel Vorbereitungsarbeit zu erledigen und sie hätte sich lieber das Balzverhalten der beiden Männer angesehen und über sie gelacht, als dieses unangenehme Gespräch führen zu müssen.

»Ich hole lieber Neve«, sagte sie.

Athena warf ihrer Mutter einen warnenden Blick zu.

Was? fragte Rosemary in Gedanken.

»Ich gehe Tee machen«, sagte Athena etwas zu laut. »Warum setzt du dich nicht und bist höflich, Mama?«

Rosemary setzte sich widerwillig an den Tisch.

»Du siehst gestresst aus«, sagte Una. »Was ist los?«

»Es ist kompliziert«, sagte Rosemary.

Neve kam einen Moment später herein. »Oh, ihr seid hier!«

»Was ist hier los?«, fragte Una. »Ich dachte, wir sollen Babysitter sein.«

»Ja, ähm ...« Rosemary wollte den Raum verlassen, aber Athena hatte es zu unangenehm gemacht. »Wir haben nur ein paar Fragen im Voraus«, sagte sie.

Neve warf ihr einen seltsamen Blick zu.

»Warum kann ich im Moment nichts richtig machen?«, fragte Rosemary.

»Schaut mal«, sagte Neve. »In der Stadt geht etwas Seltsames vor sich und wir wollen sichergehen, dass ihr nicht daran beteiligt bist, also möchten wir euch ein paar Fragen stellen. Wenn das in Ordnung ist.«

»Natürlich«, sagte Ashwyn und lächelte freundlich.

»Hat das mit den Bränden zu tun?«, fragte Una besorgt. Sie klangen beide so aufrichtig und ehrlich. Mit jeder Frage, die ihnen gestellt wurde, räumte Rosemary der Erkenntnis ein wenig mehr Platz in ihrem Kopf ein, dass sie in dieser Angelegenheit unschuldig sein mussten.

Athena brachte den Tee herein und Rosemary folgte ihr nach draußen.

»Was war das denn?«, fragte Rosemary.

»Du hast versucht, eine unangenehme Situation zu vermeiden«, sagte Athena mit einem anklagenden Ton.

»Na und?«, fragte Rosemary.

»Mama, du bist hier die Misstrauische. Wenn du dir wirklich Sorgen um die beiden machst, musst du dabei sein, um sie anzuhören. Sonst würdest du nie aufhören, ihnen gegenüber misstrauisch zu sein, und das würde alles ruinieren.«

»Oh, na schön«, sagte Rosemary. »Da ist was dran.«

»Und?«, sagte Athena und stemmte fragend die Hände in die Hüften.

»Und sie wirkten auf mich vollkommen unschuldig«, räumte Rosemary ein. »Ich vertraue ihnen, dass sie sich um die Kinder kümmern.«

»Perfekt«, sagte Athena. »Jetzt komm und hilf mir bei diesem Zauberspruch.«

»Ich dachte, ich wäre für die Magie zuständig«, sagte Rosemary und verschränkte die Arme.

»Mama, schmoll nicht. Das ist lächerlich.« Athena lachte. »Du machst dich nur verrückt. Warum lässt du dir nicht ein Bad ein und entspannst dich? Du bist für uns alle nicht von Nutzen, wenn du so durch den Wind bist. Du musst deine Batterien wieder aufladen.«

»Für ein Bad ist keine Zeit«, sagte Rosemary.

»Doch, das ist es. Wir haben noch mehrere Stunden Zeit und alles ist unter Kontrolle. Ich mache dir eine Tasse von Marjies Spezialtee und deine Aufgabe ist es, dich zu entspannen.«

»Warum ist Entspannung manchmal so schwer?«, beschwerte sich Rosemary. Aber nach einer weiteren magischen Vorbereitung nahm sie Athenas Rat an und schlich nach oben, um sich ein Bad einzulassen. Schließlich waren Bäder wichtig.

Die Entspannung half ihr tatsächlich, ihren Kopf ein wenig frei zu bekommen. Sie erinnerte sich an mehrere Dinge, die für das Ritual hilfreich sein würden. Sie erinnerte sich auch daran, die Erbstück-Smaragdkette anzulegen, um sich besser konzentrieren zu können. In letzter Zeit hatte sie es vermieden, sie zu tragen, weil sie ihre Kräfte ohne die Hilfe des magischen Talismans verfeinern wollte, aber heute Abend wollte sie kein Risiko eingehen.

38

______

Rosemary kam in ihrem flauschigen Bademantel aus dem Bad, nachdem sie ein ziemlich langes und entspannendes Bad genommen hatte. Ein herrlicher Sonnenuntergang erleuchtete den Himmel vor ihrem Schlafzimmerfenster.

»Athena!«, rief sie. »Schau mal.«

Athena kam aus ihrem Zimmer und sie beobachteten den feurigen Himmel.

»Ich sollte mich anziehen«, sagte Rosemary. »Aber schau dir das an.«

»Morgenrot – Schlechtwetter droht; Abendrot – Gutwetterbot, nicht wahr?«

»Ich hoffe, das ist keine Warnung«, sagte Rosemary. »Obwohl wir kaum eine Warnung brauchen, wenn wir bereits wissen, dass wir direkt in die Gefahr hineingehen.«

»Es wird alles gut gehen«, sagte Athena. »Das tut es immer. Wir haben schon viele gefährliche Situationen durchgemacht, zumindest seit wir hierher gezogen sind.«

»Ich habe dir ja gesagt, dass diese Stadt Ärger bedeutet«, sagte Rosemary.

»Das mag sein«, sagte Athena. »Aber gibt es einen Ort, an dem du lieber leben würdest?«

»Nein, natürlich nicht«, sagte Rosemary. »Außerdem denke ich, dass uns die Gefahr jetzt, wo wir Zugang zur Magie der Familie Thorn haben, überallhin folgen wird.«

»Das stimmt«, sagte Athena. »Und diese Stadt braucht uns. Es ist schön, gebraucht zu werden.«

Rosemary dachte daran, was Dain vorhin gesagt hatte, dass sie ihn nicht brauchten. Sie waren auch in seiner Abwesenheit zurechtgekommen. Das stimmte, aber sie hatte den Schmerz sehen können, der sich hinter seinen Worten verborgen hatte. Auch er wollte gebraucht werden.

Jeder Mensch möchte dazuzugehören und Teil von etwas sein, das mehr als er selbst ist. Und diese kleine, schrullige und seltsam gefährliche Stadt ist der Ort, an den wir gehören.

»Du hast recht. Wir werden das durchstehen«, sagte sie zu Athena. »Aber so oder so, du wirst nicht darum herumkommen, den Abwasch zu machen.«

»Daran würde ich im Traum nie denken«, sagte Athena mit einem Lächeln. »Jetzt zieh dich an, sonst kommen wir zu spät.«

39

Sobald es dunkel wurde, verließen sie Thorn Manor und fuhren in einer Kolonne ins Stadtzentrum.

Athena spürte ein nervöses Flattern in ihrer Brust, als sie durch die ruhigen Straßen fuhren. »Normalerweise sind in der Nacht eines Jahreszeitenfestes viel mehr Leute unterwegs«, murmelte sie vom Rücksitz aus, während Rosemary fuhr und Dain auf dem Beifahrersitz sah.

Er hatte darauf bestanden, mit ihnen mitzufahren. Burk hatte sein eigenes Auto genommen, genau wie Neve.

»Es ist für einen Samstagabend im Allgemeinen ziemlich ruhig«, sagte Rosemary. »Aber ich schätze, die Geschäfte schließen hier früher.«

Athena wurde noch nervöser, als ihr klar wurde, wie unheimlich die verlassene Stadt wirkte.

Sie hielten neben Marjies Teeladen. Sie wartete draußen und hielt ein Nudelholz in der Hand.

»Wofür ist das?«, fragte Rosemary.

»Das ist eine Waffe«, sagte Marjie. »Ich habe auch einen Besen.«

»Vielleicht solltest du es mit einem Schwert oder so etwas versuchen«, schlug Athena vor.

»Wo sind denn eure Waffen?«, fragte Marjie.

Rosemary hielt ihre Hände hoch und wackelte mit den Fingern. »Das ist alles, was ich brauche.«

»Ach Liebes, Liebes«, sagte Marjie. »Sieh mal, die Pasteten sind fertig.«

Sie huschte in den Laden und kam mit einem Tablett voller Papiertüten mit köstlich duftenden Rindfleischpasteten zurück.

»Schaut ruhig vorbei, wenn ihr etwas zu trinken braucht«, sagte Marjie. »Ich lasse die Tür offen, solange wir hier sind.«

Athena nahm eine Pastete und biss hinein. Obwohl ihr Gehirn mit einer Million verschiedener Sorgen beschäftigt war, konnte sie nicht anders, als angesichts der köstlichen, reichhaltigen Soße und des krümeligen Gebäcks zu seufzen.

»Marjie, du bist eine Legende«, sagte sie mit halb vollem Mund.

»Mit vollem Mund redet man nicht«, sagte Rosemary. »Ich meine, sprich nicht mit vollem Mund ... iss mit vollem Mund, sprich nicht mit offenem Mund. Oh! Du weißt, was ich meine!«

»Athena!«, rief eine Stimme.

Sie drehte sich um und sah, wie Elise mit Felix in seiner Fuchsgestalt direkt hinter ihr auf sie zukam, gefolgt von einem ziemlich großen Bären. Sam bildete das Schlusslicht.

»Ihr seid gekommen!«, sagte Athena.

»Natürlich«, sagte Elise.

Athena lächelte und umarmte Elise und Sam. »Danke, dass ihr gekommen seid«, sagte sie. »Das hier übersteigt unsere Fähigkeiten bei Weitem. Wir haben keine Ahnung, womit wir es hier zu tun haben.«

»Das wollten wir uns nicht entgehen lassen«, sagte Sam.

»Ich bin ehrlich gesagt ein wenig überrascht«, gab Athena zu. »Ich hatte Angst, dass ... nach dem gestrigen Tag in der Schule, niemand mehr mit mir reden will.«

»Ich habe mir schon gedacht, was passiert sein muss«, sagte Elise. »Ich hoffe, es macht dir nichts aus, dass ich es den anderen erklärt habe.«

»Das ist schon in Ordnung«, sagte Athena.

»Aber wir waren uns sicher, dass du nichts mit Absicht getan hast«, sagte Sam. »Und als du uns heute eine SMS geschrieben hast ... Nun, natürlich mussten wir dir helfen.«

»Du bist unsere Freundin und das ist das Wichtigste«, sagte Elise. »Unabhängig davon, was du versehentlich in die Welt der Menschen gelassen hast.«

»Danke«, sagte Athena. Sie musste sich immer noch daran gewöhnen, echte Freunde zu haben.

»Ähm ...« Sie warf dem etwas furchteinflößenden Bären, von dem sie wusste, dass es sich wahrscheinlich um Deron handelte, einen verstohlenen Blick zu. »Was sollen wir mit ein paar streunenden Tieren anfangen?«

»In ihrer Wandlergestalt sind sie viel stärker«, sagte Elise. »Du wirst schon sehen.«

»Ahh«, sagte Marjie. »Da seid ihr ja alle!«

»Sie wussten, dass wir kommen?«, fragte Elise.

Athena sah sich unbeholfen um und hoffte, dass Marjie ihre Freunde nicht zum Gehen auffordern würde.

»Natürlich seid ihr gekommen. Ich habe ein paar besondere Zauber für euch vorbereitet. Wenn irgendwelche Kreaturen auftauchen, werft sie und duckt euch.« Marjie hielt beiden humanoiden Kindern eine braune Papiertüte hin.

Felix blickte erwartungsvoll auf.

»Du darfst nur einen werfen, wenn du in menschlicher Gestalt bist«, sagte Marjie streng. »Füchse können nicht werfen.«

Felix blickte mit einem kläglichen Laut zu Boden und schlich davon.

Athena lachte nervös. Sie wusste, dass der bevorstehende Abend gefährlich werden würde, und hoffte, dass sie es nicht bereuen würde, ihre Freunde eingeladen zu haben. Selbst mit den zusätzlichen Personen waren es immer noch nicht genug, um ein ordentliches Stadt-ritual abzuhalten, ganz zu schweigen davon, potenzielle Horden flammender Bestien abzuwehren.

Mamas Schutzzauber funktionieren hoffentlich!

»Okay. Also, wie sieht der Plan aus?«, fragte Elise.

Neve runzelte die Stirn und wandte sich Rosemary zu. »Hältst du es für eine gute Idee, Kinder hier zuzulassen?«

»Wir sind fast erwachsen«, sagte Elise. »Und Mama ist auch hier.«

»Ist sie das?« fragte Rosemary.

Sie drehten sich um und sahen, wie Fleur ihr Auto abschloss und ein großes Tablett mit etwas Glitzerndem in der Hand hielt.

»Ich habe ihr alles darüber erzählt«, sagte Elise. »Sie hat darauf bestanden, zu kommen, um zu helfen.«

»Und ich auch!«, sagte eine vertraute Stimme. Ferg tauchte aus einer Seitenstraße auf. Er trug einen braunen Umhang.

»Was machen Sie denn hier?«, fragte Rosemary.

»Ich bin natürlich gekommen, um die Zeremonie abzuhalten«, sagte Ferg.

»Ich dachte, Sie würden sich an die Regeln halten«, sagte Marjie.

Ferg sah angestrengt drein. »Leider war das eine schwierige Situation für mich. Wie Sie wissen, bin ich normalerweise ein Verfechter der Regeln, aber ich kann es nicht ertragen, dass ein Stadtfest abgesagt wird, vor allem nicht so kurzfristig. Das war empörend.«

»Toll«, sagte Rosemary. »Je mehr, desto besser!«

Sie begannen mit der Vorbereitung des Rituals und platzierten die roten Kristalle an strategischen Punkten im Kreis der Stadt.

Athena bemerkte, dass ihr Vater und Burk einander geflissentlich aus dem Weg zu gehen schienen. Sie fand es zum Totlachen, in welche Zwickmühle sich ihre Mutter mit diesen verschiedenen Männern gebracht hatte, die alle offensichtlich an ihr interessiert waren, und wie Rosemary sich rundheraus weigerte, mit einem von ihnen etwas anzufangen. Obwohl sie beide Männer auch ein wenig bedauerte. Burk, der sich wie ein perfekter Gentleman verhalten hatte und den Rosemary mit leichter Kälte behandelte. Und auch ihr Vater, der zwar hin und wieder völlig nutzlos sein konnte, aber gar nicht so schlimm war. Athena war kurz davor, ihm zu vergeben, und das nicht nur, weil er ein hartes Leben gehabt hatte. Er hatte in letzter Zeit so viel getan, um es wiedergutzumachen.

Jeder verdient eine Chance, sich zu rehabilitieren, dachte sie. *Wenn die*

Leute mir verzeihen können, dass ich die Feuergeister in die Welt der Menschen gelassen habe, dann kann ich vielleicht daran arbeiten, meinem Vater zu verzeihen.

Sie begannen, Kristalle und Kräuter auszulegen, um das Ritual vorzubereiten. Marjie entzündete das Beltane-Feuer. Währenddessen ging Ferg in die Mitte des Kreises und legte einen kleinen braunen Beutel mit Kordelzug vorsichtig auf den Boden.

»Was ist das?«, fragte Rosemary, die ein Bündel schützender Kräuter in den Händen hielt, die sie um den Rand herum auslegte.

Ferg antwortete nicht. Er trat drei Schritte zurück und murmelte leise einen Zauberspruch.

Der braune Beutel zuckte leicht und dann schoss ein drei Meter hoher, mit Bändern bespannter Pfahl mit Streifenmuster in die Höhe.

»Der Maibaum natürlich«, sagte Ferg.

Athena klatschte in die Hände und ihre Freunde jubelten.

Rosemary kniff die Augen zusammen und sah Ferg an. »Sie hätten mich warnen können. Ich habe mir schon Sorgen gemacht.«

Ferg drehte sich zu Rosemary um. »Kein Grund zur Sorge.« Er salutierte und ging dann auf Marjie und ihr Feuer zu, während Rosemary kopfschüttelnd zurückblieb.

40

*R*osemary warf einen letzten prüfenden Blick auf die Kräuter und Kristalle, die sie für die Schutzzauber zur Seite gelegt hatte.

Alles war für das Ritual vorbereitet und sie hatten sich in einem lockeren Kreis auf dem Rasen aufgestellt, wobei in der Mitte genug Platz blieb, damit etwas Gefährliches eindringen konnte.

Ich hoffe, das hier funktioniert!

Ferg trat etwas weiter in die Mitte und begann, das Beltane-Ritual zu leiten. Er war so entspannt, als wäre dies ein ganz normales Fest und nicht ein Versuch in letzter Minute, ein paar Brandstifter-Sekten zu stoppen.

»Zu dieser Jahreszeit danken wir für den Beginn des Sommers«, sagte er. »Und für die vielen Segnungen des Reichtums und der Fruchtbarkeit, die er uns beschert.«

Rosemary verspürte ein Kribbeln im Nacken, als würde sie beobachtet werden.

Sie sah sich um und bemerkte, dass noch mehr Leute aus dem Ort erschienen waren, darunter Nesta, die wohl doch jemand anderen gefunden hatte, der sich um das Kind und die alte Frau in ihrem Haus kümmerte. Sherry war da, ebenso wie der Ehemann des Bürgermeisters, Zade, zusammen mit Agatha Twigg und Covvey. Auch Ashwyn tauchte auf. Entweder war sie gekommen, um zu helfen, sobald sie die Kinder zum Schlafen hingelegt hatte, oder etwas Unheilvolleres war im Gange.

Es schien, als hätten sich viele Menschen zu dem Ritual versammelt, und Rosemary war ihnen allen gegenüber etwas misstrauisch.

Sie musterte sie einen nach dem anderen und fragte sich, ob einige oder alle der ungebetenen Gäste in die Brände verwickelt waren.

Mama, hör auf, die Leute so böse anzustarren. Das ist peinlich. Athena's Stimme ertönte in Rosemarys Kopf.

Aber woher wussten sie, dass hier etwas stattfinden würde? Sind sie alle Blutsteine?!

Athena warf ihr einen strengen Blick zu, während sie auf der anderen Seite des Kreises stand. *Ist dir noch nie der Gedanke gekommen, dass diese Zeremonie hier seit Jahrhunderten praktiziert wird? Die Leute werden nicht einfach damit aufhören, nur weil irgendein Bürgermeister sie abgesagt hat.*

Rosemary lächelte, um nicht missverstanden zu werden. *Vielleicht hast du recht, aber sie sollten nicht hier sein. Sie haben wahrscheinlich keine Ahnung, dass sie sich in große Gefahr begeben.*

Athena reagierte nicht. Vielleicht hatte sie aufgehört, in Rosemarys Gedanken zu lauschen.

Während Ferg weitersprach, wollte Rosemary sie alle warnen. Es war nicht sicher. Aber sie wusste, dass es zu spät war. Selbst wenn die Stadtbewohner jetzt versuchten zu fliehen, gab es keine Garantie, dass sie dem entkommen würden, was auf sie zukommen würde, und außerdem lag in der Menge eine gewisse Stärke.

Stattdessen verband sie sich mental mit der Erde unter ihr. Sie konnte die Kristalle und Blumen spüren, die sie strategisch um den Kreis herum platziert hatte. Sie verband ihre Magie mit ihnen – sowohl die alte Magie der Familie Thorn, die durch ihre Adern floss, als auch ihre eigene einzigartige Magie.

Sie spürte, wie die Kristalle auf sie reagierten, während ihre Magie in ihnen pulsierte, und begann, den Zauber um sie alle zu weben, der den Kreis vor Schaden schütze und sie mit zartem weißem Schutzlicht umhüllte.

Ferg hob die Hände und verkündete, dass der Kreis gewirkt sei.

Marjie ging um den Kreis herum und wedelte mit einem kleinen Holzstab, an dessen Ende ein Kristall steckte. Sie fügte ihre eigene Magie zu der von Rosemary hinzu und verstärkte so den Schutz weiter.

Eine dritte magische Quelle schloss sich der Mischung an. Rosemary warf Athena einen Blick zu, die nickte. Sie lächelte zurück. Die Magie ihrer Tochter war auf beiden Seiten mächtig. Die Magie der Fae auf Dains Seite hatte eine ausgesprochen aromatische Qualität, die Rosemary vorher noch nicht bemerkt hatte. Sie erinnerte sie an Holunderblütensirup.

»Der Kreis ist geschlossen. Wir befinden uns zwischen den Welten. Jenseits der Grenzen der Zeit«, sagte Marjie. »Wo Licht und Dunkelheit sich vereinen. Zusammen sind wir sicher. Zusammen sind wir stark.«

Sie nahm ihren Platz im Kreis wieder ein.

Es war an der Zeit, die Richtungen und Elemente zu benennen.

Athena wandte sich nach Osten, und alle folgten ihrem Beispiel. Sie beschwor das Element Luft; Intellekt und Klarheit.

Dann wandten sie sich nach Süden und Rosemary beschwor das Element des Feuers; Leidenschaft und Tatendrang.

Marjie beschwor das Element des Wassers; Emotionen und Mitgefühl, und schließlich beschwor Neve das Element der Erde; Materielles, Wohlstand und körperliche Welt, Erdung und Entschlossenheit. Rosemary lächelte, als sie spürte, wie die Energie ihren Platz einnahm. Neve hatte gezögert, mitzumachen, da sie nicht besonders magisch veranlagt war, aber diese Art von bodenständiger Sachlichkeit war genau das, was sie für das Element Erde brauchten.

Nachdem die Viertel und die Elemente beschworen worden waren, rief Athena die jungfräuliche Göttin Brigid an.

»Oh, große Jungfer Brigid, heute Abend ehren wir dich.«

Dann tat Rosemary dasselbe für die alte Göttin Cerridwen.

»Cerridwen, wir rufen dich in unseren Kreis, oh Großmutter, Hüterin der

alten Bräuche und der Inspiration, Göttin der Transformation und Wiederge-burt. Wir ehren dich.«

Sie hatten sich gedacht, dass es nicht schaden könnte, wenn eine ältere Gottheit durchbrechen wollte, einige der moderneren und hoffentlich agileren Götterverwandten dabei zu haben oder zumindest auf ihrer Seite zu haben.

Sie entzündeten die kleinen Feuer, die sie im Kreis vorbereitet hatten, und begannen dann, um die Feuer zu tanzen, wie es bei Beltane traditionell üblich war.

Im Vergleich zu dem, was Rosemary von einem gewöhnlichen Fest erwartet hätte, schien es eine eher ernste Angelegenheit zu sein. Schließlich sollten sie eigentlich die Fruchtbarkeit und den Beginn des Sommers feiern.

Im Laufe der Zeremonie wurde die Stimmung fröhlicher. Ferg begann, eine Trommel zu einem flotten Takt zu schlagen. Fleur holte Panflöten hervor und spielte eine kleine Melodie.

Die Teilnehmer kamen nach vorne und nahmen eine Handvoll Blütenblätter aus den Körben, die Marjie mitgebracht hatte, um sie im Kreis zu verteilen. Einige nahmen Bänder vom Maibaum und sprangen um ihn herum, wobei sie die bunten Stränge über- und untereinander verwebten.

Sherry, Zade, Agatha und Ashwyn begannen, im Kreis zu tanzen, und wurden von anderen begleitet, die sich auf den Weg zum kleinen Beltane-Feuer machten.

Traditionell sprangen diejenigen, die sich Kinder oder die Verwirkli-chung eines Wunsches wünschen, über das Feuer und dachten dabei an das, was sie sich wünschen. Und da sich nichts Dramatisches ereignet hatte, dachte Rosemary, dass sie genauso gut über das Feuer springen und dabei an ihren Traum vom Schokoladengeschäft denken könnte. Sie war jedoch froh zu sehen, dass Athena kein Interesse daran zeigte, auch übers Feuer zu springen.

Rosemary war sicherlich noch nicht bereit, Großmutter zu werden.

Sie ging weiter im Kreis und drehte sich um, um zu sehen, wie Nesta über das winzige Feuer sprang, dabei ein wenig stolperte und mit einem

Lachen landete, als Neve sie auffing. Rosemary lächelte ihre Freundinnen an. Sie waren wirklich ein schönes Paar.

Die Freude und das Gelächter der Feier wurden von einem Schrei und dann einem Knall unterbrochen.

Rosemary drehte sich um und sah die gefürchteten und vertrauten Kapuzengestalten auf sich zukommen.

»Ich wusste es!«, rief sie Athena zu. »Es ist die Blutstein-Gesellschaft. Die stecken hinter all dem.«

Die Frau in der Mitte schob die Kapuze ihres Umhangs zurück. Ihr hellblondes Haar schimmerte im schwachen Licht der Laternen im Stadtzentrum.

Rosemary atmete erleichtert auf, dass ihre paranoiden Verdächtigungen gegenüber ihren verschiedenen blonden Freundinnen unbegründet waren. Sie funkelte die Frau an. »Immer noch maskiert, wie ich sehe. Was ist los? Nicht mutig genug, dein Gesicht zu zeigen?«

Die Frau warf den Kopf zurück und lachte heiser. Sie nahm ihre glänzende Schmetterlingsmaske ab und enthüllte ein wunderschönes, blasses und vertrautes Gesicht.

»Lamorna!«, kreischte Marjie. »Ich kann es nicht glauben! Ich habe dir vertraut, und dir einen Job in meinem Laden gegeben, und die ganze Zeit über hast du gegen uns intrigiert.«

»Und zweifellos auch spioniert«, sagte Athena.

Lamorna lächelte vor Freude. »Es war so einfach, eine naive Rolle zu spielen und euer Vertrauen zu gewinnen«, sagte sie mit einem Schmollmund.

»Halt den Mund, Blondie«, sagte Rosemary. »Es ist Zeit, dass du und deine Blutstein-Kumpanen meine Stadt verlassen!«

»Das glaube ich kaum«, sagte Lamorna. »Tatsächlich gefällt es uns hier ganz gut.«

»Aus dem Weg«, rief Rosemary und bedeutete den Leuten, auf die andere Seite des Kreises zu rennen. Sie schickte einen Strahl hellvioletter Energie auf die Neuankömmlinge zu.

Es schien, als würde er auf eine unsichtbare Barriere im Inneren der magischen Kuppel treffen, die das Ritual umgab. Rosemary war nicht klar gewesen, dass sie beim Ziehen des Kreises eine echte Energiemembran oder ein Kraftfeld geschaffen hatten, und so war es ein unglückliches Eigentor.

Die Energiekugel schaffte es mit etwas Unterstützung durch den Kreis, aber sie war viel zu langsam. Die Blutstein-Mitglieder traten einfach zur Seite.

Lamorna lachte. »Du hast mir gesagt, dass sie albern ist, aber ich wusste nicht, dass sie so albern ist.«

»Das liegt nur an meinem Zwilling Aszendenten «, murmelte Rosemary.

Athena warf ihr einen mitfühlenden Blick zu.

»Wie auch immer, mit wem sprichst du? Wer hat dir gesagt, dass ich albern wäre?«

Lamorna drehte sich zu der Gestalt neben ihr um, deren Umhang so weit zurückgerutscht war, dass Rosemary Despina mit ihrem perfekten, glänzenden Bob und ihrem pastellrosa Kragen erkennen konnte.

»Nicht jetzt!«, sagte Rosemary. »Das Letzte, was ich jetzt gebrauchen kann, ist ein Ausschlag.«

»Sie ist keine Immobilienmaklerin mehr«, sagte Athena aus dem Osten des Kreises. »Ich habe dir doch gesagt, dass deine sogenannte Allergie psychosomatisch ist.«

»Einmal Immobilienmaklerin, immer Immobilienmaklerin.«

»Wovon redest du?«, fragte Lamorna. Sie war eindeutig die Rädelsführerin.

Rosemary verzog das Gesicht. »Na ja, zumindest sieht es so aus, als wären wir hier drin geschützt. Außerdem haben wir viel mehr Kraft als ihr drei. Warum geht ihr nicht einfach wieder nach Hause?«

Lamorna warf den Kopf zurück und lachte erneut mit rauer Stimme. »Wir bekommen Verstärkung.«

»Natürlich tut ihr das«, sagte Rosemary. »Warum habt ihr nicht vorausgeplant, wenn ihr das alles inszeniert habt?«

Lamorna sah sie geschockt an. »Was meinst du? Wir dachten, ihr und eure albernen Hexenfreunde steckten hinter den Bränden.«

»Warum um alles in der Welt sollten wir das tun?« Rosemary starrte

Lamorna finster an. »Wir sind nicht diejenigen in einem zwielichtigen, machtbesessenen Geheimbund!«

»Tu nicht so unschuldig«, sagte Despina. »Warum sonst solltet ihr hier sein, wenn das Ritual angeblich abgesagt wurde?«

»Moment mal«, sagte Athena. »Wenn ihr nicht wegen der Cavalia hier seid, was macht ihr dann hier?«

»Wir sind hier, um euch aufzuhalten«, sagte Lamorna. »Sich mit den alten Göttern anzulegen, geht zu weit. Die Blutstein-Gesellschaft kehrt zurück, und glaubt mir, wenn ich sage, dass wir die größte magische Macht in dieser Gegend sein werden. Uns werden keine alten Götter in die Quere kommen.«

Rosemary blickte verwirrt in die Runde. »Ihr seid also hier, um die Konkurrenz auszumerzen?«

»Ganz recht«, sagte Despina. »Welchen Kult von Belamus du auch immer hier gründen willst – daraus wird nichts!«

»Ich gründe hier keinen verdammten Kult!«, rief Rosemary.

Despina rollte mit den Augen. »Wer denn sonst?«

Plötzlich knisterte es in dem winzigen Feuer im Kreis und der kleine Kessel erwachte zum Leben, als ein riesiges Feuer die Mitte des Kreises erhellte.

Rosemary griff nach ihrer magischen Lichtbarriere und schickte mehr Energie durch sie hindurch, um den Kreis herum, in der Hoffnung, dass die Menschen nicht von dem magischen Feuer betroffen sein würden.

»Es ist zu spät«, sagte Despina. »Er ist hier.«

»Lasst uns gehen!«, schrie Lamorna.

Es gab ein großes Knistern, gefolgt von dröhnendem Gelächter.

Eine Reihe von Bestien stürmte durch die Flammen.

Rosemary blickte zu den Blutstein-Mitgliedern zurück und sah, wie sich ihre Augen weiteten.

»Ich denke, wir überlassen euch das Feld«, sagte Despina und sie zogen sich in die Schatten zurück.

Rosemary überlegte, ob sie den Blutsteinen nachjagen sollte, aber sie hatte Wichtigeres zu tun. Ihre Probleme waren gerade astronomisch gewachsen. Mit Schrecken betrachtete sie die flammenden Bestien. Einige waren mindestens drei Meter groß. Andere hatten Flügel. »Das wird eine Sauerei geben.«

»Lass uns aus dem Schutz«, sagte Marjie und hämmerte gegen die unsichtbare Barriere, die Rosemary errichtet hatte und die gewachsen und verzerrt zu sein schien, um alle Teilnehmer des Rituals einzeln einzuschließen. »Wir müssen kämpfen. Wir sind vorbereitet.« Sie hielt ein leuchtend gelbes Bündel aus ihrer Patchwork-Tragetasche hoch.

Covvey knurrte und spannte seine Muskeln an. »Lass uns kämpfen, Mädchen.«

Rosemary spannte sich an. »Es ist nicht sicher.«

»Wir sind bereit zu kämpfen«, sagte Fleur.

Rosemary sah sich um und sah, dass Ferg einen Stab und Ashwyn Flaschen mit Tränken in der Hand hielt. Jeder hatte irgendeine Art von Waffe oder magischem Werkzeug. Sogar diejenigen, von denen Rosemary angenommen hatte, dass sie nur für das Ritual in die Stadt gekommen waren.

»Aber woher wussten alle, dass sie Waffen mitbringen sollten?«, fragte Rosemary.

»Nachdem Elise mir erzählt hatte, was los war, habe ich ein paar Verbündete in der Stadt angerufen«, sagte Fleur. »Wir konnten euch das nicht allein durchstehen lassen.«

Es war alles irgendwie bewegend, aber Rosemary hatte keine Zeit, sentimental zu werden.

»Na gut«, sagte sie. »Ich werde die Barriere aufheben, aber wenn die Dinge außer Kontrolle geraten, möchte ich, dass alle weglaufen.«

»Wir sind nicht dumm«, sagte Sam. »Wir sind hier, um zu kämpfen, nicht um vernichtet zu werden.«

Rosemary ließ ihre Magie zurückweichen, sodass es keine Barriere mehr gab, aber sie behielt eine kleine Schicht an Ort und Stelle, die die Teilnehmer bedeckte, um sie vor den unangemessenen Auswirkungen des Feuers zu schützen.

Ein riesiger Minotaurus stapfte vorwärts. Er hob einen glänzenden goldenen Bogen, zielte mit einem brennenden Pfeil auf Rosemary und ließ ihn los.

Sie hob ihren Arm und blockierte ihn mit einem magischen Schild, gerade als Marjie ein gelbes Päckchen auf das Ungeheuer schleuderte. Es explodierte in Dutzende verzauberter Schmetterlinge, die um seinen Kopf schwirrten und ihn verfolgten, bis er stolperte und zu Boden stürzte.

»Das war unerwartet«, sagte Athena.

Covvey verwandelte sich in einen riesigen Wolf und knurrte, gerade als Felix in Fuchsgestalt sich auf eine der feurigen Nymphen stürzte.

Rosemary schrie auf. »Verbrenn dich nicht!«

»Keine Sorge«, sagte Elise. »Seine Fuchsgestalt ist feuerfest.«

»Auch bei magischem Feuer?«, fragte Rosemary.

»Das werden wir bald herausfinden«, sagte Athena.

Rosemary verstärkte die schützende magische Barriere um sich herum und gewährte den Stadtbewohnern um sie herum die gleiche Gunst, in der Hoffnung, sie vor der Gefahr durch die sowohl die brutale als auch verführerische Magie zu bewahren. Sie konnte spüren, wie Athenas Magie mit ihrer zusammenwirkte und ihren Schutz verstärkte.

Rosemary blickte zu ihrer Tochter, gerade als Athena »Mama!« rief.

Sie drehte sich um und sah einen feurigen Zentauren auf sich zurennen.

»Keine Sorge, ich habe das im Griff«, sagte Athena und schoss ihn mit einem großen, zischenden Blitz aus dem Weg.

»Das war beeindruckend.« Rosemary strahlte. »Du hast geübt!«

Der Kampf ging weiter. Der riesige Wolf, der Covvey war, stürzte sich auf mehrere Bestien gleichzeitig, bevor er eine Pause einlegte und wieder seine menschliche Gestalt annahm, um Agatha zu helfen, die einen riesigen Stab mit zwei Köpfen schwang, der Wasserstrahlen in mehrere Richtungen schoss.

»Was ist das?«, rief Rosemary.

»Eine meiner kleinen Erfindungen«, sagte Agatha. »Ich nenne ihn den Aquifer.«

»Praktisch!«, sagte Rosemary. Sie bemerkte Fleur und Elise in der

Nähe, die nicht weit entfernt mit einigen Feuernymphen kämpften und sich mit einer Art von Geschmeidigkeit bewegten, die Rosemary nicht für möglich gehalten hätte. Es sah fast wie ein Tanz aus, wie sie sich duckten und die Feuergeister traten und schlugen, die um sie herum aus ihrer Reichweite huschten und dann mit gefletschten Zähne und blitzenden Krallen zurückkehrten und ihre Gegner anfauchten.

Elise und ihre Mutter fassten sich bei den Händen. Leuchtende Regenbögen schossen zwischen ihnen hervor, umkreisten die Feuergeister, zarte flammende Kreaturen, die sie waren, und umschlangen sie, banden sie und zwangen sie zu Boden.

Zade schwang ein beeindruckendes leuchtendes Schwert. Er stand mit dem Rücken zu Ferg, der sich mit seinem Stab wie einem Speer an die Arbeit machte. Er kämpfte gegen eine große haarige Feuerkreatur, die eine brennende Heugabel trug. Ferg war flinker, als Rosemary erwartet hatte. Die Kreatur stürzte sich mit dem Schwert auf ihn und Ferg duckte sich, rollte sich auf dem Boden und stieß dann mit seinem Stab direkt gegen das Kinn der Kreatur.

Burk stand mit einem intensiven Gesichtsausdruck abseits. Zweifellos hielt er sich zurück, weil das Feuer seiner Vampirgestalt schaden würde. Dain hingegen war mittendrin und schlug auf Geister, Kobolde und Bestien gleichermaßen ein. Er war ein Wirbelwind des Chaos, packte sie, wirbelte sie herum und schleuderte sie gegeneinander.

Rosemary hob die Hände und presste die Finger zusammen. Sie webte einen viel stärkeren Feuerschutzzauber in der Luft und legte ihn um Burk. Sein Gesichtsausdruck verwandelte sich in einen Ausdruck der Freude, als er von dem Zauber wie von einer Flüssigkeit überzogen wurde. Er nickte in ihre Richtung und stürzte sich dann in das Feuer, ohne Angst vor den Flammen haben zu müssen.

Ashwyn warf einen Trank in die Mitte und traf fast die größte Bestie, die dort eine Weile brüllend gestanden hatte. Die Bestie wich aus und brüllte weiter. Der Trank traf den Boden, knisterte und zischte und sandte in einer Dampfwolke helle silberne Funken in die Luft. Die Erde darunter schmolz.

Sie weiß wirklich, wie man etwas Übles braut. Erinnere mich daran, mich nie mit ihr anzulegen.

Die Schlacht war in vollem Gange. Der Geruch von Rauch und verkohlter Erde hing schwer in der Luft, aber darüber lag eine süßere Duftnote. Sie war berauschend, fast seifig, aber Rosemary hatte keine Zeit, darüber nachzudenken. Während sie magische Blitze aussandte und flammende Bestien auf den Boden schleuderte, als diese angriffen, beobachtete Rosemary, wie sich das Chaos um sie herum ausbreitete. Der Bär und der Fuchs und verschiedene magische Menschen befanden sich alle im Kampf mit den feurigen Kreaturen.

Sid und ihr Feuerwehrteam waren von Neve herbeigerufen worden. Sie hatten sich außerhalb des Marktplatzes aufgestellt, die Schläuche und alle Hydranten auf volle Leistung eingestellt und löschten die Flammen, die versuchten, aus dem Rand des Kreises auszubrechen, aber sie hatten bisher noch nicht viel Boden gutgemacht.

Rosemary versuchte, sich mit dem Element Wasser zu verbinden, aber es entzog sich ihr. Es stellte sich heraus, dass sie in der Hitze des Gefechts Feuer mit Feuer bekämpfen musste.

Die Bewohner von Myrtlewood hatten es geschafft, den Schwarm flammender Bestien gut zurückzuhalten, aber das Blatt schien sich zu wenden, als immer mehr Kreaturen aus den Flammen auftauchten. Einige flogen mit feurigen Flügeln hindurch. Andere stürmten geradezu heraus.

Rosemary beschwor den von ihr geübten Barrierezauber, aber das war alles, was sie tun konnte, um sie aufzuhalten.

Plötzlich gab es ein lautes Knacken und ein riesiger Streitwagen durchbrach die Barriere und schwebte in der Luft. Er glitzerte und schimmerte in Gold. Oben saß ein riesiger Mann, der selbst golden glänzte, während seine riesigen Hörner in den Himmel ragten.

»Die Cavalia beginnt!«, rief er. »Ich wurde gerufen.«

»Belamus!« Die Feuerkreaturen begannen alle zu singen und sich vor ihm zu verbeugen.

»Seht meine Macht und Freude!«

»Freude?«, rief Rosemary zurück. »Was für eine Freude soll das sein?«

»Es ist ein Fest für alles Helle in dieser Welt!«, brüllte der alte Gott. Die schiere Größe von ihm ließ Rosemary winzig erscheinen.

Die Stimme des alten Gottes dröhnte durch sie hindurch; Rosemary spürte, wie sie ihre Knochen zum Zittern brachte. »Danke, dass ihr mich gerufen habt, ihr Menschenwesen, so schwach ihr auch seid. Ich habe euren Ruf erhört.«

»Das waren nicht wir«, sagte Athena, aber Belamus nahm keine Notiz davon.

»Jetzt bin ich bereit, mein Opfer zu empfangen.«

»Opfer?«, fragte Rosemary. Sie blickte sich zu den anderen Stadtbewohnern um, die alle genauso verängstigt aussahen, wie sie sich fühlte. »Wir haben nichts von einem Opfer gehört.«

Belamus brüllte: »Ihr müsst mir ein Tier opfern. Ein Tier der Erde, um mich zu besänftigen und zu erfreuen.« Er blickte sich um. »Aber hier sind nur kleine junge Tierchen.« Er deutete auf Deron und Felix. »Soll das etwa ein angemessenes Opfer sein?«

»Nein!«, schrie Athena. »Das sind keine Opfer!«

In diesem Moment ertönte in der Ferne ein Heulen.

Rosemary sah sich um, konnte aber nichts sehen.

»Wollt ihr damit sagen, dass ihr mich ohne ein Opfer hierher gerufen habt?«, knurrte Belamus.

»Die Sache ist die«, sagte Rosemary, deren Herz fast genauso schnell schlug wie ihr Verstand, während sie sich bemühte, eine Lösung für ihre katastrophale Lage zu finden, »wir wollten dich eigentlich gar nicht hier haben. Es ist alles ein großes Missverständnis und ich hoffe, es macht dir nichts aus, einfach umzukehren und nach Hause zu gehen. Entschuldige die Unannehmlichkeiten.«

Der Gott starrte sie finster an. »Ihr schwachen und wertlosen Menschen! Wie könnt ihr es wagen, meine Macht so zu beleidigen!«

Es ertönte ein weiteres Heulen und Rosemary drehte sich um und sah eine riesige wolfsähnliche Kreatur auf den Kreis zuschleichen.

Oh nein! Es ist Liam!

Sie hatte seine Anrufe nicht beantwortet und jetzt war es zu spät. Irgendwie hatte er es nicht geschafft, sich selbst gefesselt zu halten, und war gekommen, um sich der Gruppe anzuschließen.

Marjie und einige der anderen starrten den riesigen Wolfsmenschen an, als wäre er Teil des Bösen, und nach allem, was Rosemary wusste, war er das vielleicht auch. Er hatte sicherlich nichts Gutes im Sinn.

»Aha!«, sagte Belamus. »Eine große Bestie! Eine große Bestie, die es verdient, für mich geopfert zu werden! Das soll mir reichen. Tötet ihn!«

»Nein!«, schrie Rosemary, als Liam, oder zumindest der Werwolf, von dem Rosemary annahm, dass es Liam war, auf den Kreis zustürmte.

Rosemary hob die Arme, um ihn aufzuhalten, zögerte aber. Wenn sie ihn mit ihrer Magie beschoss, könnte sein Geheimnis vor den Augen der halben Stadt enthüllt werden. Bevor sie Zeit hatte, die Risiken abzuwägen, flog Burk herbei und griff an, um dem Werwolf den Weg zu versperren. Dain tat das gleiche.

»Eine große Schlacht zu meinen Ehren!«, brüllte Belamus erneut und lachte.

»Werwolf, Vampir und Fae«, murmelte Rosemary. »Es scheint mir fehlgeleitet, keinen schlechten Witz über eine Bar zu machen.« Sie machte sich nicht die Mühe, sich zu zensieren, während sie überlegte, wie viel Wasser sie aus den vier Hydranten in der Stadt holen konnte.

»Nicht jetzt!«, sagte Athena. »Für deinen schrecklichen Humor haben wir später noch genug Zeit. Wir müssen sie aufhalten!«

»Ich bin sicher, dass es ihnen gut geht«, sagte Rosemary.

»Nein, nicht sie.« Athena deutete zurück zu den flammenden Bestien, die sich langsam auf Rosemarys Möchtegern-Freier zubewegten.

»Was ist mit deinem Aufsatz?«, fragte Rosemary.

»Das ist nicht der richtige Zeitpunkt, um nach Schularbeiten zu fragen, Mama!«

»Nein. Denk doch mal nach. Gibt es jemanden, den wir um Hilfe bitten könnten ... irgendetwas, das Belamus aufhalten könnte?«

»Je nachdem, welcher Quelle man glaubt, wird sich die Tür weit öffnen, sobald die Bestie geopfert wurde«, sagte Athena, »und Tausende von feurigen Kreaturen werden durch sie hindurchkommen und das Reich der Menschen verwüsten und eine neue Ära von Belamus einläuten!«

»Und du konntest dieses Opfer nicht vorher erwähnen?«, fragte Rosemary. »Oh, vergiss es. Das ist nicht besonders hilfreich. Sonst noch was? Wenn es nur jemanden gäbe, der sich ihm entgegenstellen könnte.«

»Ich habe eine Idee«, sagte Athena und wich einem brennenden Pfeil aus. »Erinnerst du dich, wie wir im Rahmen unseres Rituals die Götter angerufen haben? Was wäre, wenn ich tatsächlich versuchen würde, Brigid zu beschwören?«

»Brigid? Warum Brigid? Glaubst du, sie ist diesem Typen gewachsen?«

»Ich weiß es nicht«, sagte Athena und warf mit ihrer Magie einen Feuergeist in die Luft. »Aber sie ist die Schutzgöttin dieser Stadt. Vielleicht erhört sie uns. In Omas Büchern steht, dass das Rezitieren von Brigids Ahnenreihe Schutz bringt.«

»Einen Versuch ist es wert«, sagte Rosemary, während sie ein flammendes Ungeheuer beiseite schleuderte. »Nur ... wissen wir, wie das geht?«

Athena zog ihr Handy heraus. »Halte sie eine Sekunde auf.«

Rosemary schoss weißes Licht auf alle feurigen Kreaturen in der Nähe und stieß sie zurück. »Ich werde das nicht lange aufrecht erhalten können.«

»Los geht's!«, sagte Athena und begann zu rezitieren.

Dies ist *die Ahnenreihe der heiligen Jungfrau Brigid.*
Strahlende Flamme aus Gold,
Tochter von Dugall dem Braunen,
Sohn von Aodh, Sohn von Art, Sohn von Conn,
Sohn von Crearer, Sohn von Cis, Sohn von Carmac, Sohn von Carruin,
Jeden Tag und jede Nacht,
In der ich die Ahnenreihe von Brigid aufzähle,

Werde ich nicht getötet, werde ich nicht gejagt,
Ich werde nicht in eine Zelle gesperrt, ich werde nicht verwundet,
Und auch mein Geist wird nicht dem Vergessen anheimfallen.
Kein Feuer, keine Sonne, kein Mond werden mich verbrennen,
Kein See, kein Wasser und kein Meer werden mich ertränken,
Kein Feenpfeil noch Feenbolzen wird mich verwunden
Denn ich stehe unter dem Schutz der großen Göttin
Und meine sanfte Pflegemutter ist meine geliebte Brigid.

ATHENA HOB die Arme in die Luft und sagte: »Schöne Brigid, Schutzgöttin von Myrtlewood, unser Volk braucht dich. Bitte zeige dich. Ich beschwöre dich, ich flehe dich an!«

»Das war ein bisschen dramatisch«, sagte Rosemary. »Erinnere mich daran, dich für Theaterkurse anzumelden.«

»Pst!«, sagte Athena. »Ich versuche, mich zu konzentrieren.«

Die Luft um sie herum schien still zu stehen, dann blies ein heftiger Windstoß durch die Luft und wirbelte eine Menge Blütenblätter auf. Die Maibänder begannen sich zu drehen, als sie um den Kreis herumfegten. Mit ihnen kamen die warmen Blumendüfte des Frühlings.

Ein riesiges weißes Licht brach auf dem Stadtplatz hervor.

Rosemary schirmte ihre Augen ab und spähte durch den grellen Lichtschein. Ein riesiges Wesen stand dort und überragte sie um sechs Stockwerke.

»Göttin Brigid«, sagte Athena.

Die Göttin blickte neugierig auf sie herab und wandte dann ihre Aufmerksamkeit dem Kreis zu, wobei sie den alten Gott fixierte.

»Ah ...«, sagte Athena. »Wie du vielleicht bemerkt hast ...«

Belamus stand da mit einem nun etwas verlegenen Grinsen.

»Opa!«, sagte Brigid. »Was machst du hier? Das ist meine Stadt.«

»Ich bin wegen der Cavalia hier«, sagte Belamus. »Diese Leute haben mich gerufen. Sie brauchen meine Hilfe. Sie wollen die alten Pfade neu beschreiten.«

Seine Worte rührten etwas in Rosemarys Erinnerung. Sie konnte nicht genau sagen, was.

»Nein, das wirst du auf keinen Fall tun«, sagte Brigid. »Die alten Zeiten sind vorbei, Großvater. Du kommst mit mir.« Sie schnippte mit den Fingern und die gesamte Feuerszene vor ihnen verschwand spurlos, zusammen mit den Bestien.

»Ihr guten Leute von Myrtlewood«, sagte Brigid. »Ich entschuldige mich für die Störungen. Ich fürchte, ich muss jetzt gehen, um mich um einige Familienangelegenheiten zu kümmern.«

»Danke!« riefen Rosemary und Athena ihr beide nach, als sie langsam verschwand und eine schwebende Spur aus Frühlingsblüten hinter sich herzog, die auf magische Weise in der Luft schwebten.

»Nun, das war unerwartet«, sagte Rosemary. »Ich bin froh, dass deine Brigid-Sache funktioniert hat.«

»Ja. Gott sei Dank werde ich ein bisschen zum Streber. Meine Hausaufgaben scheinen den Nerd in mir hervorzubringen.«

Sie betrachteten das Chaos, darunter eine große Brandspur mitten auf dem Marktplatz, die viel größer war als die vom vorherigen Brand vor ein paar Tagen. Mindestens ein paar Leute schienen zu humpeln oder leicht verletzt zu sein. Alle waren unversehrt.

»Alles wird gut«, sagte Rosemary, die selbst etwas überrascht war von dieser Erkenntnis. »Wir haben es geschafft.«

»Ich habe es geschafft, meinst du«, sagte Athena. »Du bist nur herumgestolpert und hast Panik geschoben, dann habe ich uns zum Sieg geführt.«

»Du hast immer noch Abwaschdienst«, sagte Rosemary. »Für eine sehr lange Zeit.«

Athena seufzte. »Na ja. Ich nehme an, das ist eine gute Übung für meine Automantie-Magie.«

Rosemary stieß sie spielerisch in die Seite. »Aber im Ernst. Danke«, sagte sie. »Ich bin mir ziemlich sicher, dass wir ohne dich nicht aus diesem Schlamassel herausgekommen wären, zumindest nicht ohne ernsthafte Verletzungen.«

»Kein Problem«, sagte Athena. »Wenn ich ein Chaos anrichte,

möchte ich auch diejenige sein, die eine Göttin herbeiruft, um es zu beseitigen.«

»So habe ich dich erzogen«, sagte Rosemary stolz.

Die Leute liefen herum und fragten sich gegenseitig, ob es ihnen gut ging, und begannen dann mit dem Aufräumen.

»Ihr seid alle nachher bei mir willkommen«, verkündete Rosemary.

»Ich bringe den Kuchen mit«, sagte Marjie.

»Ich bringe den Wein mit«, fügte Sherry hinzu.

»In Ordnung, abgemacht«, sagte Athena. »Ich bringe mal diese Taschen zum Auto.«

Der Duft von Maiglöckchen wehte über den Stadtplatz und Rosemary drehte sich um, um jemanden zu sehen, der am Eingang zu einer der Seitenstraßen stand.

»Ich treffe dich dort«, sagte sie. »Ich muss mich nur noch um etwas kümmern.«

Sie rannte der verhüllten Gestalt hinterher und verfolgte sie die Straße neben Burks Anwaltskanzlei hinunter.

»Bleib stehen, wo du bist«, rief Rosemary. »Oder das wird nicht schön.«

Die Person blieb stehen, drehte sich um und nahm den Schal von ihrem Kopf.

»Ich wusste es!«, sagte Rosemary. »Na ja, nicht direkt, aber ich hatte den Verdacht, dass du etwas vorhast, als du uns zum Abendessen eingeladen hast, und dann kam mir der Gedanke, dass es die Blutstein-Gesellschaft sein könnte ...«

»Musst du so viel labern?«, fragte Elamina.

Rosemary bemerkte, dass ihre Cousine trotz ihres hochmütigen Tons etwas mitgenommen aussah. Ihr weißblondes Haar, das normalerweise perfekt saß, sah zerzaust aus, als hätte sie selbst einige ziemlich hektische Unternehmungen hinter sich.

»Wussten die Blutsteine wirklich nicht, was los war?«, fragte Rosemary. »Oder war das eine Lüge? Arbeiten sie heimlich für dich?«

Elamina kicherte hochmütig. »Diese Plebs? Ich würde nicht im

Traum daran denken, mit jemandem von ihrem Stand zusammenzuarbeiten.«

»Also, bestehst du selbst, wenn du gestellt wirst, immer noch darauf, eine arrogante Verrückte zu sein?«

Elamina starrte sie finster an. »Was hat mich verraten? Ihr alle schient vollkommen beschäftigt zu sein. Ihr habt nicht einmal bemerkt, dass ich aus der Ferne zugesehen habe.«

»Zunächst einmal ist da dieser schrecklichen Blumengestank«, sagte Rosemary. »Das ist ein eindeutiges Indiz. Außerdem hast du uns zu dir nach Hause zum Abendessen eingeladen und gesagt, dass du dir wünschst, dass alles wieder so wird wie früher, was in etwa das war, was dieser gehörnte Typ gesagt hat. Daran habe ich mich erst eben erinnert.«

»Du sprichst so respektlos über die Götter«, sagte Elamina.

»Wer ist jetzt respektlos?«, fragte Rosemary. »Das ist eine ziemlich dreiste Anschuldigung, wenn man bedenkt, dass du die Stadt in Brand gesteckt und fast den ganzen Ort in die Luft gejagt hast. Ich habe schon von blaublütigen Konservativen gehört, die die Vergangenheit verklären, aber das ist doch lächerlich. Und wahrscheinlich wäre noch viel mehr Blut vergossen worden, wenn wir diesen Kerl nicht aufgehalten hätten.«

»*Dieser Kerl*«, sagte Elamina, »ist ein uraltes und respektiertes Wesen. Er ist unglaublich mächtig!«

»Ich kann den Reiz nicht wirklich nachvollziehen«, sagte Rosemary. »Er ist ein bisschen zu groß und behaart für meinen Geschmack.«

Elamina spottete. »Wenn du nur wüsstest.«

»Schau mal«, sagte Rosemary. »Ich will hier kein Kink-Shaming betreiben, aber was um alles in der Welt hast du dir dabei gedacht?«

»Ich möchte, dass du weißt, dass ich geschafft habe, das zu tun, was mein Vater jahrzehntelang angestrebt hatte.«

Rosemary zog die Augenbrauen hoch. »Ich will nichts über deine Vaterkomplexe wissen! Wie hast du es überhaupt geschafft?«

Elamina starrte sie finster an. »Es waren verschiedene Manöver notwendig, wenn du es genau wissen willst. Zunächst einmal gelang es mir, durch einige meiner Kontakte einige wilde Feuergeister zu finden. Sie waren das fehlende Glied, verstehst du? Mit der Kraft meiner Magie und kurz vor Beltane gelang es mir, das erste Feuer zu entfachen.«

»Das auf der alten Twigg-Farm«, sagte Rosemary. »Aber das reichte dir nicht?«

Elamina lachte bitter. »Bei weitem nicht. Um die Cavalia auslösen zu können, brauchte ich mehr Feenwesen, aber der einzige Weg, der mir einfiel, führte durch das Reich der Fae. Es war wirklich Schicksal, dass meine eigene kleine Cousine den Schlüssel in der Hand hielt.«

»Deshalb wolltest du Zeit mit Athena verbringen, nicht wahr? Du wusstest, dass sie die Macht hatte, den Schleier zu durchdringen. Du weißt, *was* sie ist ... Aber du weißt nicht, *wer* sie ist. Sie ist kein Spielzeug. Du hast Athena manipuliert. Wie?!«

»Ich habe vielleicht ein paar Samen gesät«, sagte Elamina. »Vielleicht habe ich versucht, ihr einen Hinweis zu geben, sehr subtil, damit du ihn nicht bemerkst, dass sie die Macht hat, an den Ort zurückzukehren, den sie so sehr vermisst. Der Ort, von dem du versuchen würdest, sie fernzuhalten.«

»Das kaufe ich dir nicht ab«, sagte Rosemary. »So überzeugend bist du nicht. Und Athena ist nicht so leichtgläubig.«

»Wenn du es wirklich wissen willst, es war ein einfacher Vorschlag, beim Abendessen, gefolgt von einigen sorgfältig ausgearbeiteten Gesängen, um sie nach draußen zu locken und sie glauben zu lassen, dass es eine gute Idee sei, den Schleier zu öffnen. Dann hat meine eigene uralte Magie die Kraft, die Wesen durch den Schleier zu rufen. Nach dem ersten Mal habe ich ihr einfach einen unsichtbaren Talisman angehängt und sie hat den Rest erledigt. Es war brillant, wenn ich das mal so sagen darf.«

Wut stieg wie Galle in Rosemarys Körper auf und sie schleuderte einen roten Blitz auf ihre Cousine. Elamina lenkte ihn ab, aber sie taumelte an die Wand.

»Wie kannst du es wagen, meine Tochter zu verzaubern!«

Rosemary erwartete Vergeltung, aber Elamina zuckte nur mit den

Schultern. Irgendetwas war seltsam an ihr; sie schien geradezu erschöpft zu sein.

»Ich habe ihr nicht wehgetan«, sagte Elamina leise.

»Die ganze Sache war völlig unangemessen und gefährlich. Ganz zu schweigen von all den Bränden, die wir in letzter Zeit hatten und die die Menschen zu allen möglichen seltsamen Verhaltensweisen veranlasst haben.«

»Unbequem, aber notwendig«, sagte Elamina. »Die Magie auf der anderen Seite meiner Familie reicht viele tausend Jahre zurück. Sie stammt aus dem Kult des Belamus. Um sie wirklich zu nutzen und zu beherrschen, mussten wir ihn zurückholen. Mein ganzes Leben lang wurden mir Geschichten über die große Macht des Belamus erzählt. Mein Vater trauerte um die alten Götter, die der Geschichte zum Opfer gefallen waren. Ich habe lediglich mein Vermächtnis erfüllt.«

»Und hast du bekommen, was du wolltest?«, fragte Rosemary unbeeindruckt.

»Die alten Bräuche ...«, begann Elamina, aber ihre Stimme versagte.

»Na, das ist ja wunderbar«, sagte Rosemary. »Aber dabei geht es nur um Macht. Was hast du hier *wirklich* gesucht, Cousine? Wolltest du eine Art Apokalypse?«

»Die Macht gehört rechtmäßig uns. Die Familie Bracewell ...«

Rosemary lachte. »Wie töricht, zu glauben, man könnte die Kräfte eines alten Gottes nutzen.«

Elamina sah verbittert aus, und Rosemary konnte sehen, dass sie es bereute.

»Ich schätze, es ist ein bisschen spät für den sei-vorsichtig-was-du-dir-wünschst Moment«, sagte Rosemary.

Elamina starrte sie finster an. »Wenn du dich nicht eingemischt hättest ...«

»Was? Dann hättest du Feuer und Schwefel auf uns herabregnen lassen? Ist es das, was du wirklich willst?"

Elamina verschränkte die Arme. »Mama und Papa haben sich vielleicht in Bezug auf die Risiken geirrt. Es ist schwierig, die alte

Geschichte zu rekonstruieren, da nicht viel aufgezeichnet wurde und viele Dinge, die aufgezeichnet wurden, nicht ganz korrekt sind.«

»Ich nehme an, dass du so oder so ähnlich zugeben wirst, dass du falsch gelegen hast«, sagte Rosemary. »Immerhin gibst du alles zu. Das ist sehr praktisch, denn ich habe eine Detektivfreundin, die gleich dort drüben ist ... Ich frage mich, was die magischen Behörden davon halten werden.«

»Das wird nicht passieren«, sagte Elamina. »Du schuldest mir was.«

»Ich schulde dir nur ein paar Zutaten für einen Zaubertrank«, sagte Rosemary. »Das ist keine Freikarte aus dem magischen Gefängnis.«

»Da liegst du aber falsch«, sagte Elamina. »Du schuldest mir viel mehr als das. Stell dir meine Überraschung vor, als meine süße, unschuldige, aber etwas idiotische Cousine zu mir kam und nach Zaubertrankzutaten fragte, die völlig verboten und illegal sind. Natürlich habe ich geholfen, so gut ich konnte, aber Werwolfblut? Das ist eine ganz andere Nummer. Wenn ich so etwas besäße, würden die Behörden an meine Tür klopfen. In der Tat zeigen die Hexenbehörden keine Gnade gegenüber Menschen, die gefährliche illegale Substanzen wie diese besitzen und verwenden. Ganz zu schweigen von der Tatsache, dass es nun so aussieht, als würdest du einen bestimmten Werwolf kennen ... einen, der heute Abend hier aufgetaucht ist, kein Zweifel. Ich nehme nicht an, dass du die nächsten ein oder zwei Jahrzehnte auf den Bermudas im Gefängnis verbringen möchtest?«

Rosemary war sprachlos. Elamina hatte zwar keine konkrete Drohung ausgesprochen, aber sie hatte es eindeutig angedeutet. Wenn Rosemary jetzt zu den Behörden ging, würde Elamina ihnen mit Sicherheit von dem Werwolfblut erzählen, was nicht nur Liam in Gefahr bringen würde, wenn sie ihn aufspürten, sondern auch eine ganze Reihe von Anklagen wegen Beherbergung eines Werwolfs und Verwendung illegaler magischer Substanzen oder ähnlicher Dinge nach sich ziehen würde.

”Wie kannst du nur ...?«

Elamina grinste. »Ich weiß, dass du mir jetzt sagen wirst, wie viel dir deine Tochter bedeutet. Und ich weiß, dass dem so ist. Ich weiß aber auch, dass du nicht alles, was dir wichtig ist, aufs Spiel setzen und dich in eine Gefängniszelle sperren lassen willst, wo du dich nicht um sie kümmern kannst.«

»Du absolutes Drecksstück«, sagte Rosemary. »Wie kannst du es wagen?«

»Was soll ich gewagt haben?«, sagte Elamina. »Ich habe nicht gedroht, liebe Cousine. So etwas überlasse ich dir. Ich habe Wichtigeres zu tun.«

»Das war's also?«, sagte Rosemary. »Du stiftest totales Chaos, befreist einen alten Gott und eine ganze Menge feuriger Bestien und kehrst dann auf dein Schloss zurück?«

Elamina sah verbittert aus. »Ich habe nicht wirklich das bekommen, was ich wollte.«

»Na toll«, sagte Rosemary. »Jetzt bist du also verbittert, weil Belamus zurückgeschickt wurde?«

»Es ist eine Schande, dass er so schnell verschwunden ist, bevor Derse und ich die Chance hatten, seine Energie für uns zu nutzen. Aber es hat keinen Sinn, noch mehr Zeit zu verschwenden, Cousine. Ich fürchte, ich kann nicht viel länger bleiben. Es gibt noch viel zu tun, und ich muss noch viele Leute treffen. Du weißt ja, wie es ist.«

Rosemary seufzte. Sie hasste es, in einer solchen Patt-Situation gefangen zu sein. Sie konnte Liam nicht in Gefahr bringen und sie konnte nicht ins Gefängnis gehen. Sie musste da sein, um Athena zu beschützen.

»Ich werde nicht zu den Behörden gehen«, räumte Rosemary ein. »In dem Fall gewinnst du, es steht zu viel auf dem Spiel.«

Elamina lächelte – nicht das falsche Lächeln, das sie beim Abendessen aufgesetzt hatte, sondern ihr echtes Lächeln, das viel kälter und furchteinflößender war.

»Siehst du, Cousine. Du bist ein bisschen langsam, aber du holst auf, irgendwann.«

»Vielleicht kann ich nicht zu den Behörden gehen«, sagte Rosemary. »Aber ich kann dir trotzdem in den Hintern treten und du wirst niemandem davon erzählen können.«

Rosemary hob die Hände und beschwor einen riesigen violetten Energieball herauf, der vor Blitzen und Feuer nur so knisterte.

Elamina schrie auf und sprang zur Seite, bevor sie in der Nacht verschwand.

Rosemary lachte über sich selbst und versuchte, die Bitterkeit zu lindern, die sie empfand, weil sie so übertrumpft worden war. »Zumindest löst es das Rätsel«, murmelte sie. »Obwohl ich nicht weiß, ob ich das jemand anderem erklären kann.«

»Das musst du nicht, Mama«, sagte Athena, die um die Ecke trat. »Ich habe alles gehört.« Sie sah sich um, um sicherzustellen, dass niemand zuhörte. »Es ist Liam, nicht wahr? Er war der Werwolf.«

»Athena, ich ...«

»Ich weiß. Ich werde es niemandem erzählen«, sagte Athena. »Es scheint, dass Werwölfe in der magischen Gesellschaft eher stigmatisiert sind. Es scheint ein bisschen voreingenommen, wenn du mich fragst.«

»Mein Gedanke«, sagte Rosemary. »Wie auch immer, was hältst du von unserer lieben Cousine?«

»Sie ist ein fieses Stück, oder?« Athena hakte sich beim Gehen zum Auto bei ihrer Mutter unter.

»Ich bin froh, dass du das einsiehst«, sagte Rosemary. »Ich bin sicher, Elamina dachte, ich würde es vor dir verheimlichen, um Liams Geheimnis nicht mit dir zu teilen. Sie wird immer noch versuchen, dich für irgendetwas einzuspannen. Ich kann es an der Art erkennen, wie sie über dich redet, als wärst du eine Art wertvoller Preis.«

»Darüber musst du dir keine Sorgen machen«, sagte Athena. »Eher friert die Hölle zu, bevor ich das zulasse.«

»Sag das nicht«, sagte Rosemary. »Ich bin sicher, dass es in dieser Stadt ein Fest gibt, bei dem genau so etwas veranstaltet wird.«

Athena lachte. »Na gut.« Sie legte den Arm um ihre Mutter. »Lass uns nach Hause gehen. Wir können ein anderes Mal über all das und die Bedeutung von allem sprechen.«

»Das klingt nach einer guten Idee«, sagte Rosemary. »Ich habe Lust auf eine heiße Schokolade und ein gutes Gespräch, gefolgt von einer langen, ruhigen Zeit.«

41

––––––––––

*R*osemary rührte den riesigen, brodelnden Topf mit heißer Schokolade auf dem Herd um und atmete den himmlischen Duft ein.

Von denen, die an dem improvisierten Ritual teilgenommen hatten, waren die meisten gekommen, um nach den dramatischen Ereignissen des Abends abzuschalten.

Marjie stellte Tassen für die heiße Schokolade von Rosemary bereit, während Athena ihren Freunden das Haus zeigte, da bisher nur Elise das Innere gesehen hatte. Ashwyn bewunderte Omas Kristalle und unterhielt sich mit Sherry, während Fleur und andere Dain ins Wohnzimmer folgten. Liam war natürlich nirgends zu sehen, und Rosemary hoffte, dass es ihm gut ging. Dain hatte ihr mitgeteilt, dass Burk ihn vom Stadtplatz weggebracht und an einem sicheren Ort untergebracht hatte. Rosemary fragte sich, ob dies bedeutete, dass er den Vampir in sein Geheimnis einweihen müsste, aber das war nicht ihr Problem.

Rosemary gab eine zusätzliche Prise Zimt und einen Schuss Vanille in die heiße Schokolade.

»Mmm, riecht köstlich«, sagte Ferg. Er saß am Küchentisch, als wäre er jemand unglaublich Wichtiges, den Stab immer noch in der Hand, während die Findelkinder um ihn herum standen und ehrfürchtig dreinschauten.

Als Rosemary zurückgekehrt war, hatte sie alle schlafend in ihren Betten vorgefunden, während Una in einem Sessel mit einem Buch gesessen und selbst etwas müde, aber zufrieden ausgesehen hatte. Der Schlaf der Kinder hatte bei den Geräuschen, die durch die Ankunft so vieler Menschen entstanden waren, nicht lange angehalten. Sie waren verwirrt und aufgeregt aufgestanden und liefen im Haus herum. Am Morgen würden sie alle müde sein, aber das machte Rosemary nichts aus. Hoffentlich würde das bedeuten, dass sie richtig ausschlafen konnten.

Mit über einem Dutzend Besuchern war Rosemary erfreut festzustellen, dass das Wohnzimmer größer als sonst war. Sie und Marjie trugen Tabletts mit Tassen voller dampfender heißer Schokolade herein.

Rosemary und Marjie betraten das Wohnzimmer und stellten fest, dass der Bürgermeister in Thorn Manor eingetroffen war.

»Das ist seltsam«, flüsterte Rosemary Marjie zu. »Ich dachte, es wäre ihm zu peinlich, sich zu zeigen, nachdem er das Ritual und alles abgesagt hat.«

»Oh, Don verpasst nie eine Party. Er muss sich reingeschlichen haben«, sagte Marjie. »Ich habe nicht einmal bemerkt, dass er gekommen ist.«

Herr June bestand darauf, eine Runde Reden zu halten, in denen er den Bürgern für ihre harte Arbeit dankte und es irgendwie so aussehen ließ, als wären alle guten Ideen seine eigenen gewesen.

»Wie schafft er es, für all das die Lorbeeren zu ernten, obwohl er gar nicht da war?«, fragte Athena. »Und das, obwohl er uns eigentlich allen danken sollte?«

»Das muss eine Gabe sein«, sagte Rosemary leise und lächelte ihre Tochter an.

»Egal«, sagte Ashwyn, die neben Rosemary saß. »Diese heiße Schokolade ist so himmlisch, dass sie jede Aufgeblasenheit wettmacht.«

»Ob du es glaubst oder nicht, das ist seine Art, sich zu entschuldigen«, sagte Marjie. »Ich weiß, es klingt albern, aber er hat einen kleinen Komplex und versucht, sich in die Geschehnisse mit einzubringen, um zu zeigen, wie sehr er sie gutheißt.«

Rosemary zuckte mit den Schultern. »Na ja, es zeigt, dass ich noch viel über unseren angesehensten Stadtbeamten lernen muss.«

Una kicherte. »Ich bin so erleichtert, dass es geklappt hat. Ashwyn hat, nachdem ihr weggegangen seid, etwas Hellsehen betrieben und gesehen, in welcher Gefahr alle schweben würden. Es hätte wirklich anders ausgehen können. Also hat sie beschlossen, mitzumachen.«

»Es war wahrscheinlich gut, dass sie heruntergekommen ist«, sagte Rosemary. »Es war eine Weile lang ziemlich knapp. Viele chaotische Einflüsse, darunter unser örtlicher Nachbarschaftsgeheimbund und ein paar riesige Götter.«

»Klingt nach einem ziemlichen Abenteuer«, sagte Una.

»Und du?«, fragte Rosemary. »Wie ist es bei dir gelaufen?«

»Es war toll«, sagte Una. »Die Kinder sind wunderbar, so charmant. Ich wollte schon immer eine große Familie haben. Ich liebe Kinder, auch wenn ich selbst keine eigenen haben kann.«

»Nun, sie sind frei für ein gutes Zuhause«, sagte Rosemary.

»Aber im Ernst«, sagte Una. »Was soll aus ihnen werden? Sie können doch nicht ewig hier bleiben.«

Rosemary presste ihre Lippen zu einem dünnen Strich zusammen. »Das ist ein Problem. Jetzt, wo Neve und Nesta die ganze Zeit wieder zu Hause sind und Dain ein eigenes Leben führen möchte, weiß ich nicht, wie wir das schaffen sollen. Neve hat versucht, Pflegefamilien für sie zu finden, aber sie sind eindeutig magisch und brauchen besondere Aufsicht.«

»Das sind sie auf jeden Fall«, sagte Una. »Das ist einer der Gründe, warum ich sie so entzückend finde. Sie erinnern mich an etwas. Vielleicht hat es mit meinem Fae-Erbe zu tun, ich bin mir nicht sicher, aber ich finde es so beruhigend, mit ihnen zusammen zu sein.«

»Für kleine Kinder sind sie ausgesprochen ruhig, nicht wahr?«, sagte Rosemary. »Trotzdem müssen sie viel herumlaufen und sie müssen essen und so weiter.«

»Ich habe es geschafft, dass sie sich zum Abendessen ihre eigenen Sandwiches machen«, sagte Una.

»Das ist ein beeindruckender Anfang«, sagte Rosemary. »Du wirst sie im Handumdrehen dazu bringen, Hausarbeiten zu erledigen.«

Una beobachtete die drei Kinder auf der anderen Seite des Raumes. Sie saßen jetzt alle verträumt um den Bürgermeister herum, der immer noch am Reden war. Er war dazu übergegangen, großartige Geschichten über die Stadt und ihre Beziehung zu Göttern und Beltane im Laufe der Jahrhunderte zu erzählen, von denen einige hilfreich gewesen wären, bevor das Fiasko des Abends passiert war.

Rosemary beobachtete, wie Unas Gesicht beim Anblick der Kinder aufleuchtete, bevor sie sich wieder umdrehte.

»Du würdest doch nicht ...«, begann Una. »Ich meine, ich bin kaum qualifiziert, aber Ashwyn und ich könnten uns um sie kümmern, zumindest für eine Weile. Ich habe mich schon immer gefragt, ob ich Pflegemutter werden könnte.«

»Wirklich?«, fragte Rosemary. »Das ist eine große Verantwortung. Sie sind für Kinder recht ruhig, aber dennoch ist jede Art von Elternschaft eine Menge Arbeit.«

»Wir haben ein großes altes Haus, auch wenn es nicht ganz so groß wie das hier ist«, sagte Una. »Und wenn wir eine Art Kinderbetreuung für tagsüber finden, während wir im Geschäft sind ...«

»Marjie hat darüber gesprochen, sie im örtlichen Kindergarten anzumelden«, sagte Rosemary. »Wir wussten nur nicht, wie lange sie in Myrtlewood bleiben würden oder ob sie weiter wegziehen müssten, um geeignete Pflegefamilien zu finden.«

»Sie können wirklich nirgendwo anders hin?«, fragte Ashwyn.

Rosemary schüttelte den Kopf. »Neve hat einige historische Aufzeichnungen gefunden, von denen sie glaubt, dass sie mit ihren Familien in Verbindung stehen, aber das Problem ist, dass sie alle so weit in der Vergangenheit liegen, dass wir keine Ahnung haben, ob ihre sehr entfernten Ururgroßcousins und so weiter überhaupt etwas mit ihnen zu tun haben wollen. Wir können sie auf keinen Fall einfach so in das Leben von Menschen drängen. Wir müssen Pflegeeltern finden, die bereit, willens und in der Lage sind ... wirklich darauf vorbereitet sind, Kinder um sich zu haben.«

»Sie sollten Myrtlewood nicht verlassen müssen«, sagte Ashwyn. »Erst recht nicht nach all den Veränderungen, die sie bereits durchgemacht haben.«

»Das ist wahrscheinlich richtig«, sagte Rosemary. »Meint ihr es wirklich ernst, dass ihr in Betracht ziehst, sie zu adoptieren oder sie zumindest vorübergehend in Pflege zu nehmen?«

»Natürlich«, sagte Una. »Ich habe mit Ashwyn schon darüber gesprochen, nicht wahr? Nachdem wir sie vor kurzem bei dir zu Hause getroffen hatten, wusste ich, dass sie ein dauerhafteres Zuhause brauchten, aber ich wollte nicht zu aufdringlich sein. Es ist eine ziemlich große Sache, in das Haus von jemandem zu kommen und zu sagen: ,Ich möchte die Kinder, die du im Reich der Fae gefunden hast, in Pflege nehmen'.«

»Ich bin mir fast sicher, dass das noch nie ein Mensch zuvor getan hat«, sagte Rosemary. »Das ist eine ziemlich einzigartige Situation. Aber ich bin begeistert, dass ihr es überhaupt in Betracht ziehst. Im Moment haben wir so wenige Möglichkeiten.«

»Wirklich?«, sagte Una. »Das ist wunderbar, oder, Ashwyn? Wir könnten die Kinder vielleicht in Pflege nehmen!«

Ashwyn grinste ihre Schwester an. »Worauf lassen wir uns da nur ein?«

Rosemary lächelte und rieb sich vor Freude die Hände.

Alles schien sich zum Guten zu wenden. Da war jedoch noch die kleine Angelegenheit mit Athenas Schule ... der Schule, die bei einem magischen Feuer fast vollständig niedergebrannt war.

Vielleicht würde sie Athena eine Weile zu Hause unterrichten, was nicht nach einer Aufgabe klang, auf die sich beide einlassen wollten, vor allem, wenn Rosemary eigentlich versuchen sollte, ihr eigenes Unternehmen aufzubauen.

Nach der heißen Schokolade gingen die Dorfbewohner nach Hause und ließen Athena, Rosemary und ein herrlich ruhiges Haus zurück, nachdem Una angeboten hatte, die Kinder wieder ins Bett zu bringen und im Nebenzimmer zu schlafen.

Rosemary war froh, dass sie und Ashwyn keine kalten Füße wegen der möglichen Pflegesituation bekommen hatten. Dain hatte sich gähnend und mit der Entschuldigung, dass er für ein Jahrtausend genug Aufregung gehabt hätte, für heute Abend verabschiedet.

Athena spülte pflichtbewusst das Geschirr, obwohl Rosemary bemerkte, dass sie ziemlich angestrengt auf die Spüle starrte. Vielleicht versuchte sie, ihre Automantie-Magie einzusetzen, um die Arbeit viel schneller zu erledigen.

»Ich wünschte, ich könnte es dir zeigen«, sagte Athena. »Du hättest sehen sollen, wie dieser Dynamo losging ... und der Ausdruck auf Beryls Gesicht. Es war unbezahlbar!«

»Apropos Schule«, sagte Rosemary. »Es ist so schade wegen des Feuers. Weißt du, es ist schon komisch, wenn all diese Kinder weg sind, wird sich das Haus ziemlich leer anfühlen. Meinst du, wir hätten Platz für ein paar Dutzend mehr Kinder?«

»Wovon redest du?«

»Nur so meine Gedanken. Ich habe deine Schule gesehen. In jeder Klasse gibt es nur eine Handvoll Schüler. Auf dem gesamten Campus sind es sicher nicht mehr als fünfzig, obwohl die alten Gebäude groß und weitläufig sind.«

»Vermutlich so in der Art.« Athenas Stimme klang scharf. »Wie kommst du jetzt darauf?«

»Vielleicht kann Thorn Manor vorübergehend Rosemary Thorns Bildungseinrichtung für magisch begabte Schüler sein.«

»Ist das der offizielle Titel?«, fragte Athena lachend. Auch Rosemary lachte. Es war eindeutig ein Scherz.

»Das wäre furchtbar peinlich«, sagte Athena. »Ich muss dich so weit wie möglich von meinen Klassenkameraden fernhalten. Aber stell dir den Gesichtsausdruck von Beryl vor, wenn sie herausfände, dass sie in meinem Haus zur Schule gehen müsste!«

Ein Krachen und Poltern erschütterte das Haus.

»Was war das?« Rosemary ballte die Fäuste, während das Grollen anhielt. Dann bemerkten sie einen goldenen Schimmer, der durch den Raum lief.

»Oh nein«, sagten Rosemary und Athena gleichzeitig.

»Das ist das Haus!«, sagte Rosemary, als sie dem Geräusch in den Westflügel des Hauses folgten. Sie riss die Tür auf und sah, wie die Spinnweben vor ihren Augen entfernt wurden, während der staubige, verlassen aussehende Flügel sauber gefegt wurde und das Holz zu glänzen begann. Neue Räume bildeten sich um den Flur herum.

»Oh nein!«, sagte Athena. »Ich glaube, das Haus hat deinen Witz ein bisschen zu ernst genommen, Mama.«

»Vielleicht war es gar kein Witz.« Rosemary verschränkte die Arme.

»Es entstehen Klassenzimmer!«, rief Athena. »Das ist zwar erstaunlich, aber ich werde auf keinen Fall zu Hause zur Schule gehen.«

»Es wäre nur eine vorübergehende Lösung«, sagte Rosemary. »Schließlich ist deine Bildung sehr wichtig.«

EPILOG

*B*litze zuckten am Himmel, dicht gefolgt von Donnergrollen.

Die verhüllten Gestalten versammelten sich in der alten Burgruine hoch oben im Turm mit Blick auf den stürmischen Ozean. Der Wind peitschte durch die zerborstenen Steinmauern.

Ein glatzköpfiger Mann mit einer spitzen Nase ergriff als erster das Wort. »Warum hast du uns hierher gerufen, Despina? Das Wetter ist furchtbar!«

Despina sagte nichts, als würde sie seine Proteste nicht einmal mit einer Antwort würdigen. Sie zog lediglich ihren pastellrosa Umhang enger um ihre Schultern, um sich vor der Kälte zu schützen.

Alle Augen richteten sich auf eine Frau, die über die alte Wendeltreppe eintrat. Sie trug einen tiefblauen Umhang und ihr weißblondes Haar quoll unter der Kapuze hervor, sodass sie unter ihren Mitmenschen leicht zu erkennen war. »Wir haben Wichtigeres in Angriff zu nehmen als das Wetter, Geoffrey«, sagte Lamorna, deren blasse Haut im Mondlicht glitzerte.

Ihre Mundwinkel zuckten, als sie alle sie anstarrten. Sie konnten erkennen, dass sie nicht ganz menschlich war, aber niemand von ihnen kannte ihr Geheimnis. Noch nicht.

Draußen brandete eine laute Welle heran und Lamorna lächelte.

»Hm, hm«, sagte Despina. »Jetzt, da alle Zellenleiter der Blutstein-Gesellschaft anwesend und ... ruhig sind.« Während sie sprach, warf sie Geoffrey einen Blick zu. »Wir haben Neuigkeiten.«

Es folgte eine Pause, die so voller Anspannung war, dass Despina sie am liebsten mit einer Nadel durchstochen hätte, aber sie ließ sie andauern und wartete auf Lamorna.

»Diese Myrtlewood-Schädlinge mit ihren Feuergeistern haben uns auf eine brillante Idee gebracht«, sagte Lamorna. »Natürlich wisst ihr von den überraschend günstigen himmlischen Konstellationen, die zu dieser Sonnenwende bevorstehen. Neptun wird in harmonischem Winkel zur Vollmondfinsternis im Steinbock stehen.«

»Hör auf, über die Sterne zu schwafeln!«, brummte Geoffrey. »Es ist eiskalt!«

»Na gut«, sagte Despina. »Das hier könnte euch mehr interessieren!«
Sie zog ein schwarzes Tuch von dem kleinen Tisch vor sich.

Ein Raunen ging durch den Raum, als alle den Anblick der kleinen geschnitzten Holzkiste auf sich wirken ließen.

Geoffrey spottete. »Du willst uns wirklich weismachen, dass sie da drin ist? Nach all dieser Zeit ...«

Despina runzelte die Stirn und starrte ihn finster an. »Drei Monate sind in anderen Dimensionen wohl kaum eine lange Zeit. Du versuchst nur, die Führung zu übernehmen. Aber weißt du was? Das wird nicht funktionieren, Werwolf. Du bist zu schwach!«

Der Mann knurrte und blickte zum Halbmond auf, der durch die klaffenden Löcher in der Decke sichtbar war. Er fletschte die Zähne und stürzte sich auf die Kiste.

»Halt!«, schrie Despina, aber Lamorna öffnete den Mund und ein seltsames Geräusch entwich.

Geoffrey erstarrte, gebannt. Alle beobachteten gebannt, wie Lamorna ein winziges silbernes Fläschchen öffnete und dabei summte.

Aus dem kleinen Gefäß stieg eine schimmernde Flüssigkeit auf, als würde sie von ihrer Stimme angezogen. Sie floss auf Geoffrey zu und bedeckte sein Gesicht.

Er schrie, während die metallische Flüssigkeit zischte und sich durch seine Haut und Kleidung brannte. Er stolperte durch den Raum und sprang aus dem offenen Fenster, wobei er während seines Falls schrie.

Die übrigen Anwesenden sahen hinaus, nur um festzustellen, dass er tot war.

»Nun denn«, sagte Despina und klatschte die Hände aneinander. »Gibt es noch andere, die uns herausfordern wollen?«

Bestell hier Die Geheimnisse von Myrtlewood Band 4!

EINE ANMERKUNG DER AUTORIN

Vielen Dank, dass ihr dieses Buch gelesen habt! Es hat so viel Spaß gemacht, es zu schreiben. Ich liebe Myrtlewood mit all seinen schrulligen Charakteren und seiner gemütlichen magischen Atmosphäre.

Wenn ihr einen Moment Zeit habt, hinterlasst bitte eine Rezension oder auch nur eine Sternebewertung. Das hilft neuen Lesern zu wissen, auf was für ein Buch sie sich einlassen, und schafft hoffentlich Vertrauen, dass es sich lohnt, es zu lesen!

Ihr könnt euch auch in meinen Newsletter eintragen oder mir in den sozialen Medien folgen. Die Links findet ihr auf der nächsten Seite.